[加拿大] 弗朗西斯 · 伊塔尼　著
Frances Itani

# 失聪
# DEAFENING

吴周放　译

译林出版社

图书在版编目(CIP)数据

失聪 / （加）伊塔尼（Itani, F.）著；吴周放译. —南京：译林出版社，2014.6
（弗朗西斯·伊塔尼作品）
书名原文：Deafening
ISBN 978-7-5447-3136-2

Ⅰ. ①失… Ⅱ. ①伊… ②吴… Ⅲ. ①长篇小说-加拿大-现代 Ⅳ. ①I711.45

中国版本图书馆CIP数据核字（2014）第046691号



书　　名 失聪
作　　者 ［加拿大］弗朗西斯·伊塔尼
译　　者 吴周放
责任编辑 吴莹莹
出版发行 凤凰出版传媒股份有限公司
　　　　 译林出版社
出版社地址 南京市湖南路1号A楼，邮编：210009
电子邮箱 yilin@yilin.com
出版社网址 http://www.yilin.com
经　　销 凤凰出版传媒股份有限公司
印　　刷 江苏苏中印刷有限公司
开　　本 880毫米×1230毫米 1/32
印　　张 11.125
插　　页 2
字　　数 276千
版　　次 2014年6月第1版 2014年6月第1次印刷
书　　号 ISBN 978-7-5447-3136-2
定　　价 38.00元
　　　　 译林版图书若有印装错误可向出版社调换
　　　　 （电话：025-83658316）

献给我的儿子拉塞尔·萨托施·伊塔尼、

我不平凡的祖母格特鲁德·斯托莱克（1898—1987），

以及1914—1919年间为国捐躯的九百五十万同胞们。

“纯口语法”体系是由一位名叫海尼克[①]的撒克逊人创建的。此人经营过农场，当过兵，做过老师，当过唱诗班的领唱……该体系旨在通过非自然过程开发口语能力，并对听力进行训练。相较于其他方法，该体系在学生培训方面耗时甚多，学生也须经受更多痛苦。的确，对于可怜的聋哑儿童而言，此法苦不堪言，不少学生因之口舌流血。

——《加拿大插图新闻》，1874年8月1日

① 即塞缪尔·海尼克（1727—1790），德国聋哑教育和纯口语教学体系的创始人。

幻灯片观后感：

一开始我看到的是罗伯特·博登的图片，老师跟我们说，他是加拿大的总理。第二张图片是比利时国王阿尔贝一世。接下来一张是国王乔治五世。他长得像俄国沙皇。我看到了一些德国建筑。其中一座教堂让英国士兵丢了炸弹。他们做得没错，德国人不也在英格兰扔了炸弹嘛。他们一报还一报，说不上不正义。我看到德国人坐着四轮马车穿过比利时的街道。他们不可一世，也没问问人家答不答应。路上大批士兵列队前行。

——格蒂·弗里曼

《加拿大人》，1915年5月1日

贝尔维尔安大略聋哑学校

1902年

“你的名字，”玛莫说，“这个词很重要。如果你能说出自己的名字，就可以告诉整个世界你是谁了。”

“格瑙……”

“听着像‘可恼’。像是在说后院那只鬼鬼祟祟游荡着的猫，可恼。就是因为它‘可恼’，你爸爸才不让它进旅店——也不让进屋。”

格拉尼亚一直在用心看，但她还是摸不准刚刚外婆说了什么。

“可恼，”玛莫又说了一遍，“看着我的喉咙、我的嘴唇。”

“可恼。”

玛莫点了点头。“不错。你能说得了这个，我觉得是因为过去的记忆。‘格瑙’这一部分的意思是爱。好了，说格拉——尼——亚。”随着“亚”字出口，玛莫露出了牙齿。她拆开几个音节，用唇形表示出孩子的名字。就像格拉尼亚掰橘子那样——先掰成几瓣，再将它拼回去。

“格拉——尼——亚。”格拉尼亚露出牙齿，玛莫笑了。

“我是那个样子吗？也别太使劲。轻松点说。格拉——尼亚。多说几遍。好好说，说清楚了。”

可她的哥哥伯纳德管她叫格瑞妮。她出生那周哥哥就开始那么叫了，现在也不会因为去年冬天她得猩红热致聋就换掉这个称呼。说到她名字最后一个音节的时候，伯纳德的嘴唇上总带着微笑。

轮到她的姐姐特雷丝，情况又有不同。特雷丝叫她格瑙，叫的时候下巴是掉着的。特雷丝和格拉尼亚已经开始自创语言了，用手。

妈妈的嘴唇拉成一条直线。她说格拉尼亚必须每时每刻都集中注意力的时候，一点笑容都不会有。要是不时刻保持注意力集中，人家就会觉得她傻。她得随时准备着。

准备着？准备干什么？

打破静默。

但是，静默也是一种保护。格拉尼亚知道。置身静默如同置身水下。只有想探头出来的时候，她才会冒出水面。

玛莫把一家人叫到一起：妈妈、爸爸、伯纳德、特雷丝，甚至包括帕特里克——他自己也是最近才开始说话的呢。

“别把她当特殊人，”玛莫说，“她生病之前大伙儿是怎么跟她说话的，现在还怎么说。事事都该有她。不要把她排除在外。她就五岁大，没错，但一定要继续跟她说话，也别管她能不能懂。要鼓励她开口回应。再过一个月她就六岁了，该念书了。”

上学念书的事妈妈还没拿定主意。她每周去天主教教堂两次，祈祷格拉尼亚能恢复听觉。尽管牧师不是没当着她的面摇过头，妈妈还是没有放弃希望。

爸爸看着他的老三，他的红发女儿，见她眉头紧锁，眼神坚定，目光在一双双嘴唇上扫来扫去。爸爸努力想把自己的难过赶到一边。他知道这个孩子的耳朵不可能再听见任何东西了。克拉克医生的诊断结果说得斩钉截铁。

帕特里克，家里的小宝宝，从这个人的腿边迈到那个人的腿边，边走边晃。“说话，”他说，学着玛莫，“说话，说。”

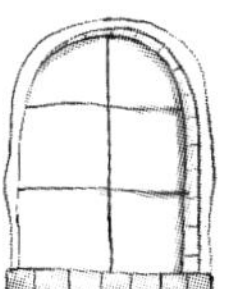

# 一

*1903—1905*

# 1

倘若智力尚可，失聪儿童一年内便可学会三百到五百个单词。孩子先学习各种语音，然后再学习如何将不同语音进行组合。

——多伦多博览会上的讲座

安大略省德西龙托镇

“去我房间。”玛莫指着楼上说道，“把我桌上的包裹拿来。”

格拉尼亚盯着外婆的嘴唇。她懂了，于是掀开楼梯口厚重的挡风挂帘，往楼上跑去。到了楼梯平台，她停了下来，透过那里的窗户向外张望。屋里就这儿的窗户做成了舷窗的模样，尽管它对着屋后，望出去只是一片陆地，入眼并无水面。她瞅着窗下的后院，看到了歪斜的栅栏、围场，目光右移，则是父亲旅店背后的车棚。远远地向左望去，越过米尔街上几幢房子的屋顶，可以看到一片长方形的田野，冲相反的方向，也就是小镇的西边延伸开去。一棵分杈的树投下两道长长的影子，午后时光，影随日转，滑过田野。想起自己的差事，格拉尼亚回过神来。她跑到玛莫的房间，找到了一个蓝布包着的包裹，把它带到了客厅。玛莫将一把矮椅子拖到自己的摇椅边上。摇椅面朝阳台，背对客厅，随她前后摇晃。

“坐这儿。”她动唇说道。

格拉尼亚盯着。下楼的时候她就用手指探了探包裹，知道那是一本书。玛莫点头示意，格拉尼亚解开包裹上打的结，将那块布叠好。封面上她首先看到的是一个词，或者说是由词勾连起来的一幅画。词由黄色的绳子组成，盘曲缠绕，穿过一艘船的甲板。驾船的是一位长胡子船长，旁边粗陋的长凳上坐着一个光脚的男孩。男孩正在读书，跟格拉尼亚手中的书一模一样——从封面一眼就能看出来。背景中的大海、天空，还有船帆，蓝的蓝，白的白，棕的棕，色调各异，却一派柔和。

格拉尼亚认识那些绳子字母，猩红热退了之后，她跟着玛莫把字母表又从头学了一遍。那些黄色的字母扭来扭去，六个形成了一组。

"星期天[①]，"玛莫说道，"书名是《星期天》，你可以把书放在自己屋里，想什么时候看就什么时候看。我们每天挑一页，你要把图画下面的词语都学会了。好吧？"玛莫眉毛一扬，算是在句末打了个问号。

书是给她的。这她明白。好。她的手指在封皮上摩挲着，但她得保持安静，不然玛莫会觉得她是坐不住的孩子。

"书里有很多词，"玛莫说，"很多很多。"她用指尖敲着书皮。"总有一天，你会把它们全都学会的。"她自言自语地嘀咕着，"一个词你要是能说得来，那也就能用得来。"也不知道格拉尼亚懂了几分。"我们就这样一个词一个词地来——直到你爸妈为你上学的事有了正经打算。你已经晚了一年，又错过了一段宝贵的时间。"

玛莫手指着书，眼里闪着"这就来吧"的意思。格拉尼亚打开书的硬皮，翻过紧接着的空白页。里面也有"星期天"这个词，只不过这次它的字母是黑色的，由小树枝而不是黄色的绳子组成。小树枝之后的一页是带彩的。

一头白褐相间的牛犊站在长满草的小路上，盯着一个小女孩看。女孩朝牛犊走来。她的身形和年龄与格拉尼亚相仿，约莫七八岁的样子。只能看到她的背——蓝色的衣服，黑色的鞋袜。她的帽子低垂在手，帽顶的雏菊翻落下来。另一只手里是一个穿着红衣服的布娃娃，软软地耷拉着。布娃娃的头发跟格拉尼亚的一样红。图画里谁也没动。牛犊吓得似乎连蹄儿也不敢抬一下。

---

① 英文为"Sunday"，由六个字母组成。

格拉尼亚指着图画下面的两个词，盯着玛莫的嘴巴。

“both afraid（都有点害怕）。”玛莫读道。

打头的那个音从格拉尼亚的唇间迸出。“bo，”她说，“bo。”

玛莫齿咬舌尖，做出发 th 这个音的样子。“bo-th。”

格拉尼亚盯着玛莫的双唇，试了又试。发好 th 可没那么容易。对于“afraid”（害怕）她早已熟知。那是她每天晚上在黑暗中的感觉。

“要练。”玛莫交代她，随后起身离开摇椅，留下“加拿大花束”的余香。选这款香水是冲着它的名字和她选择落脚的这个国家，也因为多年前她离弃的那条船上的恶臭，还因为伊顿先生从他的邮购商品目录中恰巧就选送了这款小瓶装、价值四十一分的香水。她转身走开，空气被带动，像是飘摇的布片。

格拉尼亚闻着香气，深深地吸了一口。她使劲闻了闻那本合上的书，把它紧紧地抱在胸前，生怕它会跑掉似的。both 和 afraid 夹缠在一起，在她口中半生不熟、含混不清。她跑到楼上跟姐姐同住的房间里。特雷丝正展身躺着读自己的书，《小仙女》。有时候，等特雷丝放学回了家，玛莫和她会互相读给对方听。格拉尼亚总会盯着她俩的嘴唇看，可故事究竟说了些什么，她就弄不明白了。

“说吧。”格拉尼亚指着图画下面的文字对特雷丝说，“冲着我的耳朵说。”

特雷丝瞥了一眼那本新书，知道那是玛莫送的。“有什么用呢？”她说，“你听不到的。”她摇了摇头，不。

“那就大声点。”格拉尼亚说。

“你还是听不到的。”

“冲我的耳朵大声喊。”她尖着嗓子，好让特雷丝明白她不会就此罢休。她侧过脑袋，感受到特雷丝窝成喇叭的双手，还有两阵急促的气流。

格拉尼亚练着，特雷丝听着，“都有点害怕，都有点害怕，都有点害怕。”

“挺好。”特雷丝嘴上说。她耸了耸肩，又去看她的《小仙女》了。

晚饭是围着那张大椭圆桌吃的，一日三餐都是如此，那是家庭专用的餐桌，位于隔壁旅店餐厅私密的一角。整个吃饭的过程中，格拉尼亚都想着那头白褐相间的牛犊和那个蓝衣女孩。傍晚与玛莫沿主街散步的时候，她脑海里是他们的影子，后来上床躺下，在黑暗中睁着眼睛的时候，脑海里还是他们的影子。

“都有点害怕。”她轻声说，不想让屋子那头的特雷丝听到。一缕轻风透过姐姐床铺上方的窗户吹进屋来。

特雷丝那边的窗户对着屋顶的斜坡，斜坡向上朝着旅店的上阳台延伸。从这里望去，房子和旅店似乎连在一起，尽管并不是这么回事，中间其实有一条头上加顶、两侧敞开的廊道。卧室的另一面窗户下瞰主街和昆特湾。昆特湾很大，从位于加美两国边界的安大略湖一路延伸至此。正对姐妹俩房间前窗的，是一株孤零零的枫树。

几乎所有的家庭活动都在镇子的主街上上演。往东，过内乐剧院不远，陆地便与湖湾相接，就到了主街的尽头。主街西端，也就是格拉尼亚住的地方，坡势向上，与曾经的约克路，现称邓达斯大街的道路交汇。约克路往西穿过莫霍克族印第安人的领地，直达沿湖二十英里外的贝尔维尔市。往东，这条路穿过镇子的北部，通往纳帕尼、金斯顿和圣劳伦斯河。德西龙托镇的大部分都在这条路以南，靠着湖湾。

小镇就像是一个大过头的村落，这倒不假，但由于拉思本实业在这儿已经有些年头了，小镇俨然已经出落成一座“公司城”，有铁路，有汽船，更有沿湖星罗棋布、不计其数的企业。主街与湖岸之间，工厂不少，木料成堆，有木材加工厂，有煤棚，有车厢制造车间，也有铁轨和机车转台。主街两边，事务所和商铺杂然相处：电报局、糖果屋、面包房、街角的杂货铺、窗户布满水汽的华人洗衣店、男装裁缝铺、《论坛报》印刷所、钟塔高耸的邮局、街对面的理发店、街尽头的内乐剧院、马具店、消防所，还有五金店。背街有殡葬所，还有杂货铺和面包房，警局和图书馆同在一栋大楼——麦琪婶婶就在图书馆工作——还有社区会堂和教堂，以及台球厅。跟格拉尼亚一起在小镇穿行的时候，玛莫会一一说出这些建筑的名字，但格拉尼亚知道，要是没有人带，她只许去杂货铺、肉店和邮局。

由于地处米尔街和主街的转角，正对着火车站和停靠汽船的码头，父亲的旅店总是忙个不停。

姐妹俩楼上的房间在旅店旁边的房子里，格拉尼亚的床铺上方没有窗户。她那边是一堵墙。右边是墙，前脸和左侧开着窗户。她跟玛莫学过左右之分。她想着《星期天》那本书，还有图画下面的生词。牛犊和小女孩，谁也不会朝着对方举步向前。他们会等着，直到她早上起床再翻开书皮。她会盯着他们看，而他们则会守在那一页，面对面看着对方。

“你真聪明。”玛莫对她说。她们在阳台上，玛莫把摇椅搬出了客厅。玛莫丝毫不松懈。她口齿清晰，发音吐字既坚定又用心，想着格拉尼亚应该能跟得上。“耳聋之前你就会读唇。你爸爸妈妈想说话了，大人的话，他们就得背过身悄悄说，就因为你眼尖好瞎问。以前怎么做，现在就怎么做，生病之前你就做得来。家里就数你会观察。”

格拉尼亚看到玛莫指着她的眼睛。“打从小宝宝起，周围有什么你都会看在眼里。刚能抬头，你就会越过摇篮往上瞅。”想到这些，她不禁笑出声来。

格拉尼亚明白玛莫是在谈论她幼年的事。从玛莫那张柔情的脸上，她能看得出来。

“那时候我有第厚感吗？”

“厚什么？”

“我还小的时候，麦琪婶婶说我有第厚感。她要做什么，我比她都清楚。”

玛莫笑了。她微笑时，眉间有道纵向的皱纹。“我明白了。”她张开双臂，格拉尼亚走过去，等着解释。这时，玛莫在格拉尼亚的额头上“啵”的一声，重重地亲了一口。

玛莫上身侧到一边，食指在空中画出一个“6”字。格拉尼亚看着这个数字无形的轨迹。

“六，第六感，不是厚。你要是有第六感，就不会那么说了。”

接着，玛莫用来比画的那根手指又在空中画了一个圈。“我要让你转圈，别闭眼，看好了。停的时候，告诉我你看到的是什么。明白吗？”

这是要做游戏，格拉尼亚懂的。她觉出玛莫的双手搭在了自己的肩头，身子便随着手的方向转起来。一圈。两圈。停下时，她正对的是自家阳台的尽头，十几英尺外便是旅店阳台的立柱。

她回过身面对玛莫。

“好，看着我，”玛莫说道，“用声音，不用手势。别把学到手的语言给丢了。你看到了什么？”

“木柱。”她尖声说道。

“声音低些。”玛莫压低手掌示意。她在用手势。“颜色呢？”

“白色。埃姆叔叔和男孩们刷的。”格拉尼亚的两个表哥当时从一个农场过来帮忙刷的漆，那个农场就在杰克牙牙[①]的农场附近。当晚，他们被安排在父亲旅店楼上的一个房间里过夜。

“嗯，那两个你认识的男孩。”

“伯纳德没有。刷漆那天他在餐厅干活。”

“还有呢？”

“男的。”

“一个男的。谁呢？”

“康林先生。在电报局隔壁。”她还看见了钉在两根木杆之间的电报局的标牌，却闭口未提。

“衣着呢？”

---

① 格拉尼亚读唇学音，将“爷爷”误作“牙牙”。

格拉尼亚耸了耸肩。

“再看看。”

她又看了一眼，尽量集中精力，争取记住。随后，她转过身来。

“好玩的帽子。在他工作的那个邮局里，他就戴着这顶帽子。”

“真棒。颜色呢？”

“像煤箱。煤箱的颜色。”

“还有呢？”

“帽子圆圆的，跟埃姆叔叔的一样，只不过上面打了个洞。”

“我知道。”玛莫说，这次她是自言自语——她忘了游戏还在进行当中。“他不愿意换新的。他太以此为荣了。”她往前欠欠身，“那场打斗已经是好些年前的事了，但他还是不肯买顶新帽子。”

“打斗？”

“哈，我跟自个儿说话的时候你也在读我的嘴唇。他帮你爸爸赶跑了几个无赖。他们是乘汽船过来的。那几个无赖不是爱尔兰人。”她又躺回摇椅中，“那天肯定有人打翻盐[①] 了。”

“盐？”

“就是打斗。先不管它。接着看吧。帽子上有没有带子？”玛莫一手半握，比画出带子的宽度。又是手势。

“黑的。”格拉尼亚的双手本能地在眼前交叉，像是在打旗语一般。她不会知道两年后有人将教她同样的手势。

“康林先生在做什么？”

这一次，格拉尼亚用不着再看了。“等着苛拉过去呢，因为苛拉是个包打听。然后嚼着烟草[②] 回邮局。就那个邮局。”

“你才是个包打听呢。”

杰克·康林转过身，冲她们招了招手。

---

① 一种迷信说法，认为打翻盐会引发嫌隙。

② 嚼烟发源于某些印第安人部落，1815 年以后流行于美国。到 20 世纪初，香烟越来越受欢迎，嚼烟则日渐式微。第一次世界大战结束后，嚼烟者人数大减。

晚上，格拉尼亚蹑手蹑脚地走过碎布地毯，在两床之间数了六步。她蜷在姐姐床边，等着。特雷丝跟她说过，要是她也爬上床挤在一起睡，弹簧就会吱吱响，她俩都会塌下去。爸爸妈妈就睡在隔壁房间，妈妈听着呢。

"不许说话，"妈妈警告过，"格拉尼亚不许离开自己的床。"这话是她道晚安的时候跟特雷丝说的，可格拉尼亚注意到了妈妈皱眉的表情，没等妈妈说完，她已经通过读唇搞明白了。

黑暗中，格拉尼亚还得琢磨这么一样东西——墙。跟埃姆叔叔一起住在邮局上面塔楼公寓的麦琪婶婶曾经跟格拉尼亚说过，墙是长耳朵的。玛莫也同意这个说法。当格拉尼亚揣摩个中意蕴的时候，玛莫和麦琪婶婶都在笑。现在，每晚睡觉的时候，格拉尼亚都蜷在一边，离墙越远越好，她不想让墙偷听。她不想掉进那个墙壁吞噬声响的地方。

一道影子打在前窗，窗外是那棵枫树，枝条舒展。*动的，不动的。*影子滑过苇管镶边的椭圆形镜子，滑过镶框的水仙图。它滑过盥洗台和水罐，爬上了书桌，越过妈妈十四岁时做的绣样，上面有两行字，出自《圣帕特里克的胸甲》[①]。*上帝之眼，我之所以视；上帝之耳，我之所以闻。*

那道影子溜出了房间。"要留神动的东西，"玛莫叮嘱格拉尼亚，"留神才能没事。"

有时影子会吓到格拉尼亚。月下，影子随处可见。好些次，她跟玛莫或者伯纳德傍晚在外边散步的时候，窗户里投射出的灯光让她的身旁总有影子在滑动，往往是两道而非一道。她有些怕，一眼不眨地看着，直到两道影子重又合而为一。

本就是个蹲着的姿势，格拉尼亚索性在碎布地毯上坐了下来。尽管稳着身子，她的肩膀还是碰到了姐姐的床沿。特雷丝的手从被单下

① 基督教圣歌，源于爱尔兰抒情诗。

伸出来，让格拉尼亚握着。特雷丝将部分毯子扯到床边，掖起来盖在格拉尼亚的肩上。姐妹俩手牵手，一个床上，一个床下，睡了一夜。

玛莫牵着格拉尼亚的手，把她带到前厅的那座钟前。这座钟当初是放在粗麻布袋子里带过来的，袋子是外公欧肖内西亲手缝制的，配有宽肩带。外公把钟从那片唤作爱尔兰的美丽土地上一路带来，而正是在那里的一个小镇，他和玛莫出生，成长，相爱，结婚。后来外公死在了船上，与新投之国近在咫尺的地方却成了他的海葬之所，带钟的事就落在了玛莫的肩上。到魁北克的时候，她和四个孩子，两儿两女——艾格尼丝，格拉尼亚的母亲，是其中的老大——几人抬起欧肖内西的箱子、包袱，还有粗布袋里的钟，离船而去。他们步履蹒跚地上了岸，随即就两腿发软，瘫坐在地上了。尽管已是虚弱不堪，而且还得继续赶路，但好歹脚终于踏上了陆地，这就够他们高兴的了。他们走陆路到了魁北克的米斯蒂克，玛莫在那儿有个堂兄，是她知道的唯一一个来自故国的老乡了。后来，玛莫的两个儿子长大成人能干活了，两个女儿也到了嫁人的年龄，他们就搬到了安大略湖边的德西龙托。这自然都是格拉尼亚出生以前的事。

格拉尼亚的父母结婚的时候，玛莫把欧肖内西的钟给了新人。那座钟有格拉尼亚的臂长那么高，从指间算到肩头。钟立在前厅的松木桌上。钟顶竖着两根短柄，历经海上的颠簸却没有断。玛莫把钟送了人，粗布袋倒是自己留着，跟那枚木制小十字架一起，放在了箱子里。丈夫海葬那天，她就把十字架放在箱底了。

玛莫把钟停下，让钟面只对着自己。她把着格拉尼亚的手，让它贴到钟表的一侧。手之所触是木头的光滑与温凉。

“我想让你感受时间，”玛莫告诉她，“如果我的手能感觉到报时的钟鸣声和走时的嘀嗒声，你的手也一样做得到。”

格拉尼亚先是注视着玛莫的嘴唇，随后，她的手感受着钟表的律动，目光转向前厅昏暗的尽头。她感受到钟表嘀嗒嘀嗒走动时的震动贴着指根，透过皮肉，一直传到指掌相接处的关节。玛莫停下了钟摆，那种律动也随之停止。格拉尼亚抬头看着玛莫的脸，玛莫重拨了钟表的指针。

“准备好了没？数一数。钟鸣声有几次？”

这可是全新的感受。嗒——嗒——嗒——透过皮肤，传来一个坚定的信息。停了。

格拉尼亚一直在数。“五下。五点了。”

“真聪明。再来一次吧。”

玛莫示意。

“没有，”格拉尼亚说，“没响。”

“真棒。现在呢？”

“三点。”钟鸣时手底下的震动一次强过一次。

玛莫将钟表扳手探入钟面，做了最后一次设置。她打了手势，眼中含笑。

“十二点。”格拉尼亚嘴上说着，手却没往钟上靠。

“真是个猴精，”玛莫说，“这次你是瞎蒙的。不过还真让你给蒙对了。但这跟你的‘第厚感’可是一点关系都没有。”

因为要做生意，父亲大多数时候待在旅店。开旅店是件苦差事，他老这么说。一切都得顺顺当当，一定得让客人满意，饭菜必须美味可口。母亲和她的帮手布兰特太太负责煮饭做菜。午饭和晚饭的时候，父亲会坐在旅店餐厅那张家用餐桌的桌首用餐，但早饭却从不在那儿吃。父亲自称酒商，身上有时候散发着酒味，或者说是烂水果味。他的气味跟别人都不一样。他的胡子两头打卷，闻起来像是混合了蜂蜡的烟草。他穿着一件罗纹马甲，有六个扣，格拉尼亚数过。第五个纽扣眼里穿了一根链子，链子上挂着一块怀表。父亲的手又宽又厚，爱尔兰人的手，干活最拿手，他常这么说。他有一头打着波浪卷的头发，右手小拇指上戴着一枚银戒指。一边的眼皮耷拉着，他抱怨说那是它懒惰。他在镇子里有个兄弟——埃姆叔叔，主街中段邮局大楼的看门人。父亲在镇子里的亲友除了埃姆叔叔，还有杰克·康林，也就是邮政局局长。

跟自己的老爹杰克牙牙一样，父亲也系领结，只不过老爷子盛装时才偶一为之，而他平日便是如此打扮。父亲新养了一条小狗，名叫卡洛，获准在他的办公室睡觉。卡洛左眼周围毛色发棕，形似眼罩，腿是白色，背是棕色。格拉尼亚可以带卡洛出去在屋后玩，但不能出围栏。楼上的几个卧室卡洛是不能去的。

格拉尼亚对卡洛发号施令。她自编口令，它一一听从。可它却不听特雷丝的话，也不听伯纳德或帕特里克的话。卡洛只认格拉尼亚的声音。格拉尼亚保护着卡洛，让它免受屋后那只鬼鬼祟祟的猫的骚扰。猫栖身在车棚里。

有时候，碰到格拉尼亚在后院，在厨房里干活的布兰特太太就会打开旅店后面的传菜口。她会顺着平坦的窗台滑过来两块葡萄干甜饼，一块给格拉尼亚，一块给卡洛。布兰特太太是个莫霍克族妇女，黑发黑眼，长着一张和善的圆脸。给甜饼的时候，她用一根指头压着嘴唇。格拉尼亚知道这是她俩之间的秘密。格拉尼亚喜欢布兰特太太。

爸爸的规矩很清楚，玩归玩，绝不能捣蛋，吃就得有个吃相。“要用刀叉，”他交代他们，“不要张着嘴嚼东西，那样不雅观。”

“说什么？”

“不是‘说什么’，格拉尼亚，要说‘劳驾您再说一遍’。”格拉尼亚随即扭头，时机把握得分毫不差。她看不见的东西就别指望她能懂了。

爸爸的胡须罩在上唇上，格拉尼亚有时没法知道他说的是什么。她使劲看，用力瞧，可要是那些话藏了起来，她就不得不让特雷丝来告诉她了。爸爸不喜欢别人让他再说一遍。他会定期光顾主街另一头格鲁的理发店，沿着木板边道走去修胡子。那几天，爸爸说的话格拉尼亚便能看明白。可过不了多久，胡子变浓密了，又遮住了上唇。尽管如此，爸爸有时候会跟格拉尼亚说：“宝贝儿，你也没漏掉几句吧。”这她倒还懂。

格拉尼亚梦见爸爸站在办公室门口。他的一只爱尔兰大手，戴戒指的那只，贴着胸前的怀表。爸爸在梦里跟她说着话，愁云满面，因为他以为格拉尼亚丢了。她看得到他，可他却看不到她。他的嘴唇在动，却被胡须给挡住了，格拉尼亚看不明白。恐惧紧勒着她，她向爸爸跑去，可他还是看不见她。他的嘴唇紧绷，几近扭曲。他嘴上不再言语，转而用手比画。可他不懂手语——至少是不懂格拉尼亚和特雷丝发明的那套。尽管他四下瞅了个遍，但还是看不到格拉尼亚。

爸爸爱格拉尼亚。梦中她知道这一点。可是，因为确信格拉尼亚必已无处找寻，他转身又进了办公室。格拉尼亚这下子真是绝望了。她在后面大声喊，像喊卡洛那样，但爸爸没有回头。卡洛从办公室里蹿出来，摇着尾巴，朝格拉尼亚跑来。卡洛总能听明白格拉尼亚的声音。

温暖的夜。清风和煦，从湖湾吹来。旅店的女客们坐在楼上的阳台上，隔了屋顶，离姐妹俩的卧室不过数步之遥。晚饭早已用过，女客们坐在成排的、面对湖水的藤椅上。就在下面靠街的阳台上，丈夫们自顾自地坐着，手里捧着饮料，脚边放着痰盂①。伯纳德在大厅的服务台旁忙活着，家里的孩子就他够大，能每晚在店里帮忙。

妈妈道了声晚安，关上了卧室的门，特雷丝立即高举手掌，示意安静。特雷丝的手一落下，格拉尼亚就溜下床。下床的时候，她紧盯着特雷丝，要是她弄出什么动静来，特雷丝会比画着让她知道。她蹑手蹑脚地走过碎布地毯，蜷坐下来，脚裹在睡袍里。不安顿下最后一位客人，爸爸是不会回来的。妈妈在哪儿忙活谁也说不准。有时在楼下的厨房或者客厅，有时在旅店的厨房，准备着第二天的饭菜。妈妈的厨艺极佳，人们到这儿住店就是冲着店里的饭菜来的。

特雷丝缓缓起身，跪坐在床上。透过窗帘上锯齿状的缝隙，她可以

---

① 嚼烟的标准配备。

看到窗外的景象。旅店阳台处的灯光渗进来，虽说微弱，却也足以照亮她的脸庞。她的一头黑发向后拢着，收在耳后。格拉尼亚的手摆来摆去，让姐姐变换位置，这边挪点，那边挪点，直到曲折的光亮落在特雷丝的唇上。对着那排姐妹俩所知的旅行中的女士，特雷丝的眼睛窥视着，嘴巴描述着，而格拉尼亚则盯着一个个词语从姐姐的唇间流泻而出。特雷丝巨细无遗地讲着看到的一切：细纱长裙上的褶裥、系带皮鞋、月牙形的珍珠胸针、带扣腰带、带有雕饰的宝石、时新的发式和发卷。两人强压着笑声，生怕被人发现。她们借助童稚的手语和特雷丝造的词，为她们所窥视的女人们描绘了虚幻的生活。那些既有钱又有闲的女人们。那些被人盯着却浑然不觉的女人们。

看着特雷丝报告那些女人的情况，格拉尼亚没觉得害怕。只要眼睛睁着，她就不怕；只要特雷丝醒着，她就不怕；只要词语还在特雷丝唇上的那缕曲折的光线里显形，她就不怕。只要两人并肩守候，抵挡黑暗，她就不怕。

玛莫把着书，格拉尼亚端详着其中的图画。这一页有四个词。一个卷发男孩跨坐在木椅的一角，对他来说椅子太高太大。卷发男孩让格拉尼亚想起了姐妹俩的朋友，长腿柯南，跟姐姐一个班的，同他叔叔住在米尔街。柯南没有妈妈，也没有爸爸。图画里的男孩穿着水手服，上面是一件宽领衫，下面是一条短裤，每边的裤腿上都有两枚扣子。他左手拿着一本打开的书，紧贴在胸前，右手拿着一个咬过的苹果。他有一双黑色的眼睛，目光投向画外，扫过格拉尼亚。图画和文字都是黑白的。

“He takes a bite（他咬了一口）。”

玛莫边读边指，一字一顿，以便格拉尼亚能细看每个单词并识别其间的分隔。“He-takes-a-bite（他——咬——了——一——口）。”“咬”字出口，玛莫牙齿一叩，自己笑了。

图画中的男孩在想事。也许比起吃苹果，他更愿意读书。也许开吃之前，他应该先把书抛到一边。也许他紧抱着那本书，命根儿似的，任谁也别想扯走。也许，跟格拉尼亚一样，他也只有这么一本书。

“说这些词语吧，”玛莫说，“看我的嘴唇，看我的喉咙。”

带着兴奋劲，格拉尼亚的声音抬高了。那些词语涣散开，混作一气，感觉都飘走了。

“慢点。”玛莫皱了皱眉头，手指在嘴唇前晃了几下。“你就像是房子着了火。再试试，这次声音要紧凑些。”玛莫两掌压着胸膛。紧凑。要让词语紧凑。

“房子着了火？”

“就是火烧火燎、着急慌忙的意思。好了，再试一次，然后我们去楼上或者屋外练习。‘He takes a bite。’”

格拉尼亚把书拿给特雷丝，她先是默默地看了看那几个词，接着便冲着格拉尼亚的耳道大声念了出来。“他咬了一口，他咬了一口，这一点用都没有！”

可什么也阻挡不了格拉尼亚。独自一人在后院洗衣房后面的台阶上时，她踮脚看着狭小的窗户上映出的自己的嘴巴。Hetakesabite。她一个词一个词地学，尽量使声音紧凑起来。感觉就像是胸前紧抱着一个枕头，跟图画里那个男孩让书紧贴着自己的水手服一样。格拉尼亚让声音紧贴前胸，将它收住。

每天晚上，她总是这样蹑手蹑脚地走过碎布地毯。脚下的毯子似乎会动。背后不知有什么东西在拍打着她。她猫着腰，寻思自己的呼吸声是不是太大了。她敢不敢轻轻地把特雷丝推过去呢？不行，妈妈会听见的，妈妈会生气的。格拉尼亚等着特雷丝给个信号，可什么也没等着。她整个身子伏在地板上，浑身发抖。为了不让黑暗靠近，她极力睁着眼睛，可后来还是睡着了。

后半夜特雷丝发现了她，给她盖了一堆毯子。到该穿衣吃早饭的时候，特雷丝摇醒了格拉尼亚。这天是星期六。两人按玛莫教的样子，叠好了被子、毯子，还有罗纹床单，让床透透气。之后，特雷丝先招呼格拉尼亚去书桌那儿，接着又到了两人合用的那个带衣挂架的小壁橱前。特雷丝从衣钩和搁板上扯下长筒袜、软腰带、衬裤、头巾——任何足够长、能打结的东西。她一根手指头搭在嘴唇上，离开房间，带回来伯纳德的两条旧领带。格拉尼亚看不明白这都是要干什么，可还是搭手帮忙。特雷丝把一堆玩意儿结成一条长长的花绳，然后点点头，拉直绳子，左右打量，又试了试打的结牢不牢靠。她专注起来的时候，总是把黑发拢到耳后。她把绳子在手腕上盘了好几圈——玛莫盘毛线时就是这么弄的，她见过——然后藏在床上，压在了被毯下面。她又拍了拍床单，然后两人下楼，穿过通往旅店的廊道，进了餐厅。妈妈在旅店的厨房。两闺女吃早饭的时候，爸爸总是在办公室。

不过，玛莫在。她边从带杯托的瓷杯里喝茶，边教帕特里克“香红茶”（pekoe）这个词。喝罢离桌时，玛莫的杯子里总要留些茶；从放凉了的杯子里喝完最后那么一丁点东西会让人走霉运的。

格拉尼亚在一边坐着的时候，帕特里克就扯她的衣袖。他的小手坚定地摸索上去，扳过姐姐的脸，非要她看着自己，留意自己要说些什么。

格拉尼亚读了他的嘴唇。“p-ko。”她说。这是玛莫喝的那种茶，她喜欢这个词。帕特里克笑了，玛莫伸手去摸格拉尼亚的脸蛋，而格拉尼亚却想着楼上的绳子，跟特雷丝交换了一下眼神。

“你们俩得意什么呢？猫儿吞了金丝雀[①]似的。”玛莫说。她看看这个，又看看那个。

格拉尼亚看看特雷丝的脸，想知道更多信息，可特雷丝并没有想要透露的意思。格拉尼亚知道，对于玛莫来说，这事真没什么打紧。格拉尼亚和玛莫有她们自己的秘密。有时候带格拉尼亚出去散步，玛莫不是把欧肖内西箱子里的粗布袋往肩上一甩就出发了吗？

---

① 英文成语，猫吞食金丝雀之后往往会舔舐嘴唇，其貌甚为自得，故用以状“扬扬得意”、“沾沾自喜”之态。

当事情不对的时候。

整整一天，格拉尼亚都在琢磨。

傍晚时分，天色尚未完全暗下来的时候，格拉尼亚往楼上走去。在楼梯平台的窗户那儿，她停下了脚步，远远地朝左边，也就是小镇西北边的旷野那儿望去。那棵分杈的树投下抖抖索索的影子。她进屋爬上床，盯着妈妈的绣样上精心绣出的几个字。那几个字说的是上帝的眼睛和上帝的耳朵，她心想，这怕是妈妈在教堂学到的吧。她盯着画框里的黄水仙。她竖起一根指头，勾画着盥洗台上那个水罐的轮廓。她等啊等，告诉自己的身体要保持安静，但它却并不听话。她脚后跟又快又用劲地踢着床垫，好让时间走快点，可掖好的被褥倒是被她给折腾开了。特雷丝进了屋，看见格拉尼亚脚下一团糟，将双手压在唇上。她关上卧室门，做出个"安静"的手势，收拾好格拉尼亚的被褥。她穿上睡袍，跪下来祈祷，然后关了灯。她伸手从毯子下面摸出那根自制的绳子，把打了环的一头冲格拉尼亚扔了过去，又把自己的这头打了环，牢牢地拴在一边的脚踝上。格拉尼亚透过幽暗看过去，照着姐姐的样子做。绳子垂在两人中间，越过特雷丝的床沿，穿过椭圆形的地毯，又离开地面搭在格拉尼亚床垫的顶头。两人各睡各床，踢腾着，腿脚挪来动去，直到绳子被摆弄到彼此都满意的位置才作罢。

格拉尼亚硬挺挺地仰面躺着，她在等。可特雷丝一动不动。格拉尼亚试着摆动拴绳的那条腿往回拉。她感觉到有阻力。接着，姐姐那边也往回扯了两下。她这边又扯了一下，好知道那边是不是真有动静。

她扯了一下，特雷丝两下。

她翻身侧卧，尽量将绳子绷直，只是为了确定特雷丝仍在那一头。现在，这种借助绳子"点到"的方式已经明确。两人还创造了一些扯绳的花样，一来一往——虽说没什么意义，可姐妹俩在黑暗中却压住笑声乐得不行。

格拉尼亚没去想掉进声音里会是什么情形。她梦见了牢牢拴在脚踝上的那根柔软的绳子——一条围巾、一只袜子、一条领带。她总能靠得了岸，再也不会在黑暗中漂来荡去了。她不害怕。这一觉，她睡得既沉又静。

早饭后午饭前这段时间，旅店的餐厅非常安静，妈妈带格拉尼亚穿过廊道去里屋的厨房，给她冲了一杯茶放在桌上。茶杯里有泡沫。格拉尼亚想跟妈妈说泡沫会给人带来好运。可是玛莫的那些老话妈妈已经听够了。难道玛莫不是妈妈的亲妈吗？这个想起来可太复杂了，妈妈居然曾经是个名叫艾格尼丝的小姑娘，她头脑中可没有这样的画面。

“盯着我要说的话。听不见是很危险的，”妈妈说，“尤其是出了家门在外面的时候。你可能会受到伤害。我想让你听听。”她一只手窝成筒状放在右耳后。听。

她往案桌上放了一块头巾，又放了一个用来盖煎锅的大锅盖。

“站这儿。”她让格拉尼亚站在厨房中间，然后拿起锅盖和头巾。“使劲听。懂吗？我要蒙上你的眼睛，把这个东西扔在地上。”她佯装要扔锅盖，“好好听着。落在哪儿你就指哪儿——前边，后边，这边，或是那边。”

格拉尼亚看得饶有兴致。妈妈把头巾折成一条窄窄的带子，折的时候嘴唇紧绷，黑亮的眼睛里透着一种决绝。她的围裙仍系在腰间，像件马甲一样裹在她的衣服上。围裙上的条纹是蓝色的，跟墙上挂着的那口斑点锅的内壁一个颜色。

格拉尼亚点了点头。妈妈用那条头巾蒙住她的眼睛，在她脑袋后面打了个结。蒙眼的时候，格拉尼亚是用嘴巴呼吸的。她感觉到肩头搭着的双手，感觉到自己被把着转圈，一圈，两圈，然后稳稳地停住。妈妈的手让她知道该停下来了。

地上铺的是带蛛网纹的油毡。格拉尼亚穿着白色的长筒袜和系带鞋。一阵震颤传到她身体的右侧。她指向右边。妈妈摘下了她的蒙眼布。

“不对，”她说，“不过也不能怪你。伯纳德刚才进来的时候摔了一下门。你听到了门响，不错。”

伯纳德去大厅经过这儿，边走边回头看。他朝楼梯口沉甸甸的挂帘走过去。他转转眼珠，摇摇脑袋，幅度掌握得刚刚好——能让格拉尼亚看见，又能避开妈妈的视线。他快步跑向楼梯，接着便没了身影，挂帘在他身后晃了几下才定下来。格拉尼亚知道伯纳德肺不好，不到楼梯尽头他恐怕就喘得不行了。她在楼上见到过伯纳德一只手按着胸膛，两肩起起落落地喘着气的样子。

头巾又一次蒙住了她的眼睛，这次更紧了。她讨厌黑暗，努力想要睁开头巾下的眼睛。她的身体晃了两下，稳住，肩膀找到了平衡。她的双手和小腿都感到一种震颤，脚忍不住要跳起来。妈妈在前边、旁边还是后边？颤动的感觉穿过她的身体，她指向左后方。

妈妈把那块蒙眼布拉下来，没有笑。“两次，”她竖起两根指头说，“我把锅盖丢在地上两次。那边，还有你身后。”她走向厨房尽头，指出第一次丢锅盖的地方。格拉尼亚看着锅盖在地板上滴溜溜打着转停下来。

“第二次不错，”妈妈的嘴唇说，“之前声音太远了。下次我要找个再大点的锅盖。”

玛莫走进厨房，一边眉毛扬起。“加拿大花束”的香气随她涌进来。“这都什么动静呀！”话刚出口，她就看到了格拉尼亚脖子上的一圈蒙眼布。

妈妈解开头巾，挥手让格拉尼亚走开。玛莫在屋里头，她是不会继续的。“找特雷丝一块儿出去吧，”她说，“去找柯南还有欧林玩去。”

格拉尼亚挪步走向纱门，扭过头站在门口，想看看玛莫的嘴唇上会有什么样的话语落下。

“你这是在浪费时间，艾格尼丝。你要真想帮她，就该脱掉她的鞋，让她用脚来感受震动。让她去特殊学校吧。贝尔维尔也没那么远嘛。地方虽小，但也靠铁路。接送起来方便。那学校都三十多年历史了——不过她要真去了，天知道我该有多想她。”

玛莫没说自己已经问了人，四处打听过了。“她得学学读书写字，”她说，“带点手语说话，那地方教这个。跟我们说话的时候，她已经在用手，甚至全身来表达自己了。她这个劲头是挡不住的。她学起来肯定快——家里头没人比她学东西更快。”

玛莫把手搭在女儿的手臂上，语气愈发柔和。“孩子这样就这样了，艾吉[①]，你得接受啊。别再内疚了。这不是你的错。你再怎么费劲，再怎么盼，也绝不可能让她恢复听力。”

可妈妈已经走到一边去了。她咣当一声把锅盖扣在煎锅上，拿着头巾在手上绕来绕去。格拉尼亚听什么，去哪儿，妈妈自有主张。让格拉尼亚失聪的是妈妈，帮她恢复一些听力的自然也得是她。

格拉尼亚和特雷丝离开湖湾，在镇上穿行。她俩的朋友柯南和欧林不在附近。两个小姑娘到了学校操场，朝一小片枫树林走过去，那儿有两个秋千。格拉尼亚凝视着夏季空无一人的校舍，那是伯纳德曾经上学的地方，是特雷丝现在上学的地方。帕特里克再大些也会去那儿上学。要不是猩红热让格拉尼亚失聪，那也准是她上学的地方。

她爬上秋千，两脚猛蹬。要是荡得够高，在她的身体落下再起之前，树叶就会蹭到她的肩膀。

有两个格拉尼亚从未见过的男孩进了操场，朝秋千跑过来。几个人轮着玩，两个小子等的时候彼此总是推来搡去。特雷丝认识其中一个男孩，他爸爸在一家叫作“德西龙托宾馆”的旅店负责前台接待，那家旅店也在主街上。格拉尼亚荡着秋千的时候，两个男孩仰头瞅着。他们大声喊了一个什么词，手指了一下跑开了，边跑还边回头看，嘻嘻哈哈地穿过操场。格拉尼亚也笑了，却并不明白是怎么回事。她把目光投向特雷丝，只见她放慢秋千跳了下来。特雷丝没笑。她的嘴唇上现出三个词。

① 艾格尼丝的昵称。

"快跑，格瑙！臭鼬！"

格拉尼亚跳下来。姐妹俩飞奔过操场，倒在那两个男孩旁边。空气中满是臭鼬的熏人味。

"臭鼬！"格拉尼亚对着那两个男孩大声喊叫，可臭鼬已经沿着林子边跑得没影了。

"臭鼬！"她又喊了一声。但她看得出来，从她嘴里出来的词不太对劲。两个小子正在笑她呢。

"哑巴！"高个儿男孩喊道，"听她是怎么说话的。她是个哑巴！"

格拉尼亚从他的嘴唇上读懂了这个词，她看到特雷丝吼了一声。男孩跑了。

"臭鼬。"

"臭鼬！"

"不对。"

为什么不对？她就是根据看到的唇形说的呀。她挣脱了特雷丝。

"别放弃，"特雷丝说，"要不功夫可就白费了。sk! sk![①]"特雷丝绷着脸。

"臭鼬。"

"好点了。"特雷丝耸耸肩，指了指已经跑远的两个小子。为了哄格拉尼亚开心，她又一次指着那两个小子，在耳边做了那个表示发疯的手势——手指弯曲，手腕摆动。她重又向秋千走去。

可格拉尼亚只想待在原地。她想躺在草地上，好好睡上一觉。她退缩了。她用了玛莫说的"倦怠的发音方式"，可她不在乎。一点也不。她就想喊出最糟糕的音，那些难发的、烦人的音，sk、ch，还有sh。她就想让这些音夹缠不清。特雷丝不高兴就随她去。格拉尼亚要发明自己的语言，谁也别想懂，谁也别想管，特雷丝也不例外。

可她需要特雷丝。离了她，周围发生的事她无从知晓。

---

① 臭鼬的英文为"skunk"，依唇形格拉尼亚不易把握前面的辅音"sk"。

她跟着姐姐回到秋千旁，爬上去，双脚蹬地荡了起来。她的影子在身子下面一来一回，胖—瘦，胖—瘦，她学会的每一个词都丢了。她任由那些词语跌落，一个接一个，而她则停靠在了自己那片寂静里，停靠在了能够感到安全的那块地方。她冲天踢腾着两脚。

**"接着就是一场动人心魄的搏斗。"**围栏边上三个孩子看着一个牛仔，见他铆足了劲骑在马背上，尽量不让蹦跳不已的马给甩下来。马身子弓起，后腿直踢。

格拉尼亚知道搏斗一词的意思。短短的一个词，只消下唇鼓动，就会流泻而出。玛莫说这个音她发得可好了。她们把图画下面的词语练来练去，直到格拉尼亚能把每个词说得准确无误。

玛莫合上书，这天到此为止。"小孩儿再敢笑你，你就还击。"说着她搂住格拉尼亚。

可格拉尼亚从玛莫的嘴唇上读到的却是教。

小孩儿再敢教你，你就还击。①

什么词格拉尼亚都能琢磨出个意思来，不管是对是错。有时候一句话放在心里好几年了，最后才明白是自己会错了意。

小孩儿再敢教她，她就准备还击。

伊顿先生从多伦多邮寄来的新商品目录一旦到达，旧目录就可以抢过来玩了。格拉尼亚和特雷丝坐在碎布地毯上，人手一把玛莫的裁缝剪。两人仔仔细细，从装订处整页整页地把目录拆开。她们剪出了一家子人，完了还小心细致地沿着脖子、下巴、手肘和脚趾修来修去。她们更喜欢那些身着衬裤、无袖衫，或者休闲长裙的女士。把这些女士粘到硬纸板上之后，就可以在她们身上贴其他衣饰了。女士们腰细臀

---

① "小孩儿再敢笑你"一句中的"笑"，原文为"taunt"；"小孩儿再敢教你"中的"教"，原文为"taught"。两个英文单词发音相近，因此被格拉尼亚混淆。

肥，曲线迷人，撅起的屁股让她们看起来有副前倾的架势，端庄而带着微笑的脸似乎要朝着地面摔下去。得用力撑着，女士们才能保持站姿。

姐妹俩在女士们的手上剪出些小口子，插上镜子，好让她们能揽镜自照，又给她们戴上卷边的宽檐帽，一边还插着羽毛。她俩给那些女士穿上长袍，长袍的下摆在脚下的地板上铺开，颇显华贵。如果是旅行中的女士，便会有负鼠披肩、狐毛手筒。或者是貂皮大领，中间开缝，女士们的脑袋便由此伸出，而貂头貂爪亦可与貂背貂尾相接。

她俩给这些女士穿上背心，肩膀上装饰着剪出来的大垂片，这对肩膀纤瘦的女士来说再合适不过了。此外又加上蕾丝边和蝴蝶结。两人又给她们穿上靴子，备了茶具好沏茶，给了鸡毛掸子好四处掸掸灰，塞上扇子好挥舞，还提供了带三个滚轮的熨衣板，让她们洗家里的衣物。因为女士们只能那样直挺挺的，所以要站只能是斜倚着沙发床，要躺也只能躺在最长的卧床上。因为总睁着眼，她们只能时睡时醒。

女士们还给配齐了家人，虽非自己争取，却一个不少。先是有个小宝贝，结结实实地裹在法兰绒抱毯里。特雷丝说，她长大了要生两个宝宝，男孩叫普里切特，女孩叫简。接着，两人剪出几个小姑娘，穿着白色的内衣，有衬裙、宽领衣和尖头鞋这些行头。姑娘们的脚看上去总像是要迈步似的。“她们要出门了。”特雷丝跟格拉尼亚说。

在剪出来的大家庭里，兄弟或有或无，男人却必不可少。那个男的是从内衣那一页挑选出来的，惹得姐妹俩笑个不停。那一页上的男人都像是马戏团的大力士。最强壮的那个扣子一直扣到下巴；他穿着长衬裤，脚蹬一双黑色的尖头鞋。鞋子极小极尖，像是无法承受他的体重。不过，装扮他倒也容易，一顶大礼帽、一身宽松的衣服就完事了。姐妹俩给这个男人的手上加了根烟斗，又给他一个箱子，好在旅行的时候用，还有一件海狸外套、一架外出干活时可以用的爬梯。她们让这位男士跟那位女士脸贴脸，还让他们亲吻，当然，不过就是两块硬纸板鸡啄米似的撞在一起罢了。她们卸下那些垂片，脱掉他们的衣服，让这对男女穿着内衣对视。男的总是被称为奥斯卡。女的却从来没个名儿。

奥斯卡有时候不听老婆的话。为了教训奥斯卡，女士就一个人出去旅行。她给配上了一个大皮箱，外加一个手提箱。奥斯卡要是开口对孩子们讲话，那准是告诉他们嚼东西时要闭着嘴，注意形象。几个孩子，尤其是姑娘们，还是会听的，但他们从来都没有耳朵。那些女士也都没有。格拉尼亚的那几个肯定是没有的。露不露耳朵特雷丝可不在乎，但格拉尼亚选的那些小姑娘和女士，耳朵都是被蓬松的发卷遮住的。要是她们的头发高高梳起或是扎在头顶，露出一丁点的耳垂，格拉尼亚就不会要她们了。她的小姑娘和女士不需要耳朵。没耳朵她们一样自在。

“妈妈，”她轻声叫着，“妈妈。”

她平抑着声音喊了几声，希望发出的声音不会太急促，既能把妈妈招到身边，又不会让她生气或者急躁。

格拉尼亚浑身发烫，汗湿的头发贴着太阳穴。她四肢疼，喉咙也疼。

“妈妈。”叫声时断时续，像穿透黑暗不肯停歇的电码。

特雷丝出现在床边。“怎么了？”她做了一个只有她俩明白的手势，掌心上翻。透过一片幽暗，她眯着眼看。“不早了。”

“我病了。我要妈妈。”

“你声音太小了。她怎么也不会听到的。”特雷丝张嘴大声喊道，“妈妈！格瑙要你！”

可进来的不是妈妈而是玛莫。妈妈在旅店，赶着为明天的鸡肉派揉面团。旅店的活总也干不完。听到召唤的是玛莫。

玛莫脱掉格拉尼亚身上的睡袍，又是擦洗又是抚慰，烧退了下来。她把格拉尼亚的红头发拢到后面，冲她的耳朵吹热气。她走到屋子另一边，把手搭在特雷丝的额头上，凉凉的，特雷丝已经安稳地睡着了。周围有病菌的时候，着凉或染上流感的总是格拉尼亚。猩红热似乎让她的体质也变弱了，变得很容易生病。格拉尼亚和伯纳德，这两个孩子得好好关照。伯纳德现在十七岁了，出生时肺就不好。其他两个，特雷丝和帕特里克，就像他们爸爸说的，壮得跟牛一样。特雷丝现在九岁了，不但继承了妈妈那高高的额头、乌黑的眼睛、黑褐色的头发，更有她那一身的力气。

玛莫想着艾格尼丝还是小姑娘时的样子——乌溜溜的眼珠，还不会走呢就踮着脚要跑，爱玩，高兴了就咯咯直笑。她是爸爸的小宝贝，给他带来了无尽的欢乐，是他俩的第一个孩子。可全家乘船离开爱尔兰几周后，艾格尼丝就不得不看着爸爸那裹起来的尸体滑入大海。一起离开爱尔兰时，他健康又强壮，却在船上患了热病。那热病就像一只致命的跳蚤，在甲板下毫无隔离的船舱里跳来跳去，从一个熟睡的人身上跳到另一个熟睡的人身上。被单在他身上裹了一层又一层。船员们默无声响地站在他尸体的一侧，另一侧则是一群又是悲号又是祈祷的妇女，几乎没有一个是玛莫认识的。她们对着那帮船员，仿佛要用号哭来让他们背负起责任——吃的东西很糟糕，下面的空气又污浊，水还不够喝。

玛莫和艾格尼丝站在一起，雾打湿了她们的头发，两人都不作声。她们的手搭在更为年幼的三个孩子潮乎乎的肩膀上。玛莫把曾经属于丈夫的木制小十字架紧紧地攥在手里，待丈夫的尸首被海浪卷入黑沉沉的大海之后，她下到船舱，把十字架放到欧肖内西的箱子里，自此十字架就再没挪过地方。

那一天她从大女儿身上汲取了力量。打那时起，责任就落到了艾格尼丝的肩头，责任之重怎么也不是一个小姑娘该承受的。这一点玛莫当然知道，可要照顾那几个小的，怕也只能这样了。一家人离船上岸，又将是一番艰难的历程，而历程的尽头也并无太多盼头，要说有，也全在玛莫家住米斯蒂克的堂兄身上了。

可艾格尼丝想念父亲。玛莫自己几乎没空难过，她满心想的都是大女儿多么可怜，一肚子悲伤还从不说出口。艾格尼丝从船上一个寡妇那儿讨来一块黑色的破布，展平了绕在脖子上，虽说只是条破带子，可谁说她也不肯摘下来。她的眼神变得暗淡，表情给人的感觉似乎是固守着某种不变的记忆或是自己的一种期许。就算是哭，她也是背着玛莫哭。后来，爸爸去世一年后，她从脖子上摘下那块黑色的破布，烧了它，结束了对父亲的哀悼。但她从此也不再纵情欢笑了，小时候随心而笑的样子再也没有了。

是玛莫剪裁男装的手艺让一家人活了下来。最终，她决定搬到安大略，到昆特湾那个发展迅速的公司小镇去。后来，艾格尼丝许给了德西龙托的德莫特·奥尼尔，玛莫眼看着女儿的担子变得越发沉重。先是有了伯纳德，生下来肺就不好；接着生了个女孩，分娩时就夭折了，再后来又生了三个。在格拉尼亚出生后、帕特里克出生前的那段时间里，德莫特买下了房子和旅店。一直以来，艾格尼丝连个喘气的机会都没有。即便机会来了，她怕也歇不下来。艾格尼丝四下打量打量，然后说："好了，我可以歇一小会儿了。"——这种情形玛莫想都想不出来，更别说能亲眼瞧见了。

玛莫知道，因为格拉尼亚耳聋的事，艾格尼丝还是无法原谅自己。她总是责怪自己害孩子发了高烧。那天晚上格拉尼亚本来就生了病，大冬天的，她抱着五岁的格拉尼亚穿过没有遮挡的廊道，把孩子放在旅店厨房里的一张小床上，让孩子睡在自己身边，好边干活边看着她。可猩红热毫不留情，格拉尼亚的体温越升越高。克拉克医生给叫了过来，吩咐说要用蘸湿了的海绵擦拭孩子的身体，轮流用湿布擦腹股沟、腋下、腹部、额头，还有前胸。拧着水盆里凉凉的纱布，揭下来一块再敷上去一块，艾格尼丝的双手像钟表的指针一样动个不停，似乎孩子的身体就是那钟面。一秒接一秒，一分接一分，一小时接一小时。可烧并没有退下来。

打那时起，艾格尼丝就有点责己过切了，可她却没有意识到，对孩子她也同样过于苛刻。

玛莫坐在格拉尼亚床边困得犯迷糊的时候，脑子里想的就是这些。她还是穿着一袭灰色长裙，高领衬衣上罩了一件针织背心。最外面是条蓝灰色的围裙，宽宽的带子扣在腰后。玛莫从不穿黄色。黄色是金盏菊，死亡之花的颜色。她握着格拉尼亚的手，整夜不离孩子床边。她梦见了艾格尼丝，梦见了她脖颈上的黑布条。当艾格尼丝，曾经的那个孩子，站在她椅旁愉快地欢笑时，她不由一惊。她伸出手去，速度却不够快，醒来才发现，她握住的是格拉尼亚的手。

现在，又有一个声音进入了她如梦如幻的记忆。这个声音是好几天前她无意中听到的。她带格拉尼亚买完东西，牵着孩子的手离开米格家的商店，店门很干脆地啪嗒一声，在她们身后关上了。一个女人的声音穿过纱门，传到了门外夏日的空气中。"瞧见她看那孩子的样子没？"那个声音说道，"喔，看那个可怜的聋哑孩子的时候，她真是一脸的爱意。"

"说说那场大火的事。说说那个名字的故事。求你了。"

格拉尼亚和玛莫坐在洗衣房外面的台阶那儿。台阶再往外是一小片草坪，然后便是围场。她们右手边是车棚，后上方则是楼上那个舷窗样的窗户。

玛莫也喜欢那个名字的故事。格拉尼亚是怎么出生的？名字是怎么起的？镇子发生火灾是在哪一天？一八九六年的那场大火，时值五月二十五日星期一，正是维多利亚女王生日庆典那个周末的最后一天。

玛莫不知道猩红热之前的事格拉尼亚还记得多少，也不知道她这样讲来讲去格拉尼亚通过读唇能明白多少。当猩红热让孩子丧失听觉的时候，先前习得的语言也消失殆尽。不过，残留的碎片虽说所剩无几，却也让人惊叹。她的记忆力超乎寻常，但对于那段有声的过往，究竟会以何种方式将其编织和呈现，谁也说不准。去留取舍于她似乎纯粹出于偶然。有些词语得到了精心保管，有些则被擦除得一干二净。时间就这样过去了，她还是没去上学。不过，既然每天一页在《星期天》这本书上下起了功夫，她就是在学习认字了。其实，她已经算是在阅读了。

"讲故事啊，玛莫。"

“我在做梦——白日梦。记得这是什么意思吗？”

格拉尼亚看着玛莫的嘴唇点点头。这是指那些连在一起的奇妙词语，比如“白日”和“梦”。还有“心头”和“肉”，她也觉得非常有趣。“你是我的心头肉。”杰克牙牙每次从九号分区的农场来看望她时都会跟她这么说。他也教过她“沉住气”和“咽了气”，这可比“心头”和“肉”什么的滑稽多了。

“我们在一八八〇年到了德西龙托，”玛莫就此开始了她的故事，讲的时候用心做着唇形，“当时这里还叫木材加工地。一年之后就改成德西龙托了。早在我们到这儿之前，差不多一百年前吧，约翰·德西龙托酋长和他的莫霍克族人划着十五条独木舟一路到这儿。他们之所以离开纽约莫霍克河边的家乡长途跋涉，是因为英王把这片土地许给了他们。因为在美国战争，也就是独立战争中效忠于英王乔治三世，他们得到了这份奖赏。后来，酋长的孙子又在赏地近旁争取到了更多土地，村庄由此形成。再后来，村庄成了小镇，因为德西龙托酋长曾经是位了不起的勇士，小镇就因他得了这个名字。”

玛莫不知道格拉尼亚能懂多少，但她还是接着往下讲。格拉尼亚没吭声，眼睛盯着自己知道的那些片段。

“我离开从爱尔兰来的那条船后，一个男的跟我讲，我的儿子们大些了就可以在这个地方找到活干。我是在去米斯蒂克的路上遇到他的，他把木材加工地的情况跟我说了。他说这地方即将成为一个重要的公司城，拉思本城。那帮拉思本人来自纽约，有钱有势不说，脑子还好使。他们清楚，要把镇子建得漂亮，少不了活干得漂亮的工人。到我们搬家的时候，我就把孩子们带到了这里。我可不想去一个满是流浪汉和窃贼，晾衣服都会让人偷走的地方。

“拉思本家族在这儿修建了铁路。还有一个圆形机车库、一个铁路车厢厂、几个木材加工厂，还有那个汽船码头。他们还把宾夕法尼亚煤矿的煤经过安大略湖，从纽约的奥斯威戈港一直运到这儿。运煤过来的平底船和大船再装上木料运回纽约。

“很多人搬到小镇，五千都不止。拉思本家族让小镇通上了电，还装了两部电话，就在我们搬来的那一年，一八八〇年，想想看！”她顿了一下，想象着朝钉在墙上的盒子里喊话的情形，还有那接下来的杂音。她的一个儿子做航运工时，就曾被派了接电话的活。现在他是铁路上的巡视员，住在多伦多。她另外一个儿子一直在溜煤槽上工作，直到那些黑色的粉尘击垮了他的肺。那场大火之后，他另找了一份差事，离家去了特威德新建的木材加工厂给人家记账。有人说珀迪家族或许有意要买下那个木材加工厂。

格拉尼亚盯着玛莫的嘴唇，等待她熟悉的那些单词出现。“面粉，玛莫。”她把面粉两个字的音调说得很高，听起来好像唱歌一样。

“木材加工厂着了火。”玛莫的手指变成了火焰。

“因为火星……”

“你倒是赶到前面去了。你就是选了那天出生的。那条汽船叫——”

“驯鹿！”

“对，就叫‘驯鹿’。离长长的木瓦码头不远，有人说就是它落了颗火星，把那些雪松木板给引燃了，火势随即蔓延。可到第二天，驯鹿号的船长说他的汽船根本就没掉什么火星。”

不管是什么原因，当时目之所见尽是成堆的木材——硬木、木瓦和枕木。风很猛，从西南方吹过来，下午三点二十的时候，警报大作。玩板球的急忙停手，朝雪松板加工厂冲了过去。

玛莫的手指比画着火焰，时而前后晃动，时而左右摇摆。火焰穿过铁道和沃特大街，好多房子都烧了起来，得有超过一百栋。山上那座漂亮的天主教堂也没能幸免，那是玛莫搬到小镇三年后建的。一块余烬落在了教堂的尖塔上，形成了火势。有个男的爬到尖塔里头，试图把外面的火扑灭，但因为于事无补，就只好退出来了。也就个把钟头，教堂烧得只剩下个架子兀自矗立，告诉人们此地曾经有那么个东西。霍根神父是当时的牧师，那天正好出城了。当他乘四点钟的火车赶回来的时候，唯一能做的只有望火兴叹了。祈祷压不住火势。玛莫回忆着当时的情形，在胸前画了个十字，又用手指比画出尖塔的形状。

“教堂烧了，木材烧了，全都是码头上的好木料啊。”格拉尼亚没能听出玛莫语气中的悲伤。小镇此前及之后也有过几场火灾，没错。可那天，连垃圾焚化炉都被烧了几个。

“咱们的房子没着火，玛莫。”

“咱们的没有。当时咱们住在镇子的另一头，湖湾后头。大火是你爸爸买下现在这栋房子和旅店之前的事。他把家搬到了主街，我也就跟着你们搬过来了。不过，倒是你妈妈那天晚上被烟折腾得够呛，而你正是那时决意出生的。”

玛莫一时不再言语，想着浩劫中的新生是怎样一个奇迹。不光是木材加工厂——她想着白白糟蹋了的面粉，都是上好的面粉，还有待烤的面包、蛋糕、派——放麸皮的仓库、雪松板加工厂、堆满小麦的谷仓，全都被大火吞了个精光。风势强劲，碎屑、余烬和破木板在空中噼里啪啦地乱飞。码头一直烧到了水边。烈焰腾空，数里可见，令人心惊。黑烟呼啸而起，天边火红一片。拉思本消防水管连用三十个钟头，无一处破裂。纳帕尼派了辆消防车还有消防员过来。贝尔维尔也派来了自己的消防员。金斯顿也派来了人手，外加一辆查塔姆消防车。可是，尽管有八方支援，水柱不停地往木材加工厂、锅炉和化工厂喷射，镇子里的男男女女也一桶一桶地泼着水，想要压住火势，主要的几处大火还是亏着后来的一场大雨才被浇灭。成堆的木材烧了一夜，照得天空一片通明。浸了水的黑乎乎的麦子在已经烧坏了的谷仓里还闷烧了好几天。

雨是星期一晚上九点半开始下的，势如瓢泼，跟大火一样凶猛。电闪雷鸣更是加剧了混乱，也让无处藏身的人家愈发苦不堪言。街头、房屋之间的过道、燃烧着的住宅外，堆积着家具、衣被等物，全都让雨水泡得透湿。要不是那场狂风变了方向，镇子会被烧个丁点儿不留。所幸镇民还是控制住了火势，没让它往镇子西边蔓延。

人一个没死，真是个奇迹。至于动物，被困的马匹一经解救便被牵走了。那周晚些时候，《论坛报》报道说，一只矮脚母鸡带着五只鸡仔逃离了那场炼狱大火，一直跑到镇子的最北边，在那儿被主人认出来带回了家。编辑对这则故事情有独钟，但玛莫看到的却是别的事情，根本没注意矮脚母鸡或是鸡仔什么的。

当天很多人都出城庆祝节日了，或许这可算幸事一桩。早上八点钟，镇乐队奏响了振奋人心的进行曲，向火车站列队行进，要随一整车旅客远足三十英里去“灰石古城”金斯顿。其他人则乘汽船南行一个半小时，穿过昆特湾，沿唤作“长延”的水域进入皮克顿港，在爱德华王子郡进行庆祝。

格拉尼亚的爸爸也不在。他是带着车马往北走，到泰迪纳加镇的九号分区看他父亲的农场。他带着伯纳德还有两岁的特雷丝，在杂货店给父亲和马萨姑婆买了些东西。杰克牙牙是妻丧鳏居，而马萨则是夫亡守寡，她回到了早先拓荒而来的农场，跟自己的兄弟住在一起。因为艾格尼丝待产，玛莫陪她留在了德西龙托。在五月焚化炉似的那天，四号分区以东，邓达斯以南，几乎所有的一切都被热浪和烈焰夷为了平地。

即将临盆，艾格尼丝颇有些不安，她从一扇窗户走到另一扇窗户，又是关百叶窗，又是在地板上放湿毛巾，压实了好堵住门下面的缝隙。刚爬上床，分娩就开始了。手忙脚乱，正是需要人的时候，却怎么也找不到克拉克医生和他的妻子梅瑞德，找别人吧，时间上又耗不起，玛莫于是自己动手给艾格尼丝的第三个孩子接生。玛莫哪里懂什么接生，只不过这事她经历得多罢了。在爱尔兰，她生过七个孩子，活下来四个，耳朵听着，眼睛看着，自己也就知道怎么做了。尽管如此，她还是很担心，上次生特雷丝的时候，艾格尼丝失血过多，很是危险。

艾格尼丝一开始分娩，眼里就看不到她了，玛莫知道。躺在床上，满心恐惧，大汗淋漓，喘息不已，怕自己的血会喷涌而出，怕血流难止，哪里会看见她呢？艾格尼丝知道，必须用力把这个即将离开自己身体来到人世的生命挤压出来。谢天谢地，分娩没有持续多久。艾格尼丝脸色苍白，血色全无，而捧在手里、仍是大头朝下的新生儿则满脸通红，哭声短促而响亮，母女俩之间的强烈反差让玛莫颇感震惊。孩子消停下来，呼吸也变得平稳了，皮肤慢慢呈现出粉红色，显得自然了一些。玛莫剪断脐带，用一根干净的绷带条给它扎上。她找东西裹住了孩子。孩子皮肤光滑，两只脚小小的，睫毛淡淡的，一头红发还挺浓密——浓密得像是六个月孩子的头发，红得像是自己年轻时的发色——正在此际，她感觉到孩子扭动着贴近自己，感觉到这个小生命的力量冲自己的心挪过来。艾格尼丝精疲力竭，在床上咳嗽着，镇子上空的浓烟让她肺里难受。孩子的肺似乎什么事也没有。待到胞衣滑落到端着的盆里头，玛莫才开始祈祷。她默默地祈祷，希望艾格尼丝不会因为大出血而失去生命。玛莫暖了暖手，在艾格尼丝松软的腹部，探出她高耸的宫底。她等了等，又检查了一下，尽量保持镇定。当她感觉到宫底下落，有点变硬的时候，她再次祈祷女儿的生命不会被夺走。孩子的喉咙里发出轻响，似乎是在提醒她们她还在那儿呢。

“你给她取名吧，妈。”艾格尼丝说，“你帮她来到了人世。你来给她取名。”

玛莫几乎是不假思索。Gráinne。可除非是爱尔兰人，否则这个名字写出来谁也不知道该怎么读。“我们就用英语的拼法吧，加拿大英语，”她跟艾格尼丝说，“Grania（格拉尼亚）。”说着，她看到艾格尼丝恢复了血色。她看到艾格尼丝的脸颊泛出红光，感觉到屋子里洋溢着幸福。艾格尼丝陷入了沉睡。

“玛莫？”格拉尼亚的手叩着她的衣袖。

“你的名字是‘爱’的意思。我感觉到那种爱直冲我而来。从你那儿到我这儿，再从我这儿回到你那儿。”玛莫臂膀轻摇，做出婴儿在怀的样子。她晃着指头，比画着传入自己心中，又在彼此间传递着的爱。

“还是小宝宝的时候，我的耳朵听得见吗？”格拉尼亚知道这个问题的答案。

“你的耳朵什么都听得见。当天晚上我就给你唱过歌，后来也经常这样做。你喜欢听我唱《我不想在你家院子里玩》。那首歌你最喜欢了。”

玛莫说着便唱出了歌名，点点头，回忆着，嗯。

格拉尼亚最喜欢听这一段，取名的事、耳朵能听见东西的事、那首歌，尤其是像晃动的手指一样，在外婆和自己之间相互传递的爱。

“Graw-nee-ya!”她喊了一声，声音大得异乎寻常。妈妈来到洗衣房门口，站在那儿看着她俩。玛莫听到了身后的脚步声，知道女儿在那儿。格拉尼亚也知道妈妈在那儿，从玛莫的脸上看得出来。两人都没回头看。

“我在给她讲她名字的故事，”玛莫偏了下头，“不是头一回了。”

艾格尼丝熟知这个故事，因为那也是她自己的故事。站在洗衣房门口，在两人身后的时候，那段往事不由也涌上了她的心头。她的回忆是孕期漫长而强烈的恐惧，孩子生下来以后，又是一种意想不到的力量和喜悦，浪潮般冲刷过她的身体。那是在大火之夜，她记得自己呼吸困难，记得看到红发孩子时的喜悦。丈夫离家在外。空落落的。之后她便患上了产乳热，一连几周打不起精神；然后就是干活，往旅店搬家，照顾三个孩子——尽管玛莫还能搭把手——疲劳、再次怀孕带来的更大的恐惧、帕特里克的出生，接着便是格拉尼亚的那场病、严冬时节了无遮挡的寒冷廊道、夺走了孩子听力的猩红热。格拉尼亚耳聋都是艾格尼丝的错。还能怎样呢？只能埋头干活了。总有干不完的活。所有这些，瞬间就把起初涌动的几分喜悦扫得一干二净。

玛莫听着女儿的脚步声渐去渐远。

“继续说，”格拉尼亚说，“继续说大火的故事，玛莫。”

但是玛莫今天对往事的追忆到此为止了。她转而动唇说道：“星期一的孩子。”

“脸儿俊。”格拉尼亚脱口而出——这曾是她烂熟于心的东西。

玛莫看着她微微一笑，并未觉得有什么意外，只是说了句：“啊，这句倒还没忘。”

一幅幅画面潮水般向玛莫涌来，这她没跟格拉尼亚说。就在艾格尼丝分娩前，玛莫肩上搭一条围巾，顶着风快步穿过尘土飞扬的街道，赶往镇子东边，心想或许能找个帮手。她走在路上的时候，异样的黑暗沉云一般压在头顶。小镇近水区的烟囱均已倒下；电线纠缠在一起；箱子、椅子、垫子等诸如此类的东西壅塞了街道。她看到一个夜壶，里面卡着一个铜制烛台。她想到那些身着裙装的妇女，她们跟男人们一起爬上屋顶，接过传上来的水桶一个劲地泼水，却徒劳无功。一名男子与她擦肩而过，胳膊下夹着一只湿淋淋的大公鸡，公鸡一动不动，眼睛闪亮，羽毛被烧焦了，黑乎乎的。走到第二街的时候，玛莫碰到了在教堂里认识的一个人，欧瑞利先生，他的嘴活脱脱现出一个 O 来。他从自家着火的房子里跑出来，手里捧着个瓷盘，里面有三个煮熟的土豆。她伸手去拉他，但他身子一避，拿稳了盘子，继续往山上去了。那是他从家里带出来的唯一一件东西。转身再看时，他已在山顶席地而坐，弓身护着放土豆的盘子，似乎那就是当天从大火中抢救出来的最宝贵的财物。

在托马斯街，玛莫见到了苏格兰人亨特太太。她的脸和两臂沾满了黑乎乎的烟尘，邻居们站成一排，强行把她堵在身后，不让她靠近她那着了火的房子。男的女的，大家伙儿都试图压住火势，却只是徒劳。亨特太太在邻居们形成的人墙后面跑来跑去，听到食品储藏室里忽地砰砰作响，顿时哭得呼天抢地。先是砰的一声轻响，接着声音大了起来，响个不停，那是蜜饯罐破裂的声音，后一响追着前一响，声声不同，形成了古怪的旋律。这人间炼狱般的大火威胁到了半个城镇，而在大火波及到的这小小一角，亨特太太听着食品储藏室架子上的爆裂声，一响伴着一哭。“哎呀，我的蜜饯李子啊！”每响一声，她就越发歇斯底里。丈夫从湖边狂奔回家之前，她成功把七个孩子转移到了安全地带，这个不提。四下的墙都倒了，家具也烧了个精光，几张儿童床都成了灰烬，这个也不提。蜜饯罐每爆裂一个，亨特太太就悼之以一声哀叹：“唉，我的醋栗酱！”也许，玛莫当时寻思，亨特太太想的只是去年秋天干的那些能把腰给累断的活吧。弯腰凑在柴火炉子上，从曾经咕咚咕咚鼓着泡、冒着气的斑点锅里用钳子提起一个个密封罐。那口锅只怕现在已经给烧化了吧。

此时玛莫脑中最叫人不堪回首的莫过于与马有关的几幅画面。三个醉汉，真是喝多了，一眼就瞅得出来，挤进了一辆并不算窄的马车，穷凶极恶地抽打着两匹马，逼它们穿过一条两边都是燃烧着的房子的窄巷。两头牲畜吓得要死，街上的男女齐声叫喊，想要阻止那几个醉汉。画面一闪而过——火焰呼啸，马车咯噔作响，两匹大马连惊吓带被抽，浑身冒着汗沫，木轮颠簸着在烈焰中转着方向——可玛莫怎么也忘不了。回家途中，果不其然，她撞见了其中一匹马，已经倒地毙命。它的皮毛光泽尽失，庞大的身躯像一座黑色的小山，突兀地堆在大路和木板边道之间。吓死的吧，很有可能。它的心脏不再搏动。她永远也忘不了那一幕，或者说，是忘不了那几个人的残忍。

那天晚上，格拉尼亚出生后，整个镇子还弥漫着大火过后的烟尘，无处容身的人正在寻找可以过夜的地方，小偷也忙着从街头的箱子里偷抢财物，方圆数里的农夫们正赶过来帮忙。情形如此，请埃姆叔叔过来实在大可不必。以往，每每有谁家生了孩子，总会请他去，由他抽着雪茄，楼上楼下满屋子转悠，借烟味驱除分娩后的血气。也不用在柴火炉子上烧掉那些布片了，接生后最后清理时一般都这么干，可半个镇子还烟火未熄，这一条也就免了。

艾格尼丝的丈夫德莫特带着伯纳德和特雷丝回家，还没到镇子，烟尘和灰末就直往他肺里钻，好几英里外就能看到天边异样的火光，他于是催马快行。他心里发紧。赶上了暴雨，他在镇子郊外一个无人居住的棚屋下避雨。再上路的时候，车轮搅着烂泥，真是举步维艰。他不愿勉强马匹。终于带孩子回到了家，迎接他的则是一个刚降生、才得了名字的女儿，还有只剩下一半的小镇。后来几天乃至数周，他鼻孔里都是焦炭和灰烬的味道，别人也一样。

外地人也大老远赶过来，盯着一片废墟和残骸喃喃低语：纳帕尼来了五百人；皮克顿专门过来了一汽船的人；一天，七十人骑自行车从金斯顿来到小镇，次日是三百。星期五，也就是大火过后的第四天，有个侏儒乘火车过来，迈着又粗又短的腿，装模作样在主街中央瞧着大火造成的惨状。他屁股后面跟着一帮小孩，但凡有人过来，孩子们便大声喊，这人是从多伦多来的，英国血统。装模作样的矮子之后，又有不少人陆续过来。大伙儿呆望着眼前的情形，有些人则动起手来，帮居民做些清理及重建工作。然而，尽管清理工作很是费了一番功夫，后来到了夏天——特别是拜那场大雨所赐——叫人难受的焦木头味还是结结实实地留在了镇子的泥土里。

# 2

要是朋友说“屁”，你以为是“避”或者“密”，这完全没错，因为你看到的唇部动作就是这样。一时分不清也不用着急。

——《读唇教程》

格拉尼亚走出房门，沿着边道的木头斜坡往前跑，随特雷丝穿过干爽的路面，上了另一边的木板边道。在边道变窄的路段，她仍是不停步子地顺着泥土堆积、沟槽遍布的路沿走在姐姐一旁。她紧盯着特雷丝，亦步亦趋：姐姐的宽带书包怎么背她就怎么背，姐姐的胳膊怎么放她就怎么放。

“行了，”特雷丝说，“别老学我。”

可格拉尼亚没法不这样。特雷丝知道的她都得弄明白。特雷丝是她的翻译，她的安全网。当各种各样的信息从姐妹俩正要去的那个叫作“学校”的吓人世界一股脑向她袭来的时候，特雷丝会填补她无从知晓的空白。

特雷丝耸耸肩，继续往前走，不过这次是半边脸对着格拉尼亚。她的上身转向一侧，这样格拉尼亚就能看到她的脸，读她的唇了。用两人专用的语言外加一通比画，她又让格拉尼亚把各种规矩熟悉了一遍——尽管在家已经千叮咛万嘱咐讲过好多遍了。

“铃响第一声就去排队。女孩站一边，男孩站一边。”

“我听不见铃声。”

“班长拿着铃，看她的手就是了。往门那儿跑。”尽管还拿着书包，特雷丝的手指还是在胳膊上上上下下地比画着。“衣服挂到衣帽间的钩子上。看人家怎么做你就怎么做。盯着老师。叫到你名字的时候要答‘到’。”

“什么时候叫我我可不知道啊。”

“看我的脸。我点头的时候你就该答‘到’了，速度要快。”

“到到，”格拉尼亚说着就练了起来，“要是你不在呢？”

“那就看名单上紧挨在你前面的人。是谁我会告诉你的。”

还有一条。“不许交头接耳。”

“我就跟你说话。”

“我跟大孩子在一块儿。老师不会让你来的。咱俩课间休息的时候可以说说话。柯南会去，在我班上。欧林也会去，可能跟你一排。”

格拉尼亚的心思不在柯南和欧林那儿，这两人都是她们的朋友，同住米尔街，房子紧挨在一起。她知道他俩会去。但眼下她只想把那些条条框框再过一遍——哪些不能做，哪些可以做。

特雷丝还没说完。“上算术课的时候不许扳指头。老师讨厌扳指头数数。她手里有把尺子，但不会狠劲抽。”

格拉尼亚多半没听明白，除了狠劲抽。她还没想过什么叫狠劲抽。对于算术她也是一无所知，尽管有时候爸爸不在旅店的时候，伯纳德教她数过硬币。格拉尼亚偷偷溜过转角，跑到围起来的吧台里头，伯纳德便停下手里的活儿，打开收银抽屉让她在那儿数铜子儿，有五分一枚的，十分一枚的，也有二十五分一枚的。有时候伯纳德会给她一枚五分的铜子儿让她自己花。她可以拿到米格家的店里花掉。

“要是渴了——”特雷丝做了一个就她俩懂的表示水的动作，拍拍嘴唇——“那儿有个冷藏箱。”

格拉尼亚的脑袋都快爆炸了。特雷丝知道这么多事，她怎么也没法全弄明白。

“要是叫你到板子那儿去，记住粉笔在板沿上。”

这一条呢，算是她熟知的领域吗？会有一块就像她头脑中始终存在的那种板子吗？她跟玛莫学的每一个词都盘曲缠绕，映在她想象力洁白闪亮的表面。这个她从没跟玛莫讲过，也没跟特雷丝讲过。她也从未告诉过她们，在那个想象力的表面，每一个词语都是由绳形字母组成的——盘绕着的黄绳子。

学校的板子，头一天去她很快就注意到，不是白的而是黑的。它在教室前方展开并延伸到一侧的墙壁。黑板上有数字，有算术题，有词句，也有线条。上完一天的课，等班长洗了，它就整个儿湿亮湿亮的，待到将干未干时又水渍斑驳。黑板上沿有一个硬纸板做的字母表，按顺序整齐地排列着。格拉尼亚对那些字母可是再熟悉不过了。很久以前，猩红热过后，她和玛莫就在家里用印刷体写了供自个儿用的字母表，还把字母都剪了出来。现在，玛莫在空中写字，食指描出一个个词语，似乎那处空气就是一张纸，而格拉尼亚也能看见。那些词句不留痕迹，但格拉尼亚却看得出来。以往玛莫用的是大写的印刷体，可最近几周她开始用手写体了。她和格拉尼亚管这叫"空写"。在半空中写字的时候，玛莫会把上身转到一侧，这样格拉尼亚看到的字就不会是反的了。

教室的墙上有一张元音表。头一天，孩子们一板一眼地跟学发音：A-EE-EYE-O-YEW。他们一遍遍大声朗读的时候，格拉尼亚也盯着他们的唇形和喉头跟读。可她很快就发现，元音真是叫人不好把握。一旦掺和到词语里头，那些音总有变化，根本没个准儿。

格拉尼亚从没被叫上过黑板。她守着自己的课桌，是教室里的二十九名学童之一。教室里有一个柴火炉子，四周有木制隔挡。其他二十八名同学都结了对子，两人共用一张桌子。格拉尼亚一人独坐，看着同学们动着的嘴唇和舌头。她的老师，一个胖乎乎的圆脸小尖牙年轻妇女，第一天的时候冲她笑了笑，牵着她的手把她带到座位上，打那以后就再没费功夫往她那儿瞅过了。词语穿空即落，死得毫无动静。

格拉尼亚脑子里变来变去的只有在家时跟玛莫学到的那些画面下配的文字。这是玛莫给她的，是图画和文字的礼物，是学来的，记住的，存着的。黑板上的词语，学过的她就认识，没学过的也记不住几个。她于是在座位上自娱自乐起来，脑子里一遍一遍地过着《星期天》那本书里玛莫带她每晚都练的图片配文。她翻来覆去地摆弄每一个字母，用黄绳子把它们串成词语。

> 保佑他们俩，摩尔奶奶说。
> 交代口令，这便是下一个要求。
> 马上去找最近的医生。
> 我们会怎么样？达尔西问。

教室后面有一本词典，在冷藏箱上方的隔板上。好几周之后，格拉尼亚胆子壮了些，终于在课间踮着脚把它取了下来。书比她想象的要重。她两臂一沉，把它放在下面的架子上打开，她翻到了字母G——她名字的打头字母。一栏一栏，一页一页，全都是G开头的词，数也数不过来。她的指头从一个词滑到另一个词，到了底下再上去，接着又滑下来。

格拉尼亚对这些词充满了疑问，可就是没人可以问。上课铃声再次响起的时候，尖牙胖老师就名词讲了一课。她用印刷体在黑板上写了一连串名词，然后用尺子一个一个地指：桌（desk）、树（tree）、马（horse）、雨（rain）。她转身扫视孩子们的面部表情，微笑着，像是这四个词里藏着什么了不起的秘密。每个词都含有一个元音。老师的身子又转了过去。格拉尼亚看着添上去的词越来越多，可音怎么发她一点都不知道。

放学回家，格拉尼亚把卡洛带到屋后，在台阶上坐下。卡洛又长大了些。格拉尼亚大声喊出命令，好让卡洛听明白然后照做。

“AY。”她喊，卡洛摇摇尾巴。

“EE。”她喊，卡洛坐下。

“EYE。”卡洛蹿上前舔她的手。

格拉尼亚把几个音混到一块儿：YEW、O、EYE、AY，还加进去了

sk 和 ch，卡洛知道该怎么做。它听得懂格拉尼亚的声音。

每天晚上，玛莫会帮她。她长长的食指勾出一笔一画，既慢且直。她用手腕的抖动来表示词与词之间的间隔。“knee，”她说，“听起来像是 tree。”她指着自己的膝盖，然后在空中写着 k-n-e-e，想让格拉尼亚看清楚这个 k 是怎么像玩魔术一样溜进来的。[①] 当格拉尼亚自己发音说 knee 这个词的时候，必须忽略这个 k。这又是一样她该明白的事。

“在长词里找短词。”玛莫说。她伸手拿过那本《星期天》，挑了图下只有一个词的一页。

“seashore（海滩）[②]。”玛莫指着图画下面的单词说道。图画里有两个孩子在海滨玩耍。“把这个词破成两个。第一个词的发音就像字母 c。然后把它加在 shore 前面。c-shore。”玛莫鼓动嘴唇，做出说 shore 的样子。

格拉尼亚对玛莫的嘴唇再熟悉不过了——动起来轻柔、认真，但绝不缓慢。她学着，趁词语尚未跌落。她把 c 和 shore 说了一遍又一遍。她先是用黄绳子把这个词编起来，再将它存进大脑。它的音就是这么发的。

接着她好好看了看那页上的图画。大海（sea）是她有朝一日想去的地方。大海跟湖湾可不一样。要看昆特湾从卧室的窗户那儿哪天都行。但她心中的 c-shore 可不是现在玛莫手指的那个。那可是另外一种情形，到了书的末尾格拉尼亚才能看到。

最后一幅图画中，一个身着连衣裙、腰系彩带、头戴一顶漂亮帽子的女孩被没膝的海浪困住了。她左摇右晃，就在被浪头卷倒之际，一个渔夫救了她。或许他是个灯塔守护员——画面上方有道光，一闪一闪从悬岩上的高塔照过来。这个男的长着胡子，头戴一顶水手帽，跟封皮上那位胡子船长戴的帽子没什么两样。很明显，男的大步在水里走着，

---

① 英文字母组合“kn”一般出现在词首，其中“k”通常不发音，如“knife”、“knock”等。

② 英文组合词，由“sea”（大海）和“shore”（滨、岸）两部分组成，前者的发音与字母“c”相同。为帮助记忆，此处玛莫教格拉尼亚用简单且已熟知的“c”代替“sea”。

想要全力去救那个小姑娘。他伸出双臂，在她就要跌倒的时候揽住了她。那个眼神惊慌失措的女孩似乎自己全然无可奈何，到底是怎么回事？格拉尼亚说不上来。她一边打量那个姑娘一边琢磨。

玛莫通过文字说明帮她理解：**“丹把那个孩子揽在了怀里。”**

如果不是丹出手，那个女孩就会被浪头吞没吗？她会扑腾着浮上来吗？欧肖内西外公沉在了海底，但那不一样。玛莫跟她说过那个故事。他们离开名叫爱尔兰的那片美丽土地后，外公在那条船上去世了。打那时起玛莫成了寡妇。被单裹着外公的尸体，一圈又一圈。祈祷之后，从船的一侧抛下去，葬在了海里。船上的女人们哭成一片，可玛莫和妈妈却没有哭。她们的悲伤是无声的。“有些悲伤太大，只能压在心里。”玛莫跟她说过。外公现在身在水底，在大海的某个地方。

一个人的时候，格拉尼亚会到自己的衣橱抽屉那儿去。抽屉里装着她剪出来的东西。她会拿出一个没耳朵的、看起来跟她同岁的小女孩。她解下女孩风衣肩头的垂饰以及带大扣子的长裙腰部的垂饰。之后，她找出伊顿先生那本遍体鳞伤、被剪得残破不堪的商品目录，翻来翻去终于找到了那幅想要的图片。整个商品目录里就这么一件女式泳装。其实，很难说那就是泳装，唯一的线索无非就是该页身穿这身衣服的那个小姑娘背后的场景。有波浪起伏的水面，有沙滩，画得格外分明的地平线前还有或坐或玩的小人儿。

格拉尼亚剪掉了女孩的脑袋，因为她露出了部分耳朵。她沿着脖子、水手领、短短的泡泡袖、细细的腰身一路剪下去。她要的只有那身泳衣。泳裙下摆及膝，与女孩高高的黑色长筒袜相接。格拉尼亚不管什么袜子，剪掉了女孩的双腿。她给肩部的垂饰留足了地方，拎起泳衣罩在自己剪出来的小姑娘身上——正正好。

她的小姑娘要去 c-shore 喽。她的小姑娘，没有耳朵的小姑娘。她要玩一整天，只要高兴；她要跪在沙滩上，让沙子在指缝间流淌；她要蹚到波浪起伏处，憋一口气，猫着腰钻进水里；她要在水里睁着眼，还要感受水的压力。谁也不会看见她，也不知道她在哪儿。想浮出来的时候，她就露个头，在波浪间探出脑袋，就像那些女士们的硬纸板脑袋探出裘皮大领子一样。

格拉尼亚把她的小姑娘摆弄来摆弄去，冲那个没有耳朵的硬纸板脑袋唱着，来练习那个以c打头的词。她把小姑娘和那身泳衣在抽屉里放好，然后坐在床边，舌抵上腭哼唱那个词。她鼓起脸颊，聚着气息。总有那么一天，《星期天》那本书里的每一个词她都能说得出来。她要学习说每一个词时气息怎么用，唇舌怎么动。要是弄错了，她会反复练习，一直练到把每个音都琢磨透为止。

可是词语没有音。没有，对格拉尼亚来说没有。不同的发音在她嘴里形成时会震动她的喉腔内膜，只有这种感觉。

“你该去一个合适的失聪儿童学校，”玛莫告诉她，“已经耽误了不少时间了。你会学到新东西。贝尔维尔有个特殊学校。”

贝尔维尔是远在西边的一个湖滨城市。格拉尼亚乘汽船去过那儿。那是去年秋天，妈妈带她和特雷丝去买冬装。汽船上午离开德西龙托，在北港逗留后继续前行开往贝尔维尔。她们在汽船上待了两个钟头。

“我得坐着不动吗？就像在德西龙托的学校里那样？守着课桌？”

“你的脚底下又不会长针带刺的。”

玛莫的唇形她瞅准了吗？*长针带刺*？

如果特殊学校会把针啊刺啊扎到小孩脚上，那她打死也不去。那样的话，她会跑掉的，就像《星期天》那本书里的小姑娘一样。

*“天哪，”妈妈说，“达尔西好像已经跑掉了。”*

格拉尼亚在阳台上跟帕特里克和特雷丝一起玩。他们自创了一个游戏。规则是喊一声，然后大伙儿从椅子上跳开，跑到阳台围栏再返回椅子。要摸到围栏，速度要快。慢了就要出局。最后一个回到椅子的就算出局。格拉尼亚得盯死了。目前她还没有出局。

两个小孩跟着父母从旅店的餐厅里出来，蹦蹦跳跳下了台阶。这一家子住在旅店楼上的一个房间里。两个孩子在距阳台数步之遥的地方盯着他们。他俩也想加入游戏。他们听到了格拉尼亚的喊声。声音跟其他两人不一样。

小孩的母亲走了过来。“你妹妹不太对劲吧？”她问特雷丝。她看出来特雷丝最大。

特雷丝走到格拉尼亚面前。游戏停了下来。

“我妹妹没什么不对劲，”她说，“她是我的妹妹，就这样。”

帕特里克喊着冲向椅子。特雷丝和格拉尼亚又开始了游戏。几个人玩成一团，喧闹不已。格拉尼亚还是没有出局。

厨房里没人，楼上也没人。格拉尼亚想去客厅看看谁在屋里。夕阳西下，客厅里窗帘关着。进了房间她才发现，屋里就她一个人。

黑暗突如其来。她转身面对大厅，可那儿现在也已经黑了。玛莫没在她的摇椅上，虽然摇椅已经从阳台搬了进来。格拉尼亚站在摇椅后面，心狂跳不已。她慢慢往后退，身子紧贴墙壁。她想往前挪动，到门口去，却动不了；她被黑暗钉住了。得有人过来把灯打开。她喊了一声，不知道自己弄出了什么样的声音。她又喊了一声。玛莫、特雷丝、帕特里克、伯纳德、妈妈、爸爸，他们都去哪儿了？卡洛呢？他们都走了，单撇下她。幽暗向她压过来。她的脚被锁在了地板上。后来，玛莫进来打开灯，只见一个娇小的身子如弹弓弹掷出的飞石一样冲过来，真给吓了一跳。格拉尼亚扑进她怀里。玛莫哄了好一阵子，孩子才终于不再害怕。

放学后，妈妈给了格拉尼亚一张折起来的便条。她的任务是把便条交给主街肉店的怀特先生。

格拉尼亚不想去。她想溜到壕沟那儿，一个新地方，跟柯南、欧林还有特雷丝他们一起玩。她扭头假装没看见，但妈妈硬是把她拉了回来。“交便条。等肉。然后立马回家。”

妈妈脸色阴沉，嘴唇紧绷，因为她整天都忙得不可开交。玛莫一直在厨房帮布兰特太太，但活儿还有很多。玛莫累了，关节炎让她没少受罪。她已经回屋，正在楼上自己的房间里躺着呢。

格拉尼亚走在主街上。这是十月末的一个下午，阳光明媚。她穿着白色的衬衫，深蓝色的裙子。脚在木板边道的雪松板上每踩一下，足底就会感觉到颤动。音乐，她心想。我的脚在奏乐哩。

怀特先生从她手里接过便条，她等在一边，前面还有两个女人要怀特先生招呼。油乎乎的地板上撒满了木屑，格拉尼亚的鞋底都埋进去了。她的脚在地上蹭来蹭去。屋里的味道让人透不过气。怀特先生围着挡血污的围裙；她从没见过不系围裙的怀特先生。柜台后面，就在他的手边，是一只死母鸡的两只带鳞的爪子，硬挺挺的像黄色的小树枝，指着天花板。

他包好一串污渍斑斑的香肠，擦了擦手，围裙上的油污于是又多了几分。他转身冲格拉尼亚说话，但格拉尼亚却看不清他用来说话的那张嘴。她透过纱门看着屋外，因为屋里头光线昏暗，还因为怀特先生说话时头老转个不停，一会儿左一会儿右的。他自顾自地耸了耸肩，看了看便条，然后挑出一大块剁好了的生肉摔在一张棕色的蜡纸上。这下格拉尼亚要看看了。他把肉在秤上称了称，掀起蜡纸的边角，扯着面前吊着的一卷细绳打好了包。绳卷挂在天花板上吊着的一个钩子上，上面全是星星点点干了的血污。他抓起一把刀——上面也有血，割断细绳，在肉包上打了个结。

格拉尼亚接过那包肉。“谢谢。”她说，但是这句话卡在喉咙里，出口时就不对了。*声音要紧凑*。还好玛莫不在。Here to hear[①]。格拉尼亚笑了，得意得不得了，因为她知道这两个词的区别。就像 see 和 sea。I

① “here”的发音与“hear”相同，二者属同音异义词。“Here to hear”此处大致可以理解为“在跟前听见”。

see the sea in the picture[①]。她想到了自己剪的那个没耳朵的小姑娘，想到了 c-shore，想到了海底的欧肖内西外公，想到了玛莫，是她告诉自己外公永远地安息了。玛莫说，在那片叫作爱尔兰的美丽土地上，每天都有海面上吹来的清风。

怀特先生又看了格拉尼亚一眼，冲她笑了笑，因为他以为小姑娘在冲他微笑。他拿起一支铅笔，把方才那块肉的价钱写进了账簿。他的躬鞠一本正经，像是《星期天》那本书中某幅图画里的样子。格拉尼亚早想远离他店里的那股味道了。达尔西抓过那包东西，拔腿就跑。不立马逃出肉铺，衣服上动物的血气怕就再也去不掉了。她掀起纱门上斜钉着的推杆，顺着短坡跑上边道，一口气冲到下一个街区才停了步子。

她缓步四顾，把肉包举到胸前抱得紧紧的。工人们很快就会成群结队地从厂里出来了，他们要回家吃晚饭。她看到了凯，学校里跟特雷丝坐在一起的女孩。凯面带微笑朝她轻轻挥了挥手，和善的脸上似乎藏着什么秘密。她的嘴里像是含着橡果。格拉尼亚喜欢凯，也冲她挥了挥手。

她到了拐弯处的邮局，正要踩着沟沟坎坎的干泥巴过街的时候，却觉着有什么湿乎乎的东西贴着皮肤。她低头一看，吓了一跳，一片深红的污渍已经浸透了她白色衬衣的前胸。

糟糕。她转身跑进邮局的侧门，上了宽宽的楼梯，一层又一层，爬啊爬，重重敲响了麦琪婶婶的门。有时候她来了，埃姆叔叔会让她爬到寓所上面的钟塔，但今天可不行。埃姆叔叔应该正在大楼的某个地方干活儿呢。

麦琪婶婶打开门，看到了红色的血渍、那包肉，还有格拉尼亚脸上挂着的泪水，她牵着格拉尼亚的手把她拉进了屋。她把肉放在桌子上，解开格拉尼亚的衬衫，帮她把衣服脱下来，边摇头边“啧啧”不已。

“我们可得把这收拾好。你妈妈……”

---

① 句中“see”和“sea”亦属同音异义词。句子大意为：“我在图画里看到了大海。”格拉尼亚由此两例感受到了语言的趣味。

她给格拉尼亚裹上一袭便袍便开始忙活了。她把衬衫放到一桶凉水里头，又是泡又是洗。洗啊泡啊，水的颜色终于由红变粉，越来越淡直到变清。

“咱们得快点，”麦琪婶婶说，“得在你妈妈派人[1]把你抓回去之前把事办完。”她拿起炉子后面随时待命的几个熨斗，轮番使用，好尽快熨完案桌一角折好的毛巾上铺着的衬衫。

“没时间弄平了。”她说，但格拉尼亚没抓住这句话。除了接缝，衬衫干爽挺括。

“就这样吧。”麦琪婶婶说。她帮格拉尼亚穿上衣服。衬衫贴着格拉尼亚的皮肤，污痕已经不复存在了。

格拉尼亚跑到门口，下了楼梯，因为忘了那包肉，又跑了上去。她拿着肉包，不让它碰到衣服，一路往家跑去。

格拉尼亚从廊道溜过去，进了旅店的厨房，妈妈正在餐厅里忙碌。布兰特太太在厨房，一根指头压在嘴唇上。格拉尼亚把那包肉放在橱柜的金属伸缩台面上，布兰特太太塞给她一个葡萄干甜饼，嘘了一声让她回房。妈妈甚至连格拉尼亚回来晚了都不知道（更别说中间发生的那档子事了）。

第二天下午，格拉尼亚跟玛莫说了一个新词。那是她从麦琪婶婶的嘴里学来的。paw-c[2]。一个短词藏在一个长词里？

“谁说的？什么时候？”玛莫挺感兴趣，精神一振，在已经搬到阳台的摇椅里直起身子。她紧了紧肩头缀着流苏的披肩。

“麦琪婶婶。她说妈妈会派出 paw-c。”

“这是个牛仔用的俚语，”她说，“美国的。尽管在爱尔兰也算不上生僻。警长和他的一帮人追赶一个坏蛋。”

---

① 原文为“posse”，意为“一帮人”、“一批人”，在口语中也作“乌合之众”解。

② 即上文的“posse”。格拉尼亚根据唇形，将这个单词的发音用自己掌握的方法分解成了已知的、较为简单的“paw”（爪子）和字母“c”。

“哦。”格拉尼亚应了一声，但并没听明白。她看到了玛莫嘴唇上发出的最后一个词——坏蛋。

就让它成为自己的秘密吧，她和麦琪婶婶之间的秘密。她跟谁都不会讲，就算是特雷丝也不例外，不讲 paw-c，不讲坏蛋，也不讲血渍。

“选好是哪幅图了吗？”玛莫说着打开了《星期天》那本书。

她是选好了，但现在手指却在往另一页翻，不是原本选给今天的那幅图。

一个头戴宽檐帽的男孩正从一堆篝火旁走开，边走边回头看，一脸不开心的样子。一个牛仔坐在篝火旁边的地上，挥拳威胁那个男孩。还有一个牛仔裹在毯子里，已经睡着了。**不带着马就别回来**。

玛莫读着图画下面的文字，点点头。“瞧，你挑的可不简单呢。这可能得花好几天时间，不过别管多久，我们会用心学的。一次学一个词。要仔细观察。一个词你要能说得来就能用得来。千万别忘了。”

星期五下午，格拉尼亚和特雷丝从女生入口[①] 跑了出来，欧林和柯南从男生入口跑了出来。好几个小时了，格拉尼亚什么也不干，就那么坐着。每次她试图读老师嘴唇的时候，老师不是头动来动去就是把身子转到一边。午饭后，老师给了格拉尼亚一本图画书让她翻阅，可她头枕着书皮睡着了。欧林戳了戳她的背想把她弄醒，但老师压根儿就没有注意到。

她不想在我身上操心，格拉尼亚告诉自己。她放慢脚步，心里愤愤不平，手拍裙子打着节奏。*不操心。老师不操心。*

朋友四人，数柯南腿最长。他率先冲到水边，向东沿着主街跑过邮局，跑过内乐剧院，穿过马路，穿过那条隐秘的小径，直到拉思本老码头的边上。格拉尼亚呢，今天慢腾腾的，落了个最后；其他三人已经躲到壕沟里看不见了。她沿着湖岸往前走，脚蹭着地。她四下看了看，确定

---

① 当时男女同校，但各有各的入口。

近旁无人，在最宽的一块板子下面猫着腰钻进了那个挖出来的地下小屋。泥土屋顶上面，将朽的码头长木板在水面上伸出数尺。码头废弃已久，早在几个小家伙占领之前就没人用了。码头下面壕沟的两侧被仔仔细细地衬上了木板——这是柯南和欧林的杰作。就他们四个知道这个秘密的地方，知道从哪儿掀开那块最宽的板子然后钻进壕沟。

地方足够他们四人容身，不过得两两相对，缩着身子。几条窄板子钉成的小长凳放在一边，另一边有小三脚凳和一个木头桩子。格拉尼亚最后一个进来，坐在木头桩子上，掖好裙子免得它拖在地上。地上有时候会有些小青蛙蹦蹦跳跳。壕沟里算是干爽，但还是有潮味，也闻得出格拉尼亚出生那天那场大火留下的气味。泥土地面又硬又光，像杰克牙牙农场上根菜窖的窖底。光线透过木板之间的缝隙漏进来——这是午后阳光打起的彩带旗。

“口令？”说话的是欧林，没精打采的。

“屋屋。”

格拉尼亚用手比画着房子，那三个都笑了，格拉尼亚自己也乐了，这个“窝窝”口令总会把他们逗乐。这是格拉尼亚的词，他们也便就着她说屋屋。

格拉尼亚把目光投向特雷丝，想看看他们几个都在谈些什么。特雷丝表情郑重，似乎是要发表什么声明。她的一头黑发给妈妈编起来扎上了，这让她显得比实际年龄要大一些。她抬抬肩膀，扬起下巴，扫视了一下其他三人。

“我要嫁给柯南，”她说，“长大后。”她身子半转，手指在一侧的空中写了个“嫁”（marry）字。趁它还没消失，格拉尼亚读懂了那几个连起来的大大的字母。头发黑得像是拍过水捋平了一样的欧林哈哈大笑，似乎这话荒谬至极。欧林爱笑也爱开玩笑。“真的吗？”他想听听柯南本人的意思。

柯南脸上露出特有的甜甜一笑。他拳曲的头发搭在前额。“真的。不过长大之前我们不会跟我的叔叔说，也不会跟特雷丝的爸妈讲。”

格拉尼亚看看这个，看看那个，心里琢磨着十岁大的孩子是不是都该把这种事给定下。

苛拉的女儿珠欧和怀特先生的儿子结婚的时候，特雷丝和格拉尼亚沿圣乔治大街一直走到那个长老会教堂，探身看着围栏里参加婚礼的客人纷纷走出教堂，走下台阶。这个教堂有一座石塔，跟大火过后新建的天主教教堂不一样。妈妈每周要去那个天主教教堂祈祷两次，格拉尼亚每个星期天也会随家人一起去。它有一座方塔，两组双开门。那个长老会教堂格拉尼亚从没进去过。

婚礼上的客人衣帽光鲜，有些女人还披着脖子四周带有褶边的短披肩。怀特太太荷叶边裙子的裙摆还饰有一圈一圈的黑绸。格拉尼亚把这些都记在心里，好回去告诉玛莫。她和特雷丝都想凑近看看身穿婚纱的珠欧。婚礼过后，珠欧和怀特先生的儿子就会搬到首都渥太华去住。珠欧伸手去抓新郎胳膊的时候，一阵风袭来，吹得她裙子裹住了腿，她不由皱了皱眉头。

苛拉往街上望去，看到跟特雷丝在一起的格拉尼亚，对丈夫说："这可怜的孩子，长大了谁会娶她呢？或许她声音细嫩好听，可除了他们自家人，别人一个字也听不懂啊。要是他们不给她找个既聋又哑的人，她只好一辈子守着她妈妈了。"

格拉尼亚抓住特雷丝的胳膊，拽她离开围栏。"她就是这样想的。"她嘴里喊道。

特雷丝沿边道想追上格拉尼亚。"怎么了？你读苛拉的嘴唇了？她说什么不好的了吗？"

是，就是。读苛拉的嘴唇很容易。但格拉尼亚不想重复苛拉刚才的那番话。

后来，她去找玛莫。"苛拉的嘴为什么抿那么紧？"

"她就那样。"玛莫答道。

玛莫继续说着，不过是在自言自语。而盯着玛莫唇间落下的额外词句正是格拉尼亚捕捉信息的方式。“这也是必须承受的精神负担。苛拉那种自以为是的劲。”

“精神负担？”

“你读出来了？重负。苛拉是镇子的一大重负。”

格拉尼亚没弄明白。“我觉着她就是个丑八怪。”格拉尼亚想到了苛拉的窄下巴、尖鼻子，还有小脚脖子和细腿。

“你最好别当着苛拉的面这么说。”

妈妈说了些别的。格拉尼亚看着妈妈的嘴唇。“我结婚前就认识苛拉，”她说，“没个兄弟姐妹，她已经够不幸了。要是家里头人多，你就不会只想着自己。苛拉没个伴儿，所以就变得自私了。独生子女都这样。原因也不过如此。她是个独生女。”

格拉尼亚越发糊涂了。

妈妈是什么意思，“孤独子女”[①]？孤独怎么会让苛拉变得自私呢？

格拉尼亚没有问。但她心里有数，长大了她不会一辈子守着妈妈过的。

“不要因为耳朵听不见就缩手缩脚的，”玛莫跟她说，“不要被这点打倒。”

打倒？

在德西龙托的学校里，她不想跟那些听力正常的孩子分开，但她总是被分开。她坐在教室的边上，一个人守着两个人的位置。上午课间休息的时候，孩子们会拿她开玩笑。也不是每天都这样，但有时候他们会跟她讲，她说起话来很好笑。

“说‘啐’。”

“吹。”

---

① 上文的“独生女”原文为“only child”。格拉尼亚读唇，将“only”误作“lonely”(孤独)，故而心生此问。

“哈哈。你说的是‘吹’。”

格拉尼亚对他们做了那个表示疯狂的手势，一手半握在耳边摇晃。

长腿柯南跑到操场救驾。有一天柯南会跟特雷丝结婚。那时候他就是自家人了，他会保护格拉尼亚。玛莫说柯南是个好小伙。柯南是格拉尼亚的“哥们”。

等柯南赶跑了那帮人，格拉尼亚就跑到操场边上，靠着一个树桩坐下。她抬头看了一眼树桩的邻居，那是一棵高大的树木，枝叶在树顶颤着摆着。只要跟树桩和树在一起，她就会安然无事。那些爱取笑人的孩子们想干什么就干什么吧。对她来说，独处最好不过。

中午的时候，她已经忘了上午课间休息时的事。学童们又跑又跳地喧闹着。他们两人一对，抓着彼此的手腕，快速地转圈，转啊转，直到身子倒地。格拉尼亚也去凑热闹。她双脚抵地，转了一圈又一圈，直到头晕目眩，脚下打着趔趄。她跌倒在草地上，气都喘不上来了。她就那样待着，两腿交叉，裙子掖在腿下面。其他人也坐下，迅速形成了一个圈，把格拉尼亚围在中间。

新游戏开始了，并不出乎意料。这是个词呢，还只是个声音？格拉尼亚看看这个，看看那个，他们的嘴在动，脸上则是大笑的样子。她被这种情景给吸引住了，自己也跟着笑起来。旁边不知道有人说了什么，其他人都在仔细看。她转过头，却还是没抓住那个声音，那个词。不管在孩子们之间蹦来蹦去的是什么，反正都快得像是水面上成群的蜉蝣，怎么也抓不住。一个词语蹦来跳去，从这张嘴唇到那张嘴唇。她很兴奋，想要去抓却看不清它的发音。孩子们说这个词的时候，一会儿在面前，一会在头顶，一会儿在背后，一会儿在一侧。

但是背后是不存在的。对她来说是这样。背后只有黑暗，不可想象。那是声音聚会的地方，所有她没法听到的声音。

“什么？”她向那圈孩子叫道，但喊声只引得他们发笑。“小孩儿再敢教你，你就还去。”玛莫跟她说过。

“说！”她扯着嗓子。

大笑变成了嘲笑。他们是绝不会说的。“哑巴！”他们喊，“哑巴！”

格拉尼亚站起身来，怒气冲冲地扫视了一圈，孩子们退开了。她双拳紧握，但泪水还是涌了出来。还击。她朝一个女孩冲去，却让她给跑了。孩子们散了，格拉尼亚顿时又是孑然孤立了。她去找特雷丝。特雷丝双手搭在格拉尼亚的肩膀上，让她看着自己。“不要放弃，”她动唇说道，“不要放弃。”

可格拉尼亚耷拉着肩膀，真像是被击垮了。她拖着步子走到女生入口，独自站在那里。她等着看着，直到班长的手腕晃动，摇起了铃铛，一上一下，一上一下。

回家后在姐妹俩的房间里，她就是不让特雷丝清静，直到逼得她在自己耳边大喊：“啐、啐、啐。”格拉尼亚听不见又怎么了？她头脑的某个地方会听见的，即便耳朵不行。

现在轮到她了。“听着，”她说，“声音不对你要说。”

说。

特雷丝听了一阵，有点不耐烦。她还有功课要做呢。

“看着我，格瑙。我说的是什么？”她面对格拉尼亚，嘴唇开合假装在说话。但格拉尼亚看得出姐姐在骗她。她的喉咙、舌头、脸颊、呼吸都不是真的在说话。

格拉尼亚扑过去，骑在她身上。“你最好帮我，”她说，“帮帮我把它说对了。”

可特雷丝没那个心情。“别慌，”她说，“等等。”她举起一只手掌，朝掩着的门望去。“妈妈在喊你呢。我得跟你说一声，让你下楼去。”

但妈妈根本就没找格拉尼亚。特雷丝只是想摆脱她的纠缠。

格拉尼亚出门到了后院。卡洛看着她，一副恭候大驾的样子。眼睛边上的那块斑让它看起来活像一名狗狗海盗。

**“啐！”**她大声喊道，卡洛闻声跳了过来。

**“坏蛋！”**她又喊，卡洛坐在她身边摇着尾巴。

“逮住那帮家伙！”她叫道。她爬上屋后的台阶，卡洛也跟着爬了上去。她翻来覆去地练习啐，卡洛听着，待在她身边，一只耳朵支棱着。

晚饭后，格拉尼亚去了客厅，发现玛莫一个人在那儿。“能往我耳朵里吹气吗，玛莫？”

玛莫在摇椅上抬起头。她不需要问出了什么事。

“你该待在学校，”她动唇说道，“不管发生什么事，你都该待在那儿。”

她把格拉尼亚揽在怀里——已经是个大女孩了。不要紧。玛莫用手指梳理着她的头发，往孩子的耳朵里轻轻地吹着气。

格拉尼亚看到了玛莫唇上落下的词句，感受到了玛莫抚慰的气息。她自顾自哼唱起来：该呆。我该呆呆。

但是，这不对劲呀。

去学校之前妈妈可是跟她说过：“在学校可别呆呆的。”

那么玛莫说的又是什么意思？*不管发生什么事，你都该待在那儿。*

到该上床的时候，格拉尼亚想得头都大了。她上了楼，把绳子在脚踝上绑好便爬上了床。特雷丝很快就上来了。格拉尼亚等着。一等到她确信姐姐那头也已经拴好，她便恶狠狠地把腿一收。黑暗中，她咧嘴笑了。

星期六早上，玛莫从木箱里拿出那个麻布袋。她弯下腰，手指探到那枚小小的木制十字架，匆匆祈祷了一下，然后合上箱盖。她把钟表袋的背带往肩上一搭，便招呼格拉尼亚出去散步了。

“你和玛莫散步时都干些什么呀？”特雷丝想知道。

“捡石头，”格拉尼亚回答得很干脆，“在湖边的沙滩上。”

千真万确，她还拿回来一块带斑点的石子和一块煤炭，并把它们放在了卧室的窗台上。

可特雷丝觉得玛莫和格拉尼亚出门时袋子就显得鼓鼓囊囊的，里面似乎有什么东西。

“没，”格拉尼亚说，“没有。”她记得玛莫跟她说过的话。这是她俩之间的秘密。

当事情不对的时候。

星期六。七月一号，正当自治纪念日①的假期。爸爸那只慵懒的眼睛迎着阳光几乎要闭上了。“上去吧，亲爱的。”他说。他那双爱尔兰大手拎起格拉尼亚，把她放到马车的座位上，那匹黑色的母马转着眼珠盯着她。格拉尼亚跟它对视，马于是摇起头来，像是不想见到格拉尼亚。埃姆叔叔的马匹在镇上已属良马，但还是比不上爸爸的马。有时候爸爸跟马待在一起的时间比在旅店里还长。这是格拉尼亚从妈妈的嘴唇上读来的。

特雷丝爬上来挨着格拉尼亚。帕特里克扑通一声给抛到了埃姆叔叔身边，随他坐在下面。妈妈、爸爸、玛莫和伯纳德待在家里招待客人。假日的周末，旅店爆满，布兰特太太要休假，但还好，她的女儿会过来帮妈妈在厨房里洗菜择菜。

伯纳德站在旅店的台阶上。他的头发打着卷儿，有如波浪，随了爸爸。他的嘴看似在说“再见，格瑞妮”，手也在挥动。格拉尼亚不用听也知道他说话向来轻柔。

她看着坐在身边的特雷丝，好确保自己不会遗漏什么信息。在姐姐脸上，她没有读到任何特殊的表情。特雷丝用她俩自创的语言做了个手势，她俩造出这么个手势是为了表示玛莫所说的“真真是等不得”——走吧，我们走吧。

埃姆叔叔把帽子往前压了压，遮住刺眼的阳光。他吆喝一声马，车轮一抖向前驶去。格拉尼亚紧了紧颏下的帽带。

---

① 1867 年，英国政府通过了《英属北美法案》，同年 7 月 1 日，安大略省、魁北克省、新斯科舍省和新不伦瑞克省共同组成加拿大联邦。1879 年，此日被定为节日，最初被称为“加拿大自治日”，直到 1982 年 10 月 22 日根据《加拿大法案》改名为“加拿大日”，即加拿大国庆日。

车轮上下颠簸着往前滚动，三个动作像是同时发生的一样。格拉尼亚闭上眼睛想避开阳光，只一霎却又睁开；玛莫有令在先，让她替自己向人打招呼，看到什么回去还要汇报。“我想听听你爷爷的事，还有他那个乱糟糟的爱尔兰家庭的情况。”她说，“两个叔叔是天主教的牧师，还有一个叔叔却在新教奥兰治党人[①]的游行中跨着白马扮比利王[②]。除了你爸爸，全国肯定别无二家。”说这些的时候，玛莫面带微笑，而格拉尼亚则寻找着她两眉间的皱纹。

前一年，格拉尼亚从邮局的楼顶上看过奥兰治党人的游行。就在埃姆叔叔寓所门外的大厅，天花板上放下来一架梯子，她被托了上去。她从开口钻上去，一上去目光就落在了屋顶大钟旁那块平坦的地方。客厅里的那架梯子可以直抵钟塔内部，可这架梯子不一样，顺它上去后人是在钟塔外面。埃姆叔叔和麦琪婶婶一人握住她的一只手腕，以免她走得太靠边掉下去。她看到下面的街上彩旗招展。她没能瞅见特雷丝——她带着帕特里克——尽管后来特雷丝告诉她说，他们冲她挥过手的。今年，到了十二号，格拉尼亚会再次随埃姆叔叔和麦琪婶婶爬到屋顶上去，而爸爸的叔叔也会再次骑上比利王的白马。去年，伯纳德待在旅店近旁，准备在游行结束大家伙纷纷去餐厅的时候帮忙干活。伯纳德是个“家里蹲”。妈妈就这么叫他。伯纳德就喜欢待在家里。

缰绳在手，重任在肩，埃姆叔叔的背绷得直直的。*马、眼睛、太阳、马屁股、道旁的山核桃树。*格拉尼亚把一幕幕景象在头脑里排了队，好向玛莫描述。*枫树的叶子招摇不已。湖湾在小镇的脚下鼓起一片黑乎乎的水面。*经过天主教教堂的时候，特雷丝戳了她一下，因为玛莫每次

---

① “奥兰治党人”或“奥兰治会社”，因其橙色肩带又称“橙带党人”，属英国新教。威廉三世，即“奥兰治的威廉”，在爱尔兰基尔代尔郡的博因河畔率军击败其岳父——信奉天主教、企图复辟的詹姆士二世，奠定了新教徒在爱尔兰的政治主导地位。博因河战役后，每年的7月12日，新教徒都会游行纪念这场胜利，这也经常演变成新教徒和天主教徒的冲突。玛莫这句话解释了上句所说的“他那个乱糟糟的爱尔兰家庭”。

② “比利王”为威廉三世的非正式称呼，多见于北爱尔兰和苏格兰。肖像画中的威廉三世多以骑白马的形象出现。

乘马车经过那儿时总会在胸前画个十字。教堂旁边那栋两层楼的房子看起来毫无装饰，极为简朴，楼上楼下的阳台上都空无一物。教堂门阶上去，一边的双开门顶着块板子敞开着。耳后有块烟斗状胎记的欧利瑞神父肯定在里头，他这是要把外面和暖的空气放进屋去。妈妈管这段日子叫季节交替，夏天刚刚开始，户外比室内要暖和。尽管格拉尼亚此时身在教堂之外，她还是想着教堂里面的样子，好像自己已经身在其中了。潮潮的，凉凉的，弥漫着煤炭和蜡烛燃烧的香氛，空气凝重而肃穆。孩子们在这儿可不能不守规矩。大伙儿都在祈祷的时候，格拉尼亚也以自己熟悉的方式动着嘴唇，装模作样，好像真知道这是在干什么似的。

到祖父的农场差不多得三个小时。因为旅途漫长，路又硬邦邦的，颠簸不平，他们打算在那儿过一夜再回来。杰克牙牙是埃姆叔叔的爸爸，也是爸爸的爸爸。格拉尼亚试着在脑子里排一排这些爸爸呀，兄弟呀，叔伯呀，还有叔祖父、伯祖父什么的。特雷丝和帕特里克路上睡了一会儿，格拉尼亚却一眼没合。田里的石头，投下一道道影子的看不到头的树木，她把这些图片都收好了放在脑子里。她知道杰克牙牙管那些树叫丛林而不叫树林。她看见灌木丛里跳出一只野兔蹲在路边。马没被惊到。埃姆扭头发现就她没睡，便说："瞧见没？"她点点头。

爷爷穿着衬衫和背带裤，站在农场的宅子外面，迎接他们的到来。他体格壮硕，表情严肃，个头不及自己的两个儿子。格拉尼亚知道，杰克牙牙那张看似严肃的脸，背后其实总藏着一个微笑。不等他咧嘴，格拉尼亚就知道他要笑。他摘下帽子，眯眼看着两个孙女，伸出双臂。格拉尼亚毫不羞涩地跳了下来，特雷丝也从另一边爬下了车，接着便是被人一阵连亲带抱。格拉尼亚看着谷仓、栅栏、大门那边堆成锥形的肥料，以及屋后坡地上那块表面光滑的大石头。她看见四下敞开的牛奶房，杰克牙牙在那儿放了一个盐罐，这样他就可以拿个新摘的西红柿在衬衫上蹭蹭，咬一口，撒点盐站在那儿吃了。他咬了一口。格拉尼亚想起《星期天》那本书里的小男孩、那个啃过的苹果，还有他捧在胸前的那本打开的书。黄绳子组成的词句都在格拉尼亚的脑子里存着呢。

农场的厨房里全是客人，有叔祖父，有叔叔、阿姨，大伙儿都围着长餐桌坐在一起。埃姆叔叔和三个孩子进来的时候，大家都起身，挨个把他们紧紧拥抱了一番。远远地在桌尾，三脚火炉架上坐着一个描金的白茶壶。有位叔祖父穿着一身黑衣服，他是牧师，从马里斯维尔来。格拉尼亚的目光从一张张脸上掠过，这儿看到个词，那儿看到个词。话是谁说的又是谁接的，实在搞不清楚。笑声和说话声就在她身边响起，她想抓住，但是那么多人一起开口，她做不到。

祖父让她到桌子一头去，他在那边的一把宽大的椅子上坐着。他直视着孙女，说话时做足了口型，好让格拉尼亚看个清楚。尽管祖父是在跟格拉尼亚说话，但她看得出来，他也是说给餐桌上的几个儿子听。"有这个红头发，就怎么也不会忘了你们的妈，"他跟他们说道，"她越来越像我的沙拉。一样的褐色眼睛，一样的红色头发。瞧她的胳膊，瞧她那双手的样子。"他抓住格拉尼亚的一只手，让她张开五指放在自己的手上。"你是我的心头肉，"他说，"你怎么叫我呀？"

"牙牙。"

"爷爷，"他告诉她，"杰克爷爷。"

她看到了祖父下颌落下时的"杰"，还有上合时的"克"。

"杰克，"她说，"但你的真名是约翰。"

"住在九号分区的爱尔兰人都叫乔啊，吉姆啊，约翰什么的，"他说，"所以我就改叫杰克了。"

"杰克，"她又说了一遍，"杰克牙牙。"

"说得够不错了。你跟生病前一样机灵。"他没提耳聋那两个字。

杰克牙牙的妹妹，马萨姑婆在准备下一顿饭，几个年轻的阿姨做她的帮手。马萨姑婆跟牙牙一起住在这栋房子里。她比牙牙还要高一些，在屋里的时候戴顶紧紧的软呢帽。格拉尼亚知道的人里头就她这样，不过妈妈跟她说过马萨姑婆喜欢老传统。帽子是灰色的，看上去挺古板，但颏下却系着一条玫瑰色的缎带。格拉尼亚把这个也记在脑子里，好报告给玛莫。

桌子上放着一排大黄派[1]，顶上还有格子纹，格拉尼亚也记下了。到时候玛莫肯定会问："那帮女的晚饭都准备的什么呀？"

柴火炉子点上了，飘着烤肉味的狭长的厨房一时变得温暖而亲切。牙牙总是吓唬马萨姑婆，说要给她再找个男人。"我们的厨子不是还有一条腿挺灵便的吗？"说话时，他指着在厨房里走来走去的马萨的脚踝，"大家伙儿迟早会给她再找个男人的。"

笑声再起。"他是个老傻瓜，"马萨软呢帽下的一双眼睛瞅着格拉尼亚说，"他就这样。"

"还自以为是呢，"他说，"这日子得拿相机出来啊。"他看着马萨，似乎东西在什么地方马萨都知道似的。

格拉尼亚看到了相机这个词，似乎还提到了学校。她瞅着特雷丝想搞清楚，可特雷丝的脸转到一边去了。有时候要跟上牙牙的话很不容易。跟给爸爸修剪胡子的理发师格鲁一样，牙牙想以夸张的吐字方式帮格拉尼亚弄懂他说的话。但这样一来，他的口型反倒不自然了，格拉尼亚也就捕捉不到完整的发音，在她看来词句全跑一块儿去了。

相机交到牙牙的手上后，他又让人去给他拿衬衫，新的那件。还有他的领结。

所谓新衬衫其实也已经八岁了，只不过看起来像新的罢了，因为一年也就穿两次——圣诞节一次，奶奶的忌日一次。莎拉奶奶是在糖枫林着火时遇难的，当时她的羊毛裙子上落了火星，火焰立时腾起，谁也救不了她。每年四月，在她惨遭不幸的日子，孩子们都会相互说起这件事，尽管谁也没见过她本人。她是在牙牙所说的"枫林月"[2]期间被火烧到的。她裙子上带着火跑到那条浅浅的小溪旁，破开冰，试图弄湿衣服把火扑灭。但是烧伤实在过于严重。尽管每日上药换药，她还是连那

① 流行于北欧、美国及加拿大等地，用料包括大黄茎，故名。

② 早春制作枫糖的一段时节，通常会有一些娱乐活动。

个星期都没熬过去。

埃姆叔叔去了楼上，下来时拿着牙牙那件熨得挺括的衬衫还有他的黑领结。牙牙从肩头把裤子的肩带一直抹到腰际。他换上新衬衫，却没把衬衫后摆掖进去，任由它盖在工作裤上。他又花时间系好了领结。这么一来，他看着便像是商品购物目录里模特的样子了。

“一九〇一年，我花十二分半买了这个领结，”他看了一圈周围的人，“是伊顿亲自送来的。”可这事大家都听过。

他看着格拉尼亚。“出来，”他口型夸张地说道，“我想让你来照。”

他把相机递到她手里，大伙儿都出了屋。他教她怎么让黑盒子抵着腰，怎么往下瞅，怎么把他放在小方框的中间，怎么按那个下陷按钮。他只想照到头部和肩膀；他的手在空中给自己比画出一个相框。叔叔阿姨们靠后站着，围成个半圆一动不动，似乎保持这个状态便是为这幅摄影作品出了份力。尽管知道按钮已经按过，牙牙依然保持着姿势：两肩紧绷，笑容含蓄，双唇相合显出结实的下颌。感觉的确可以动了，他摘下领结，脱下那件八岁大的衬衫，重又换上了他的工作服。这一次，他把破领子掖了进去。阳光下天气和暖。他把肩带扯上去，这下看着又像是杰克牙牙了。

杰克牙牙又照了一张，这一次是着便服跟所有亲戚们合了个影。照相的时候大家伙儿都是一脸严肃。格拉尼亚做了个深呼吸，拿稳了相机，让它紧贴着身子。她用手掌护住那个小方框，不然阳光打在上面，大家有没有都收进框子可就不知道了。

最后一张照片是杰克牙牙照的。这一张照的是格拉尼亚、特雷丝和帕特里克，三人坐在一条粗陋的长凳上，凳子是从牙牙最喜欢的那棵树下拖过来的。

晚饭吃得比较早，因为大家都饿了，而且有些叔叔阿姨还得在天黑前赶回自己的农场，赶回自己的家。现在，宽宽的窗沿上点起了一盏灯。大家手牵手围着餐桌，那位做牧师的叔祖父领着大家做了饭前的谢恩祷告。传菜的时候，大家就不说话了。一盘跟烤肉放在一起的烤土豆。还有一盘，满满的全是肉卤，上面点缀着烤肉上剥落下来的黑褐色渣子。晚饭前，马萨姑婆把盘里的肉汁倒进肉卤。她看着格拉尼亚，似乎两人是同谋一样。她动唇说道："盘里的好东西我们总会省着。"晚餐还有园子里新刨出来的胡萝卜和奶油豌豆。大人有一壶茶，孩子们有牛奶，是直接从牛奶房里拿过来倒在搪瓷壶里的。还有腌甜菜、玉米做的小菜，最后上的是加新鲜奶油的大黄派。

等到大家伙儿都吃好饭，床铺也安排妥当了——特雷丝和格拉尼亚合住楼上的一个小房间，房门口拉着一个帘子，地板上有一个管井——叔叔们各自带着老婆回自己的农场，牧师也回了马里斯维尔，格拉尼亚和杰克牙牙还有其他人则坐在阳台上。日头西沉，越来越低，直到天色昏暗，连嘴唇也不再能看清楚。

聊天结束，格拉尼亚倒是挺高兴。一整天都在使劲记这记那，别人的眼睛、喉头、嘴唇、牙齿，还有舌头，都得仔细盯着。她沉入周遭家人的温暖中，很快就睡着了。抱她上床的是马萨姑婆。特雷丝和帕特里克紧跟在后面。他们随着浓重的煤油味和时而猛晃时而轻摇的火焰往楼上走，牙牙高举油灯在前面带路。

第二天一大早，特雷丝还没起床，格拉尼亚就蹑手蹑脚地下了楼。她看见牙牙站在厨房的洗脸台前，台子没接排水管，下面只放了个木桶。他用獾毛剃须刷在自己的脸上打上肥皂泡，刮着两颊和喉头，肥皂泡也随之被刮成了长条。他把帽子往头上猛地一丢，陪格拉尼亚坐在桌旁，而马萨姑婆则忙着给他沏茶，准备早餐。

到了埃姆叔叔该出发备马的时候，杰克牙牙给每个孩子都送了份礼物：给特雷丝的是一枚金子做的许愿骨[①]发卡，那是莎拉奶奶的遗物；给帕特里克的是一匹木刻的小马，大小正好可以握在手里；给格拉尼亚的是那部相机，让她两手捧着。她不清楚爷爷都说了些什么，但她明白，

---

① 取自家禽胸部的分叉状骨头，即叉骨。文中所说的礼物即叉骨状的金发卡。

相机现在是她的了。大家匆匆作别，因为是星期六早上，埃姆叔叔打算回家时顺路带他们去马里斯维尔的那个教堂。牙牙把几个孩子又是抱又是亲，这个时候，格拉尼亚觉得自己又一次看到了学校这个词。

# 3

震动具有重要作用——学说字母的时候，有些情况下声音先是从胸腔发出，继而到喉头、鼻腔、下颌，时常也会到颅骨。

——多伦多博览会上的讲座

时值八月，溽热之气直透格拉尼亚的皮肤。她随妈妈登上一艘汽船，先过湖湾，再过安大略湖，最终抵达纽约州。旅途漫长，将近九个钟头。待跟人接上了头，再到罗彻斯特安妮姨妈的家里，已经是格拉尼亚上床睡觉的时间了。她跟着安妮姨妈往楼上走，穿过幽暗的大厅进了房间。房间里有一张窄床，格拉尼亚和妈妈晚上就睡那儿。安妮姨妈是妈妈的妹妹。她的眼睛像玛莫，下巴动起来跟妈妈说话时的下巴一个样儿。妈妈和安妮还要拉拉家常，她挺晚才上床。

第二天早上，她们租了辆马车。车顶是平的，轮子高高的，车厢四围都是黑色的。格拉尼亚跟在妈妈后面上了车，尽量端端正正地坐着。车子穿街过巷，颠簸时，她就抓住硬邦邦的车门。车子把她们送到一栋时新的办公大楼，她们上二楼到了一位耳科医生的办公室。母女二人被招呼进候诊室。格拉尼亚坐在一把椅子上，椅子太高，她坐得很不舒服。一坐下来她就四处张望。医生走到门口的时候，妈妈冲格拉尼亚招招手，让她跟上，坐到小房间里一张带衬垫的桌子上。医生把她抱了上去。他的皮肤斑斑点点，脸上坑坑洼洼，眼睛是最明亮的蓝色。看他的眼神和善，格拉尼亚松了口气。医生面朝妈妈的时候，格拉尼亚仔细瞅着离她最近的那面墙上的四幅挂图。

看到每幅图上都有一只耳朵，她很是诧异。耳朵很大，还是带彩的。几只大耳个个不同，展现的都是迷宫一般曲里拐弯的耳道。字母、词语，还有箭头在耳朵里进进出出地作着标记。在一只耳朵里头，有一个黑乎乎的东西，蜷曲着，像一只涂黑了的蜗牛。另一幅图上，密布的耳道组成网络，像是一个蜂巢，切开了好叫人看清楚里头都有些什么古怪玩意。图中的耳道通向四面八方。第三只耳朵里有个东西，外形像是掰弯了的许愿骨。有一个绿色的气球，或者说是一粒豌豆，卡在那只耳朵的耳道里。最后一只耳朵看上去像是一块小小的马蹄铁。

格拉尼亚以前从没见过耳朵里是什么样。

医生打着一道光往格拉尼亚的耳朵里看去。他用一根光滑的小棍敲着桌面木架上的一串铃铛。他拿起一把小角锤——跟格拉尼亚在德西龙托克拉克医生的办公室里看到的那把差不多，随后又用到了一个银质的带叉尖的东西。蓝眼医生把那个东西在桌面上轻磕了几下，放到了格拉尼亚的右耳后面。他又磕了磕，把它挪到格拉尼亚的左耳后面。

砰。砰。

医生在忙活这些的时候，格拉尼亚脑子里想的是sea，或者c，那个她独自一人时哼唱的词。医生硬是没让她走神，示意她闭上眼睛。他把一样东西挨近格拉尼亚的脑袋，这次她感觉到一阵震动传进头骨。

她睁开眼睛。医生用手掩着嘴唇，但格拉尼亚看得出他的脸颊在动。医生把手放到一边。

“听到了吗？”他的嘴唇问道，“听到我说的那个词没有？”

他凑到格拉尼亚跟前。椅子上的妈妈也倾过身来。四只眼睛在等待答案。

她一时没作声。

“格拉尼亚。”妈妈的嘴唇说道。

“没，”她用自己特有的声音说道，“没听到。”

但她感觉到了。她感觉到大海深深地在她的脑子里吟唱。

她看到妈妈一脸失望。

“她将我们拒之门外了，”妈妈告诉医生，“她高兴听了才会听，不然就会心不在焉。她平时也会有意不理我。”

“她这是有选择的？”

“没错。”

“这小姑娘是彻底聋了，”他说，“我实在无能为力。猩红热导致耳聋的情况成千上万。她应该跟其他失聪的孩子一样去上特殊学校。九岁，不小了啊。得让她接受适当的教育，您肯定也不想再耽搁时间吧。她已经算是落下几年了。我们罗彻斯特就有所学校，挺不错的。我可以给您写封介绍信，帮您打听打听。”

“不用了。”妈妈面向格拉尼亚站着。她的嘴唇在说，她们要回加拿大了。她们要回家。

“安排见个面不费什么事的。”医生说道。

但是格拉尼亚看到妈妈下颌紧锁，显然主意已定。要回家了，格拉尼亚很高兴。

离开那间办公室的时候，妈妈顿了一下，回头面向那位医生。她想着不能失礼。“多谢您给孩子看病，”她说，“也谢谢您的建议。”

“他们说什么呢？是在说我吗？”

爸爸妈妈都在客厅，格拉尼亚被叫了过来，跟特雷丝待在厨房。玛莫不知去哪儿了。也许她在楼上自己的房间里，也许在屋外的台阶上。特雷丝仰着脖子，脑袋转到一边，好让靠近客厅的那只耳朵能有点收获。

听啊。

“声音不够大，”嘴唇说道，“听不见他们在说什么。”

可格拉尼亚从特雷丝的脸上看出来她在撒谎。

“说。”

“没什么好说的。”

“他们是不是要把我送走？”

特雷丝打了个手势让她安静。

“说，”格拉尼亚继续磨着，尽量压低声音，“他们是不是要把我送到聋哑学校去？”两人挨得很近，能感觉到彼此说话的气息。忽然她声音一变。

“说呀。”

她感觉到自己的手被特雷丝抓了起来。姐姐的脸上有些异样——这是什么表情？以前可从没见过。是嘴，嘴不对劲，紧紧地抿着。特雷丝的目光似乎是远远地盯着过去，又或者是远远地望着将来。

“他们要送你走，让你住校。”她说。看到特雷丝在哭，格拉尼亚给吓住了，自己也哭了起来。她全身颤抖。“贝尔维尔的那所学校，”特雷丝接着说，“就是那所聋哑学校。”

这是格拉尼亚在家里的最后一天。在旅店餐厅角落里的那张餐桌上吃过一顿特殊的晚餐后，她和玛莫沿湖滨，手牵手往树林边上那个满是石头的地方走去。玛莫背带在肩，斜挎着那个看上去鼓鼓囊囊的钟表袋。回家以后，玛莫在摇椅中将格拉尼亚拉进怀里，两人一块摇了一阵，玛莫往她耳朵里吹着气。

爸爸回家接她去旅店的办公室，把她抱坐在自己腿上。她知道他整个傍晚都没在屋里，因为他衣袖上有股马厩味。他搂了搂她，亲了亲她，然后两人便只是静静地坐着了。卡洛在地板上，一只爪子掩着那只海盗眼，格拉尼亚对它说 YEW，想让它好受些。爸爸的胡子已经让格鲁给修剪过了，所以他说起话来，格拉尼亚大多都能懂。他告诉她，要是在学校怕黑了，就大声喊出自己的恐惧。她应该把恐惧都喊出来，喊进黑暗里去。

格拉尼亚有点吃惊。爸爸怎么会知道自己害怕黑暗呢？爸爸不会还知道脚踝上拴绳子的事吧？

“有什么恐惧都说出来，说进黑暗里去，宝贝儿，这样它们就不会再纠缠你了。”他的嘴唇告诉她。

格拉尼亚试图去理解这些话，她点着头，闻着爸爸身上的烟草味。爸爸牵着她的手，带她穿过廊道回了屋。

现在，格拉尼亚躺在自己的床上，是妈妈伺候她上床的。时候不早了，她想着帕特里克和伯纳德，两兄弟同住在大厅尽头的一个房间里。她想着在自己房间里的玛莫，还有卧室隔壁的爸妈。他们也有恐惧吗？她想着家里的每一个人，想着他们都在把自己的各种念头送进黑暗。大家都想让她离开吗？

她使劲扯了一下脚踝上的绳子，那可是她的救生索，是黑夜里她跟特雷丝之间的语言纽带——可惜很快就不再有了。她感受到了屋里的一片宁静。她动了下脚，没有反应。她又扯了一下绳子。特雷丝突然来到她身边，站在床边，弯腰指着自己的嘴唇。

“行了，”她说，“我得睡了，格瑙。我累了。”

格拉尼亚闭上眼睛，命令自己的身体安静下来。如果她折腾过头了，特雷丝会把那一头的绳子从脚踝上解下来的。要是这样，格拉尼亚可就要孤立无助，只能在黑暗中漂来荡去了。

特雷丝回到碎布毯子那边自己的床上时，格拉尼亚绷紧了腿。窗外树叶的影子打在帘子上，微微颤动。她得让特雷丝跟自己连着，还得赶紧睡着。她尽量让自己变迷糊，可脑子里的画面就是关不掉。

她起来，知道特雷丝会不高兴。

特雷丝还没睡着。“又怎么了？”她不由自主地抬起头，好让格拉尼亚借着那道曲折的光看见自己的嘴唇。

“我睡不着。太黑了。”

“跟自己的脑子说，让它别再瞎想了。”

“什么？”

“我就是这么做的。很简单。我跟自己的脑子说别再胡思乱想，然后就睡着了。”

格拉尼亚回到自己的床上，但她的脑子就是歇不下来。她越努力，脑子里冒出来的画面就越多。她半睡半醒，始终没睡踏实。她发现自己被管道组成的海洋所包围。她跟随着手势、画出来的箭头，还有慢腾腾的蜗牛。海水已经漫过她的耳朵了，但她挣扎着不让自己沉没。《星期天》那本书末尾的海滨姑娘从格拉尼亚身边漂过，经过时还把头从那页纸上探出来看了她一眼。她头上戴着帽子，腰间系着彩带，身上穿着连衣裙，还在等人来救她。一个小船队，载着一群长着杨柳腰、穿着拖尾裙，却都没有耳朵的女士乘风而去。奥斯卡，那个剪出来的脚踏黑色尖头鞋的男人，穿着他商品目录上的内衣也漂了过去。尽管他有个大胖肚子，看起来却并没有要沉下水的危险。欧肖内西外公裹在被单里的尸体浮出了水面，在水中翻来翻去。那个剪出来的穿着新泳装的小姑娘在海浪中一上一下地漂动，可她孤零零的，好像谁也没看见。

格拉尼亚感觉到头顶有水压，她在床上无声地扑腾着。她奋力活动着胳膊腿儿。她浮出了水面。早上醒来时，她发现自己跟姐姐睡在一张床上，紧紧地依偎在一起。暖暖和和，盖得严严实实，压着好几层睡毯，她睡在特雷丝的床上。

玛莫坐在客厅的摇椅上，屋里就她一个人。前一天晚上她没睡好。伯纳德在隔壁的旅店里；帕特里克跟布兰特太太在旅店的厨房；特雷丝在学校。这是九月里晴朗的一天，可玛莫却没有挪出客厅，到阳台上去坐坐。尽管如此，因为窗户大开，她还是能注意到空气的变化。秋天来了。赶在箱子被装上马车之前，她一大早就把自己的礼物放进了孩子的新帆布箱里。艾格尼丝和德莫特还没从贝尔维尔回来。

玛莫觉得，脸上的皱纹似乎已经无法牵动，做不出什么表情来，而嘴巴似乎也不愿说出什么话来。她只能一个人呆呆地坐在那儿，腿上放着那份校报——《加拿大哑人》，想着孩子将要一步步踏过的旅程。

孩子，孩子。她低头看着报纸："每个孩子每两周至少应收到家信一封。倘有孩子所收家信为数过少，于家人未免有失体面。另外，父母亦不宜来信过多，以免孩子分心，从而影响学业。"

玛莫的文具在楼上书桌的抽屉里，随时可用。她没精打采地翻着报纸。

“每年我们都会接收到一大批禀赋极佳的好小伙和好姑娘，假如父母愿意给我们时间，我们必能使该具男子气概者具男子气概，该有女子操行者有女子操行。”

玛莫叹了口气。她伸手拿过单独加送的那张纸，展了开来。那是学校送来的官方说明。已是第三遍了，但她还是仔细研究着，好像这份文件来自异域番邦。

**安大略聋哑学校**

凡年龄介于七岁至二十岁之间的聋哑人，如智力健全，无传染性疾病，且为安大略省合法居民，均可入校就读。学制七年，入校较晚者可在年届二十时结业。每年夏季会有近三个月的假期。父母、监护人或朋友，倘有支付能力，每年应交纳五十元以为膳食费用。学费免交，书本及医疗护理免费提供。一名具备资质的医师会每日来校巡诊，一名经过专门培训的护士会全时在位。校医院条件完善，患病学生可以接受最好的治疗。

父母、监护人或朋友如无力支付膳食费用，聋哑人亦可免费入校，但被服须由父母或朋友提供。

就职业培训而言，目前男生所学为印刷、木工、制鞋及烘焙，女生所学为一般性家庭杂务、剪裁、制衣、缝纫、针织、缝纫机使用、饰物制作及刺绣。现已为男生开设木工课，女生开设家政课。

不错，玛莫自言自语道。她想着自己的手艺，想着当初在故乡学手艺时的情景，那可都是一代一代传下来的。不错。这些将来对格拉尼亚会有用处的。

大多数学生每天下午接受手语训练。发音课介于上午十一点和下午一点之间。

学生早上在教室集合，待老师祈祷后方可开课。一点时，学生在小教堂集合。祈祷后，学生解散。解散时须保持肃静和秩序，然后继续正常上课。祈祷内容与安大略省公立中小学相同。信奉循道宗、圣公会和天主教的学生每个星期日上午可被送往市里的相应教堂。天主教学生每周五下午两点到两点半还须接受宗教训导。

接下来的一部分让人不想去读，更不想知道。玛莫已经把这部分看了两遍，并跟艾格尼丝和德莫特讨论过。她知道这是规矩，不得不遵守，可在强迫自己读它的时候，她心里还是老大不高兴。

学生圣诞节不得回家。如果在此期间将孩子接走，次年秋季才可返校。此条规定理由充分。因路途遥远、费用高昂，满足多数学生圣诞回家实无可能。如少数几位回家，则势必使其他学生不满不快。此外，教学安排也会大受干扰。如全体或大批学生回家，几乎可以肯定，部分人必会将传染性疾病带回学校，类似事件在此条规定制定之前的几年间多有发生。当然，不能与孩子同度圣诞确实剥夺了您的天伦之乐，但出于对孩子的爱，尚请作出牺牲。

够了，这是一所规定没完没了的学校。玛莫撒了手，几张纸滑落到地板上。她怎么能整整九个月都不跟孩子见面呢？而且圣诞节也不在一块儿！可催促父母把孩子送进学校的正是她呀。她闭上眼睛，任由泪水从脸上滑落。

# 4

好些年前我访问了一所大型聋哑学校，在那儿教学生如何发声。有时候效果实在不佳，孩子们发出的声音有点像是孔雀的鸣叫。

——亚历山大·格雷厄姆·贝尔①

安大略省贝尔维尔市

沉重的大门在她身后关上，她被带到宿舍，带到了自己的铺位。这一天是九月的第二个星期三。在这个容纳二百七十一名学生的寄宿学校，格拉尼亚·奥尼尔最后一个入校，最后一个到校。她瞅了一圈便哭开了，哭了整整两周。“别哭，”周围大人们的嘴唇这么跟她说，“要做个乖孩子，别再哭了。”

号啕大哭也好，可怜巴巴地抽泣也好，除了耳朵没问题的工作人员，别人也听不见。这段时间的最后三天，她哭得声儿都没了。想着自己当初来校时的情景，同学们虽然看在眼里，却也并没上前打扰。新入学的不止她一个，掉过泪的也不止她一个，但一哭就两个星期不带停的，格拉尼亚算是独一无二了。

九月二十七日一早，像往常一样，舍监扯掉格拉尼亚的被子催她起床，接着又去其他床铺。顶灯亮着。格拉尼亚当时正在做梦，她梦见爸爸站在办公室门口，出声喊着：“宝贝儿，你在哪儿？”嘴唇都变形了。

---

① 即以发明电话而享誉全球的贝尔。贝尔是一名音声生理学家和聋哑人语的教师，曾在波士顿聋哑学校供职。

尽管格拉尼亚追着他大声喊，努力想让他看到自己并没走丢，可在格拉尼亚被叫醒的一瞬间，他还是转身走了。

她坐起来，靠在金属床架上。她拿定主意，这次是哭够了。她要把自己的不高兴统统压平，就像她和特雷丝曾经干的，把树叶夹到特雷丝那本《小仙女》里头，再把书高高地搁在衣橱里的架子上。她起了床，跟着其他女孩，先是去了大厅，后来又去了盥洗室。在那所学校，在做学生的好些年里，她再没掉过一滴眼泪。她的眼睛时不时地会发红，但谁都知道格拉尼亚再没哭过。

她没有看见的是那本装订式登记簿，那是学校的描述性注册单，上面有她入学那天登记的几条信息。

出生日期：一八九六年五月二十五日

出生地：安大略省德西龙托镇

致聋原因：五岁时感染猩红热

失聪程度：完全丧失

她于一九〇三年接种天花疫苗，无恶性疾病，家里其他人没有耳聋的情况。她的父亲姓奥尼尔，在德西龙托开旅店。

登记簿左侧最后还有几个问题：

包括该哑童在内，家中共有几个孩子，分别叫什么名字？

孩子的天赋如何？聪颖、迟钝、愚笨还是痴呆？

在最后一个问题旁边，细笔尖蘸着黑墨水写着一个词：聪颖。

后面又有一条蓝墨水写的补充说明，称该生曾在正常学校待过一年，在家也念了点书。“她的读唇能力，”那条说明继续写道，“似乎尤为突出。”

格拉尼亚这个名字旁边填了一个四位数的登记号，在她余下的几年童年时光里，这便是她的代号了。

格拉尼亚尝试去读那些陌生人不熟悉的嘴唇，但看到的只是一张张脸，活动的脸颊，还有一上一下的下巴。这太吓人了，她更加退缩，也不想再出声。惯常的那种跟家人说话的方式失灵了。在家里，她说什么都行，说什么大家都能懂。

星期四傍晚，第二个“洒泪周”过后，在脸的海洋、手的旋涡中，格拉尼亚跟着其他孩子去了餐厅。她在桌前坐下，咬了两口盘子里的肉，觉得味道有点怪。从周围那些有心帮她的嘴唇上，她读出来她所吃的这个东西叫“累死牛排”[1] ——把牛肉捣烂，然后放到肉汁和番茄酱里熬。她在家从来没吃过这种做法的牛肉。旅店餐厅的每张桌子上都有番茄酱，但妈妈从来没有把它跟肉放在一块熬过。往番茄酱罐子里加酱曾是格拉尼亚的活儿。她想起特雷丝帮她扳着大罐往小罐里倒番茄酱的情景，而想到特雷丝，她便不由埋头趴在了蒙着布的餐桌上。她不用想就知道，只要醒着她就会哭出来。但她已经下定决心不再哭了。*有些悲伤太大，只能压在心里，玛莫跟她说过*。在顶灯投下的圆锥状光线里，她睡着了。同桌一个大一点的女孩弄醒了她，给她打手势，用的是手语。格拉尼亚已经跟宿舍里的几个女孩学了些手语。的确有必要快点掌握，可眼前这个女孩表达的东西她一点都不懂。

她惊慌地看着四周，一大间屋子里全是陌生的脸。这一刻，她觉得自己还不如在孤儿院呢，她被抛弃得可真是彻底啊。没有作为中间人帮她传递信息的特雷丝，没有哥哥，没有弟弟，没有爸爸，没有妈妈，没有抚慰她的玛莫。妈妈总让她守在家里，现在呢，九岁了，她还是给送出家门进了学校。玛莫也脱不了干系，谋划着送她到这儿，她也有份儿。“你得上学，”离家前，玛莫把她紧紧地搂在怀里，跟她说过这话，“你得学一学别的聋哑孩子学的那些东西。”

格拉尼亚想着校门口沉重而紧闭的大门，想着通向一处大平台的大理石台阶。凭她自己怎么也逃不出那扇大门啊。她盯着自己的盘子，直到别的女孩都离开了饭桌，她才起身跟着她们出了餐厅，然后穿过小路到了宿舍。别人都在准备晚自习，这是熄灯前的一段宁静时光，她坐

① 即“瑞士牛排”。

在床沿上回忆着两周前来校时的种种细节，想着爸爸妈妈双双离她而去的情景。

爸爸的马匹在大门口停步时，格拉尼亚被从座位上抱起，等着那个新帆布箱子卸下来。一群好奇的小姑娘挤成一团，在沉重的双开大门一侧盯着看。每个女孩的头发上都有一个扁平的蝴蝶结别在脑后。格拉尼亚不想看那些女孩，把头扭向一边。太阳像是一只怒目视人的黄眼珠子。靠格拉尼亚最近的一匹马在一边同情地看着。马匹、眼睛、太阳，她自说自话，往脑子里存储这些画面。爸爸、妈妈、大门、黑暗。但是她回不了家，不能向玛莫汇报这一切了。玛莫在德西龙托。格拉尼亚长长地、缓缓地吸了一口气。空气的感觉已经变了。招呼都不打一个，秋天便搬进来占了夏天的地儿。

后来都发生了什么事，格拉尼亚便说不清了。也许她是和爸妈一块穿过大门进来的。或者是学校里有个大人站在大楼外面迎接他们。身后的大门关上的时候，有没有“砰”的一响呢？爸妈是在马车旁说的再见，还是进了大门，在大理石台阶旁说的呢？门是响了一声，她还被吓了一跳呢。或者那声响只是她想象出来的？

她能想起来的是，妈妈弯下腰跟她吻别。妈妈乌黑的眼睛看上去似乎跟往常不太一样，格拉尼亚一时间真希望妈妈会抓着她的手腕，像上次一样带她回家。接着，爸爸搂着格拉尼亚，他的嘴唇在说“再见了，宝贝儿”。

她脑子里并没有爸妈回到马车上的画面。

倒是有一件事她确信无疑。尽管坐马车过来不过二十来英里，当然，就算是坐汽船、坐火车，或者，要是家里有的话，坐汽车，也还是这点距离，但跟离家两百英里一样，不到来年夏天她还是见不到家人。

她的箱子并没有拿到女生宿舍。爸妈走后没多久，那位又高又瘦、跟玛莫夫家同姓的欧肖内西小姐就带她去了宿舍。箱子被搬到楼下的一个房间，东西都拿出来熏蒸消过毒了。当天晚些时候，她的衣物被带到了宿舍，全是难闻的味道。她拿出她的牛角梳——这是帕特里克送的；伯纳德送的是一个橄榄木的发刷；特雷丝送的是一面手持小镜；还有杰克牙牙送的那个黑匣子相机，外加一卷珍贵的胶片。爸妈给了她一个小钱包，里头放着两枚亮闪闪的五十分硬币。一面是头戴王冠的国王，一面是树叶编成的花环。零花钱上交给了舍监，由学校管理。

纸板相框里是玛莫摆拍的一张照片，是在德西龙托的菲尔贝恩照相馆拍的，夹在格拉尼亚《星期天》那本书里，上面写着些 x 和 o[①]，格拉尼亚知道，那是亲吻和拥抱。照片是新拍的，真没想到。照片里，玛莫坐在一把高背椅上，穿着她的高领衬衣和针织背心。她那一缕一缕的白发用长发卡别了起来，照片里看不到，但格拉尼亚知道。格拉尼亚盯着玛莫的手，就像是头一次见到。她手上血管隆起，指头上满是肿块和关节炎引起的瘤节，这些全都被捕捉进了相框。

不过，玛莫的脸没有变。她的眼睛正对着格拉尼亚。格拉尼亚往哪儿动，她的眼睛也会跟着往哪儿动。玛莫的脸上洋溢着爱。正是大火之夜在她俩之间来回传递着的爱。格拉尼亚冲自己摆动指头，动作跟玛莫讲述那个名字的故事、大火的故事时一样。

玛莫很用心，她把照片夹在《星期天》那本书里格拉尼亚非常熟悉的一页。在那一页的图画里，有一个跟格拉尼亚年龄相仿的女孩。她身穿连衣裙，脚踏搭扣鞋，手里捧着一顶报纸折成的四角水手帽，坐在一块搭在两个敞口木桶之间的宽木板上。一个男孩，手持一把纸板剪出来的剑，一只眼睛蒙着眼罩，站在旁边的草地上。女孩盯着画面外，一副凛然不可侵犯的样子，似乎是毫不畏惧。画面说明格拉尼亚烂熟于心：达尔西是个非常勇敢的姑娘，海盗说。

格拉尼亚想起离家前一天傍晚跟玛莫散步时的情景。她们沿着湖滨一直走到了树林边上石头遍地的地方。那个背着从欧肖内西的木箱

---

① 用“x”表示亲吻可以追溯到早期基督教时代，因为“x”常作为十字架的标志而被亲吻。而用“o”表示拥抱则是因为拥抱时双臂作环状，形似这一字母。

里拿出来的麻布袋去的地方。当事情不对的时候。

坐在窄小的宿舍床的边沿上，格拉尼亚强令自己回想以往的事情。

她很快就发现，尽管老师每天都鼓励她说话，但她所说的老师几乎一点都听不懂。她决心就此把声音收起来。可她的老师艾默思小姐才不会就此罢休呢。她拍拍格拉尼亚的肩膀，看着她的嘴唇，让格拉尼亚把注意力放到老师的嘴唇上，观察她说话时的唇形。格拉尼亚被放在了中级班，因为她读唇在行，在家时还跟玛莫念了些书。学校决定让她发声和手语都学。

艾默思小姐教他们手拼字母，这对格拉尼亚来说不成问题，她学过自己那套印刷体字母。她还知道要把脖颈和前胸靠上的位置作为比画手语动作的区域。要是到了前胸靠下甚或腰部，比画的是什么可就不容易看清了。她试着观察一张张脸，观察一只只在周围动个不停的手。“要有眼神交流。”她的老师一再强调。要是格拉尼亚的目光扫到一边，艾默思小姐就会把她的注意力扳回来。

艾默思小姐也就二十出头，一头黑褐色的头发打额头起往后拢着。她每天都是一袭下摆垂及脚踝的格子裙、一件长袖衬衫，外加一条从领口到腰际的窄领带。领带的颜色每天都不同：鲜黄绿、老玫红、鸡血紫、鹿毛黄、樱桃红。艾默思小姐教得很上心，也迫切希望孩子们能下功夫学。有时，她会把衣袖一直卷过肘弯，露出瘦削的胳膊，像是要深挖狠掘，好让孩子们能多掌握些要点。她为他们取得的成绩感到高兴。孩子们有了进步，她也跟着一起骄傲。

除了格拉尼亚，班里还有十一个孩子，其中八个会手语。他们彼此用手语交流，很是活跃。他们欢快地比画着，像是在做哑剧表演。格拉尼亚看到，他们脸上的表情变化之快一如他们闪电般的手指和手掌所传达的信息。她开始学一些跟食物有关的手语：小手握成拳头在太阳穴轻叩表示卷心菜；指节假装在眼角擦眼泪表示洋葱；两根指头敲手背表示土豆。她还学会手作楔形来表示礼拜天吃的派，两掌摩擦表示奶酪。有一次在餐厅吃饭，她看到墙上有一只蜘蛛。她手腕交错，手指在面前做疾走状，一桌人全被她逗乐了。

慢慢地她也开始往外发送信号了，但接收信号时面前翻转的手势令她眼花缭乱，备受打击。有时候她能看到的不过是迅速闪动着的一片模糊，是什么手势根本分不清。她的眼神不够快，跟不上周围手掌和指头的速度。

相反，她把注意力投向了嘴唇，跟在家里一样。可是在班里，艾默思小姐的要求更高：她希望格拉尼亚提前分辨出一个词将要形成时的讯号，然后猜出它完整的意思。跟艾默思小姐练习时慢慢来还是行得通的——格拉尼亚尽量满足艾默思小姐的要求。但在课堂之外就另当别论了——同学们希望她看手势而不是看嘴唇，而且还得跟上他们的速度。要是格拉尼亚看不明白，那就只好一边待着了。

唯一一个她想动嘴就动嘴，想动手就动手，爱怎么动就怎么动的地方就是小教堂了。在每天祈祷的那段时间里，格拉尼亚周围都是聋哑孩子，她嘴上再怎么胡言乱语也没人听得见，手上再怎么胡乱比画也没人注意。她开始盼着每天都有的那段时间，时候一到她就可以站在小教堂里随便叨叨了。每天从那儿出来她都会感到精神振奋。

后来，某个星期六她穿过昏暗的带护墙板的走廊去餐厅的时候，意外看到了迎面走出来的同学用手指在比画着什么。她看出来拼的是C-e-d-r-i-c。Cedric（塞德里克）当班，一名高年级学生发出这样的警告。这意味着：吃饭时要守规矩。

塞德里克先生既是老师，也是校报《加拿大哑人》的编辑。他处事倒也没什么不公，只不过当班时希望学生能乖乖听话。直到吃完饭离开餐桌，格拉尼亚才感到一阵延迟的欢欣。她意识到走进餐厅大门的时候，自己看懂了手指拼出来的那个名字。

第二天，一度在空中翻转不已、让人摸不着头脑的那些信息，变成了穿在一块儿的词语，变成了她能看明白的句子。一门语言开始成形，婴儿学步似的，她开始参与其中。有漏掉的，有误解的，但或对或错，她总是给手语传递过来的那些词语赋予意义。令她惊喜的是，她的手，虽然起初不大灵便，现在也开始往外发送信息了。她用表情和体态给自己的手语加标点，用眼睛接受外来信息。她似乎一下子掉进，或者说是迈入了一个新的世界。她开始加入圈子更大的手语交谈了。

格拉尼亚现在才明白，跟在家里相比，她耳聋的事在学校反倒更显突出。老师们也不断地让她意识到这一点。修复耳聋给她的言语能力造成的损伤是他们的使命；他们坚持不懈，尽力弥补。她来来回回被拽进不同的班里。有一位老师教她手语，其他几位负责发声训练。格拉尼亚入校后不久来了一位新主管，手语水平跟格拉尼亚半斤八两。主管也试着学，孩子们看着乐着，给她鼓劲。

格拉尼亚看到了张开的、放松的手，看到了僵硬的、并在一起，像是被胶粘住似的手指。在艾默思小姐的课堂上，她努力练习对自己声音的感觉，以及对声音大小的把握。就一位老师听不见，她得当心，不能让自己的声音脱口而出，发出生硬而难听的声响。

通过这一切，她意识到德西龙托的家连带她的眼泪都被深埋在内心某个私密的地方了。慢慢地，她开始感觉到自己又有了兄弟姐妹，而且远比她想象的多。区别是，尽管这里的孩子几乎有三百之众，却都像她一样。这帮兄弟姐妹不怕举手，不怕向系着鲜黄绿领带、头发向后拢着的艾默思小姐这样的老师提问。

格拉尼亚话不出口地念叨着一些词句。老师在讲《萨米和猴子》的故事，她翻着卡片，卡片上有一只身穿马甲、头戴圆帽的猴子。艾默思小姐在黑板上尺子打出来的线上写字。

> 萨米买了一只猴子。
> 因为猴子有病，他把这可怜的家伙又给卖了。

故事结束的时候，老师的手有节奏地拍打着体侧，格拉尼亚和教室里其他十一个孩子则努力地唱着：

> 读 p 如在“派”，
> 读 b 如在“拜”，
> 读 m 如在“麦”。

格拉尼亚也拍着自己裙子的一边。

到了下午，他们会轮流两两结对，坐在并排摆放的椅子上。椅子紧挨一张小矮桌放着，桌子一头斜放着一面方镜。格拉尼亚的搭档是诺拉，也是九岁大，她是两岁时因脑膜炎变聋的。两个小姑娘噘着嘴，唇间只留一道窄窄的缝隙。她们露出牙齿，对着镜子吼叫，嘴时张时闭。桌子旁的活动完了之后，两人回到教室前面，站在艾默思小姐的课桌旁吹蜡烛练习 p 这个音。吹熄了点，点着了吹，艾默思小姐点多快她们就吹多快。一天接着一天，一周接着一周，新内容接着老内容。这天班上的孩子们在背诵：

> u，
> 如在“不”，
> 如在“铺”，
> 如在“护”。

*屋屋*，格拉尼亚的脑子里冒出了这个词。他们的口令。

*噗噗*，她又想起一个。

这是她在码头下面的壕沟里专用的词。有人扔臭弹了，谁呢？她挨个儿怀疑，是有一天要娶特雷丝的柯南，特雷丝自己，还是爱开玩笑的欧林？他们在壕沟里都笑得不行，试着教她说那个难听的词“放屁”，可格拉尼亚就是不学，她自己造了一个：“噗噗”。

这个词是打哪儿蹦出来的呢？她不由笑出声来。

笑声是不是大了点？艾默思小姐在皱眉头呢。

舌头在嘴里往后收，
“阿”、“爸”，
还有“扒”、“瓦”，
还有“蛤”、“蟆”。

她累得要死。

日子似乎全混在了一块儿，老师让她多用声音，气息再大些，可也别太大。她把指头放在老师的嘴唇上，在她说“闭”和“僻”的时候感受气流的强弱。她把一只手放在老师的喉头，感受她说话时喉头的变化。

“现在轻一些，”老师告诉她，“感受那个词。好，现在是喉头，再回到嘴唇。要用手指去捕捉出了口的词语。”

爱是爱，
赖是赖，
同与不同要分开。

“声音，要用声音。”艾默思小姐的嘴唇一再给出这样的教导，“尽量控制。你必须控制好自己的声音。”

孩子们在各自的石板上认真地写着字。他们学习用嘴唇传递声音。他们冲空气大喊，试着自己的喉咙、嘴唇和舌头。他们高吼着，尽管耳朵里仍是一片沉寂。

星期六下午，格拉尼亚跟其他孩子去礼堂看“基督生平”的幻灯片。手语是放幻灯片的诺里斯老师打的，格拉尼亚大部分都看懂了。她坐在那个只有部分照明的房间里，惊奇地看着耶稣的故事在图画里展现。

她想起了家里卧室墙上的绣样：上帝之眼，我之所以视；上帝之耳，我之所以闻，琢磨着圣帕特里克是不是也是个聋子，所以才需要借上帝的耳朵去听。

晚饭后回到宿舍，格拉尼亚把自己的每样东西都收拾了一遍。抽屉底部是家里寄来的两封信，一封是玛莫写的，一封是特雷丝写的。每封信都是一满页，都是拆开读过之后又折起来的。随后妈妈会写信过来，特雷丝在信里向她透露。格拉尼亚又查看了跟别人合用的衣橱里的东西，还有大厅里公共浴室架子上自己的东西。她有一个毛巾挂钩、一个杯子，还有一块放牙刷和肥皂的地方。在自己的宿舍，她整理了长筒袜、内衣裤、两件睡袍、备用的一双鞋带、几条手帕，还有扎头发用的宽缎带。缎带是麦琪婶婶送给她的礼物，当初为了把上面的褶子弄平，还将它放在客厅的一个灯泡上熨过呢。

她把两条冬天穿的羊毛长裤和一件罗纹上衣叠好，在上面拍了两下。每件衣物的衬里都用不掉色的佩森墨水以印刷体写着她的名字。她还查看了她的牛角梳子、橄榄木刷子、抽屉里平放着的玛莫的照片——她不想让别人看见玛莫。她拿着特雷丝送她的手持小镜，对着它练习自己的发声作业。她往笔上安了个头儿，蘸了蘸墨水，写起信来。她一字一句写得干净整齐，读了读从艾默思小姐周五上课时在黑板上写下的话里抄来的几行句子。她坐在床沿上，把她的《星期天》放在腿面上翻了起来。她自己编了一条图画说明：达尔西是个孤儿，从此以后就在学校待着了。

晚饭后，到了熄灯时间，她直挺挺地躺在床上，眼睛瞪得大大的看着黑暗。等眼睛适应了从门缝里溜进来的光线，她便侧身躺着，开始四处观望。有些女生大一些，十二三岁了。谁都知道安静这个词，那是听力正常的老师和工作人员用的，孩子们从来不用。

谁在乎？诺拉有一次跟格拉尼亚打手语说道。谁在乎什么安静？吵闹是有光亮的时候才有的东西。统治黑暗的是耳聪者的宁静。宿舍里的所有女孩都是通过一次次的警告才知道什么是安静，而格拉尼亚则是在家蹑手蹑脚地走过碎布地毯时学会了什么是安静，这并没有什么两样。

诺拉从自己位于屋角的床上爬起来。每天晚上舍监一关上门，她就会从被窝里溜出来，下床跪在地上祈祷。格拉尼亚借着昏暗的光线看到她的嘴唇。诺拉祈祷时说的从来都是：*求您了，上帝，别让我一觉醒来时发现眼睛也瞎了*。

诺拉跟格拉尼亚说过，在家时，她耳聋以后，妈妈每天早上叫她起床时都会问："眼睛还看得见吗？"每天早上，都会有不同的东西拿给诺拉辨认——顶针、勺子、餐垫、杯子。诺拉被问了那么多次眼睛能不能看见，现在很担心自己真会失明。

诺拉对面是布莱迪。她长着一张心形脸，头发松松地往后拢着，别着发卡好让头发不散开，可发卡却总是掉。白天的时候，所有女孩数她最活跃，可到了晚上她就用被子蒙住脑袋，不到第二天早上是不会探头往外瞅的。厄玛在那边。她总是说个不停——出声说，可不是比画——不是自言自语就是对着别的耳朵听不见的人。

格雷丝不是完全性耳聋；她有些微听力。但格雷丝最大的愿望是一点听力都没有。她在发声课上跟别人讲，老师总跟她叨叨："擤擤鼻子，清理通道。感受耳道里的压力。听自己发出的声音。"别人觉得她就该发现耳朵里那块叫她听不见东西的地方。

"我怎么会知道我聋在什么地方？"她打着手势问格拉尼亚，"老师说：*吞咽，听，擤鼻子*。那样我就可以知道我的耳朵聋在哪里。可要是教室里还有别的声音，我什么也听不出来。而且教室里总免不了有嘈杂声。"

不过，格雷丝知道如何使用自己的声音。其他同学看得出来，她是他们当中发音最棒的。她来校时十一岁，到的当天就想走。她没走了，于是就学起不得不学的东西。这是格拉尼亚最喜欢的一段故事了。

格雷丝自己学着把能听到的那点声音给屏蔽掉。带着微乎其微的听力去倾听把她累得够呛，她索性学着完全变聋。她学着掉进自己的无声世界——一个格拉尼亚和其他孩子别无选择，只能守着的地方。格雷丝知道怎么在那儿待着。学着变聋的时候，她把棉花塞进耳洞，把头发编成两根辫子分别绕耳朵扎住，这样老师就看不见了。为了堵住声音的入口，能想出来的办法她都试过了。

西莉亚脖颈细长，总是装作无所畏惧的样子，可格拉尼亚知道，宿舍里的其他人也都知道，每天上午同一时间，也就是十一点半，正好是午饭前，西莉亚都会躲到女生盥洗室的门背后哭上一场。三四分钟后，她擦干眼泪，从盥洗室里出来，跟上班里在餐厅吃饭的同学，在那儿打着手语又说又笑。但首先她得完成她的每日一哭。西莉亚跟格拉尼亚抱怨过，说晚上没人检查她们的宿舍。欧肖内西小姐睡在大厅那头自己的房间。“大家都认为我们在睡觉，可我们也可能已经死了。”西莉亚说着，手掌一翻做了个死的手势。

可格拉尼亚并不担心什么死不死的。格拉尼亚担心的是黑暗。她讨厌黑暗。她尽量睁着眼睛，能睁多久就睁多久。她想起了在家时特雷丝跟她说过的话。*我跟自己的脑子说别再胡思乱想，然后就睡着了。*她尽量不去想特雷丝，可实在由不得自己。她时刻都在想念她。她想念那个能告诉她事情究竟的特雷丝，想念脚踝上那根会说话的绳子，想念通过轻牵慢扯让她借着姐姐的床将自己泊定的绳子。格拉尼亚想起了爸爸跟她说过的话，于是在那张还没睡惯的床上，她一项项地大声说出自己的恐惧。

不要让我永远住在这儿。
不要让他们锁上大门。
不要让我变成孤儿。
让我回家。
不要让我永远住在这儿。
不要让我变成孤儿。
让我回家。

恐惧都被她扔进了黑暗中，她自顾自地哼唱起来，手指敲着腿。她的身子一点点地缩进被窝，缩进了她静默的所在，那个让她感到安全的地方。

仲冬时节，芙莱，真名芙蕾达，被带进了宿舍。学号为 272 的芙莱早先在美国上学，现在随父母移居安大略。他们本是加拿大人，安大略是他们的出生地。在返乡途中，他们顺路把芙莱留在了贝尔维尔。芙莱四岁时因脑膜炎失聪，听说能力俱已丧失。从那时起，她就很难再运用自己的声音了。她在那所美国学校里表现优秀，跟人用手语交流没一点问题。但那所学校后来转向，只教发声不教别的了。正是由于这个原因，父母才把她转回了加拿大。

舍监又是推又是塞，整理着宿舍里的床铺。不知出于什么原因，她把这个高个子女孩安排在了格拉尼亚旁边的空铺上。格拉尼亚进屋时，芙莱抬头冲她微笑。她绿色的眼睛直视着格拉尼亚，额前的刘海剪得齐齐整整。她胳膊上雀斑很多，格拉尼亚从没见过谁身上长这么多雀斑。即使不笑的时候，她每边脸颊上圆圆的小酒窝也看得见。她穿的衣服上有股薰衣草的香味。她和格拉尼亚一见如故地成了朋友。

芙莱的手语动作比格拉尼亚见过的任何人都快，但她对自己的声音却感到很不自在。“我的音破了。”第一天两人在床沿上面对面坐着的时候，她就告诉格拉尼亚。她双手做了个“破”的手势，猛然将落入其间的无形的声音折断，“我的声音破了破了破了。”

“跟我说说，”格拉尼亚打着手语——芙莱搬进宿舍后，格拉尼亚的手语很有长进，“你是怎么丧失听力的？”

芙莱一只手空击肩头回答她的问题。“过去很久了。已经是五年前的事了。我那时生了病——卧床好几个星期，当时的情形现在也记不得多少了。可我记得，我的心怦怦跳得厉害，感觉像要爆炸似的。第一次在外面走的时候,我觉得像是要一步一步穿过自己的身体似的。像是困在一面鼓里。我觉得自己听得到东西。也许那是在生病以前。也许那是我仅存的最后一丁点听力。”她把目光投向别处,随后又移了回来。“你呢,记得些什么?”

“声音。我觉得我脑子里有些声音。”

“什么声音?”芙莱把身子往前凑了凑。

“关门声。”格拉尼亚脸朝屋外,两掌的边缘啪地一磕,“大门。办公楼旁边,学校门口。第一天到这儿时,我听到大门在我身后关闭。”她打住了。

“你能感觉到的。”芙莱说。她做了个鬼脸。“就像我们能感觉到雷鸣一样。”

“不,我是听到的。”格拉尼亚坚持,“我听到了关门的声音。有时我做梦还能梦见大门撞合的声音呢。”她顿了一下。“昨天晚上我做了梦。爸爸带我去他办公室,跟我说我要离开家——到一所学校去,那儿的孩子耳朵都听不见东西。我被带到了这儿,然后——爸爸妈妈在大门外,我就在里面待着了。我使劲砸着木门,招来了舍监。”她靠着脸颊比画了一个O,表示欧肖内西小姐的名字。

格拉尼亚想着梦里的情景:抬头看到一排牙齿、一脸皱纹和一张极为和善的脸,被花白的头发像花环一样围了一圈。她还记得,在梦里,欧肖内西小姐张嘴说出来的话咿咿呀呀的。她竖起食指,其他三根手指与拇指相接。她的手从唇边滑开,沿下颌极轻微地一弹。咿呀之声还在继续,但格拉尼亚明白了。这是她手语里第一个正式的词——宿舍。这个词把她带到这栋楼里,在这儿她度过了远离亲人、远离家的第一个晚上。

“那是个叫人伤心的地方,”芙莱说,“大门那儿。爸妈从那儿离开的时候,大伙儿都哭过。”

“我也哭过,”格拉尼亚说,“连续两个星期,天天如此。”这事她以前从没跟别人说过。不过,现在这事已成为过去,是她住校史的一部分了。而且她还有了一个可以倾诉的朋友。

六月的第三个星期三，这是格拉尼亚入校后的第一个学年末，她已在学校待了漫长的九个月时间。格拉尼亚拿起那个带木提手的软包。包是爸爸送过来的，这样格拉尼亚乘汽船时只须带着自己的小东西就可以了。她那个大帆布箱子爸爸已经打点好，会紧随他们送到德西龙托。想到大箱子，格拉尼亚鼻子里就有一股石碳酸味。秋天再回来的时候，她的箱子，还有其他所有人的箱子，都会被再次熏蒸，衣服什么的也都逃不掉。

还是别想什么秋天的事了。她迈步走出学校大门。今天，每扇大门都有木楔子顶着，好敞开了让人进进出出。格拉尼亚离爸爸两步远，跟着他穿过了草坪。当他们到了大门前满是尘土的路上时，她转了个身。屋顶的风向标、台阶和房屋，所有这些全都齐心凑在一起，似乎在说："九月时我们还会在这儿。"

她转过身来。

从路上望去，昆特湾柔波闪动，灰白一片。时间差不多是下午一点钟。四点之前，所有学生都将离开。小的有大的招呼，大的有老师或视导员招呼，他们会把孩子送到集合点或者沿东南西北铁路线约好的碰头地点。一大早，马车、快运货车、四围敞开的平顶出租车便开始忙活，把箱子、行李，以及任何跟学生和学年沾边的东西全给拖走。最后集合的时候，大门口甚至还来了几辆汽车接个别将乘私家车回家的学生。

格拉尼亚和芙莱相互拥抱，泪水挂满了芙莱的脸颊。两个小姑娘都知道，九月份返校以后，格拉尼亚将跟单独学发声的孩子分到一起，而芙莱则将跟学手语的在一起。不管怎样，两人发誓要做一辈子的好朋友。

学年最后一天，艾默思小姐系着一条喜庆的草莓红领带，长袖衬衫上套了一件夹克。她忙着照看归自己管的那帮孩子，格拉尼亚离开时，她抬起头来冲她招了招手。几个大一点的高年级学生显得一脸郑重。

或步行，或乘车，在迈出大门的那一刻，或是踏上火车站台的那一刻，又或是在码头等待的那一刻——要离开学校这个地方了，他们知道自己即将踏入一个充满突然、充满意外的世界。他们必须融入，必须表现得跟正常人一样。他们要再度置身于那个耳聪者的世界。

格拉尼亚跟在爸爸身后，闲着的那只手叩着裙侧，用手语打出了特雷丝的名字。她要踏上归途，去跟自去年九月就再没见过面的姐姐相会了。她好想跑起来，可爸爸步子不紧不慢地走向码头，她只好跟着他，保持步调一致。汽船靠近的时候，她从侧面瞅了眼爸爸。胡子该修了，但这并不重要。她紧贴在爸爸身旁，脑子里想着理发师格鲁、主街、爸爸的旅店、带钟塔的寓所、卡洛、她的朋友欧林和柯南，以及壕沟。她想着自己的哥哥弟弟，想着妈妈还有玛莫。她将乘汽船到北港作短暂停留，最终抵达德西龙托码头回家。

到家之后，少不了一番欢笑，一番搂抱。跟妈妈、玛莫、伯纳德，还有长大了很多的帕特里克分别亲热了一阵之后，什么摇椅呀，柴火箱呀，壁炉架呀，钟表呀，她把看得见的东西都摸了个遍，确保它们还是自己离家时的样子，接着还闻了闻玛莫“加拿大花束”的气味，又冲卡洛喊了一声，之后，她才跟特雷丝跑到楼上，门一关，在自己的房间里待着。两张床一如往常，中间隔着那块碎布毯子。带画框的水仙图、椭圆形的镜子，还有那方绣有上帝之眼、上帝之耳云云的绣样，都好好地在墙上的钩子上挂着呢。窗外的枫树已是枝叶扶疏。

不同的是，现在两人交谈起来，格拉尼亚会加进去一些刚带回家的新手语，突破了之前姐妹俩专用的那套手语。她教着特雷丝，耐心而专业，不时地矫正姐姐的指头和手掌。

*这个手势表示女孩*——她的拇指沿下颌一抹，像是在系下巴上的帽带。*这个手势表示玩*——她做了个 Y 的手势，双手摇摆。在贝尔维尔的时候，男孩子举办过曲棍球比赛，由失聪队对抗发声队。那时他们班也被带去做游戏了。*这个手势表示赛跑*。她跟特雷丝讲了“维多利

亚日”[①]那天的情形：孩子们被带到湖湾旁林子里的一片空地，在那儿搞野炊。高年级的女生表演了精彩绝伦的挥棒操，她们的动作精准，丝丝入扣，格拉尼亚大为着迷。她自己不大愿意去挥舞印度棒子[②]，不过再长大点，那个披肩操[③]倒可以学一学。特雷丝从未见过印度挥棒操，也没见过披肩操，格拉尼亚站在碎布毯子上挥舞着手臂，卖力地展现棒子翻腾的景象。

维多利亚日庆典活动中，格拉尼亚记得最清楚的，一是自己想要独自玩个高兴，再有就是跟芙莱参加赛跑了。两人在“三脚跳”中屈居第二，在“抢靴跑”中夺取了第一，每人赢得了一个橘子和两颗糖果。下午结束的时候，她和芙莱带着比自己小的孩子不急不慌地爬上矮坡返回宿舍。为了给低年级的小家伙们鼓劲，艾默思小姐带领他们用手语唱起了歌谣：

每逢五月二十四，
都是女王的生日。
要是不给几天假，
大伙全都不乐意。

当天晚餐时他们吃了梅干、黄油面包，还喝了牛奶。再后来，等天黑了，他们又被带出去看了罗马烟火筒、飞灯、流星烟火、轮转烟火，还有轮转火山烟火。整个夜晚在他们眼前无声地爆响，两人又累又兴奋，依偎在一起借着彼此的体温。她们把裙子掖在身下，坐在学校的草坪上。草坪被周围日式纸灯笼里暗藏的电灯泡照得通明。所有这些，她都统统想告诉特雷丝。

---

① 每年5月24日前的那个星期一，全加拿大会举国欢庆，纪念曾为加拿大最高统治者的英女王维多利亚的诞辰。

② 挥棒操所用的一种形似保龄球的棒子，多为木制，源于印度。

③ 两两一组，各扯披肩一头，配合做出各种动作。

好几年后，当格拉尼亚对手语了熟于心——尽管几个听力正常的老师总会禁止她使用手语，而为了让他们高兴，她也在艰难地用着声音——直到那时，她才意识到她和特雷丝童年时自创的那些手势跟这门目视手动的语言何其接近。“随”，一边的拇指追着另一边的拇指；还有“要”、“吃”、“笑”、“水”、“飞”，莫不如此。

对特雷丝而言，这是格拉尼亚上学后回家的第一个夏天，她想归拢归拢，把格拉尼亚走后，家里、旅店里发生的所有自己记得起来的事情全都告诉她。姐妹俩劲头十足地交流着，格拉尼亚跟离家前一样，轻松地读着姐姐的嘴唇，还有空中那无痕的笔迹。说起旧时的不满，特雷丝用手指写了个C-o-r-a。麦琪婶婶在图书馆工作，苛拉在其中瞎捣乱，麦琪婶婶可没想让着她，给了她一顿臭骂。格拉尼亚试着让姐姐慢点讲，尽量把意思都接上。“一顿臭骂”，她很快意识到，跟“蹬腿”或“心头肉”什么的是一回事[①]，于是便调整了自己的理解。

姐妹俩歇下来躺在床上。两人几乎是同时意识到，要把好几个月的空白都补上是不可能的。发生的事太多了。过去了三个季节。她们只能待在当下短暂的时刻，就像四处度日的旅行者，或者她们曾经越过屋顶窥视过的那些旅行中的女士。就像丝丝缕缕的云彩，在夏天的轻风里被吹得没了影踪。

格拉尼亚在家待了三天之后，玛莫让她去拿《星期天》那本书。除了图画及其说明，书里还有些故事——好几百字写成的故事，格拉尼亚还不懂呢。两人把书放下后，格拉尼亚便开始教玛莫手语字母——那双苍老且患着关节炎的手倒是学得不亦乐乎。M-a-m-o，格拉尼亚拼着，做了一个表示名字的手势，在自己的脸颊上敲出一个由三根指头表示的M。

---

① “一顿臭骂”在文中为“a piece of her mind”，跟“蹬腿”（kick the bucket）和“心头肉”（apple of the eye）同属俚语。

爸爸让人把格拉尼亚的那卷胶片冲洗了出来，格拉尼亚便把那些照片一张张地整理到相册里黑色的页面上。相册已经在家等了她很久，那是杰克牙牙送她的礼物。有芙莱的照片、芙莱和格拉尼亚的合影、诺拉的照片、艾默思小姐的照片，也有布莱迪、厄玛、西莉亚、格雷丝等人的照片。还有一张塞德里克，也就是那位编辑的照片，他跟几个大男孩在印刷车间，都系着带条纹的围裙。人群中有一个为人友善的男孩叫查尔斯，他的手里举着一份《加拿大哑人》。一张照的是冬天的大溜冰场，一张照的是一群男孩，站在吉布森医院台阶外的一处深水坑旁边，格拉尼亚工工整整地给它加了个标题：学校里的男生们。

爸爸不在一旁时，妈妈便会祈祷，希望奇迹发生。格拉尼亚返校前，跟妈妈长途跋涉去了东部，先是坐火车再是乘汽船，沿圣劳伦斯河到了魁北克省的圣安妮大教堂。格拉尼亚抬头看着几个巨大的木制枝形吊灯和一个高高耸立的耶稣受难像，看到身边的男男女女们时而站起，时而坐下。她感觉到了妈妈的双手放在自己的脑袋两侧，一边一只。妈妈又是祈祷，又是在胸前画十字，而格拉尼亚则一动不动，等着看会有什么事发生，可耳朵半点变化也没有。妈妈告诉她要向圣安妮祈祷，她于是鼓动嘴唇，含糊不清地做着自己的祈祷，并没想让妈妈听懂。妈妈要是能听明白她的声音，就会知道她只是在生造词句。她观察着妈妈下一步要干什么。离开教堂返回码头，经过环壁全景画[①]大楼的时候，她跟在妈妈后面。她们获得了许可，可以爬到高高的台阶上看耶路撒冷的图景。格拉尼亚手抓扶梯，绕着平台走时紧挨着妈妈，生怕周围的巨画里会伸出几只大手，从她耳朵里把什么东西给拔掉。那个让她听不见、妈妈想要除掉的东西。妈妈又在胸前画了个十字，做了祈祷，而格拉尼亚则紧紧地盯着，边等边动唇胡乱念叨着。但是，耳朵里还是毫无动静。

---

① 展示了耶路撒冷概貌，包括耶稣受难的场景。画作长 110 米，于 1882 年完成，1895 年在圣安妮镇首展并就此落户。

一路上，妈妈坚持让格拉尼亚出声说话。格拉尼亚初夏时带回家的那些手语妈妈一点儿都没学。“太忙了，”每次格拉尼亚试着教她的时候她就这么说，“我的活儿太多了。”

夏天即将过去，尽管去了大教堂，尽管妈妈做了祈祷，可格拉尼亚的耳朵还是听不见。

到了九月，格拉尼亚离家的时间日日逼近。她把卡洛带到有围栏的后院，在台阶上挨着它坐下，拍着它的背。她唱起歌来，声音忽高忽低。一个个词语像是翻飞的燕子，一上一下地冲了出来。她唱着歌名，“我不想在你家院子里玩”，一遍又一遍，因为她只知道这首歌，而且只会这一句。卡洛听着，明白她的意思。玛莫也站在洗衣房的窗子后面听着，她也懂。

格拉尼亚上楼把衣物叠好，放进她那个结实的帆布箱子。箱子将被提前送到贝尔维尔，而她则将再次乘汽船沿昆特湾西行——这次陪她的是麦琪婶婶，她要去那座城市办点事——一直到学校对面坡地下的码头。格拉尼亚离家头一年的种种细节都已经被存放在记忆的硬壳箱里了。她使劲把夏日在家时的记忆摆在前头，然后带着这些记忆重返贝尔维尔的学校。

还有别的东西。格拉尼亚知道是什么。在她拥抱爸爸、妈妈、玛莫、特雷丝，还有两个兄弟之前，在她在米尔街和主街转角处自家房子对面的码头登上汽船之前，她不由向北眺望，看着将要再度离之而去的小镇。她那带阳台、靠米尔街一边的有斜围栏的家，连接两幢房子的开放廊道，父亲旅店的柱子和台阶。还有阳台柱子旁忧伤地望着她的卡洛。她回头望着，挥挥手，使劲看着楼上与特雷丝共住的临街房间的窗户。她没有哭。回望的那一刻，她知道，也清楚地懂得，有些东西她将永远无法言传，说了别人也永远无法理解——即便是特雷丝或玛莫。而正是这些东西，构成了她在那个名作“学校”的地界上正在经历的人生片段——与回望所见隔绝的、相离的片段。

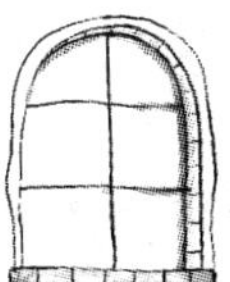

# 二

*1915*

# 5

卢西塔尼亚号，世界上最大最快的邮轮，于 5 月 7 日星期五在金斯代尔以南 10 英里，靠近爱尔兰昆士敦的地方被一艘德国潜艇用鱼雷击沉。德军未对船上人员发出任何警告，邮轮 15 分钟即告沉没。1150 名乘客和船员溺亡，包括 50 名婴儿及 100 名两岁以下幼童，老年妇女，还有赶往受伤的丈夫和儿子病床前照料的伤心欲绝的妻子和母亲。幸存者仅有 767 名。搜寻到的尸体约 140 具，均就近安葬于昆士敦。为庆祝此次对 150 名孩童的谋杀，德国居然还给“德意志文化哺育”的小学生放了半天假。如此滥杀无辜，德皇是要比希律王[1] 还要希律王吗？

——《加拿大人》

安大略省贝尔维尔市

“还在学校的时候他们就跟我说，你打算去参军。”这既不是问题也不是陈述——也许二者兼而有之。

吉姆点点头。“不过那是秋天的事情。”

两人之间躺着一个男的，伸着胳膊腿儿仰卧在厨房的长条桌上——人是在他俩来之前搬上去的。他面如死灰，向上望着这两个说话的人。他的目光在两人脸上快速地扫来扫去，似乎这样就可以读出他想了解的一切。一条发黄的伤疤透过男人的眉毛赫然鼓起，像是在

① 即圣经中企图杀害圣婴耶稣的希律王，史家称之为大希律，以残暴闻名，曾下令杀死伯利恒两岁以下的所有男孩，后被神惩罚，患癫狂症而死。

诉说自己那已经为人所知的不幸。他的妻子在他脖子下面塞了块垫子，好让他把头枕在上面。腿究竟会怎样不好说，但瞅他的架势应该能挺得住。

“能拿条干净的毛巾过来吗？”医生问，女的随即经他们身边离开了房间。

韦伦医生说话低沉而缓慢，语气里的耐心非经一番磨练是不会有的。一个从日出忙到日落，虽已筋疲力尽，却仍能耐心不减的人，眼前的韦伦医生在吉姆眼中正是如此。吉姆还知道，韦伦医生经常大半夜被叫出去。他是安大略聋哑学校的正式医生。要是赶上有人生孩子，或是有他那一科的病患——或是校医院的学生需要——但凡需要他出手，周末也经常得搭进去。作为贝尔维尔市郊风景的一部分，特伦托路上的这所学校已经有四十五年历史了。初来乍到，吉姆眼下知道的无非是：学校几年前改了名字；对于一个只有一万人的小城，学校挺大的了；还有，学校的失聪儿童不光来自安大略省各地，其他省份的也有。

男子大腿上部缠着一个止血带模样的东西。不对，吉姆现在看出来了，那算不上什么止血带，充其量也就是条绷带。它只是掩住了伤口，并没有收紧。那曾是谁的衬衫，枯苔色，像是洗过好多次了。看样子衬衫先是被平整地折好，然后用袖子裹住伤口打了个结。令人意外的是，不管是在那条临时绷带上，还是他一直扯到腰部的裤腿上，血迹都少得出奇。男子一只脚上的靴子和袜子都已经脱了下来。吉姆的目光扫视到墙角架上的一把剪刀。墙角架旁是一级台阶，上去便是隔壁的房间了，男子的妻子刚才就是从那儿出去的。台阶已经被踩得没了棱角，沿台阶上去不知道是餐厅还是客厅。农场的房子都有客厅，吉姆的爷爷奶奶在加拿大东部有个农场，他家住安大略的亚历克斯叔叔也有一个，刚到这儿的时候，吉姆就住过他家。

伤者的儿子看上去十二三岁，远远地站在厨房一头，也就是吉姆和韦伦医生进屋的地方。他面色苍白，一脸焦急，跟他爸爸差不多，看上去似乎期待着能被叫过去帮点忙。越过男孩的肩头，透过房间尽头的窗户，吉姆能看到韦伦医生那辆黑色福特车的侧面。一杆来复枪挂在窗框上方的架子上。靠近炉子和水缸的地方还有一扇窗户。没有电灯，但因为中午还没过去多久，屋里的光线倒也足够。

韦伦医生解开那条临时绷带，头一次直接向那位男子发了话。

“啊，赫伯特。”这么一声让屋里的人都吃不准接下来的消息是好是坏——女的拿着三块叠好的毛巾回来了，桌子上躺着的男子仰面看着他，等着。“我觉得没问题。你能动动脚，动动脚指头吗？”

似乎是医生的话给他鼓了劲，赫伯特不但动了脚，动了脚趾，还抬了一下腿。这个动作疼得他打了个激灵。他一咧嘴，咬紧牙，腿又跌回了桌上。

“不对，不对，那样可不行，”韦伦医生说，“慢慢来。”他把那条腿牢牢地压回到自然姿态，瞄了吉姆一眼。吉姆摊开医生的皮包。医生看也不看，手探过去拿出了注射器和针头。他用一把钝刀在安瓿的瓶颈处锉了两下，然后敲掉了玻璃头。他把药注射进男子的上臂。男子合上了眼睛。

这下韦伦医生的动作快了许多，又是洗伤口，又是倒药水。而吉姆此时则撑着赫伯特，好让受伤区域完全露出来。伤口既宽又不规整，很危险，长度大约有六英寸多，从大腿侧面一直延伸到后面。吉姆看到了翻露在外面的一层层脂肪组织和肌肉。肉向外翻着，并没有压入皮下，回到它原先待着的地方。伤口几乎滴血未流。羊肠线已经穿进了弯针的针眼。十分钟内缝合便告完成。

“要是扯断了动脉，赫伯特，你可就死定了。腿骨一根没断。会留下条粗疤，肯定好看不了，但我已经尽全力了——就你那伤口。休息休息，好吧？还有，以后离边口参差的铁皮屋顶越远越好。”

赫伯特勉强做了个鬼脸。“我还指望这条腿干活呢，”他说，“一只脚跳来跳去的可没法经营农场啊。”他没好气地说着，不过气色倒是好了许多，眉头的伤疤也没那么突出了。不幸又了了一个。

伤腿洗干净后又中规中矩地打上了绷带。裤腿被彻底剪到了头，赫伯特被连扶带抬地弄下了桌，身后只留下那条开了膛的裤子。他单腿蹦到厨房的沙发跟前，样子甚是滑稽，不过谁也没笑。男孩这会儿在屋外，对着在阳光下泛着亮光的汽车艳羡不已。他绕着车身四下打量，还把手探进车里去摸驾驶杆。接着他又身子后仰，羡慕地瞅着带褶子的椅背，还有带菱形纹饰的椅座。厨房里，那个女的给赫伯特的腿上盖了条被子，然后把医生和吉姆送到门口。如果说男孩和妇女的两张脸上现在能读出些什么，那也只有轻松了。

“我儿子七月走。”韦伦医生接着一开始的话，似乎刚才在农场的房子里待了四十分钟也没把他打断。“炮兵。他说他想当炮手。”

听到炮手两个字，吉姆不由低头看着自己的一双手。养他长大成人的祖母曾经教他用这双手弹过钢琴。

韦伦注意到了吉姆的眼神。“有没有想过在医疗方面干点事？当护理员？做战地救护？抬担架？去年冬天跟我在一起工作你也没少长见识。你能帮上忙的地方很多，吉姆。我倒是想去，可就是太老了。”

他们沿着凯尼福敦路和狭窄的莫伊拉河前行，没多久就回到了市里。东行是蒙特利尔，西行是多伦多，贝尔维尔恰在二者之间。它位于昆特湾北岸，而格拉尼亚的家乡德西龙托的脚下也正是这个湖湾。莫伊拉河向南经贝尔维尔注入昆特湾，就在聋哑学校的东侧。学校于一八七〇年依湖湾而建。两人现在正是要赶往此处。

吉姆跟韦伦医生共事的那几个月正值严冬时节。两个月前，也即三月份，一帮人牵马拖犁清除了学校前湖湾上的积雪，在雪下的冰上标了线，然后将其锯成块，让它漂在水里。冰块厚达一英尺半，一块一块地拖出来码上雪橇，每块都有三百磅重。学校有自己的冰库。其时长冬漫漫，冰块正可以好生存放以待他季使用。

尽管有冰雪消融带来的春季径流，莫伊拉河的水位仍在下降，不过就算是坐在福特车里，也还是能看到河里的激流。河水流得热闹，但两人循河道前行时却被一种静默的情绪笼罩着。云层在远天高高堆起，车过处尘土飞扬。

“我还没有想清楚自己究竟做什么好，”吉姆这会儿开口说道，“我走可能得等到十一月了。亚历克斯叔叔让我答应他，跟您夏末做完事后要留下来准备秋伐。”

“卢西塔尼亚号事件促使我儿子下定了决心，吉姆。溺杀妇孺是懦夫所为，是胆小鬼的残暴行径。”

吉姆还没有跟韦伦医生说起过格拉尼亚，但在跟这位长者的交谈中，他脑子里想的正是她。他第一次见到这个红发女子是在去年秋天，当时他给韦伦医生工作才三个星期。迫使他停下步子的是她的静默。见到她之前，他正踏着校医院的石头台阶飞快地跑进下面的绷扎室，嘴里一直在哼唱。

他立时安静下来，因为她在那儿站着，在屋子中央，像是一座遗世独立的小岛。或许因为有好几件事要做，她正在盘算。尽管这是医院，他还是能听到楼上病房里的孩子们口齿不清的喊叫声。他往下迈了三级台阶，穿过昏暗的走廊，感觉到了房间里明亮的灯光。他是从侧面的送货入口进来的，那儿的砖墙上布满了浓密的爬藤。他想，*她没动，为什么没动？*他站在那儿，抱着的一摞盒子可是顶到了下巴呀。

外面爬藤的叶子有点发黑了。他想告诉她。他想说说叶子上纵横交错的黄绿色条斑，说说爬藤是怎么缠绕的——也许它们是被有意修剪成这样，好爬上去围着楼上的窗子。可这些或许她都知道。她在这儿工作；真要扯这些，她可能会觉得他精神不大正常。

医院的正式名称是吉布森医院，建院的初衷是为了隔离患传染性疾病的孩子。医院一、二层的当间被一个大厅隔开。吉姆猜想，应该一边是男孩的床铺，一边是女孩的床铺。每一层都有一个阳台在大楼前部拉开，让人感觉这栋两层楼的房子又大又雅致。而这个长裙过膝、罩着工作服、背对着自己、一头闪亮的红发掀到脑后扎起来的年轻女子，吉姆以前从未见过。

他走上前去，把韦伦医生让他搬过来的盒子放在光亮的台面上。值班护士麦凯小姐下了一段楼梯，经短廊进了房间。她跟他讲话的时候，那个面对着麦凯小姐的红发女子依然一动不动。他走到她身后，胳膊越过台面伸出去挥舞了两下——或许这只是他的一个闪念，其实并没有这么做——试图吸引她的视线。她一点受惊吓的迹象都没有。她从口袋里抽出一张单子，过了一遍，又把它塞进了口袋。

她是个聋人。可现在知道已经太晚，他后悔不该从人家身后进来。对于耳聪者来说，要是有人像他那样从自己身后进来，肯定会被吓得跳起来。不对，耳朵正常的人会听到他的脚步声，会听到他从走廊台阶往下跑的声音。

他没想着要吓人一跳。可她幸而也没有受到惊吓。

“这是格拉尼亚，”麦凯小姐介绍道，“格拉尼亚·奥尼尔。一毕业就跟我们一道工作，已经好几年了。当学生时她学的是家庭护理，毕业就留校了。最近人手不够，总是这样。自打有个护士参了军，情况就越发糟糕了——学校里似乎每天都有人走。”

格拉尼亚看着麦凯小姐的嘴唇，吉姆看着格拉尼亚，你看我，我看她，几道目光接成了一个三角。麦凯小姐在解释：“他帮韦伦医生做事；他为他工作。他是从东部爱德华王子岛搬过来的，如今住在贝尔维尔。”

“吉姆·劳埃德。”说着他伸出手。他注意到麦凯小姐的手指在空中拼写自己的名字，名和姓之间有个停顿，虽然很短却也看得出来。

格拉尼亚的目光聚集在麦凯小姐的右手上，没看吉姆的脸——或者即便看过，也只是一扫而过。看到麦凯小姐的介绍后，格拉尼亚正视着吉姆，回应了他打的招呼。*她的声音。轻快的歌唱。*

“你好。”一只柔软的小手握在吉姆手中。她看到了一个正在说话的人，一个精瘦的青年男子，黑褐色的头发，乌黑的眼睛，手臂下垂，像脱臼了似的。他的手指细长，个头比她高，长着一张真诚的脸。她在他眼里看到了*真诚*。

吉姆在格拉尼亚脸上看到的是力量。这种力量如此静默，她自己恐怕也不知道它的存在。她的肤色白皙明净，微皱的眉头让她脸上多了几分困惑的神情，似乎在琢磨着什么。她的眼睛是褐色的，看着她的时候，他感觉她似有所知，是平和抑或智慧——旁人谁也不知。

麦凯小姐继续说道："我们接到一个护士从英国发来的卡片和信件。横渡大海时，晚上谁也不能脱衣服脱鞋。得时刻准备着，万一被潜水艇发出的鱼雷击中，要迅速转移至小船！"说鱼雷和潜水艇这两个词时她气都不敢出，好像这样的威胁天天都挂在嘴上似的。

吉姆回头去看格拉尼亚。

可格拉尼亚已经走了。她爬上房间的后楼梯消失了。他听到了轻轻的脚步声，到楼梯顶部时还停了一下。再接着，她的声响便淹没在屋里屋外的一片嘈杂当中了。

# 6

我们一名员工的儿子随第一支加拿大小分队在前线效力，曾经参加过如今已广为人知、给加拿大人争了大光的朗日马克之战。德军的一枚子弹贴着他的脑袋呼啸而过，打掉了他的耳垂。他扑倒在地，一名上尉军官随即倒在他身上，牺牲了。他可真是九死一生啊。后来，在这场战斗中，帮忙推大炮的时候，他的脚被轮子碾伤。他现在在一家医院，状态良好，希望不久便能接着再“打”。

——《加拿大人》

格拉尼亚一直在做梦，那个做了又做的梦。她坐在床边，将一头长发拢到耳后。她伸手拿过两把弯梳，娴熟地插在两鬓别好了头发。她掀起被子，穿上便袍，匆匆经过镜前时，她瞅了一眼对面床上的动静。芙莱翻了个身，两只绿色的眼睛次第睁开，冲她做了个鬼脸，一条白皙的胳膊伸在被子外面，上面雀斑遍布。自打格拉尼亚认识她起，她就一直拿半个柠檬往胳膊上连擦带抹，咬定了此法有祛斑之效，可共处一室这么多年，格拉尼亚也没见她的雀斑有丝毫减少。

她们现在住在新寓所，搬过来也就一年，正好在康诺特公爵[①] 及夫人携其女帕特里夏公主及随从六月到访之前。载有一行人的豪华大车缓缓驶入学院，夹道欢迎的小孩子们手里挥舞着米字小旗。当天天气晴好，光线充足，格拉尼亚用她的匣式相机拍了张照，可照片出来后却

---

① 即阿瑟亲王，全名阿瑟·威廉·帕特里克·阿尔伯特，英国维多利亚女王和阿尔伯特亲王的第三子，曾担任过多种军职，并在 1911—1916 年间担任加拿大总督。

模糊得令人沮丧，一张张脸污斑似的，分不清谁是谁。勉强能看得清的是：公爵夫人和帕特里夏公主头戴阔边帽，身着长裙，手里收起来的阳伞指着室外平台上的板子。公爵和其他两位男士头戴大礼帽。平台后面，树与树之间串着低垂的彩旗。就照片里看，当时的境况颇为阴郁。但实际上，那天的场面毫无阴郁可言，相反，大家都是一副兴高采烈的样子。那还是在战争爆发之前。现在，来访的一行人中已有一人亡故：法库哈上校，帕特里夏公主的加拿大轻步兵团的指挥官，已经在前线阵亡了。

名义上，女生寓所正式启用的时间是在王室到访之后，即十月份孩子们万圣节前夜聚会的前一天。当天，省总理赫斯特[1]还曾莅临启用仪式，但此前很久女生就已经搬进去住了。

此时，格拉尼亚对着芙莱举起一只手掌。*星期天，她打手势说，教堂，别想再睡回笼觉了*。芙莱这一天并不值班，但她负责带低年级的女孩们去吃早餐。完了之后她还要在七点之前带大一点的天主教孩子去圣米歇尔教堂。跟格拉尼亚一样，芙莱也是毕业后留校工作的几个学生之一。芙莱在大厨房工作，一年九个月，三百多名师生的饭菜都是那儿做出来的。到六月末，芙莱将与科林成婚。高个儿金发的科林毕业前跟芙莱同在手语班学习，现在作为塞德里克先生的助手在印刷所工作。

跟格拉尼亚发声班上的同学一样，芙莱和科林手语班上的其他同学也早已各奔东西了。不少人回家跟父母同住，有些年轻小伙则到其他城市做了排字工。有个男孩，科林的好友，在匹茨堡工作，经常给科林写信。科林和芙莱在校外一栋房子的楼上租了三间房，七月份会搬过去住。房子离学校不远，步行可达。到了九月，芙莱回她的厨房，科林去他的印刷所。

格拉尼亚想着吉姆。从遥远的海边，那个自己以前一无所知的爱

---

① 1914—1919 年间任加拿大安大略省第七任省总理。

德华王子岛，来了这么一个吉姆，在八个多月的时间里已然成了她生命的一部分。自从去年秋天在校医院与他初见之后，他总是锲而不舍地来找她说话，来的理由无外乎是替韦伦医生办事，即便有时候编都编不出到底是什么事。到了冬天，得到格拉尼亚父母的许可之后，吉姆带她去他亚历克斯叔叔和吉恩婶婶离德西龙托不远的乡村农庄见了两位长辈。复活节的时候，他同格拉尼亚一道坐火车去了德西龙托，赶在当天去见她的家人。特雷丝和柯南一年前结了婚，两人现在住在邓肯街上一处租来的房子里。格拉尼亚带人回家，小两口便赶回旅店与家人团聚并共进晚餐。大家伙儿对吉姆都格外热情，只有格拉尼亚的爸妈例外——未必不客气，但却过于审慎。“带他来家里吧，”吉姆登门之前妈妈在给格拉尼亚的信中这样写道，“不过，可别发表什么声明。”

爸妈是担心他要去打仗，担心格拉尼亚一个人被扔下？柯南不久也要走，特雷丝会独守空房的。或者，他们之所以担心，是因为吉姆是个听力正常的人？不管怎么说，没什么可以发表的声明。至少现在没有。但格拉尼亚知道那一天迟早会来。

在家里，知道吉姆秋天将要参军时，帕特里克缠着他，问题问得没完没了。帕特里克一心只想谈论打仗的事。伯纳德热情而又平和地迎接了吉姆。玛莫呢，趁吉姆不在屋里的时候，跟大家断言，说明摆着，他可喜欢咱们家格拉尼亚了。

在格拉尼亚眼里，吉姆锲而不舍，真诚而恳切，是个满怀希望的年轻人。跟吉姆在一起，她得到了希望——如果还有人胆敢在战争中怀抱希望的话。吉姆经常哼着唱着，嘴唇上跳动着自己的某个曲调。她笑着说出他的名字。他告诉过她，自己的名字在她嘴里像是*痴姆*。

跟别人一样，一天天走进一九一五年的夏天，格拉尼亚不知道前路如何。她感觉到，所有论及战争的谈话，背后都隐藏着不安；她看到，当心爱的人身穿军装道别时，家人无不满心焦虑。她试着不去想吉姆秋天入伍的事情。各家报纸都在预言，去年秋天便是如此，说这一次战争真要在圣诞节之前结束了。但是一拨接一拨年轻人却不断离开祖国，奔赴前线。自卢西塔尼亚号被击沉以后，参军人数与日俱增。格拉尼亚知道，吉姆也知道，几个月后他也要走，去那边了。

去年秋天，麦凯小姐在绷扎室把格拉尼亚介绍给吉姆后没一会儿，马科斯小姐从外面进来，带着一大队孩子来做测量。她是格拉尼亚高年级时的老师，现在的朋友。每年秋天孩子们的身高和体重都要作记录，还要检查头上有没有生虱子。连同头、臂和腿部的测量数据一起，逐个记在医疗登记簿的学生页。这些项目六月份时还要再测一次，以便在学年末进行比较。

马科斯小姐把孩子交给下面的麦凯小姐，跟格拉尼亚上了楼。她招手引起格拉尼亚的注意。

"你忘了吧，"她微笑着说道，"有个小把戏呢。"她用手抹过额头，表示忘了。马科斯小姐学过手语，所以总是口手并用。

格拉尼亚眉头一皱。小把戏？

"在你跟人碰面的时候。我看到楼下那个小伙子了。总会有些小把戏。"

格拉尼亚目光专注地看着那熟悉的嘴唇。

"自打我到这儿，聋哑孩子们就一直在教我些小把戏。虽然我听得见，但也一直在学习这些东西。"

"老师里头您懂的手语跟我们一样多。"

"但总是跟不上。"

"什么把戏呢？"

"要是担心别人没法懂，那就让他开口说。你来主导。我们上课时练过。边观察嘴唇、舌头和肢体动作，边提问题——所有这些都可以为自己赢得时间。格拉尼亚，这儿的人你都能通过读唇跟他们交流。但校门之外，那可是耳聪者的世界啊。"

"我每年夏天都会重返那样的世界啊。"

"你是回自己家，一个有人护着你的地方。"

“没错。”格拉尼亚的食指离开下巴向前弯曲。没错。“你想让我干预[①] 对话。”

两人因为这个只有彼此才能明白的笑话乐了。格拉尼亚总是把发声课上的那条教导理解成干预对话。马科斯小姐指出过这一点，也纠正过，但也只是随口提提，而且还是在格拉尼亚毕业很久之后。

“下次再有小伙子到门口……”

可这时格拉尼亚已经跟自己理论上了。

*我干吗没在楼下待着？我干吗不“参与”对话？我干吗没多说两句？我懂那些话。我干吗不加入进去？*但是，她就是没那么做。吉姆·劳埃德是个耳朵正常的人，她跑开了。她逃到了楼上，逃到了安全地带。

这一刻，她希望自己能醒得再早点。她快步转过大楼拐角，闻到了厨房里飘来的香味。厨师应该会做煎饼给孩子们吃吧。而孩子们此时刚被叫起床，饿着肚子，大的帮着小的，穿过大厅站到一排排盥洗池前。牛奶得在早饭前挤好，所以在农场长大的那几个男孩已经起床在外面的牛棚里待着了。今天早上餐桌上的枫糖汁会非常充足。浓霜来了又走，农夫们的枫树也都取过了汁，新的枫糖汁既已购进，存货也就无须再定量供给。孩子们喜欢枫糖汁，也喜欢周六晚上的糖果，不过那得在糖果篮子传来时花一个铜子儿才能到手。

格拉尼亚觉得脚下不平，差点绊倒在一个小土包上。新草穿透老草，抽出了芽尖，叶面湿湿的带着露珠。高年级的男生们每年都要把沉重的滚子推上草坪，好把土包碾平。她回头看了一眼，想知道自己有没有在土包上踩出脚印。她一直在低声数——三百一十六步，从宿舍到医院，其实她早已了然于胸了。走着走着，瞥见有动静，她抬眼望去。麦凯小姐在上面阳台的护栏那儿抖着一条毯子。她招了招手，做了个

① 格拉尼亚将“参与”误作“干预”。

流感的手势。跟大多数教职员工一样，她听力正常，可说起手语，没几个人比她懂得多。她一手按住鼻子，接着再将手指扬开：*流感，要过去了*。

格拉尼亚用手语回道：*希望如此*。她笑了，压着的声音从喉咙里冒出来。流感满宿舍乱窜，大家都快累趴下了。也就一个月前，孩子们还因为别的缘由被隔离过：贝尔维尔城多人感染麻疹，学生不得去城中漫步或游玩。

绕过大楼的时候，格拉尼亚冲右边瞅了一眼，见有士兵在路上行进，便停下脚步。战争的影子让人无计可避，她被包围在其中。训练中心附近和贝尔维尔车站常会有士兵的身影。他们在车站道别家人，加入一车车从此经过的队伍，向东开往前线。茨维克岛上也能看到身着黄褐色军装的士兵，他们有时在岛上训练。前街和凯尼福敦路沿途同样也有他们的身影。

有关卢西塔尼亚号事件的消息一传到学校，塞德里克就把手头的活儿全部停下来，动笔写起社论，而科林和印刷所的其他几个小伙也不得不加班加点，赶着排字。格拉尼亚被那条消息给吓住了。她记得有一年暑假在家，昆特湾里淹死过一个小男孩，小孩父母脸上的悲伤她至今难忘。葬礼过后，玛莫表情严肃地摇了摇头，说听人家讲，小孩家人在自家花园里种过金盏花，那可是死亡之花。现在，格拉尼亚无法将一个夭亡的孩子的画面随意放大，把靠近爱尔兰海岸、漂浮在海上的一百五十名淹死的孩童全收进去。

那片名叫爱尔兰的美丽土地。就连在脑子里构想这个画面也没那么容易了。一直存在脑子里的那幅画面是外婆的故事描绘出来的。随着卢西塔尼亚号的沉没，玛莫描绘出的画面变成了浑浊晦暗的海水和被海浪冲刷上来的死婴。她脑子里潜伏的正是这样的画面，一天当中时不时跳出，不管她身在何处。

她跑下台阶，进了绷扎室，看了一眼钟表。没有迟到。她穿着玛莫送她的针织毛衣，这个时候借它御寒正当其时。她绷着身子脱下毛衣。

有时候，清晨时分，校园里的每栋建筑都因为透着寒意而显得萧索。不过，现在太阳当空，今天应该是和暖的一天。

格拉尼亚毕业那年就应聘到吉布森医院工作，因为她能力出众——反正护士长这么说过。“手脚利索，处理起叫人皱眉的事很有一套。”她的胃没那么脆弱。要是有小孩吐了，清理时她能忍着不犯恶心。她可以换药，挤麦粒肿。她可以把床单整得平平的，四角掖得中规中矩。不管床上躺没躺孩子，她都能把床铺整好，这活儿她可是干过好几百遍了。她每周工作六天，偶尔两日连休。只要学生在校，医院就不会被冷落——去年圣诞节那天倒是个例外，那天竟没有一个小孩有消化不良或者喉咙发炎的毛病，大家都称之为“奇迹”圣诞节。

今天，给生病的孩子们清洗之后，格拉尼亚就得着手准备登记簿，以便在明天早上韦伦医生来之前把东西备好。萨顿小姐，也就是护士长，周一也会回来。若非流行病肆虐，护士长周末不用上班。可自初冬时节起，三十张病床上躺满了浑身水痘的学童。学校大厅里常能见到这个手语——弯曲的两指夹扯着脸颊——这是学生们彼此查看，在脸上找寻患病的征兆。

格拉尼亚想芙莱了，希望她的朋友还能撑着不合眼；芙莱是出了名地能睡懒觉。跟科林成家之后，推芙莱起床将是科林每天早上必须履行的职责。如果他待着不走的话。为了参军，他真是什么招都使了，尽管他自己也知道，耳聋的小伙子部队是不要的。而且芙莱也不想让他走。他们谈过搬去多伦多住的事，两边的家人都在那儿。科林相信在那边的印刷所准能找到活儿。可芙莱要是放弃在学校厨房里的这份工作，去了多伦多恐怕只能做女仆了。校报经常会登一些多伦多发的广告：*家政之需，诚聘聋女*。要是芙莱走了，格拉尼亚身边就缺了个最要好的朋友。

下班后已是近晚时分，跟芙莱碰面之前，格拉尼亚还有一个钟头的闲暇可以打发。她们约好了晚饭后赶在傍晚的寒意笼罩大地之前去果园散步。回寓所的路上，格拉尼亚顺道去大楼取了份校报打算带回去，走着走着就翻了起来。

自一八九二年起，校报便是半月一出，起初名为《加拿大哑人》，但在学校正式更名后，校报也于一九一三学年改了名字，去掉了“哑”字。学生入校之际，父母会收到一份校报，希望他们能够订阅，年费是五十分。校报报道的可不光是校园新闻；它与北美多地的聋人学校共享信息，在一定程度上也算是具有广泛影响的社区报纸。学生毕业后也会继续订阅该报，有的还会投稿。塞德里克先生既是主编也是印刷车间的老师，干了有十四年了。

除了文章、报道及“趣闻”，塞德里克的社论格拉尼亚一直都看，但她最感兴趣的版面还是“本地新闻”，因为这块是学童们自己说自己的事。塞德里克会作些校正，改改语法错误，把孩子们的话规范成他所谓的标准英语。他多半会把种种声音剪得平齐，不让任何一个冒尖。可有些声音老是拒绝合作，而这正是格拉尼亚期望看到的——那些如此与众不同、不可遏抑的声音。

这一周，一如往常，灾难攫住了孩子们的注意力。因为卢西塔尼亚号被鱼雷击沉是投稿截止日期之后的事，所以该版文字大多都是在谈论各种各样的其他不幸。格拉尼亚攲枕仰卧，读着孩子们不吐不快的话。

> 我收到了妈妈的来信，说是盼我回家。我的一个表哥上前线打仗去了。叔叔跌跤，摔断了胳膊，鼻子也裂了。还有个表哥，拇指让钉子扎穿，染了败血症。他们都住在英格兰。

> 我哥哥写信说，在战壕里的时候，无数颗子弹从头顶飞过，听着像是嗡嗡叫的蜂群。

> 昨天有几个男孩告诉我，几个德国士兵抓住了一名加拿大士

兵，把大钉敲进了他的手掌。他疼得要死。这帮畜生！

听说我的叔叔本月一号过世了，留下一个寡妇、七个孩子。叔叔患的是心脏病。活在这么一个坏得不能再坏的世界，死了兴许还好些。

我有个叔叔在百慕大驻防。他走的那天看上去是那么英勇无畏，我小眼睛里的泪水差点就流出来了。

格拉尼亚读到这一条时不禁笑了。写这一条的是小帕迪，十二岁，一遇到事心就像融化了似的。还有一个叫作查尔斯的男孩写道：

赛尔斯先生到牲口棚里抓了三十五只鸡。他剁掉了鸡脑袋，拿到厨房拔毛。厨子把鸡放进了煮锅。

这是两周前那个星期天的事了，当天吃的是鸡肉炖团子。格拉尼亚和芙莱那天都不用上班，她们赶去给孩子们帮忙。桌子摆成了一溜儿，孩子们坐在桌前，每人一个盘子、一副刀叉。每边坐五个孩子，两头各有一个搪瓷大碗。科林在房间的另一边，在一排排孩子中间跑来跑去，帮年幼的小男孩把餐巾掖进衣领。要是跟芙莱有了孩子，科林准是个好爸爸。不过，生孩子这事怕是不会让贝尔先生高兴的——要是他人在跟前知道这事的话。跟芙莱不一样，科林的父母都是聋子，他生下来就听不见。贝尔先生对聋人通婚一直有心结难解，即便他本人年轻时在波士顿就跟聋孩子们打过交道，后来结婚娶的也是个聋女。他目前在新斯科舍省临海而居，与吉姆长大的那个省相隔不远。格拉尼亚翻了一页《加拿大人》，读到了一则关于贝尔先生所出新书的短评，书可以在纽约买到。“亚历山大·格雷厄姆·贝尔教授对人类的发声进行了深入研究。在著作中，他像拆电话一样对喉头及其附件作了条分缕析的讨论。他的发现令人一读之下便觉兴味盎然，思之更觉受益匪浅。”

也许我们的学生会有更好的学习机会，格拉尼亚想，比我们当初更好。学制现已延长至十年，而不是她毕业时的七年了。也许，她想，学生们现在将真正有机会来提高阅读、写作和拼写能力，解决那些以往无法克服的问题。

整个在校期间，芙莱为了学习写作功夫没少花，劲没少费。格拉尼亚许多个傍晚长时间陪在她身边，努力地帮她，用玛莫教自己的那一套去教芙莱。

再翻报纸时，她看到新闻的调子有了变化。

> 表姐寄来了一封信，我很喜欢。她在加利福尼亚跳舞。她的华尔兹拿了头奖。她学了狐步舞还有其他样式的舞蹈。

> 这场战争我真真是听烦了。

我也是，格拉尼亚想，我也听烦了。一想起来她就会觉得身子一紧。这是一场吉姆即将投身其中的战争。但她还是没有放弃这样的希望：说不定没等吉姆动身，仗就给打完了。

最后两条是塞德里克写的。

> 国王亨利五世禁令已下，战争一日未了，王室一日不得饮酒。陛下此举已为基钦纳勋爵及阿斯奎斯首相等英格兰众多显要所效仿。

> 对于家中所来之物，孩子自是坚信不疑，在校所学为“一双靴子”，家信所读则为“一双化子”，其处境不可不谓两难。

写信写成那样的父母会读塞德里克这颇显专横的专栏吗？格拉尼

亚怀疑。

一道影子斜落在门口，芙莱还没进屋格拉尼亚就看见了她的动静。

芙莱一屁股坐在她的床边，两腿挺直。“四周，”她那满是雀斑的双手示意道，“再四周，科林和我就要结婚了。”

“看上去你心思跑得很远啊。”芙莱用手语跟格拉尼亚说道。

两人肩并肩坐在果园农舍后的一处高坡上。苹果树下的芦笋长得疯也似的，枝头的苹果花也正开得热闹。果树一行行、一排排，整齐得让格拉尼亚感到惊奇。环顾四周，不管是哪个方向——前面、后面，又或是侧面——果树一行行的像是同一轮毂上的辐条。不管树下的土地如何起伏，果树总是那么笔直。树与树之间株距相同，以保证均等的光照和生长空间。

晒了一天的太阳，大地余温犹存，空气中弥漫着花香。馥郁的芬芳将这对朋友笼罩其中，香气随着飘忽的轻风，时而浓烈，时而淡薄。而正是这香气的浓淡之变让格拉尼亚知道何时该抬头看看树叶，探知风的变幻。蜜蜂方才还在不紧不慢而又目标明确地飞舞，这会儿却渐渐息了影踪。太阳就要下山了。远远地，三道横云飘浮在湖湾上方。这是一个如此静谧的所在，格拉尼亚真希望能永远这么坐下去。她深深地吸了一口香气，想起了玛莫和她的“加拿大花束”，极力克制着自己不去想家。很快到了暑假，她就能跟德西龙托的家人团聚了。吉姆答应过，一有机会就去看她。她现在已经开始想念他了，尽管离上次在校医院见到他跟韦伦医生才三天时间。下个周末，他们打算和科林、芙莱一道去湖湾附近的琼斯树林野炊。要带什么吃食，格拉尼亚和芙莱早已盘算妥当。

“是远，”格拉尼亚答道，“可我喜欢来果园。总是来不够。”她的右手上下挥动。“你知道，看到云朵飘动，我会想到歌声。或者音乐。问题是，我不知道歌词是怎么回事。玛莫跟我说过，我还小的时候，她总给我唱那首我喜欢的歌。我耳聋之前。”

“听力正常的人，”芙莱说，“见了我们总会提同样的问题。想音乐了吗？想鸟儿的歌唱了吗？似乎没有比这个更大的不幸了。”

“音乐和鸟鸣对听力正常的人来说是挺重要。”

“赶上我心情不好，我会说：‘根本就没领略过，叫我怎么去想念？听不见鸟鸣又怎样？我看得见。’”

格拉尼亚从没跟芙莱说过，她相信，或者是臆想自己相信，音乐和歌声无处不在。不光是云朵中有，鸟儿的飞翔中有，拂过宿舍的橡树叶子中有，追赶着跑过草坪的孩子们的双腿中也有。“这种感觉是不是很傻？”她打了个手语，“对声音的记忆多少年前就没有了——十四年——可我觉得脑子里好像还有音乐回荡似的。”

“哪儿呀，一点也不傻。”

“直到现在，我还在做当初刚到这儿时的那些梦。”她耸耸肩，“那些梦理不出头绪。人人都喃喃地说着话，我听得懂。没谁听不见，没谁听得见。没听过的歌声，想不起来的声响，都搅和在一起。”

芙莱做了个打鸡蛋的手势，又模仿了一下搅鸡蛋的动作，两人你看看我，我看看你，不禁大笑起来。

“有没有可怜过自己？”芙莱问道。不等格拉尼亚作答，她就继续说道，“我有过。有时候我觉得听力正常的人日子要好过些，虽然我明白他们也有自己的烦恼，但听力正常的人怎么也不用重新学说话啊。你脑子里没了声音，我脑子里没了语言。尽管妈妈总在那儿护着。每一天，真的是每一天，她都努力想让我恢复对语言的记忆。她一刻不落地纠正我。发出音来。想好了再说。我是她的负担。她就是那么叫我的。我沉重的负担。”

比画沉重时，芙莱的臂膀和双肩都塌了下来。这些事格拉尼亚以前就听过，她拍了拍朋友的胳膊。往事总是让她们难以释怀。

“苛拉是我们的负担——小镇德西龙托的负担。”格拉尼亚的右手比画出 C-o-r-a 的字样。她跟芙莱讲过许多好管闲事的帕克·苛拉的故事。“你妈妈想让你重拾对语言的记忆，我妈妈希望我重获早年的听力。”她的手指微微波动，一只手举起，希望的手势只做了一半。然后，她双手并用做了个祈祷的动作。“妈妈一直摆脱不了自责。我觉得她还是以为只要祈祷够了，我就总有一天会重获听力。”

她感受得到，妈妈的愿望和意志坚如铁壁。毕业三年了，在这个果园里她依然能感受到。

格拉尼亚依然记得当初坐着那艘汽船是怎么一路抖着晃着到了圣劳伦斯河岸边的圣安妮码头的。她记得那一队男男女女——大多都是妇女——长裙黑帽，从码头向城中行进。从那棵孤零零的大树旁边，从两盏灯笼之间，八十名朝圣者迈着沉重的步伐，缓缓地走进第一道门。门上方是一块巨大的牌子，上书“环壁全景画”。和妈妈下船之前，在甲板护栏旁边，格拉尼亚就远远地看见了它。船近码头，牌子也愈显其大。上了码头，格拉尼亚用手指在裙子上拼着“环壁全景画”几个字。她是在背着妈妈的一侧写的，这样妈妈就不会看见她的手指在玩什么花样了。

三面旗子，其中一面是美国的星条旗，高高地挂在那栋圆形建筑一侧的桁架上。母女俩经过店铺入口时，格拉尼亚瞅不见妈妈了，两个矮胖女人低着头，像送葬的一样，嘴里念念有词，把她夹在了中间。她觉得气都喘不过来了，但还是扭着身子挤了出来，找到了妈妈。店铺外的围栏旁有一个瘦子，脸上和手上的骨头只蒙了层皮似的，手里拿着一顶草帽，领着一帮人快步前行。这个看上去一阵风就能吹倒的人行动起来竟能如此利索，格拉尼亚颇感惊奇。他把人带到坡上的大教堂，也就是圣安妮教堂。之后，格拉尼亚还记得，面对环壁全景画，被一圈巨大的护墙板围在中间时，她感觉自己是那么地渺小。

夏日将尽的时候，妈妈又想带她去蒙特利尔，到供着圣约瑟夫像的那个山顶小教堂去。安妮姨妈有一年夏天从罗彻斯特一路跋涉去了趟蒙特利尔，她写信跟妈妈说了自己朝圣的情形。她对着圣约瑟夫祈祷，沿那条土路到了小教堂，安德烈修士本人还跟她说过话。妈妈记在心上，觉得安德烈修士说不定能把格拉尼亚的耳朵治好。但爸爸却说：“不行。”格拉尼亚不会去蒙特利尔。“别再想什么奇迹了。”他跟妈妈说。格拉尼亚看到爸爸的脸气得煞白。“别再想着会有什么奇迹在格拉尼亚身上发生。”

芙莱的手指在格拉尼亚面前来回晃动，想让她回过神来。

“即便现在，”芙莱用手语说，“我说话还是磕磕巴巴的。你见过。找不到合适的词，我的手指就不由得要躲在桌子底下拼写，跟小孩一样。可有些词语在我看来还是没什么区别。一旦开口说，我就会发现人家耳朵正常的人说的跟我不一样。wind 和 wind。tear 和 tear。① 难怪我们会犯迷糊。比方说，看着 c-u-p-b-o-a-r-d，我怎么会知道它的发音竟会是 k-u-b-b-e-r-d② ？”芙莱非常熟练地拼出了提到的几个单词，指头在空中点出了字母间隔。“要不是你帮我，我对英语就会一字不识。”

“不会，你会认识的。”格拉尼亚说。但她知道芙莱的语法和书写还是有问题。

与此同时，格拉尼亚也被鼓励要多说话——不管什么时候，要说出来。从读唇理解别人的意思到自己用声音作出回应，中间的延迟在所难免。高年级的时候，是马科斯小姐帮她缩短了反应延迟时间。对格拉尼亚及班上的其他同学，马科斯小姐循循善诱，孩子们想都没想过自己在开口说话上能取得那么大的进步。除此之外，马科斯小姐还教给他们一个小窍门：“与人读唇交流时，自己要背对光线。光线应打在说话人的脸上。自己要一直背着光。”

格拉尼亚挺努力，她想让自己喜欢的这位老师高兴。在学生生涯中，好老师固然不少，不那么好的也不是没有。以大欺小的事在所难免，规矩也无处不在。可不管怎样，格拉尼亚嘴里吐出的每一个字都是调

---

① 两组均为同形异音异义词，如 wind，读作 [wɪnd] 时，意思是“风”；读作 [waɪnd] 时，则表示“迂回”、“缠绕”等义。

② 该词中“p”不发音，且“oar”的发音也有悖常理，芙莱因此感到迷惑。

动了自己的舌头、喉咙和气息，认认真真完成的。而马科斯小姐呢，听她说两句，鼓鼓劲，让她接着再练。

现在格拉尼亚和芙莱都成了学校的职工，每年的这个时候，两人都会看到，要永远地离开这个庇护之所，高年级的学生们是多么地焦虑不安。很多人别无选择，只能回到父母身边，而格拉尼亚和芙莱发誓绝不这样。此时，格拉尼亚正是要提醒芙莱别忘了当初的誓言。

"至少我们还没到华兹华斯老先生的地步。"她说，"还记得我们当初为什么那么担心吗？"

芙莱点点头。华兹华斯先生是个聋子，孤零零地住在一条砂石路旁的小棚屋里。棚屋是一个小农场的，主人可怜他便把他收留在那儿。他走到哪儿身上都带着几张纸、一支笔，一辈子都这样。去邻居家或是参加教堂的晚餐会，或是别家农场的舞会，他总是静静地坐着，等着别人坐过来在纸上写些话。

格拉尼亚时常想象他晚上回家后的情景：一人独坐，翻来覆去地看着纸片，回顾当天的对话。

怎么样？
挺好，挺好的。
今天天气不错啊？
对，对。

她看着她的朋友，她亲爱的朋友，又一次想起了工作日的晚上和周末帮她提高书面写作能力的情景。芙莱不用冠词和介词——格拉尼亚认为词语就是靠这些东西黏在一起的。芙莱却怎么也无法理解干吗要费那个劲。

格拉尼亚想起了《星期天》那本书。玛莫挽救了我，这是她说给自己而不是芙莱听的，玛莫挽救了我的人生。

吉姆能理解玛莫对她的童年乃至现在的人生是多么重要吗？格拉

尼亚寻思着。吉姆失去了父母——两人都是因伤寒离世的——慈爱的祖父母把他养大成人。可是，他们也已撒手人寰。格拉尼亚只见过吉姆的亚历克斯叔叔和吉恩婶婶。婚后，吉姆能把她的一大家子当自家人看吗？格拉尼亚心里没有答案。他们会结婚的，尽管妈妈写信说："可别发表什么声明。"

这么多年了，妈妈总觉得能有什么法子让格拉尼亚恢复听力，估计她从来都没想过，格拉尼亚的未来还是由孩子自己去盘算吧。

# 7

我们来了，不列颠母亲，
我们来做您的援手，
欠父辈们的债，
今天定要将它偿还。
从罗德西亚[①] 的丛林中，
从萨斯卡通[②] 的风雪里，
我们来了，不列颠母亲，
希望很快就能与您相见。

——《加拿大人》

安大略省德西龙托镇

特雷丝的丈夫柯南已经走了。两周后，格拉尼亚自己的丈夫吉姆也会同报名区的几百号人一起奔赴前线。

*丈夫*。这个发音她还不大习惯。*痴姆*，她说。接着又重复了一遍他的名字。*痴姆*。她在麦琪婶婶的厨房里四处走动，厨房宽敞明亮，高高的天花板上装饰着旋涡状的图案。这地方她打小就挺熟悉了，可毕竟是要在别人家里做晚饭，不免添了几分朦胧，几分陌生。走之前，婶婶开这个门开那个门，好让格拉尼亚清楚碗橱呀食物储藏间呀都在什

① 即今天的津巴布韦。
② 加拿大萨斯喀彻温省中南部城市。

么地方。她交代说，家里的东西尽管用好了。经安大略湖到奥斯威戈去看家在纽约州的麦琪婶婶的妹妹，这个想法格拉尼亚的婶婶和叔叔早就有了。真要动身了老两口便想着行个方便，让格拉尼亚他们搬过来住。夫妻俩接受了这番好意。埃姆叔叔顺着客厅墙上修筑的梯子往钟楼里爬去，吉姆紧随其后。他让吉姆看了看怎样给大钟齿轮上油，带他了解了巡查大楼和楼下办公室的路数，交代了自己走后吉姆需要做的安保工作和别的活计。现在，整个顶层，大楼里唯一的寓所，成了吉姆和格拉尼亚的二人世界。

格拉尼亚跟一个男人住在一起，睡在一起。晚上，在客厅地毯上铺开的那条蓝色毯子上，她躺在一个男人身旁。她觉得有点别扭，可别扭归别扭，两人之间的爱却是那么自然。早上，两人叠好毯子，衬垫在下，铺盖在上，找个不引人注意的地方放好。夫妻俩没睡麦琪婶婶和埃姆叔叔的床。他俩想要一个自己的空间。而对格拉尼亚来说，在小毯子上过夜可不是头一次了。

吉姆报名参加了加拿大陆军医疗总队，要去一个救护站接受培训。出发前他有两周时间处理个人事务。他现在白天在城里，一到傍晚便会乘火车回家。他们是十月二十三日在马里斯维尔的教堂里结的婚，还到杰克牙牙的农场搞了场庆祝活动。玛莫在场，妈妈和爸爸、特雷丝和家里的两兄弟、马萨姑婆、几家的叔姨、几位叔祖父、芙莱和科林、吉姆的亚历克斯叔叔和吉恩婶婶也都出席了庆典。吉姆答应过亚历克斯叔叔，秋伐之前不会离开加拿大，他没有食言。韦伦医生寄来一张支票，也送上了自己的祝福，说是很高兴看到为吉姆加入野战救护分队所作的种种安排。他自己的儿子现在已是一名炮手，是在七月份的时候按预定计划离家的。

格拉尼亚想起了整个婚礼期间周围的那片静默。或许是因为除了吉姆，她把旁人都屏蔽在外了。整个婚礼当天，她都感觉自己像被封在了蚕茧中。到杰克牙牙的农场之前的事她只能记个大概。然后，在长长的厨房里，家具被推到屋子一头，大家开始跳舞，跟她又是搂抱，又是亲吻，又是握手，礼物和祝福一股脑儿全奉上。可再怎么热闹忙乱，下午也好，晚上也罢，吉姆站在哪儿格拉尼亚全都清清楚楚，不管他是在厨房，在客厅门口，还是在布置冷餐会的餐厅。为了当时的冷餐会，难得一用的爱尔兰上等细麻餐布上了桌，更难得一用的插着活动面板的加长椭圆形桌子也上了场。格拉尼亚无时无刻不知道他身在何处。抬头相望，眼神交会的时候，他们感觉似乎两人就肩挨着肩在彼此身旁。他开始意识到，就算有一屋子人，他也可以默不作声地跟她说话。不管多吵闹，不管隔了多少人，他嘴唇传递的信息格拉尼亚总是能懂。他开始描述自己的行动，好像格拉尼亚看不明白似的。他在笑。*几分钟后，我要把那把口琴借过来。我要吹奏一番，还要跳一段吉格舞*[①]*来热闹热闹*。他双脚微微跳动了几下。*我要穿过人群到屋子那头邀你跳上一曲*。他止住了笑。*我的爱*，他用嘴唇说，没出声，*我的爱*。

格拉尼亚伸手打开顶灯。十月中旬，也就是结婚十天前，她放下了校医院的工作。现在她在德西龙托邮局上面的寓所里削着土豆。她想起了每逢圣诞在校帮厨时，她和芙莱还有高年级的女生们在洗菜房里一筐一筐地削土豆时的情景。芙莱还在学校，还在大厨房干活。自打结了婚，她和科林就搬进了他们租住的房子。现在，秋后学期已经开始，两人每天一大早结伴走着去上班。

格拉尼亚拉出面柜的架子，直到感觉到有震动才抬头扫了一眼。吉姆站在厨房和大厅之间的门口。他用手叩着墙，尽量不突然出现在格拉尼亚身边，以免吓着她。要不是过于专心，她早就该看到吉姆站在那儿。他的头发湿了，褐色的夹克衫上两臂和胸前都已湿透了，还有——这下她看到了——他的背也没能幸免。

“吓着没有？下暴雨呢。”

“暴雨？”她从他嘴唇上读出了这个词，便把目光投向左侧，向斜在天花板和地板之间的那扇窗户望去。她能看到塔楼屋顶的斜坡和边角，

---

① 一种活泼欢快的民间舞蹈，源于16世纪的英国。

看到窗座、麦琪婶婶的常春藤，还有远处气势汹汹的天空。这个时候外面已经黑了。她开了灯，没留意屋外的情况。

“你不知道？没感觉到？”

她穿过大厅，走到寓所靠街的一面，透过餐厅的窗户朝下望去。使小镇在过去的三十分钟里饱受蹂躏的暴风雨已经停了，而她刚才甚至连头都没抬一下。风雨打落的树枝被风吹得在主街上打滚，树叶在空中飞舞。楼下有不少大水坑；淤泥黏糊糊的积得很厚，路上一片狼藉，沟槽遍布。已经有车轮被陷住了：三个男人在推一辆汽车。一匹看上去精疲力竭的马被人牵走了，马车则深陷泥泞，被扔下不管了。

吉姆在楼梯顶部的平台上脱下满是泥水的靴子，但甩在裤腿上的泥巴其实更多。他脱下夹克衫，跟格拉尼亚并肩站在窗边，边往下看边摇头，然后伸手拉上了餐厅的窗帘。

两人站着，四目相对。他比格拉尼亚高四英寸，格拉尼亚得把头仰起来。像是跳舞一样，两人转了个身，背对着背。他的脑袋后仰，枕着格拉尼亚的头顶，格拉尼亚能感觉到他湿漉漉的头发。接着，两人再次四目相对。他把双手放在她拢起来的头发上，轻声地哼唱。她感觉到了他的举动，凑近了身子。她一只手放在他的喉头上。吉姆的皮肤凉凉的。他总是在哼啊唱啊。格拉尼亚往后退了一点，想看看他是不是有什么话要说。

她教过他字母表还有一些手语，他可以比画出一些词语，只是有点慢。除此之外，他俩也开始创造一套属于他们自己的语言。这种语言的诞生就跟两人之间的爱一样自然而然，那是一套密码，任谁也无法破译。

她食指贴着衣裙轻微地一动，他就到了她的身旁。

那是表示他名字的手语，是她给他的礼物——一个C转而变为一个曾在心口上敲出来的 H[①]。*痴姆*。

而他呢，对双手编织的这门新语言乐之好之，贴着自己的心回敬了一个 G[②]。

在拜访特雷丝在德西龙托镇的几个朋友时，他曾在屋子一头对着格拉尼亚用指尖擦过嘴唇做了个手语。*我该带你回家了*。但这个手势还别有他意。当他做出这个私人手势时，格拉尼亚的脸颊不由飞起两朵红云，只不过当时没人注意到罢了。

在塔楼寓所里，他们躺在蓝色的毯子上。为了看见夜空，客厅里的窗帘一直敞着。黑暗里他躺在她身旁。她转身朝右侧躺着，挨紧了好盖得严实些。

她想说话。屋里黑黑的，只照进来些许月光，可她不需要月光。她闭上眼睛，抬起左手，用手指去碰他的嘴唇。这一触让他一惊，但紧接着他便明白了格拉尼亚的意思，并开口说起话来。他用心地说，一个个词语落到她的指尖，她则小声地对答。两人就这样，躺在一起说着话。她学得很到家，她的手和身体都忘不了在校时无数次在座位上面对老师的情景。

*把指尖放到我的嘴上。轻一些，现在。感受那个词。好，现在是喉头，再回到嘴唇。要用手指去捕捉出了口的词语。再用手把它表现出来。*

他从未见识过哪门语言能如此彻底地将爱包容。

她从未感觉到如此安全。

很快他就明白，不需要把句子说完整她就能懂，别人脱口而出的话她能很快领会，不甚明了之处也能闪电般地弄通。他看到她面带疑问，微红的眉毛略微一皱，几乎让人无法觉察。

---

① 吉姆的英文名为“Jim”，格拉尼亚误作“Chim”（文中译为“痴姆”）。所谓“一个曾在心口上敲出来的 H”，大概是因为“H”是英文“heart”（心）一词的首字母。

② 即格拉尼亚英文名“Grania”的首字母。

他看着她一言不发的样子。

可格拉尼亚知道自己被盯着看。

“跟我说说。”他说。他什么事都想知道。他看到她褐色的眼睛正注视着自己的脸，她的目光投向他身后、两侧，然后重又回到他的嘴唇上。她看到什么了呢？他想知道。“跟我说说，我也就知道了。说说耳聋是什么感觉。从最最糟糕的说起吧。”他身体前倾，耳朵都要竖起来了。

他们坐在蓝色的毯子上，搬来托盘就地吃完了早餐。下面街上的行人看不到他们。晚秋的阳光照得屋里暖暖的，阳光落在格拉尼亚的身上，他看着她头发上变幻出来的层次各异的红色色调。

“最糟糕的事？”她想了一下，“别人知道的我不知道。不对，藏着掖着不跟你说，这更糟糕。那些不起眼的细节，人家觉得无关紧要，犯不着说出来。”

“还有呢？说说我没法懂的。”

这个她回答得不假思索。

“我观察世界的方式。”

“谁也没你看到的多呀。”

“我观察世界的方式分两类，动的和不动的。”

她看到他一脸诧异，看着他把这条信息存了起来。这让她高兴。“你原先不知道吧。”

“现在知道了。”

“这可是让我活命的法子，”她说，“动静和影子。我依赖这些。玛莫帮过我，我自己也学了不少。也许在我还小的时候——本能吧。”马会动，风筝、汽车、大门、帆船、房门、林子里的树枝、跑着的小孩。风也会动；它能把东西吹起来，甚至能把它们从这儿扫到那儿。她想起了在学校读高年级时马科斯小姐讲过“扫”的不同含义。

“第一次见你的时候，”他说，“去年，在医院的绷扎室，当时我从你身后靠近你的时候，没意识到你耳朵听不见。但你动都没动。身子哪儿也没动。看到我的时候应该是给吓了一跳吧。换作别人准得跳起来，肯定会被吓到的。”

她看着他的口型，掂量着他说的话。总会有些延迟。“我想起来了。但你不算是威胁。至少在那儿不算。从一侧我能看到麦凯小姐在眨巴眼睛。当你走近的时候。”

她伸手去摸他的肩膀。现在两人是面对面了。她把手塞进他的掌心。“你也说说自己，说点我不知道的事。”

说。

他笑了。“你没法知道我唱歌怎么样。有时候真希望你能听到啊。”

“我知道你能唱。什么歌你都知道词。人人都跟我说你嗓子好。赶上旁边有架钢琴，你准要唱上一曲。你爷爷劳埃德会拉小提琴——你跟我说的。玛莫喜欢听你在家里弹琴唱歌——在爸妈家里，跟我一块儿。”她更正了一下。嫁出去的姑娘了。“我在一边的时候你都会唱。大多数时候你都哼着歌。你当我不知道？”

“你不可能知道。你怎么也不会听到我唱歌的。”他逗她，“在杰克牙牙家咱俩的婚礼上跳舞的时候，你听到我哼《闪亮的华尔兹》了吗？”

“我感觉到了你在哼唱。我在看你唱出来的词句。我看到了琴键上你的手指，感受到了你的歌唱。跳舞时我随着你的身体而动。我就是那么听的。我听的是你的身体。”

两人没说吉姆要走的事。她并不喜欢默不作声，只不过没什么好说的。韦伦医生那边的活他已经干完了；他也一直待到给叔叔帮完了忙；他要去打仗了。她相信，他的亚历克斯叔叔硬是要他答应延期出发，目的只是希望等承诺兑现时，仗或许已经打完了。然而，战争还没有结束。

他们没想那么远，关注的只是两人在塔楼里相守的这点时光。

他们知道，到了出发的日子，吉姆会前往贝尔维尔，坐上东行的列车离开。最终，他将抵达海岸，然后漂洋过海。

要相信他会回来，格拉尼亚必须这么想。一旦到了那边，他会写信的。他不会藏着掖着。那样做等于是把她拒之门外，比其他所有的糟糕事加起来还要糟糕。只有禁令不允许说的他才会有所保留。如果他的家信够多，能让格拉尼亚勾画出他在那边的情景，她就能让他不远己身。他于她所设定的场景中和她相识，这样的场景他也将随身带走，继续借此与她相知。

他想跟她说说声音的事。

“问吧，”他说，“问问你想知道的事。”

可她没什么跟声音有关的问题。她得现编。她知道他想弄明白。她打开一扇窄窗，感受到湖湾吹来一阵新风。街道两旁的树梢随风招摇，闹腾个不停。吵嚷有如闹腾，玛莫跟她说过这个。格拉尼亚、特雷丝和帕特里克还小的时候，爸爸曾经对他们说过：“别那么闹腾”——意思就是吵嚷。

“那些树叶，”她说——她用了些心思想让他高兴——“这样动的时候是不是很吵人？”

“不能怪树叶。风会嚎叫，但树叶不会。”

她回到毯子那儿，脚蜷在身子底下，寻思着。风会嚎叫。有多少她不知道的事呢？很多。但她知道祖父九号分区农场的树林边上有狼嚎。杰克牙牙夜里出去用他的来复枪打死了一只，因为它老是在牲口棚附近逡巡。他跟她说过，晴朗的夜晚，狼的嚎叫听着就像是婴儿的啼哭。

“杰克牙牙，”她说，“群狼嚎叫的时候，他觉得那些声音顺着自己的脖颈直往上爬。”

“不一样的嚎叫。风嚎叫起来会变换不同的声音。没个准的。”

的确，她想。她把两根食指搭在一起打了个手语，然后两手下垂放在腿面上。没个准的。对于耳聪者而言，声音总是更为重要。

入夜，两人相拥而眠，身上盖着一条轻薄的毯子。客厅的窗帘没有拉上，倘有月光，自可悄然入室。格拉尼亚调整了一下睡姿，这样她就可以把头枕在吉姆胸膛下那块柔软的地方了。他轻轻地唱了一阵，让她感觉自己的歌唱。她知道歌声从何而起，那里是源头，是气息始发之地。词语盘绕在一根细细的气柱上，连着她头底下那块声音低回的地方。

她确信自己能从各种各样的心跳中分辨出吉姆的心跳。他的心脏紧贴着她的皮肤搏动，两人的呼吸频率变得一致起来。他的一条胳膊塞到她肩膀和头发下面。对他而言这可真是奇妙，欢爱过后两人便会蜷在一处，贴在一起陷入沉睡。

格拉尼亚下了班，刚从红十字会办公室回到家。她每周都有一个下午在那儿做义工。吉姆走后，她会每周干两个下午。吉姆上到钟塔里去了，每天大部分时间都在忙大楼里的事。走进寓所的一刹那，两人觉得似乎那就是自己的地方。前一天晚上，两人说过，等战争结束，吉姆回了家，他们得有自己的房子。他们会生个孩子。两个孩子，或者三个。他们任由自己谈论这个话题。当格拉尼亚告诉吉姆说，他必须得留意孩子们发出的声音，必须把孩子们的任何喧闹都讲出来让她知道，即便是哭声，即便是呱呱坠地时的初啼，他们都笑了。

吉姆帮她把外套挂了起来。“回到家里感觉不错吧？”他说，“可以放松了吧？到家了就不用老是对周围一圈人的嘴唇那么警惕了吧？”

“也不是。”她说，可刚要解释的时候，她就觉得话已经冒出来了。*控制好声音*。完全是不请自来地，另一个声音在她脑子里说道。“不是。大多数时候我都是放松的。只有我愿意去费那个劲的时候，才会集中注意力——那个时候我可专心了。”

她松开帽子，朝他走去。但她看到了他的惊诧。*达尔西浮出水面呼吸的时候看到了他脸上的表情*。她想到了自己剪出来的那个身着泳装、挨着商品目录上的那些女人们待在抽屉里的无耳女孩。

吉姆以为自己弄明白了，其实又会错了意。那么，她身处其中的那片静默真就是一个谜了。她的注意力既非随心所欲，又非不由自主。遇到或大或小的挫折，她总能保有这个容身之所。

她看出了他的失望。

"这都是小时候学的，"她说，"由它遗落，自己倒自在些。想关注就关注，不想关注就不关注。"

他看得出来，在她内心那块地方她是多么轻松自在，而那块地方又是多么隐秘，多么平静。跟他在一起时，她愿意以此示人。想要关注外部世界的时候，她便费些心思去理解所处的情境，然后再将额外的各种提示放在心上。

一瞥也就够了。她内心那块地方他是无论如何也不会懂的。这是她的力量之源，静默之源，他看得出来。不管她跟他透露了多少事，解答了多少疑问，他明白，他还是在那块地方之外。但每当不在她身旁的时候，他感觉到她的力量向着自己奔流而来，而他的力量也以同样的方式朝她奔流而去。

"还有呢？"他说。他们沿着主街散步，在午后的阳光里手牵着手。

"房间里的人超过两个的时候，要是耳聪者在交谈时换了话题，房间里的聋人是无从知晓的。我们还在想着老话题，于是就给甩在后面了。"

"解释一下。"他转向她。

"旁人插话我们听不到，突然转换话题我们也不知道。我们一次只能观察一双嘴唇。如果我们没在盯着，有人说了话，那……"

他点了点头，将这个前所未知的信息放进了心里。

格拉尼亚拿着她的匣子相机。快到镇子尽头的时候，他们经过挨着的两处阳台，一边是旅店的，一边是格拉尼亚父母家的。作为一个外人往里面瞅的感觉真是奇怪。一个算是自家人，又不是自家人的人。

里面一个人也看不到，大厅和客厅的灯是关着的。从街头望去，她只看到重重暗影和钢琴黝黑的一角。一天傍晚，她和吉姆同家人吃过晚饭后，大家伙儿都经廊道回了客厅，爸爸居然也跟着过来了。吉姆坐在钢琴前面的圆凳上开始弹奏。他不需要乐谱，听过的曲子凭记忆他就可以弹了。还是个孩子的时候，他祖母教过他一些曲调，他自己也学过和音弹奏。他那纤长的手指看上去像是在琴键上飘动一样。格拉尼亚站在他身旁，看着他嘴唇上发出的歌曲。她一只手搭在他的肩头，另一只手放在钢琴的顶盖上。她的身子一动不动，想将音乐收纳其中。

站在街头，很容易就能想象出屋里房间的分布，还有各人所处的位置。她脑子里想象着有关玛莫、妈妈、特雷丝、爸爸、伯纳德、帕特里克等人的画面。工作日下午四点钟，大家都在干些什么，她了如指掌。她抓紧了吉姆的胳膊。现在她是独立的了。嫁出去的姑娘了。夏天的时候，吉姆赶往德西龙托跟她父母开口，当时像“下一步怎么打算”这样的话可没少说。

“你当然得回家了。”妈妈这么说，“吉姆去打仗了，你一个结了婚的女人，一个人住怎么行。你住哪儿？生人上门怎么办？我们要跟你联系了怎么办？你要是有什么危险怎么办？”

危险？格拉尼亚还从没想过会有什么危险。她一直都是跟芙莱住一个房间的。她曾经盘算过还待在那儿，就在校医院工作。要面对危险的是吉姆。她把目光投向玛莫，想得到点支持，可这次，居然连玛莫也站在了妈妈一边。

玛莫给出的理由倒是不同。旅店需要帮手。爸爸又有一个伙计奔赴战场了。伯纳德下午和晚上干活的时间已经够长了。厨房和餐厅，妈妈和布兰特太太也得有个打下手的。布兰特太太日渐老迈，没以前那么利索了。玛莫的关节炎老是困扰她，也不像以前那样能帮上忙了。妈妈很是劳累。格拉尼亚知道妈妈都熬瘦了。她形容憔悴，围裙勒得比以前还要紧，总显得忧心忡忡的。

最后达成的意见是：柯南一旦奔赴战场，特雷丝就搬回家住。格拉尼亚和特雷丝又将一起住在曾经的那个房间，各睡各床，就像从未离开过一样。伯纳德和帕特里克没有参加讨论，但也都想让格拉尼亚回家住。

真正的原因谁也没明说，但格拉尼亚心里有数。没有人相信她能照顾好自己。妈妈最终答应他们结婚，而格拉尼亚也同意了回家住。她不想把婚期拖到战后，尽管妈妈有这个想法。格拉尼亚拒不从命延迟婚期的代价就是：她得从一个庇护地搬到另一个庇护地。可不管怎样，玛莫为他们的婚姻向上帝做了祈祷，求上帝为他们赐福。就在妈妈争论不休、爸爸一言不发的时候，玛莫对一家人发表了一条强有力的声明——但是立场嘛，格拉尼亚觉得，还是在妈妈一边。"吉姆，"玛莫说，"真真是个好小伙子。"

现在，就像一切都未曾改变似的，格拉尼亚要回家住了。可是，一切都已改变。除了夏天的几个月，从九岁起格拉尼亚就没在家住了。特雷丝对搬回来住似乎毫不介意；她从来就没有离开过镇子。九月柯南走了以后，她就没再续租，搬回家住了。她已经在楼上原来的卧室里安顿妥当了。

嫁了人的两姐妹现在不那么独立了。

特雷丝跟父母说得很清楚，战争一有结束的迹象，她就会琢磨租房来住。格拉尼亚知道，只要她俩愿意，爸爸才不想让她们离开呢。尽管他的时间大半都花在坐办公室、照看马匹、去农场探望杰克牙牙这些事情上，他还是想跟家人待在一起。他想让儿女们都近在左右。再说了，玛莫给出的理由也不容辩驳：现在是战争时期，大伙儿都在奔赴战场，旅店着实需要帮手。

没错，姐妹俩到底还是没那么独立。

格拉尼亚抬头望着阳台上方自己卧室的窗户，有意无意地想看看特雷丝会不会露脸。窗前那株树的叶子差不多已经落光了。从此经过的时候，她看着吉姆，从侧面盯着他的嘴唇。看得出来，他又在哼唱。他也想让她在自己离家后跟父母一起住。她离开了学校，抛开了医院的工作，跟大伙儿道了别。

现在，这些事她一点都不愿想。但是，真要把事情抛诸脑后，她又从来都不在行。

"还有呢？"她说，"再说说声音的事吧。"他们这时已经快要走到湖岸那片林子尽头满是石块的地方了。玛莫背着欧肖内西的钟表袋，带她来这儿散过好几次步，这事她从没跟吉姆说过。跟谁也没说过。

他环顾四周，看见一只胖乎乎的大黄蜂在一朵秋花上盘旋。黄蜂箭也似的侧向朝他们飞来，却又忽地没影了，她的目光顺着它曲折的飞行路线追了过去。

“蜂，”他说，“大黄蜂个头不大，胖乎乎的，弄出来的声音倒蛮大。”

“像什么？”玛莫老是说，“听起来就像……”然后就是一通解释。

“像一个M。”

格拉尼亚看着他用右手的三根手指比画出一个蹩脚的M来。

“像是一个M从一张裹在梳子上的纸里头挤过去的声音，”他说，“从另一头出来就变成了嗡嗡的蜂鸣。”

“我知道透过梳子的嗡嗡声大概是什么样。特雷丝和我小时候玩过的。就像是绒毛扫过嘴唇的感觉。”

“我还注意到一些事。”他说。

她等着他继续往下说。

“我们跟大家伙儿在一起的时候，在你爸妈家也好，在杰克牙牙那儿也好，不管是在什么地方，要是屋子里有个响动，不管是砰的一声还是其他会引起震动的声响，你从来都不会往声响发出的地方瞅上一眼。相反，你会把目光投向在场某个人的脸，借此弄清楚发生了什么，是怎么回事。你目光搜寻的不是声音而是信息。”

“也许吧。每一样事我总是不假思索地就那么去做了。”她没考虑过这个。

他们踏上了那条小路，吉姆弯腰从地上抄起一把红黄相间的落叶朝她抛去。有几片落在了她的头发上。

“感受一下落叶的破碎吧，”他说，“拖着脚走。它们会发出与众不同的秋声。”

她没告诉他，自己玩树叶已经有好些年了。她捡过落叶，帮学校的小男孩们往手推车里装过落叶。离家住校之前，玛莫经常带她来这儿。

她们在落叶上拖着脚走路。不过，谁也没跟她讲过，树叶发出的声音与众不同。

*好吧，怎么就与众不同了呢？*

“步子刚落下去的时候，脚下只觉得软软的。每走一步，鞋子就会推搡着落叶——窸窣、窸窣。”

她看到他嘴唇上出现的那个声音，想试却又吃不准该怎么说。

“可等到叶子变得又干又脆了，鞋子就会把它们踏成碎片，破碎声也就能听得见了。各种各样的破碎声，都是同时发出的。”

“破碎声？”她因为这个词笑出了声。

他最喜欢的就是她的笑声。那是内心轻叹的声音。

还有她一人独坐时嘴里的呢喃，听起来就像在轻轻地唱着*我明白了，我明白了*。

还有她比画手语时的双手。

还有她叫他名字的方式。有时候他让她叫他的名字来听，一遍还不够。名字说出来像是一个剪出来的 Ch，后面直接跟着个 m，夹在中间的那个元音简直就听不出来。*痴姆*。

他捡了一些落叶的碎片，插在她一绺一绺的红发之间。他这才知道，原来头发可以如此柔软，同时又如此浓密。他俩默不作声，继续缓步走着，到了林边小路蜿蜒而出的地方才停下来。路的尽头接着一道原木围栏。吉姆倚着围栏，格拉尼亚给他照了张相。获准不必再保持造型的时候，吉姆的手指随即叩起木栏来。声音的事还没说完呢。

可她已经撤回去了。声音在她之外，到处都是。这她知道。

“就用词语描述给我吧，”她说，“那样就可以了。不清楚的地方我会自己弄明白的。”

他俩坐在内乐剧院的第二排，吉姆的胳膊靠过去紧贴着格拉尼亚的胳膊。他穿着军装，黄褐色的卡其布又硬又厚。在贝尔维尔工作时，这样的装束她见过成百上千，那是在队伍行经学校时看到的。还有就是在街头，在火车经停的几个车站。她也把胳膊紧贴过去回应他。两人就这样抵着，劲在他们之间此消彼长。日夜厮守让他们倍加亲密。可现在，再要相守已经时日无多。

按照节目要求，灯光渐暗升至中央穹顶时，她摘下帽子放在腿上。星期五晚上的表演是由妇女爱国同盟负责的。本周的节目包括音乐独奏、朗诵、贝尔维尔来访的一位上校的演讲，还有几个活人画表演[①]。吉姆买了票，确保他俩能坐在前排，好让格拉尼亚看清楚演出当中的色彩和动作，还有活人画充满戏剧性的静态造型。

这样的活人画表演有四个：《处决格雷郡主[②]》；《再见了，爸爸》——表现的是一名要离开自己女儿和儿子的士兵——尽管格拉尼亚周围的观众对此热情如火，她自己倒不怎么喜欢看；第三个是《秋姑娘》；最后是《协约国》。格拉尼亚认出了镇子上的姑娘，还有几个年轻小伙子。每一个华丽的、纹丝不动的姿态她都仔细端详。人物都不言语，自然无唇可读。四周的妇女热烈地鼓着掌。格拉尼亚跟台上的人物一样，一动不动。

曼陀铃乐手弹奏的时候，她没什么感觉，只看着他的手漫不经心地拨弄着琴弦。钢琴独奏的时候，音乐才开始通过松木地板传进她的脚底。她确信自己已经抓住了震动的韵律；她聚精会神。吉姆在黑暗中伸过胳膊，把格拉尼亚的手抬到自己面前。他的指尖沿着她的掌缘摩挲了一阵，而她则一动不动，气都不怎么出。她担心自己的喉头会发出声响。前后左右都是人。在那个拥挤的、座无虚席的地方，吉姆把她的手搭在自己的手上，另一只手静静地在她掌心放进去一个词。她脸上不由一热。就连场景的变换她都没注意，直到灯光亮起来，上校站在台上致辞。

---

① 一种舞台场景，多取材于圣经、历史事件和神话故事等。演员一般须化妆、着戏服，表演时保持姿势，不言语。

② 英国“九日女王”，亨利七世的曾孙女，爱德华六世指定的王位继承人，在位仅九天即被玛丽一世取代，受指控叛国而被斩首。

大家都知道，音乐会的真正意图是动员大伙儿入伍。上校讲话的时候，格拉尼亚看不清他的嘴唇。他说什么，她一句也没弄懂。她知道这次盛会是席卷全国的动员热潮的浪尖，把可用的年轻人都归拢起来，送他们上前线，为了*英格兰母亲*而战。她看到周围的人都在欢呼。

柯南走了。她们孩提时的朋友欧林在一年前，也就是战争刚一打响的时候就走了，现在已是一名中尉。格鲁的儿子理查德现为列兵，也是镇子上最早报名的一批；他也是去年出发的。格鲁曾让理查德跟着自己做学徒，以便将来子承父业，但理查德却成了第一批前往瓦尔卡蒂埃的士兵之一。之后，他便登上了将第一分遣队运往普利茅斯的三十二艘军舰中的一艘。在主街理发店的窗户上，格鲁自豪地展示着儿子寄来的一张卡片，三十二艘军舰的名称上面全都有。一个箭头指向“我的船”——皇家爱德华号，是中间那列的第三艘军舰。

今晚弹钢琴的正是格鲁。有时候他也会弹奏钢琴给电影配乐。他两条长长的腿笨拙地蜷缩着，高挑的身子弯下来对着琴键。格拉尼亚心里暗想，儿子远在法国，今夜的爱国演出格鲁会怎么看。枪林弹雨理查德已经见识过了。不管心里是什么滋味，格鲁是不会让别人知道的。

当人群最终蜂拥而出，踏上剧院门口的木板路时，格拉尼亚戴上了帽子，紧紧地抓着吉姆的胳膊。*丈夫*，她心里说。*丈夫*。观众当中还有其他几个身着军装的男子。外面的人都在跟吉姆握手，祝他好运。她瞥见了苛拉，忙把头扭到一边，好躲开她那好打听事的眼神。不久前她还想到过苛拉。那是吉姆领军装的那一天，他早上离开塔楼的寓所，穿着自己的褐色裤子，那是他最后一次身着便装了。可他裤子上的折线熨错了地方，明晃晃地落在了裤子的两侧。在那之前，裤子都是吉姆自个儿熨的。格拉尼亚上学时在缝纫班上没学过这个，她学的都是刺绣花饰之类的活儿，但那天却想一试身手，给他个惊喜。他拿起裤子就笑了起来，尽管格拉尼亚百般不许，他还是不管不顾地把它穿上了身。她脸羞得好似着了火一般——要是给苛拉瞅见了可怎么办？——不过吉姆倒是毫不在意。他就穿着那条折线熨在两侧的裤子迈出了家门，回来时已是一身戎装了。

走在街上，他又哼了起来，手指敲打着一边的裤腿。格拉尼亚想到自己拼词的时候总是那样，手指叩着裙子的一侧。她笑出了声，想着两人敲叩的动作虽近，个中意味却并不相同。吉姆传递的总是音乐。她敲的那些词句呢，即便算作音乐，那也是烦乱和孤独的音乐。

“在哼什么呢？”她说，“哪支曲子？”她盯着他的嘴唇，想知道答案。他的表情看上去像是做错事被抓了个正着一样。

他停了下来。“曼陀铃独奏曲，”他说，“在脑子里就是挥之不去。我听着熟悉，可想不出曲名。”

他拉着她的手，拽着她过了街，然后折回去往木板路的东侧走，跟回寓所的方向背道而驰。她不知道他要带她去哪儿，但并没有吭声。她知道这条路，它向着小镇尽头的湖湾，一直通到曾被烧成灰烬的老码头。他笑了一声，抽身走开，下了木板路，消失在暗夜中。她静静地站了一阵，凝视着他从中匿形的那片黑暗。夏天黄昏初至的时候，她和特雷丝来这儿散过步，萤火虫在她们身旁一眨一眨，似繁星，似飞灯，忽明忽暗，布着它们的光阵。

她等着吉姆发出一丝半点的响动，可什么动静也没等来，便下了木板路继续前行。她心中毫无惧意。这一片有他同在的黑暗，她并不害怕。

废弃码头的残存处伸进湖湾，上面笔直的木板因为年久岁长已经变黑。曾经和特雷丝、欧林，还有柯南一起在里头玩过的壕沟就在下面——兴许已经垮塌，甚或填平了。现在，码头两侧都是水泥立柱，长长的方形木梁连接其间。木梁一路延伸，尽头略低处是下临湖水的一个水泥平台，码头于此止步，颇显突兀。

吉姆置身幽暗之中。虽然有月亮，但此刻已经溜到云后面去了。他迈步出现在她面前，她却并没被吓着。这一次，换她领路了。她信心十足地从小路尽头往一处剥落残破的水泥侧柱走去。那儿有个可供踩踏的脚窝。她轻而易举地找到了那个脚窝。沉甸甸的上衣无所谓，为了攀爬之便掖上来的裙子也无所谓，她很快就爬了上去。她已经在一道木梁上挪动了，而刚刚找到脚窝的吉姆则落在了后面。她指了一下，他一撑也爬了上来。她猫着身子，缓缓地沿着木梁前进。等到了尽头，下到平台上，她回过头，看见吉姆还挺着身子，轻松自如地沿着一道木梁走。傻，她心想。云团一样的飞虫会从湖湾那边冲过来，撞在他的脸上，木梁那么窄，很容易失去平衡。掉下去可就没影了。

不过，现在早已过了飞虫成团的季节。他走得稳稳当当。坐在平台边上，她边晃悠双脚，边看着吉姆的两臂在体侧展开，来来回回地走着，又是保持平衡，又想看看能玩到什么限度，就像走钢丝的在表演前做热身练习。她想起了脚穿黑色尖头鞋的大力士，就是伊顿先生商品目录内衣页上的那些大胡子男人，想起了他们那细细的双腿和灵巧的尖脚。在黑暗中，吉姆时而出现时而隐没。相识至今，他们俩之间的情况也是如此。远远地他来了，走进了她的生活，而现在，他一身戎装，又将离她而去。不过，他答应过他会回来。

他又从黑暗里钻了出来，一屁股坐在她身边。清风徐来，她以皮肤迎受。月亮此时也掀掉了云幕。她轻轻地吸了口气，寻思这吸气声会不会被听见。她寻思着吉姆有没有静到过不弄出任何声响。像是要回应她这个没说出来的想法一样，他搂着她的腰，两人动静全无地坐在一起。她将手栖在他的腿上，这个举动来得如此自然，她不由暗暗称奇。他抬起她的手，借着月色仔细端详。

她未动声色。她知道下面是水，知道木板间杂草缠绕，知道木板透出的腐烂味。吉姆就在身旁，一动不动，实实在在。这是爱她的人。这是她爱的人。

他的头发已经剪短了，她把手伸过去，摩挲着他脖颈后硬硬的发楂。他再次捉住她的手，但这次是格拉尼亚要细看他的手掌，还有他细长的手指。他每根手指上的血管都在她的指下搏动。

“跟我说说。”她说。*痴姆*。她的声音。微风在他们脚下的水面上惹起了涟漪，他所领略到的，她也想探个究竟。“说说浪急时是不是也会发出声音。”

他的拳头在手腕处打个弯向前一击——这是她教给他的一个手语，意思是没错。他挪了挪身子，半对着她，接着又往前凑了凑，好让她能借着月光看到他的嘴唇。“但是波浪翻滚着撞在岸边时又是不一样的声音。”

“说说吧。”

“响声不大。湖湾这里响声不大。更像是舔食的声音。狗从盘子里喝水那样，就像卡洛。”

想到自己冲卡洛大声喊出那些元音的样子，她笑了。如今卡洛的时间大半都打发在爸爸的办公室里了，整天就趴在一块旧毯子上。那块毯子是玛莫为了让它舒服点，从碎布毯子上裁下来的。

“海上呢，”吉姆说着话，而她则盯着他嘴唇上的词句，“波浪更大。”

“声音呢？”

“也大。”

“有多大？”

“像是持续不断的‘衬吼’。”

“衬什么？”她觉得似乎有衬衣在眼前闪过，不禁笑出声来。

他听到了她的笑声；笑声听起来像是轻叹，他也笑了。“我自己造的词。吼。衬吼。后一声衬着前一声。白头浪涌过来的时候从来都是一簇一簇的。浪头先交合再错开”——吉姆的手和胳膊在空中流水般地相互交错——“你正觉得它们就要轰然崩落了，它们却又不慌不忙地溜上了海滩。”

“不慌不忙。”

“要是赶上了北风，景象便又不同。”他知道怎么用手语表示不同，当下便比画了一下，交叉的两根食指分别划向两边，隐入黑暗。“什么都变快了。有风。并不危险——除非赶上暴风雨。要是风不大，大海就会发出平缓的声音，像在击掌。”他两掌合击。“最大的声音要算海的咆哮。一天我在沙丘上站着，大海的咆哮声巨大无比，不先在那儿适应适应我简直都不敢下到沙滩上走。开始我还以为那是某架新型飞机发出来的声音呢。”他向天上指去。

“我站在沙丘上。”她说。她得费力才能看清他的嘴唇。“在安大略湖的沙岸上。毕业那年，我们在那儿吃过午饭——学校组织的一次特殊的外出活动。我们坐的是汽车，沿途还经过了皮克顿。芙莱和我都想在大湖里游泳，可我们当时一身盛装，谁也没带泳衣。要是就我俩，说不定当时泳衣不穿就下水了呢。”

可她们不会那么干。至少白天不会。晚上倒还有点可能。只不过她和芙莱怎么也不会大晚上的在那儿待着。于是乎，两人只好随其他女孩一道，沿着湖岸在广阔的沙滩上漫步。

她一时默不作声，直到吉姆的胳膊肘轻轻地捅了她一下才回过神来。

“我想去海边，”她说，“去看看那巨大的声响。”

他的拳头再次往前一击，手指头指着自己的嘴唇。天黑，她跟不上，嘴唇上的词句没法看见。该回去了。他们爬了下去，摸黑回到了主街。这次，领路的是吉姆，他一只手放在身后，好让格拉尼亚抓着他的手腕跟着走。走在空荡荡的大街上，两人都没言语。内乐剧院的几道门此时已经关闭；剧院黑魆魆的。剩下这段去邮局的路两人加快了步伐。没想说话，没想比画。格拉尼亚一直低着头。整个回塔楼的路上，吉姆都没回头看她。他们绕到侧门，往楼上爬去。到了最上面的楼梯平台，两人进了屋，站着依偎在一起。

在吉姆的火车离开贝尔维尔前的一个小时里，士兵们行军至火车站点了名，跟家人道了别。格拉尼亚的身子似乎在收紧，心里像是打了个结似的。乐队前进至车站月台，还在继续演奏，而她觉得，鼓点似乎是敲在了她的心上。她看着周围的人群，看着一张张强颜欢笑的脸，感受到了众人挤在一处时的激动。

她的目光扫到了闪着微光的铁轨，还有一长溜转到侧道，等待运兵车通过的货车车厢。水透过一节车厢的地板滴答着，似乎里面有冰块在融化，下面的灰土湿了一片，黑乎乎的。轨道两边零零星星地散落着一些煤块。运兵车看上去大得出奇，一副咄咄逼人的样子。格拉尼亚把亲手做的午饭递给吉姆，吉姆费了番劲才把装着饭的布包压在他鼓鼓囊囊的背包带子下面。两人谁也没吭声。吉姆抓过格拉尼亚的手紧紧地攥着，两掌贴合，格拉尼亚只感到了他的握力。

不要放手。战争逼近。战争从四面压来。

背着自己的意愿，她心里的一处地方掩上了门户。吉姆也是如此。出发的时间还没到，他却已经上了路。她痛恨两人眼下的境况，但她知道，在他转身离去的时候，她也在往回撤，找寻心里那处安全的所在。倘若真的找到了，她便会在那里安栖，直到他归来。

但是，此时此刻应有的那份激动实在无从抑制。吉姆以及所有这些战士即将出征报效国家。有不少士兵在笑，格拉尼亚看见他们相互大声地打着招呼。吉姆正咧着嘴微笑，从前行的人堆里开辟出一条路来。踏进车厢之前，他在小平台上侧身四下张望，直到看见了人群中的格拉尼亚。手和胳膊在四周挥舞。大家紧握着米字小旗。行李和包裹在手中传递；照片抵在了远行者的掌心；吃的东西从敞开的窗户传进车厢——盒装的午饭、罐装的茶水。好多人从车厢窗户里探出身子，像是要挤出来一样。胳膊肘抵住窗沿，手也抓得紧紧的。格拉尼亚正前方那节车厢的竖板上用粉笔写着一个大大的“5”字，吉姆进的正是那节车厢。

他要东进接受培训，之后会被配属到一个作为增援力量的救护小分队。再接着，他会前往海岸，准备乘船远航。目的地、船的名字、出海日期或登陆日期，他一概不知。

她的手指在衣服一侧敲个不停，自己却浑然不觉。人群又一次推搡起来，她也不由得再次缓缓向前移动。吉姆好不容易顺着过道来到车厢右侧。她看着他的身影在窗户间时隐时现，直到后来才在车厢一头最靠里的地方给自己找到个座位。他扔下包，又回到车厢中间的一个窗口，探出了身子。靠窗往外探身子的人一个挨着一个，有三四层。

吉姆的目光在人群中扫来扫去，直到跟格拉尼亚四目相接。他将右手伸到左胸，做了个手势——就他俩懂，是表示格拉尼亚名字的G，食指接拇指，揪着心口处的制服。他咧嘴微笑，两臂垂在体侧。她想起了在学校绷扎室初次见他时的样子，他垂着胳膊，像脱臼了似的。她能看到他两边的士兵叫着喊着。有人跟吉姆说了些什么，他回答前先把头转向了右侧，可她还是没能看到他说的话。他的目光重又落在她身上，这次再也没有挪开。火车向东缓缓开动，很快速度就提了上去。

格拉尼亚做了个C，那是吉姆名字的标志，也是他最后看见的东西了。C往前落，变成了H——*痴姆*。她的身子僵住不动了。

火车驶出视野良久，她依然在人群中站着没动。乐队已经离开。淡淡的天色，在不甚明亮的阳光里显得格外柔和。几朵小小的云彩粘在天边，像是稀疏的棉团，没怎么扯开也没怎么鼓胀。孩子们在月台上玩着。妻子、母亲、父亲，还有祖父母和朋友们，看上去似乎都不知道该做什么，也不知道该往哪儿去。火车的离去像是发布了掉泪许可证，女人们毫不掩饰地哭了起来，身边年纪稍大的男人们则紧紧地抓着她们的肩膀，目光茫然地投向别处。

格拉尼亚没有眼泪。人群即将散尽的时候，她跟其他几个人还待着没走。她长长地吸了一口气，憋住，使劲盯着空荡荡的轨道，虽然毫无道理，但似乎还是希望再有一列火车开进站，把刚刚离去的人都给带回来。她转了个身，迈开步子，却不知道要去哪里。

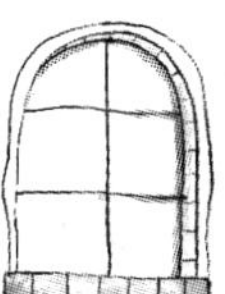

# 三

# *1916*

# 8

全欧洲的参战人员约有两千万之众。假设每套军装为一码，则全体参战人员之战衣约需布料六千万码。首尾缝接，军装连成之布带长达三万四千英里，足可绕地球一又二分之一圈。仅衣上纽扣即有两千吨之重，如须搬运，非良马千匹不能为也！

——《加拿大人》

配属到第九野战救护队之后，吉姆见到的第一个人名叫艾里什，救护队甫一创建他就加入了。他的脸既瘦且长，头发是黄沙的颜色，很密实，看上去就是一副不服"梳"的样子。他的门牙间有条缝，一根烟卷晃荡在两唇之间。在打早饭的队伍中往前挪动时，他掐灭烟头，弹掉烟灰，把烟塞进口袋。吉姆看得目瞪口呆，不敢相信这人的手竟会大成这样。他的手腕和指头又粗又大，两人握手时吉姆觉得自己的手简直是一点不露地全给包进去了。

聊了没几句，两人就发现原来吉姆的亚历克斯叔叔和吉恩婶婶的农场与艾里什家几代人在安大略湖里德附近的家相隔不过四英里。艾里什大部分参军的朋友都在第二十一营。

"我见过你的亚历克斯叔叔，"艾里什说，"真不敢相信，咱俩以前居然没碰过面。"

"我从东部搬到那儿也就一年多点。认识的人还不多。"

"你父母呢？"艾里什问道。

"都过世了。祖父母把我养大的，可他们现在也不在了。我祖母在战争开始前刚去世。之前我跟她住在爱德华王子岛的北岸。她走了，我就搬到安大略帮亚历克斯叔叔在农场上干活——他的孩子都还小，想必你也知道。后来没多久，我又到了贝尔维尔，在那儿有间房子住，跟着韦伦医生巡诊。我照看他的马，补充医疗用品，传话，干的就是诸如此类的事。等到医生买了辆车，我就学着开车。再后来——”他补充说，“我回去帮叔叔秋伐。之后跟格拉尼亚结了婚。”说到她的名字，他语气轻柔，似乎只是自语，像是拿不准要不要说出这个名字似的。

艾里什点了点头。“我还没结婚呢。不过等回了家马上就会结婚。她说过会等我的。”

他从口袋里抽出一张照片。照片不过一英寸见方，是从大照片上剪下来的。他举着照片仔细端详，吉姆看到一个头发高高盘起的俊俏女子，一脸警觉，像是对相机不大信任似的。她衣领高耸，喉前别着一枚椭圆形的领针。照片没什么保护，下面起了一道褶皱。艾里什用粗大的拇指把照片捋了捋，才将它放回口袋。

“克莱尔。”他说。吉姆点了点头，像是艾里什已经给他介绍过似的。

吉姆也亮出了格拉尼亚的照片。他以前可是谁也没给看过。这张照片是两人决定结婚之后，吉姆用格拉尼亚的匣子相机亲手拍的。那是一次初夏野炊时，当时芙莱和科林也在，就在靠近湖湾的琼斯树林里。两位女士带了夹着生菜的水煮蛋三明治，还有一块橘子酱蛋糕。几人用餐完毕，吉姆和格拉尼亚到一边去散步。吉姆搞了个突然袭击，他猛地停下步子，对着格拉尼亚打了个手语。他两手紧握，然后指着自己。

“愿意嫁给我吗？”他眉毛一扬，算是句末的问号。

“什么？”她说，“你是怎么……”

“科林。他让我一遍一遍地练，直到过关才肯罢休。”他又比画了一遍。

她不由大笑起来。发自内心的笑。她已经点了头，*愿意*，*愿意*。

照片就是这一幕过后拍的。格拉尼亚的面庞显得娴静而坚定，她皮肤白皙，即便是照片也看得出来。在自己的相机前面她还不大习惯。她摘下了帽子，长长的红发遮住了耳朵，松松地别在脑后。他记得当时自己低头看黑匣子的取景框时，取景框里的她眼睛定定的，眨都没眨。

他把有小纸板框保护的照片放进制服的下兜，将衣兜扣上，又用手拍了拍。

“我们是去年十月份结的婚，”吉姆说，“后来的宴会是在泰迪纳加镇第九分区她祖父的农场里办的。她们家都是爱尔兰人。她的外婆玛莫跟一家子住在一块儿。走之前，我有两周时间陪格拉尼亚，那段时间我们是在德西龙托度过的，那是她的出生地。”

“我去过德西龙托，”艾里什说，“是坐汽船去的。”

“格拉尼亚的爸爸在主街上有家旅店，就在码头和车站对面。”

“我知道那一家，”艾里什说，“在那儿还吃过一两顿饭呢。他们家的饭菜很有名。”

队伍前进速度很快，他俩往食堂的铁盘子里打了煎蛋、面包和土豆，走到长条餐桌一头，挤进去挨着坐下。

下午一点钟，因为个头一般高，都是五英尺九英寸，他俩被结成了一对。整个上午，他们都在跟艾里什认识的其他两个人——埃文和司戴士——一起忙活。司戴士黑发粗眉，看上去凶巴巴的，但听他说话就知道他其实挺有教养。埃文正好相反，他面容清秀，头发稀疏，发色浅淡，一副紧张兮兮的样子。他说话的语速很快，总也静不下来。

“他就那样，”艾里什告诉吉姆，“但挺靠得住的。我们都知道。”

艾里什这个人将成为我的朋友，吉姆当晚在黑暗中躺在小床上时这么跟自己说。他双腿疼痛，两臂僵得打个弯都难。中间休息每次十分钟，然后继续训练，接着再来一个急救讲座，然后再来一节课，接着是吃东西，提前供应晚饭——艾里什借着这些活动把吉姆向其他人介绍了一遍。“这是吉米[1]小子，”他说，“瞧他那两条胳膊。要是不会松脱，那长度抬担架可是正正好啊。”大伙儿都笑了，对他表示了欢迎。

吉姆曾打算在傍晚的时候到镇子里去——新来的一开进营地，换钱的就追着屁股跟过来了——可就是太累了。他有英国货币，可唯一想要的就是吃的东西。他老是觉得饿。几周前在贝尔维尔上了火车就一直饿。火车出站没多久，他就把格拉尼亚准备的盒装午饭狼吞虎咽地干了个精光。火车向东开进时，他饿；在一个个小站停靠时，他还是饿。经过有些镇子的时候，在乐队演奏、小伙子们登车的空当儿，素不相识的妇女们会从窗口递上来三明治和茶水，每次他都既觉意外又满心感激。乘船穿越大西洋的时候他就觉得饿，坐火车穿过英国乡村的时候他还是饿。他望着窗外急速闪过的篱笆和冬季牧场，后来到了营地，饥饿还是没放过他。

不管饿不饿，他始终没合眼。外头又湿又冷，但想到自己竟能身在此处，他不由心生惊叹。他脚下是英国——母亲国——实实在在的土地。*英格兰母亲*。在家时这两个词就经常响在耳际。他发誓一大早就开始给格拉尼亚写第一封信，好让她知道自己现在在哪儿，都发生了什么事，有什么样的见闻。

“宝贝儿。”他心中默念，似乎当下就要起头，相信透过暗夜她总能以什么方式接收到他的所思所想。但轮到正文了却冒出来这么一句：“我好累。”他摊开胳膊，在那张又窄又硬的小床上睡着了。梦里头的话压根不是说给格拉尼亚听的，而是夹杂着白天苦训时的画面，还有晚饭后大家众口相传的故事。冒出来的声音是艾里什的。

“吉米啊，海上真是恐怖，航行时大海真让人受不了。我们遇到过一场暴风雨，三天才熬出头，得一直在船舱里待着。小伙子们吐到不行，就在吊铺上往旁边吐，直接就吐在了餐桌上，就是咱们早上用餐的那些餐桌。我从来没闻过那么恶心的味道，但愿以后永远也不会再闻到。

---

① 吉姆的昵称。

暴风雨还没结束的时候，我到外面瞅了一眼，抬头只见一道密不透风的绿墙当着舰船上空涌起。我简直吓坏了，尽管当时所在的位置并不打紧，但还是赶忙冲回去到了下面。暴风雨撞击得非常厉害，我以为我们笃定是没戏了。吉米啊，有个小伙子给冲下了甲板。有人跟我们说，其他几个小伙子试图借小船跟上他，可真是一点希望都没有。他没影了，在黑沉沉的海水里被卷得不知去向。这事过后，大伙儿心里面就除了忧郁还是忧郁了。谁心里都不舒服，只不过大家一直闲不下来，没多久就不再想他的事了——就跟从来就没有这个人一样。一转眼的工夫他就没了。甚至都没赶上跟德国佬交上手。”

战争，吉姆想着，又变得睡意全无，到现在为止，还都只是传闻和梦。我们真是一无所知，唯一知道的就是：那个葬身大海的人可能是这艘船上的我，可能是艾里什，也可能是我们当中的任何一个人。

他又仰面躺下，胳膊摊在两侧，看着眼前的一片黑暗。他自己的航行经历则是无尽的体能训练、凛冽的空气，以及时晴时雨的天气。为了不让小伙子们有丝毫的松懈情绪，常常突如其来地进行救生艇训练。人挤得满满的，想睡觉很不容易。后来，也是碰巧，在航行途中，他在一个过道尽头的壁凹里发现了一个板条箱。再后来，他晚上多半会溜出去一个人在那儿待着。板条箱里挺冷，但总比呼吸着下面上千号人吞进吐出的令人窒息的空气强啊。

有时候，晚上上床睡觉之前，他也会去自娱自乐的歌会凑凑热闹。小伙子们军装上套着救生圈，紧紧地围在甲板上的一架钢琴旁边。他们共有四架钢琴。偶尔吉姆也会在钢琴前弹奏几曲。起初大伙儿唱的都是欢快的曲调，《凯斯·琼斯》和《蒂帕雷里》，然后转到《银色的月光》，最后完全就是柔情蜜意的《爱的怀旧甜歌》。每首曲子的词吉姆都知道。有时候，他也会一人独唱。

后来在潜艇区，当救生艇被甩到船外开始搞训练的时候，小伙子们依然群情振奋。比起在海上淹死，他们更担心不能及时赶到法国见识枪林弹雨。他们最怕的就是还没轮到自己上场，戏就给唱完了。

一日复一日，一周复一周，在鹿首村[1]附近的营地里，救护队员们被训得睡梦中都会伸出胳膊。伸胳膊是要扶助病患，伸胳膊是要抬担架。踢铰链，翻担架，踢另一头，上肩。吉姆在学习伤患搬运方法：四手成椅搬运法、两手及三手成椅搬运法、消防员背负搬运法、肢端搬运法。越沟，过墙，上下车，马拉救护车，机动救护车。还有总也练不完的、考验在人数不太够的情况下搬运伤患的训练。两个担架兵怎么抬，三个怎么抬，四个怎么抬。一遍又一遍，反反复复地练。担架兵集合，报数——齐步走，弯腰，抓好，就位，向后转，归队。他们一个绕着一个跑，列队站成好几排，轮流扮演伤患，收拾好伤者的随身装备。等这一套大家都烂熟于心了，班与班之间便要一较高下。吉姆闭着眼睛也能把一副沉重的担架啪嗒一声展开，再脚一踢把它合上，他还真这么干过。

不搞日常队列或其他训练的时候，一伙人又是挖排水沟，又是铺管道，轮班打扫厕所，清洁装备，擦拭纽扣，收拾军装，处理自己有瘀伤、起水泡的脚。他们还要听课，合训的几支队伍一起上课。有不少课都是由当地的军医讲授的。吉姆对这部分训练最为着迷，因为集合在一块的小伙子们会被叫上去完成各种各样的急救任务。合训大队的有些小伙子将被配属到法国的沿海医院。有一个人跟他一样，同是爱德华王子岛的岛民，只不过他是从夏洛特镇来的，已经作为补充兵员出发去了法国的埃塔普勒[2]，要在加拿大第一总院工作。大多数人还是留在了救护队。吉姆和艾里什现在已经是一个技精业熟、值得信赖的小组了，他们还在第九野战救护队。

他们练习加压敷裹，练习缠裹肢体；他们在彼此的腿上隔着绑腿缠纱布。吉姆发现自己不知道从什么时候开始居然满嘴新词了，止血带呀，固定呀，“8”字绳结什么的。他又是做头部包扎，又是往上臂装

---

① 英格兰萨里郡的一个村庄。

② 法国北部加来海峡大区加来海峡省的一个市镇。

作骨折的部位打绷带。老天赐予我们一副永远可用的夹板:胸膛两侧。给笑得露出齿缝的艾里什打绷带时,结打得过紧勒到骨头了,他就会提醒吉姆。他向来打平节,从不用织布节。平节不会松脱,要解还不费事。他得帮着艾里什,艾里什指头粗大,打结就已经狼狈不堪,解结就更不用说了。

他们还学了如何应付股骨骨折。机枪扫射部分介于臀、膝之间;因此,骨折大多出现在这个区域,或集中或分散。转运前,或须先就其休克和大出血的情况进行治疗。他们还学习了吗啡的使用方法。用了吗啡,伤患的额头就应清楚地打上一个M[①] 作为标志。

上夹板固定肢体的时候,他们是手头有什么就用什么。受令临时制作臂部夹板时,大伙儿因陋就简,跑去找棍子、旧报纸卷,或者把彼此的被装拧成条。因为他们要去抬的那些战士们——当然,那得先等他们越过英吉利海峡到那边才行——都是带枪的,所以他们还学习了在时间允许的情况下借用刺刀制作简易夹板的法子。

一天,他们还学了如何给橘子注射。橘子代表肌肉。他们把自己的平生第一针扎进那个受尽虐待的水果,然后屏住呼吸。凡是伤员,均须注射预防破伤风的免疫血清。

吉姆学习了专业课程,对什么干净、什么不干净有了了解。要是被派到野战医院,碰到了污秽的绷带,双手就应该放在身前,得考虑自己是否已经被感染。他得把手一直那样抬着,直到有水和肥皂可以搓洗。一种新认识在他头脑中形成——对隐形世界的认识。这个隐形的世界他以前想都没想过,可现在照他的理解,却成了一个细菌比比皆是且不断滋生的所在。他对自己所接受的培训感到自豪,每有新知,他总会将其加入以往之所学。他的知识储备日渐增长。他认真观察,用心聆听。

到了晚上,他往床上一倒,时常就那么和衣而睡了。他和艾里什步行进过几次城,一番东游西逛之后再走回营地。小镇的居民挺友好,人

---

① 英文 morphine(吗啡)的首字母。

人都愿意搭话。但他得早起，赖床想都别想。他躺在床上，疲惫到极致，肩窝酸麻，手掌和手腕止不住地疼。有时，不知道什么声音会让他的头脑不由一震，他想，那也许是远处大炮隆隆的轰鸣。*在那边*。也可能只是阵阵滚雷。可怕的事正在发生，而他却不在现场。尽管他也害怕，但他并不想置身恐怖之外。扰人的回响传向南方，穿过海峡，让他睡不着觉，将他心中那只未加保护、本来就不愿闭合的眼睛撬得大大的。

一天傍晚，隆隆声再次响起的时候，他在营地给格拉尼亚写了封信。他清楚那些规定。在哪儿不能提，部队的行动不能提，不利于战争动员的消沉思想也不能提。

宝贝儿：

我还在受训，跟以前一样。从一大早到晚上上床，整天干的就是这么一件事。好像再怎么准备也不能算准备就绪一样。

有时候，我会听到滚雷般的声响。该怎么描述这种声音呢？黑暗中的袭扰，脑袋里渐长渐强的搏动。起初像是平稳的悸动，之后便像条线一样在我身体的每根神经上穿来穿去。

艾里什和我都急不可耐地想使上劲。大伙儿都着急——救护队的每一名战士都是。一得到出发的消息，我就会想法子让你知道。

全心全意爱你的，

痴姆

一个星期三，早上八点半钟，他和其他小伙子领到了各自的皮质身份识别牌。十点的时候，他们穿上了硬邦邦的新靴子，成了检阅队伍的一部分。吉姆惊奇地看了看四周。来自五湖四海的万余名战士都在等那位浓眉小眼的山姆·休斯爵士[1]发令——吉姆便是其中之一。有几个小伙子说，山姆爵士权势大，脾气怪。吉姆注意到，这是一个挺享

① 第一次世界大战时期加拿大国民军及防务大臣。

受搞检阅的人。整个过场走完——无非就是些浮夸仪式，吉姆继续搞他的担架训练。这一次，激动的情绪从一个人身上跳到另一个人身上。他们知道很快就会出发，可到底是什么时候呢？澳大利亚人和新西兰人刚刚接受完培训，就开始从其他战区入境法国了，加拿大的小伙子们也不甘落后。派他们去哪儿都成，都比在海峡这边搞这种没完没了的培训强。目前，上级像是合伙预谋不让他们靠近战争，尽管他们的加拿大同袍已经在法国和比利时效力一年多了。

星期五的时候，他们又接受了总部官员的检阅，个人随身装备也接受了检查。之后又有储库检阅，接下来便是自由活动了。到营地的头一天，吉姆就抽上了烟，这会儿，他停下步子，在军人服务社买了一包。他抽出一支烟，把烟盒塞进口袋。他有几小时的闲工夫，就想一个人待着。营地里总有声音，总有活动，他想躲开。*这可能是我在英格兰的最后一天了*，他说，脑子里开始写起一封无声的信来。*可能就是*。

他听着在上空盘旋的海鸥的叫声。空气清冷。他向南走去，想象着海边的天空，那种他熟识而喜爱的天空。他尽量不去想自己在岛上度过的童年时光，不去想格拉尼亚，不去想午前的这个时候她在德西龙托做什么。往东看去，灰色的云彩如丝如缕；往南看去，云朵既大且平。小路在低矮的山丘上绵延数里，尽头是残茬满地的田野。他来到一道低矮的石墙前面，沿着一片有围挡的田地走了起来。他静静地坐着，直到手脚发麻。

他的生活正在变化。事情发生得很快，后一件掩盖了前一件。他被卷入一台庞大的、移动着的、嗡嗡响的机器中，这样的机器世人前所未见，可他知道，感受得到。他站起身来，跺了跺脚，甩了甩手，再次面朝海岸的方向。唯一能听到的只有寂静。一点声音都没有。对了，也算有点声音——树篱和灌木丛中还藏着些鸟儿呢。

星期天做完礼拜从教堂出来后，终于，经历了一度的传言和猜测，经历了没完没了的训练，第九野战救护队的战士们被告知次日便要出发奔赴法国了。他们正式成为加拿大第三师的一部分。从那一刻起，任何人都不许出营区半步。

吉姆和艾里什极力克服平日的饥饿与疲劳，把床、草垫和桌子都拖到了军需仓库。背包和多余的个人装备送往尚克里夫[①]军营，等他们归来再作计议。收到这些指示，大家也没多说什么。小伙子们谁也没拿留下个人物品这事开玩笑。谁也不想给或许不得不面对的事情带来厄运。

吉姆回到货物很快就将销售一空的服务社，买了些巧克力、饼干，还有鲑鱼罐头。他和艾里什把多余的毯子卷起来交了上去。他们可以留一条自己带走。两人又去了当地教堂提供的一个写信室，坐下来，展开纸，提笔蘸墨，分别给格拉尼亚和克莱尔写起信来。写完了就把信留在那儿，有人会拿去邮寄。清晨时分，他们早早地用了餐——吃的是蚕豆，喝的是粥，之后每人又分到了两大块腌牛肉三明治。到了十一点钟，他们已经乘火车抵达南安普顿[②]，在一条牲口船旁站着了。先装马，马上去了再上人。第十野战救护队也在这条船上。牲口船小心翼翼地从停泊处进了港，随后便抛下了锚。它就那样待着，没说为什么会延误。解释都懒得给一个，所以，跟往常一样，流言、猜测一时四起。等护航的？有水雷？有潜艇？还在营地的时候，吉姆就听过这些因不明就里而生的种种臆测，现在就更多了。有个小伙子言之凿凿地说了好几遍，就要出发，就要出发，可船还是待在那儿，纹丝不动。

他开始在脑子里给格拉尼亚写信，这样的信已经写了不少，但绝不可能发得出去。

有时候我想不起来都给你写了些什么，想不起来凭记忆跟你说的那些事。有规定，我们不能记日记。即便允许，负重本来就大，

---

① 位于英国肯特郡内。

② 位于英格兰南部海岸。

哪怕再加一片纸上去可能就不行了。要是现在，就这一刻，我能给你写上寥寥数语的话，我会跟你说：马匹被牵上坡道时眼里充满了恐惧；它们的毛色灰暗，身体散发出温热；有几匹显出了受惊的样子。我那些推来撞去的战友们跟马匹一样，紧紧地挤在一起。机巧的幽默和不堪的笑话。穿着厚厚的衣服，背着重重的背包，挤在一处，臭气难挡。坐着，倚着，站着，感觉总是死气沉沉的。我们已经准备停当，但此时却给塞在一条牲口船上，还待在英格兰，丝毫靠近不了法国。

一架单翼机不知从哪儿冒了出来，嗡嗡嗡地在头顶上盘旋着，像是没什么好事。飞机看上去叫人惊奇。我想象着上面那位我不认识的仁兄感受到的令人兴奋的自由——翱翔在空中，俯视着我们这群困在破牲口船里的可怜虫。

除了等还是等。听着没完没了的闲谈。他找到艾里什，靠着一摞木箱跟他坐在一起。艾里什一肚子故事，从来讲不完。“每个人家里都有一大堆故事，”头一次见面没多久他就跟吉姆这么说，“故事嘛，就是在等人讲。”

“吉米，咱这到底是走还是不走？”他挑起话头，往边上挪了挪，“照我过世的奶奶的说法，耐心是种美德，尽管她自个儿可算不上是有耐心的女人。我跟你说过没有，她的针线活可好了。她这手艺后来还真派上了用场。有一回我爷爷从自家农具仓房的房梁上摔下来，头皮给草镰剐了。当时附近也没个医生，跟你说啊吉米，奶奶就把几个年纪不大的儿子召集起来，大伙儿一起把爷爷拖进屋，抬到他亲手打的那张厨台上。奶奶穿针引线，居然就把那掀起来的头皮给缝回去了。她手在忙活，嘴里还一刻没停地在责骂爷爷。爷爷今天还活得好好的，倒是奶奶已经不在了。”

刚学了些关于细菌的知识，吉姆听得大惑不解，他爷爷怎么就能躲过感染，躲过败血症呢？艾里什知道他心里在想什么，笑着说：“单是细菌还没能耐把我的老爷爷撂倒，他现在身子还硬朗得很呢。”

他俩身边的小伙子们紧紧地凑成一小堆一小堆的在玩牌。远远地在船的另一头，有几人在唱歌；有个中尉手上托着个小记事本，用铅笔勾勒着近旁的船只。几条船都凑在港内，所以汇聚起来的噪声很大。突然间，大伙儿一下子肃静起来，冲船的一侧跑了过去。

一条大医务船进了港，正在向他们靠近。有牲口船衬着，这条船俨然就是个庞然大物。消息被低声传开，说船上拉的都是东线战场的伤员，从地中海运到英格兰来的。旁观时，吉姆内心不由升起一阵崇敬、骄傲和失落，同样的感受也写在他周围每一个小伙子的脸上。他看到甲板间的担架已经被拿了出来。身着军装的官兵和女护士们围着他们忙活着，准备将重症伤患运下船，送到正在等候的医务火车和机动救护车上。现在可以看到，救护车正在沿码头列队。

> 船上受伤的哥们已经完成了使命，而我们还毫无作为。他们打了仗，出了力，参与了这场大戏，现在受了伤，该受到这样的照料。可直到现在，我还没有照顾过一个真正的伤员。我连敌人的面都没见过。

日复一日地连躺了五天之后，牲口船终于在一个夜晚起锚滑出了港湾。灯火全熄，一片寂静，只在下令穿救生衣时才有些响动。吉姆深吸了一口气。两团黑乎乎的、看上去不怎么吉利的影子迎上来，护着牲口船穿过开阔的海峡那片凄冷的水域。吉姆的心咚咚直跳，嘴里发干。几个钟头后，牲口船于长夜将尽的时候驶入了海峡对岸的勒阿弗尔码头。这是一个星期六的早晨，天色依然昏暗。时为一九一六年四月八日。

> 我算是见着德国佬了。当时天刚蒙蒙亮，就在我们离船的时候，我一眼看到了他——德国佬，是个战俘——在码头上跟帝国的官兵们一道干活。帝国官兵们在装卸沉重的木箱，倒是他们看起

来一脸的阴沉。一堆人里头,那个德国佬最是欢快。这不免让我觉得奇怪,可我该期待什么呢?应该是个恶魔,就像在家时海报上出现的那些德国佬吗?粗脖方额,目露凶光?至少,按我的预期,战俘嘛,怎么也该是一脸沮丧才对。可伙计们说了,德国战俘之所以一脸欢快,是因为他们已经无须再战了。他们的仗就算打完了。不管怎么说,见到了德国佬还真算件事。他个头跟我相当,亚麻色的头发,看上去体格强健。他直视着我,还笑了。也不过是普通人一个。很难相信,就外表看来,他跟我们竟如此相像。

紧接着我就给派了岗哨执勤的活儿,倒不是要盯着德国佬,而是得看着自己这帮伙计,防止他们干出什么出格的事。我们发了雨披、帽罩、水壶、红十字袖箍、氨精、手套,以及防毒面具,按要求这些东西必须随身携带。马上我们就会有更多的防毒气训练。第一次防毒气训练中,我跌跌撞撞地出了放了毒气的小屋子,眼睛火辣辣的,眼泪模糊了视线,像瞎了一样。我踉跄着下了外面的台阶,扑通一声跪倒在地,因为堵住了出口,被后面的人一顿臭骂。要记住的教训就是:听到口令后马上就得屏住呼吸。要是不幸吸到了,即便半口也够要命的了。那天我身边不少人都没少遭罪。

有些事没法在信里说,只能在脑子里过过。我想毫无保留地把什么事都说给你听,但保密检查员的眼睛现在已经长在我自己脸上了,不用别人说,我自己就会过滤掉那些不该说的信息。每次面对一张信纸坐着的时候,盯着那一纸空白的都不是两只眼睛,而是四只。我会尽可能把这些都存在记忆里头的。

一场猛烈的雷雨刚刚过去,他们顶着余怒未消的狂风,离开繁忙的码头,离开那个街头有妇女劳作的小镇。他们从一个老汉身边走过,他正在费劲地给一匹弱不禁风、又瘸又拐的马上挽具。外屋的墙边放着一架手犁。吉姆瞅了眼那一小片浸了水的湿泥地,心想,说实在的,马也好,人也好,怕都干不了这活儿。马,委顿在地;人,垂头看着。尽管沿途的落叶松已在竞相吐芽，他觉得现在这个季节要耕地还是为时过早。

穿成大棉球一样的年轻女人站在第二间外屋的门口，大概是老汉的女儿或者孙女。这帮加拿大人走过的时候，她脸上并没有显露出什么特别的表情。一个头发花白、骑着自行车的妇女给队伍让道，躲到了稍低处与大路平行的一条湿漉漉的小道上去了。一条头巾遮住了她的部分头发；为了抵挡湿寒，她的上衣一直扣到了脖子。她一只手扶着车把，另一只手扶着架在肩上的锄头——正是小伙子们在训练中学到的扛担架的路数。她对这帮人全然不顾，队伍在她上方的大路上行进，她头都没回一下。

他们按训练中所学的方法行军，每分钟一百二十步。每五十分钟休息十分钟，在这十分钟里，他们会一屁股坐在地上，然后手就开始摸烟。

吉姆把烟吸进肺里，烟雾从舌尖滚落的时候，品着它最初的滋味。一切都新鲜，一切都叫人惊奇。休息期间，故事依然少不了。无数个故事在大伙儿间传来传去。大英帝国几百万号人，从一地辗转至另一地，一路走一路捡故事，这真没什么好奇怪的。艾里什在吉姆旁边坐下，很快埃文和司戴士也凑了过来。司戴士开始给他们说自己听来的一个加拿大士兵的故事，这个人发的靴子两只都是左脚，被迫在黏黏糊糊的烂泥地里走了二十二英里。这名士兵想要投诉，可谁也不听他的，因为靴子真没有多余的了。到了目的地，行军结束之后，他举枪射穿了自己的脑袋。起了身，上了路，这个故事还在吉姆的脑子里回荡，怎么也甩不掉。

司戴士发誓说这个故事绝对真实，可这事听着真叫人难以接受。这是我们作为旁观者看到的又一个关于战争的故事。

到达宿营地后，没人说得准大伙儿将在这儿挨过多少个夜晚。流言又一次四下传开。一沓印好的明信片发了下来，人手一张。吉姆接过自己的那张，翻着看了看，从口袋里掏出一支铅笔，在上面画起线来。

顶着寒风，他领着先遣队回到勒阿弗尔去取给养。路途漫长，风如刀割。自己的脚吃苦遭罪的时候，他不禁想起了那个被逼无奈、穿着两只左脚靴子的小伙子。管他的下士、中士，还有那些军官，他们怎么会让这种事情发生？一整天他都在想那个小伙子，晚上在一辆牲口车后面挨着艾里什硬挤在那儿的时候还在想。埃文和司戴士在一起，他俩靠门近些。车外挂着一个牌子——“本车三十三人”。实在是没有躺的地方，大伙儿肩膀顶着肩膀，身子挤着身子，大半都是蹲坐的姿势，整晚又是嘟囔，又是咒骂。有个小伙子掀开一条板子想透透气，结果又惹得一帮人抱怨说放进了冷风。到了早上，他们在阿布维尔[①] 下了车，好歹能伸伸胳膊伸伸腿，喝点热茶，吃些面包了。

站在濛濛细雨中，吉姆瑟瑟发抖，茶水简直要烫破他的喉咙，但他还是乐意就这么让它下肚。背后过来一个卖蛋糕的法国妇女，平底的大篮子用带子挂在双肩。她年龄不大，瘦小的脸，头上蒙着一方帕子。身上那条裙子她穿着太长，裙摆因为常在粗糙的地面上磨来蹭去已经破烂不堪。她眼睛望着吉姆，只用法语说了句“先生”，吉姆便掏出几枚法国硬币买了她一块蛋糕。蛋糕托在手上，大小正好。蛋糕黄黄的，黏黏的，却不怎么甜。吉姆慢慢咬着，想尽量多吃一会儿。年轻女子帕子下的脸冲他微微一笑，等到后来爬上了车，她的微笑和瘦小的面庞依然在他脑海里不曾淡去。牢骚再起的时候，吉姆挤在艾里什旁边，罩上沉默，严严实实地把自己包裹其中。

火车向前开进，哐当哐当，慢悠悠地驶过布洛涅[②] 和加来[③]，时不时就会停一阵，又是加煤又是加水。远远地，也摸不出有什么规律，长久而低沉的隆隆声不绝于耳。火车穿越了漫长的一段乡村洼地，四点半

---

① 法国皮卡第大区索姆省的一个城市，位于索姆河畔。

② 法国北部港口城市。

③ 法国北部港口城市，位于加来海峡省。

的时候，官兵们在比利时波普林格繁忙的车站下了车。吉姆和艾里什被选派从平车上卸救护车和卡车，两人在雨中忙个不停。等到忙完了，没有照明的车站已是漆黑一片，大伙儿的衣服湿得精光。为了不让身子凉下来，他们不停地活动着。方方面面的消息都说前一天夜里这个镇子遭了炮轰，六人遇难。传消息的言之凿凿，听消息的深信不疑，吉姆颇感不安，但他还是极力控制着情绪。

向他们要停下过夜的宿营地开进的时候，他的紧迫感越来越强。拉弹药的马车、卡车、摩托车，来来回回地在路上哐啷哐啷跑着，周围一片喧闹。路不宽，上面忙乱不堪，但忙乱之中却各有各的去向，目标明确。有时候，路面上极为拥挤，他们不得不躲在一边等着。吉姆后来才意识到——也是过了好长一段时间，在被告知在哪儿宿营的时候——大炮的声音其实一路都伴着他们。

我希望能把这些都写给你看。我就在火线后面，被指派到了一个小棚屋里。屋里很挤，但为了换换环境，谁也没抱怨。我觉得，大伙儿倒是很高兴终于能有块地方让脑袋也放松放松了。艾里什和我发誓要待在一块儿。我俩相识其实也没多长时间，但我觉得他就像是我久别重逢的兄弟一般。我觉得他应该也有同感。今天早上起来的第一件事就是往制服上缝了个装防毒面具的口袋。艾里什还在睡。慢慢地我开始能分清他什么时候在睡，什么时候是醒的了，因为他有站着睡觉的本事。站着睡觉的时候，他一脸迷茫，像是在挑战我们的上司，看人家敢不敢质疑他保持警觉的能力。醒着的时候，他的故事会讲个不停。说到今天的情况，我所知道的也就这些：我们要前进至伊普尔[①]，去援助第一野战救护队。不到最后不会接到任何新消息。事情就是这样。我们只知道，我们四个会被选派前往战壕，其余人员将会八个一组去临近火线的急救

① 比利时西佛兰德省的一个城市。

站熟悉情况。行军即将开始，谁也不许唱歌，谁也不许抽烟。

路面崎岖而艰险，他沿途绊倒了不止一次。月光没有，星光没有，他在一片时不时被信号弹和闪光打断的黑暗中穿行。他前面是艾里什、埃文和司戴士，其他担架兵则以一列纵队沿战线突出部行进。他们是在天将黑未黑之际出发的，带队的是一名叫安格斯的列兵，他过去几周一直在火线附近进进出出，现在的任务是做向导，把他们带到靠近圣以罗伊的目的地。安格斯步履轻快，不光是因为他认识路，也因为他怕冷。他一路无话，行进时一副老兵的派头，不像跟在他后面的几个伙计。即便如此，也还是有迷路的时候。一遇到这种情况，大伙儿便凑到一块儿，而安格斯则停下脚步，在黑暗中琢磨起来。他们朝着更改后的方向行进了二十分钟，安格斯再次驻足。其他人也跟着猛地一停，像是即将倾倒的多米诺骨牌。安格斯蹲下身子看不见了。只听头顶一个哨声，接着便是一声尖叫。叫喊的是埃文。他重重地跌在地上，滚进了一条泥垄。其他人脚下没动。安格斯从黑暗中又露出了身影，一只手递给埃文。他看着埃文羞怯的样子，拍了拍他的衣袖。“没事，”他说，“就该有这种反应。”安格斯语气中流露出来的和善吉姆还真没想到。

周围的爆炸声已经响起，要玩真的了。满耳声音，根本分辨不出是哪方在打炮。*都在打吧，肯定都在打，吉姆想，我希望多数都是我们这边打出去的。*他跟着安格斯进了一个走到跟前才能看到的建筑物里头，沿台阶下去突然就进到一个满是伤员的房间，伤员大多都躺在地上的担架上。尽管这是前敌急救站，但充其量也就是间下沉式小泥屋，外面堆着沙袋，里头也有一些。进来的时候，一片遮掩入口的黑色橡胶布被掀到一边，之后又被扯回去把入口挡住。主管的军医站在房间正中央。他的嘴唇在动。房间里有三副支起来的担架，固定在砸进地里的平行支架上。三副担架上都有伤员，军医正对着其中的一位说话。支起来的担架上都是伤势严重的人。吉姆看到离他最近的一名士兵的额头上歪歪扭扭地打着一个M。字母下面是一张灰白色的脸；头上，从一只耳朵到另一只耳朵，拉开了一道长长的伤口。

安格斯已经进到了小屋深处，没有理会屋子中央的事。那个伤员的头皮早已裂开，脑袋上污血和白骨混成脏兮兮的一片。太惨了，吉姆的目光想要躲开这幕场景，可是已经晚了。他屏住呼吸，迈步往前走，军医在招呼他和艾里什过去。泥土地面的边边角角都放着担架，军医在担架间来回巡视，小心翼翼地，以免踩到伤员。

“抬他到停尸场去。”一只手先是指向那名头部被弹片劈裂的士兵，然后指向小屋的后面。这时吉姆才发现小屋后方也有一片橡胶布遮蔽。医生的话有如耳语，但在隆隆炮声片刻的间隙中，吉姆发觉自己还是听清了医生的吩咐。医生又用手示意了一番。**手语**。之后他回到小屋中央，俯身站在中间那副担架旁边，脸上满是疲惫，动作却依然轻快，吉姆看在眼里，不由暗暗称奇。他俯身看着的那名战士浑身是血。为了救治，他上身的军装早被一把扯开了。

吉姆受命，弯腰正要抬起那副担架的时候才意识到，那个小伙子还没死。扯裂的喉咙赫然外露，颤颤的呻吟游丝般不断发出。小伙子的衣服是敞开的，肺每次吸气，都能看见胸骨深深下陷。吸气的间隔很长，吸气时的挣扎令人心惊。吉姆抓着把手，不知是感觉到还是听到了艾里什起担架的招呼，两人将担架从支架上抬起，把小伙子搬了出去。两个尚能行走、刚进小屋的伤员闪到一边，给他们让出了路。橡胶布在他们身后落下，两人再次没入黑暗。

他们来到停尸场。地面湿软，恶臭和呻吟就像是直接从脚下这片泥地里冒出来的一样。停尸场不大，是一块方形的烂泥地，尸首大多直接放在地上，只有少数身下还垫着担架。在这些死去的战士们的脸上，不知是谁还撒了些稻草。一只手手掌朝上，直挺挺地伸在一条毯子上方，毯子下盖着一具尸首。脸看不见，但那只手像是在等着有人往里头放些什么一样。吉姆低头看了一眼放在已死和垂死的战友之间的那个小伙子，匆匆做了个祷告。他觉得小伙子看了他一会儿，但不知道他有没有看到自己的双眼。

其他担架兵也在从小屋里往外抬人，但他们去的是急救总站，是有希望的地方。伤员在那里会再次接受治疗和分类。谁也没注意到又一具尸体被抬到了外面，谁也没注意到吉姆。周围的嘈杂声不绝于耳。他想留下来帮帮那个他丢下的小伙子，可又能做些什么呢？他看到自己的朋友一脸煞白，脚随着他往前挪动。重又进了小屋，却发现屋里一片漆黑。接着便是一声大喊，一根蜡烛很快被点亮。火柴一闪，一根接着一根，都在点蜡烛，有插在瓶子里的，也有滴了蜡泪就势直挺挺地粘在铁皮餐盘上的。

吉姆的目光再次落在屋里躺着的那些士兵身上，医生暂时还顾不上他们。他注意到一些细节：军装支离破碎；满是泥污的粗布条勒破了皮肤，陷进了肌肉，陷进了伤口；皮开肉绽的地方渗着污垢流着泥。伤口污秽，都已感染。军医哪顾得上清理所有这些骨肉模糊的伤口呢？吉姆想起了在英格兰时接受的培训——他擦擦手，举到身前。小屋的地上放着两桶水，连泥带血的，浑浊不堪。桶靠着墙角，以免被人踢翻。

“Infirtaris，”他嘴上说，“Inoaknonis。”[①]他有意说出了这两个词，这是他自个儿的吟唱。不会有其他人听到；嘈杂声和大炮滚雷般的轰鸣充塞耳际，别的声响半点也听不到。疼痛像是掘穿了他的耳朵，他低头看了看自己的双手，只见那长长的手指急速颤抖，似乎正在经受什么古怪的训练。他的目光投入一处边缘参差的洞口，那竟是一名士兵的腹部。他身上有一圈毛巾条，有人用两条腹部绷带草草地将那些肠子塞了回去。肠子略显粉红，在这昏暗的地方显得格外洁净，吉姆看得差点喊出声来。士兵的手指抽搐不已，跟吉姆哆嗦的手指差不多。吉姆也搞不清这名士兵是不是已经丧失了意识，因为他的手指突然放松，不再抽搐了。一名苏格兰高地的士兵静静地躺着，手臂交叉放在胸前，就像等着被放进棺材一样。他腿上有伤，可能也没那么严重。看着他，看着

---

① 这是形似拉丁语的一则童谣，貌似高深莫测、文意不通，其实是英文，意思极为平实浅显：Tar was obtained from fir trees and not from oaks（柏油是从枞木而不是橡木中提取的）。

他一脸的平静，吉姆想起了当初韦伦医生给赫伯特缝大腿伤口时的情景：赫伯特伸着胳膊腿儿躺在桌上，满脸焦躁。赫伯特真是够走运的了。

担架上的小伙子们都给注射了抗破伤风的血清。其中有些人，那些不打算送到屋外停尸场的人，还给挂上了标牌，也就是一些方形的硬纸板，用安全别针别在了他们的军装上。

没时间思考。噪声越发尖利，一时间吉姆简直要发狂，他觉得自己的脑袋就要爆炸了。门口的一名下士冲他打了个招呼，吉姆明白，他和艾里什又得往下一个急救站抬人了——一名股骨受损的帕特里夏公主轻步兵团的士兵。碎骨和断裂的肌腱都露在外面，腿上胡乱地裹着一层厚厚的绷带。如果他们能把他送到后方的急救总站，跟其他奔赴那里的人一道，他或许就可以在分类后得到医治。之后，他或许将再次被转运，到医疗后送站，再到军需车站，接着再到海边，然后回英格兰——回“老家”。

吉姆打起精神，起担架时鼓足了劲要走得平平稳稳。四人协力用肩膀扛担架？这种奢侈的事真是门儿都没有。埃文和司戴士抬着他们的伤患早已出发。

担架上的哥们挺沉，但比起吉姆训练时抬过的一些人还是差了点。他瞟了一眼艾里什，发现跟自己一样，他也想离开这个充满伤痛和死亡的小屋。他们来到屋外，换换手好抓得更舒服些。机关枪嗒嗒嗒嗒近在左右，吉姆强迫自己不要弯腰躲闪。没走出几步，天空一下子亮了半边。要是自己弯腰躲闪，伤患就会被摔下担架。如果一名股骨支离破碎的伤患被他摔下来，伤势必会加重，伤患的疼痛也将难以忍受。跟上担架前一样，这名士兵一声不出，静得吓人。吉姆看见前方依稀有两名担架兵，这两人前头还有两人。他在前，艾里什在后，他加快了步伐。他和艾里什两人合训已久，熟得不能再熟，一上路步调立马就变得一致。他们尽量跟着前面的人留下的脚窝子，在一片宽广平坦但却充满深深浅浅，有时甚至没膝的泥坑泥潭的土地上，开始了第一次搬运伤患的任务。

艾里什和我那天晚上来来回回搬了四次。我强打精神看好路，干好活儿。声响死压着我们，就像机车死压着铁轨，正是在这样的声响中，我们一路穿行。隆隆的轰鸣像极了滚雷，感觉离我们是那么近。我时不时就要望望天空，想找出些暴风雨的征兆。真要是暴风雨倒还好些。在周遭紧裹着自己的声响里，我感觉皮肤像是要爆裂一般。

早上回到宿营地，我们只想就地一倒，但马上又接到命令，要转移到另一处宿营地。一夜不在，耗子竟在我的背包里做了个窝。我急急慌慌地把它撵出去，东西散了一地。我们吃了早饭。目睹了之前的一切，我们如何吃得下去？但还是得吃，因为快要饿死了。鸡蛋和土豆，我们用这两样东西填饱了肚子。出发前的几分钟里，我花钱向一个老太太讨了半桶热水洗了洗。我将水壶也灌上水。太阳出来了。遍地伤患的小屋、停尸场，在晨光里有如噩梦。终于，在这场战争中，我开始了自己的工作。

# 9

我爸爸说，要是你看见有五个人在那儿聊天，一枚炮弹在近旁爆炸，硝烟散去的时候，那地方可就没他们的影儿了，因为都给炸飞了。德国人第一次使用毒气的时候，爸爸没有躲过，结果不得不进了医院。现在，每天早上起床他都要猛咳一阵。爸爸还要在诺克斯学院医院待差不多两个月。

——《加拿大人》

不管身在何处，不管拿什么来读，战争的消息总会不招自来。镇办报纸也好，多伦多、渥太华或者贝尔维尔的都市报纸也好，又或者是学校的《加拿大人》——想漠然置之实在毫无可能。未经过滤的消息炮火般不断向她袭来，也不知道孰真孰假。吉姆出发后不久，渥太华政府就公布了伤亡人数：目前阵亡官兵中，军官计五百三十九名，士兵计一万三千零一十七名——可这对于格拉尼亚来说实在了无用处。

除了跟玛莫和特雷丝，她几乎连吉姆的名字都没法提。不管在做什么，白天也好，晚上也罢，吉姆总在她情思的第一重，动辄浮现。他乘火车离去之后，当晚她在贝尔维尔跟芙莱和科林过了一夜。回到德西龙托，搬到父母家后的第一天，她给他写了第一封信。寄走了第一封，接着就是第二封、第三封，但直到他航行前，这些信一封也没到他手里。等到总算有了回信，说的却是信一捆五封一起到了英格兰。

从镇邮局发出第一封信那天，她就明白，往后，工工整整地写下姓名、军衔、编号——所有需要注明的部队信息——然后盼着自己的话能真的传到他那儿，这将成为一种守持信念的举动。第一次寄信时在信封上写的地址真是长，长得几乎没法记住。当时，她就是这么认为的。

这会儿，报纸正在提醒她关注她以前从没想过的事。

寄给战俘的信件和包裹无须支付邮资。

她的心思从没往战俘那儿想过。

食糖和巧克力，因其颇具增强体力之功效，已成为战壕中战士们日常供给不可或缺的一部分。

镇子上的几家店铺，食糖和巧克力已经出现了抢购现象。因为大批物资被运到海外，供给已显匮乏。

借助巧克力，士兵可以更好地战胜疲劳，不至于因为长期神经紧张而崩溃。

她以前可不知道这些。

圣诞节之前，六百名士兵抵达贝尔维尔，将尖塔街上的那家罐头厂当成了营房。也许他们是紧随吉姆之后出航的，格拉尼亚寻思着，说不定他们也是加拿大第三师的一部分。

在校医院工作期间，她经常会看到士兵们朝集市或茨维克岛开进。天气好的时候，她还能看到士兵们在湖湾旁边的校用码头附近野炊，就在旗站下面。她和吉姆要是有孩子，她会不会告诉他们曾经有一度，火车会按要求在一百一十四点九英里处的聋哑学校站停靠呢，格拉尼亚胡乱想着。塞德里克一如既往地在校报中阐述自己的观点。"哑巴，"他写道，"包含一些诸如愚钝、痴呆，或是蠢笨之类的次生意义。而'哑子'则会令人想起参加葬礼的那些随员①。"

格拉尼亚有点想芙莱了。芙莱每周写一封信，从贝尔维尔寄出后一天就可到达德西龙托。她从邮局取了芙莱这周的信，把父亲的商务邮件送到了他的办公室，一件小包裹给了伯纳德，然后在旅店大厅找了个僻静的角落读起朋友的信来。芙莱信里提到的事也没什么新鲜的。

科林尝试参军。第三次了。可在最后一刻又给揪了出来。

① 以前哑人常作为随员与职业送葬人一道出现在葬礼场合，通常都是面带忧伤。

格拉尼亚想到了科林蓝色的眼睛，再次试图虚张声势地通过入伍体检的时候，那双眼睛里燃烧的该是怎样的坚定啊。这一次，凭着自己出色的读唇技巧，他居然一路混到了体检的最后一个环节。

> 他转身穿衣服的时候，医生说了话。科林不知道他说了什么，就没应声，医生自然就起了疑。后来就给他做了听力专项检查。
>
> 我没觉得有什么遗憾。我知道，吉姆在那边，对你来说，提心吊胆的肯定不好过。科林志愿给军校学员出力。学员们有训练的时候，他一干完印刷所里的活就会赶去帮忙。

格拉尼亚知道科林又在考虑搬到多伦多做排字工的事。一名自办公司的失聪人士已经联系他两次了。离开学校找工作，现在倒是难得的好机会。他们在印刷所干过，眼力不是一般的好，对噪声恐怕也不会在乎。不久前《加拿大人》上刊登过一篇文章，说的是几家由失聪人士开办的印刷出版机构，西部共有五家，两家在多伦多。芙莱的父母也在多伦多住，要是芙莱能过去，他们自然高兴，可对格拉尼亚而言，这意味着好朋友将离她更远。一直以来，朋友俩你来我往，尽可能多地互相走动。格拉尼亚最近一次坐火车去贝尔维尔是陪玛莫去买新衣服。她和玛莫跟芙莱见了面，几个人还在前街喝了茶。

> 科林知道以前是有学生参军成功的。还记得吗，去年春天，欧文来学校的时候我们还挺骄傲的？当时他的衣袖上佩戴着一枚红十字徽章。他现在是一名下士，我们认为，离开多伦多的展览中心后，他去部队医院的特种饮食厨房工作了。这边的老师说，绝不可能送他去海外的。可不管怎么说，欧文的成功让科林满心憧憬。科林遭拒也不是第一次了。
>
> 如果允许的话，我们可以更有作为。你我也可以为帝国效力。凭我们接受的家庭护理培训，战士们回到加拿大后，我们可以帮忙

照顾其中的病患。可现在，我们不过是做做义工，织些防肺炎的厚坎肩，还有护膝什么的。工厂估计也不会欢迎我们，很多说话正常的小伙子们都远征海外，与我们同龄的妇女现在都进厂工作了。格拉尼亚，我真没觉得有多难受，可科林遭受的另一桩事却叫我心寒。

格拉尼亚把信的最后一页放到一边，自己也觉得提不起劲来。整整三周她都没收到吉姆的信了。从英格兰来的信件也是成捆到达大洋此岸的，而且还不定有什么时间顺序。一切都得依船只的情况而定。

至少上次写信的时候吉姆还在英格兰。他说他还在训练，急着想渡过海峡。对特雷丝来说情况更糟，柯南给她写的信目前是从法国某个地方寄来的。

格拉尼亚拿起“本地新闻”那页，那是芙莱从校报上撕下来随信寄过来的。订的报纸一月邮来两次，可芙莱总会让科林提前往家里带一份，她知道格拉尼亚喜欢读孩子们的那些文字。她提前把“本地新闻”那页寄给格拉尼亚，虽然格拉尼亚自己订的那份报纸也就比她寄来的晚那么一两天。

这一周，学生们的注意力全让渥太华的大火给占据了。灾难总能吸引人们的注意力。

我们听说渥太华的议会大楼上周着火了。据说火是德国人放的，但后来证实不是这么回事。威尔弗里德爵士[①]和劳雷尔夫人[②]请了些贵妇人赴宴；听到议会大楼着了火，威尔弗里德爵士便驾车赶了过去。罗伯特·博登爵士听说了着火的事，帽子没戴、上衣没穿就跑去看了，结果这两样东西就丢了。

---

① 加拿大第七任总理。

② 威尔弗里德的妻子。

有几条说的是战争。

有好多受伤的士兵。有些没了腿,有些一条甚至两条胳膊都给炮弹或别的什么东西炸掉了。

我婶婶有两个儿子在战场。他们去了法国,她则孤零零一人在家。可怜的婶婶!她的两个儿子感觉良好,对未来也不担心,所以我婶婶也只好凡事往好处想,把他们交到天父的手里,知道他什么事都能置办妥当。

我们正在小教堂里看幻灯片,校长来了。他拿了一台爱迪生留声机,放了些音乐,可我是个失聪的女孩,听不见。耳朵正常的人听得有滋有味。他们很开心。

上个月我们问能不能搞个嘉年华。我们弄了些有趣的服装。我穿得很平常,是作为妇女参政权论者去的,你知道,就是为妇女投票。

格拉尼亚把报纸翻过来,读到了塞德里克写的一条消息。

耳不能闻,口不能言,西班牙国王和王后六岁大的儿子杰米在影院里找到了自己最大的快乐。影院坐落在王宫之内,正是为他而建。尽管罹患聋哑之症,六岁的幼君依然聪明快乐。他不久将前往位于巴黎的法国聋哑学会,但医师对幼君恢复听说能力不抱多大希望。

她折起那张撕下来的报纸放好,然后拿起信的最后一页,一口气读到结尾。看吉姆的信她有时候就是这么干的。她不得不作好心理准备，坐定了一口气把信读完。

> 星期二下班后，科林走路进城，经过莫伊拉河上的人行桥。他要去前街帮塞德里克办点事。这时，两个他以前从没见过的妇女跑了过来。两个妇女一起开口，他也没弄懂几个词。两人往他的外套上别了一根白色的羽毛①便走开了。他带着羞辱回到了家。他烦躁不安，走来走去，过了一个小时才跟我说是怎么回事。他说他拔下那根羽毛，扔在路上回了家。塞德里克交代的事还没办。这是科林再次尝试参军不成后的第二天发生的事。

格拉尼亚清楚，科林从那两个妇人嘴唇上读到的几个词里必有一个是“胆小鬼”。米娜舅妈从多伦多写来的一封信里说过，有些女人，那些自己没有儿子，或者丈夫超过服役年龄的女人，在街头来来回回地游行，像是受了上帝的指派，叫嚷着要那些她们觉得安安全全躲在父母家里的年轻人出来：“滚出来吧，胆小鬼们！滚出来参军！”

想想科林，生来耳聋，人高马大，看上去健健康康，一头带波浪卷的亚麻色头发差不多是个中分。走在贝尔维尔的街头，他看上去很可能就是一副无忧无虑的样子。单从外表判断，谁晓得，谁又能想象到，多少次他都想蒙骗过那些招兵的军官和体检医生好去参军打仗？科林经常把手深深地插在衣兜里，总想显得不那么与众不同。但这样的姿态难免太过刻意，结果反倒惹来些注意。在街头碰到那两个女人的时候，他一定在纳闷，究竟是怎么了，她俩到底想让我干什么。可能看到白羽毛的时候他才恍然大悟，蒙受的耻辱和激起的愤怒让他的面颊有如火烧。

---

① 白羽毛在英国及其殖民地军队中是“怯懦”的标志。

现在，芙莱和科林都二十几岁了。十多岁的时候，他们就知道彼此的人生将结为一体。跟特雷丝和柯南当初的决定可不一样——他俩是十岁时就说好长大了要结婚的。跟他们不一样。芙莱和科林是在校最后几年里愈发相知而最终相爱的。早晨课间休息女生们两两配对跳舞的时候，科林往往会站在一边，目光从来不会离开芙莱。朋友们的讥笑他从不理会。姑娘们成双成对，你的胳膊搂着她的腰跳着。音乐，没有必要。只有裙子摆动的唰唰声和鞋子蹭地的沙沙声，寂静中产生的韵律。一到要排队领那一片面包和一勺糖汁的时间，跳着舞的一伙人忽地就全散开了。想起那黏稠的糖汁，格拉尼亚的身子不由一颤，当初试着让糖汁顺着喉咙下滑时，她简直呛得受不了。

每天下午，女生们都会回到班里学习针线活，而男生们则是去印刷所、制鞋车间，或是木工车间。多数时候，女生们下午干的都是些花式编织，学习提高刺绣技艺。出了贝尔维尔的学校，针线活儿想不拿手都难。其他时间她们则是做一些缝缝补补的活儿。

教缝纫的慧思小姐会探手到篮子里取衣服。衣篮端放在屋子正中，缝纫机则靠在一边，离门最近的长桌上铺着一匹布。光线从带遮檐的窗户流泻入室。不过，“缝补日”可没什么织绣可做。女生每个月给男生缝补一次衣衫，通常都是补裤子。女生们每人拿起一副针线，向摆成一圈的椅子走去。慧思小姐分发裤子，每人一条。“为什么男生们自己打不了补丁？”芙莱用手语问过格拉尼亚。

慧思小姐示意她干活儿。不许说话，不许打手语。

但是，在老师离开房间的短暂片刻里，小姑娘们便纷纷查看裤带上的名字，从椅子上跳起来，互相交换手里的裤子。格拉尼亚拿的是埃德加的裤子，她摇了摇头，才不。埃德加这家伙傻乎乎的，嘉年华的时候总想在溜冰场上把女生绊倒。她勉强把裤子换成了查理的。科林的裤子一被认出来，很快就被传了一圈。给科林补缀衣服的总是芙莱。她的这项权利从来没人质疑。

现在，时隔多年，科林却不遗余力地要离开芙莱去打仗。

让自己的男人在家待着是不是有点自私呢？他们被送入险境。牺牲的人很多。这是别人的战争。

格拉尼亚知道吉姆准会说：这也是我们的战争，需要我们参与。

一天傍晚，他在麦琪婶婶塔楼寓所的厨房里唱着歌，她问歌名是什么，他告诉她："《亲爱的家藏在幽谷》。"他把歌名写给她；那一周他学会了歌词。晚饭后收拾盘子的时候，她逗他，说他对着锅碗瓢盆也唱歌。现在她明白了，当初在大楼寓所的两星期时间里，两人共度的每一刻时光都是精心设计的别离的一部分。他们把一切事、一切人都拒之门外。只是到了后来，吉姆走了，她才明白两人相守的那段时间利用得是多么充分。

在火车敞开的窗口，他从几名士兵的背后探出脑袋。他用手比画出格拉尼亚的名字。那幅画面留在了她的记忆中——吉姆的手伸到胸口，车厢上用粉笔标着一个"5"字。画面中没有黄绳缠绕的字母。只有她的丈夫，搜寻着人群中她的身影。

火车曾经自西向东，收走了兴高采烈、随着游行乐队激动人心的鼓点打着节拍的小伙子们，现在，它们正以相反的方向横贯全国，拖的还是曾经的车厢，从这边的海岸驶向那边的海岸。蒸汽扑哧扑哧地喷到空中，随即消失不见。腿脚尚能行走的伤号帮忙把那些缺胳膊掉腿儿的伤残战士转运下车。火车过后的几天里，在镇子各处的月台上，一脸茫然、两眼发直、年龄不大却颇显老态的人随处可见，乱糟糟的，也没个队形。在德西龙托、贝尔维尔，还有纳帕尼，格拉尼亚都见过这样的人群。

吉姆激动万分地离开了加拿大，奔赴"大英帝国海外领地至尊之国王陛下及信仰捍卫者"英王的本国。她想起了在拥挤的集会厅前，塞德里克直尺高擎，像拿着权杖一样，给孩子们教着"帝国日"[①] 运动的箴言。同一位国王，同一面旗帜，同一支舰队，同一个帝国。孩子们做出

① 即每年的5月24日，英国女王维多利亚的诞辰纪念日。

忠诚的手势，小小的身子一本正经地保持着立正姿势。她曾是那帮孩子中的一员。科林是，芙莱也是。

格拉尼亚把芙莱的信折起来放进口袋，抬头看见伯纳德从大厅走过。他微微一笑，却没有停下步子跟她说话。她又想起了芙莱和科林，难怪他俩都觉得寒心。科林被人指责成胆小鬼，格拉尼亚也觉得义愤填膺，但她知道自己无能为力。他们三个唯一能做的就是继续掌管好自己的生活。

帮学生理解“掌管”这个概念的是马科斯小姐，格拉尼亚这会儿想起了她。“身外的有些事不得不撇到一边，”她告诉他们，“但是，你自己的事却应该极力掌管。如果要别人来告诉你周围的情况，那别人也就掌管了你的生活。有些事你能使上劲，有些事则不能。学习自己力所能及的事情时尽量不要灰心气馁。”

格拉尼亚希望科林也能想到那番讨论。他极力想为战争出力，却始终得不到机会。为人处世要有尊严，有些人在这一点上连吉姆的一半都做不到，要对这些人的侮辱置之不理真是需要些勇气。

# 10

我们离开车站去了一家旅店，在那儿吃住，一直待到周一。一名士兵把他的妈妈介绍给了我的妈妈，这下我的妈妈就有了伴。那名士兵跛了腿，右臂也几乎废了，可他还是挺欢快。这全是他们在博登训练营行军时落下的。有几个姑娘抛香烟给他们，大家都想抢上一根，我们的朋友跌倒在地，战友们扑在他身上。他有两个兄弟，都是穿军装的。一个被送回家来，精神已经失常，另一个跟我爸爸同时回的家。

——《加拿大人》

下午晚些时候，在从商店回家的路上，格拉尼亚在邮局门口停下了脚步。她把手伸进邮筒，摸到了第一封法国来的信件。这证明吉姆参与了战争，他已置身战争之中，已经是战争的一部分了。她想把有关信息一眼全收：右斜字体、质地、日期，一九一六年四月八日。她想起了吉姆长长的手指，温柔的双手一手拿着卡片，一手握着铅笔。她把卡片放在鼻子下面，可嗅到的只是多次辗转、几经人手的气味。

她手里拿的是一张野战勤务明信片，有些失色泛黄，上面的印刷字有几道铅笔线画过。除了日期和年份旁一团黑乎乎的变形虫一样的墨迹，整张卡片上唯一手写的东西就是姓名了。他在底下签了名，*吉姆*。

她后退几步，吸了口气，靠墙稳住了自己。为什么这张卡片更像是一个威胁而不是问候？吉姆的手曾经拿过它。这意味着他还活着——四月八日那天。他当然还活着；如果不是这样，她应该会收到电报。可现在已经是六月三日了。信件一定是在路上耽搁了；比起前几封从英格兰寄来的信，这一封在路上花的时间更长。她双手紧紧地抓着卡片，读起上面印着的几行字。

> 除日期及发信人签名，此面不应有任何字迹。如有违反，卡片将被销毁。

吉姆遵守了规定，除了我一切安好那句，卡片上的每一句话上都画了一道线。画了线的有：

> 我已被收治入院
> 病
> 伤
> 即将康复。
> 可望不久后出院。
> 我正在赶赴基地。
> 我已收到你
> 日期标注为 __________ 的来信
> 日期标注为 __________ 的电报
> 日期标注为 __________ 的包裹
> 回信稍后即至。
> 近来
> 许久
> 未收到你的来信。

几行过后，格拉尼亚又发现了一个没有画线、赫然显露的词。词在卡片下方，是近来。说起来，近来一词比起卡片顶端打头的我一切安好显得更亲近些。不过，因为已经寄了不少封信，她实在不知道他收到了哪封，没收到哪封。写明信片的时候，吉姆只点明了自己近来没有收到她的信。

两人本打算在吉姆出发后互通书信的时候，给彼此的信件打上标号，但收发信件的那套路数让她立马就放弃了这种想法。信件需要四周、五周，甚或六周——卡片差不多得要两个月——她现在的想法就是，但凡收到了什么，那也全凭运气。她收到过吉姆寄来的一些短信，说他挺安全，在训练中学到了新东西，小伙子们都想加入那场大戏一展身手，想去法国。有时候他也写信跟她说声音的事，或者向她提一提他的新朋友，说没料到他家竟离杰克牙牙的农场不远。自从吉姆加入了野战救护队，他总会说起他的朋友艾里什。

她的目光落在卡片上，把上面的*我一切安好*和*近来*又读了一遍，似乎两人想说却又没说的话全在这几个字里了。她用指尖擦了擦卡片顶端的那处墨迹。说不定这里面有什么真正私密的信息呢。她抚平卡片的边角，把它小心翼翼地放进手袋，然后回到了街上。

她知道自己不能直接回家。她看到街道这边是格鲁，那边是苛拉，正朝她走来。她闪身从邮局侧面进了楼，经过楼梯平台和二楼的几间办公室往上爬。她不想苛拉再次跟她说她有一副甜甜的小嗓子，现在不想，任何时候都不想。她爬着楼梯，呼吸着橡木的气味，感受着暮春的气息。顺着扶栏转弯而上的时候，她感受到了一声声回音的脉动。她的手掌拂过那色彩斑斓的木料，边爬手指边循着雕饰上隆起的棱边。走到楼梯尽头，看到麦琪婶婶和埃姆叔叔都不在，她并没感到失望。静静地，她进了屋。

自打吉姆离家那天她回到塔楼寓所收拾东西回娘家住，几个月以来，今天还是她头一次一个人在这间屋里。她回娘家住的那个晚上，麦琪婶婶和埃姆叔叔完成了他们的奥斯威戈之旅，渡过安大略湖回到了家中。

她左瞧瞧右看看。每个房间都敞开了门对着主厅。她把衣服挂在钩子上，走到寓所尽头，把几个房间逐个巡视了一遍，像个初到一地，却已在温馨的记忆中对之早已熟知的访客。

这儿是厨房,一个狭长的房间,在左手顶头的位置。这就是麦琪婶婶做饭的地方。也是吉姆曾经用铸铁锅翻煎法式吐司的地方。他煎的吐司近乎完美,给格拉尼亚献上吐司早餐的时候他还唱着歌。穿过大厅是吃饭的地方。不过,她和吉姆从没在那儿吃过饭;他俩坐在客厅的窗户前面用餐,餐盘放在两人之间的毯子上,野炊似的,这样就能俯瞰楼下的湖湾了。

往后走几步,是几间睡觉用的寝室。不过,她和吉姆从没在里头打过铺。

右转便进了客厅。这个房间极为雅致,麦琪婶婶和埃姆叔叔又极少用。这就是格拉尼亚和吉姆相中的那一间——她瞅了一眼地毯——在这块地方,他俩铺开蓝色的毯子,上面放两个枕头,然后再压两条毯子上去。这是相拥而睡的地方。这是情意绵绵的地方。

她进了厅便关上门。客厅靠里的墙上有一个小方窗,看下去是大楼的内楼梯,她刚刚就是从那儿爬上来的。朝外的几扇窗户对着大街,下起护壁板,在房间临街一面排开。她走到窗前,看着主街,看着镇子的南端。塔楼是街头唯一一处能在如此高度极目远眺的建筑。可即便如此,她仍急切地想要再高些。在房间靠里的那个角落,一级级爬梯横档嵌入墙壁,直上直下,通到楼顶的钟塔。她护着裙子,一级一级地往上爬,想起了曾经跟吉姆一起爬梯子时的情景。爬到头,她掀开屋顶活门,闩好了,迈上到了屋顶平台。

孩提时代,大人就准许她和特雷丝爬塔楼里的梯子了,只不过得有埃姆叔叔跟在后头,要是她俩有闪失好随时接住。他依次把她俩拎起来,冲着可以向外窥望的南向钟面,让她们看看滨水的拉思本实业,以及远处狭长的像展开的臂膀一样的昆特湾。《星期天》那本书里有一页画的是一座眨着眼睛的灯塔,每次向外眺望的时候,格拉尼亚便想象着自己来到了灯塔之中。就是 c-shore 那一页。丹双臂搂住了孩子。她有时候无法接受图画中的小姑娘在浪涛中没个挣扎、只管下沉的样子,有时候又觉得那样似乎也没什么不好。水下面一片平静,水上面可能就会有叫人迷惑的事，真的会有。

现在，格拉尼亚被四个钟面包围，她思考的场所在下面，在底下，也在背后。她尝试着想出些对听力正常的人来说也是寂静无声的地方。但绝不是此处，绝不是大钟里面。

这些天上钟塔的只有埃姆叔叔一个人。给齿轮、转轮上油，用厚厚的抹布擦拭铁架，拨转水平连接在每个钟面中心的突出来的长杆，好校正外面的指针，这些都是他的活儿。埃姆叔叔不在的时候，吉姆也曾上去给大钟上过油。跟他一起上去那次，格拉尼亚让他看了那处可以往外窥望的地方。差不多两年前，格鲁也上去过。他的儿子乘汽船离家去贝尔维尔的军营报到，格鲁跑上楼梯，到了寓所，征得埃姆叔叔的同意后，爬到钟塔上盯着汽船——还有自家的小子——顺着湖湾向西驶去。

她想象着格鲁的一双长腿爬梯子的样子，怕是每次抬腿都会撞到上一级横档吧。她想象着钟塔上的格鲁直到汽船变成天边的一个小黑点仍久久不肯离去的样子。“他站在那儿，”麦琪婶婶摇着头说，“尽管能看到的只是茫茫天水。”

格鲁在这儿盯着远方的地平线待了那么久，格拉尼亚理解。正如她理解贝尔维尔火车站月台上的运兵车离去后许久，那三五个人为何仍伫立不去。逗留的几个人只是凝望着将火车吞没其中的遥远的天际。后来，她终于将身子转了过来，而面对的已是不同以往的生活。

吉姆打仗去了。

她目不斜视地离开了火车站，不想看到熟人的脸，不想说话，也不想交流。她没有哭；她从不哭。她只是人随脚动。

当天下午晚些时候，她穿过熟悉的街道，沿室外楼梯爬到了芙莱和科林在离校不远的那栋小楼里租住的寓所门前。其间几小时她都是在哪儿度过的，她跟谁也没说；直到今天她都不清楚当时到过何处。芙莱在家，见到格拉尼亚时，她什么也没问。她把她拉进屋，紧紧相拥，随后便去厨房沏了一壶茶。要是格拉尼亚想一个人待着，芙莱也不会因此感到不快。要是她想留下来过夜，她可以睡沙发。虽说没什么多余的地方，但她来小两口都很高兴。

但格拉尼亚不想一个人待着。她坐在厨房里，看着芙莱用手语比画两人读书时在校结识的那些朋友的近闻。格拉尼亚脸上没有笑意，也无意故作高兴。科林下班回到家中，见此情形也是心知肚明。晚餐时分，在桌旁看着他比画当天印刷所里发生的事，这种感觉她觉得挺好。他跟她俩说，回家的路上，他见到学校前面有两名士兵在担任前哨警戒。安插他们在那儿为的是不让贝尔维尔的部队违令越界。科林打从他们身边经过时还给他们敬了礼。

格拉尼亚看着他俩你来我往地交谈，觉得自己无须点头表示关注，也无须动手加入对话。于她而言，最可珍贵的东西正高置胸中，严严实实地在那儿安放着呢。在吉姆回家之前的无数个日日夜夜，她觉得似乎连呼吸也必须是浅浅的才行。她还记得玛莫曾教她让声音紧凑些；她还记得在校时被训练着在词语出口之前将它们聚拢。可这次不一样。别的东西——不是词语——锁在了她的内心。锁在了那块严严实实紧闭着的地方。

这时，她伸出一只手，摸了摸那座巨型塔钟的侧面。大钟比她还要高，当空挂着。一个魁伟又结实、与大钟的活动机件相连的钟锤，坐在大钟的外缘，随时准备出击。在下面麦琪婶婶的客厅里，一个高高的红木橱柜巧妙地将大钟长长的钟摆缆索藏匿其中。缆索从塔顶下垂至此，下面是厚厚的沙床。格拉尼亚头一次进客厅，从“顶天立地”的橱柜前走过时，不知道橱柜底部还铺着三英尺深的沙子。“缆索要是哪一天咣当掉下来的话……”埃姆叔叔曾经这么说过，但只说了半截就打住了。红木橱柜从下面一路往上，穿过天花板通进塔里。谁也没想到里头还吊着缆索。

大钟的背面赫然杵在她面前，格拉尼亚转身向南，对着俯瞰湖湾的那张巨大的乳白色钟面。她在“IIII”和“V”之间找到早就被人刮了漆，清理出来的那片不太规整的窥望口。站在大钟背后，看到“IIII”这个数字还是让她觉得不可思议。在下面的主街上仰望的时候，她从没觉得有什么不对劲。不是在学校学过罗马数字了吗？“四”难道不是用“IV”表示的吗？可钟表就是这样。欧肖内西的那面钟倒是例外，上面是阿拉伯数字。

她脸贴着刮了漆的那块地方往外凝望。就这样凝望着，她放松下来，觉得自己变成了固定点。没人知道她在那儿。是她的眼在透过这处窥望口俯瞰小镇。

今天不是洗衣日，但在街对面不远处的麦克莱兰家的后院，晾衣绳上还是晃荡着几件衣物。紧靠后院台阶的地方，晾衣夹上垂着几个枕套，里头必是些女人的内衣，小心翼翼地躲着。麦克莱兰家侧墙上的窗玻璃颤动不已，在匆匆西坠的夕阳投下的道道阴影中像是变了形一样。就在格拉尼亚从大钟那儿窥望的时候，麦克莱兰太太肩头紧紧地裹了件毛线衫走了出来。她爬上后院的台阶，从夹子上取下枕套，还有里头的一堆东西，匆匆回了屋。尽管已是六月天气，傍晚的空气中还是透着些凉意。

帕特里克从塔楼下经过，不知道有人在上面盯着。梅瑞德·克拉克也在街头轻快地走着，大概是要回家了。克拉克医生和他的妻子梅瑞德多年以来一直治疗疝气、水肿、挫伤、疥疮、妇科病、男性疾病、骨折、腰痛，以及其他一些叫人绝望的病症。小镇历史上整整有一代人的死亡证明都是克拉克医生签的，登记在册的出生证明大多也有他的签名。

格拉尼亚抬眼远望，目光越过镇子南端街边的房屋，越过几处厂房、铁道、车站以及码头的残迹，落在了波澜微起、状似海面的湖湾上。

护林人岛遥遥在望，长延岛[①] 和昆特湾像是引路的手指，湖水环绕

① 两岛均在德西龙托西南方向。

四周，在探出水面的陆地间轻轻激荡。爱德华王子岛还要再远些，过去便是横无际涯的安大略湖了。这一切不过是凭想象而来，就像她想象吉姆跟她讲的大海，虽然从没见过，却未必不能神游。那里，浪涛拍打着船舷，船儿破浪向前。那里，风浪越高，咆哮声就越大。在海上漂泊的那段日子里，吉姆在来信中没提这些吗？风摇浪簸，在半明半暗的光线里写就的信中，他没提跟他曾经描述的毫无二致的那些惊涛吗？在他独享的小窝，也就是每晚熄灯号之后他就溜进去的那个木条箱里，当黑暗裹住了道道缝隙，裹住了被天色染黑、因舱里挤满了怨声不断的人而臭气难挡的那条船，吉姆便动笔给她写信。舱里还有马匹，尾巴裹了起来，以免它们在舱壁上擦蹭。吉姆曾被一名中尉发现过，但他说如果不声张，不惹事，他可以待在那儿——他也知道下面的情况。

跟餐桌上方的吊铺相比——睡在上面的人每天六点钟必须起床，否则早餐可就没法上了——对吉姆来说，他那木条箱简直可以用奢华和空旷来形容了。就是在这样的一个地方，他为自己营造出丝丝暖意。他在膝头铺上纸，写信跟她说，他梦见了她的脸，梦见了自己勾着她的肩，臂膀下是她长长的红发，而她光滑的指尖正轻柔地抚摸着他的双唇。轻柔，那么地轻柔，梦里头他分不清她的手指是否也抚摸到了黑暗中他的思绪。

钟塔上现在已经光亮全无。格拉尼亚静立不动。她凝神静气，意识被磨砺得无比锋利。她感觉到自己的心脏正将血液泵向头部、躯干和四肢。她收拢了自己存乎其中的静寂，连带它所给予的舒适和安全。接着又将它散开，让它溢出自己的身体，充盈四周。她让它滑过自己对吉姆的担心——他不是说过他会活着回来吗？——让它鼓胀着越出自己的身体，蔓延，蔓延，沿着湖岸钻进小镇东面的树林，越过墓地，越过浩瀚的湖水，向东穿过书中读到过的那片森林，继而顺着气势磅礴的圣劳伦斯河长长的河道，直到大海。越是凝神静气，心中的静寂便越是蔓延，缓慢而均匀，像铺落在水面上的月光。

现在，它已在漂洋过海。在大洋彼岸，它穿林而过。森林绵延数里，树木背阴的一面长满青苔。它在滨海低地上任意东西，溜进坍塌的、虽高却并不宽敞的房子，绕着废墟、粉身碎骨的树桩、白垩矿场、矿渣、塌下来的屋顶，还有满目疮痍的砖厂。蓦地，它落进了一个机巧的迷宫，里面尽是些坑道、壕沟、连根拔起的树木、残枝断干、胸墙、射击踏台、防空洞、橡胶布和铁皮罐头奇形怪状的碎片。它四下搜寻，要找的别无他人。他跟他的哥们艾里什在一起，超过二十四小时之前，他们被要求待命，准备执行任务。知道总是吃不饱，两人多带了几份硬面包和牛肉罐头上路。他们也找来了钢盔，这还是头一次戴。他们一个班一个班地前进，炮弹就在他们身边爆炸，先是去收容所，那儿的地窖里有急救站，之后继续前进。

行进中有那么一段路，吉姆不得不弯着腰弓着背走——有时候还得跑——穿过通讯战壕的时候。汗水湿透了衣服，到了目的地，他早已精疲力竭。他脑子里时不时会有这样的闪念：他就要倒下去了，战壕被他堵住，别人从他身上跨过去继续前进。到处硝烟弥漫，空气也因此变得沉重，主要通道损毁非常严重。六月二日上午，德军开始了对第三师前线加拿大阵地的轰炸。之后，掩埋的地雷也纷纷爆炸。目前，派来支援的已经超过三十人，从第九野战救护队调派来的担架兵与第八野战救护队和第十野战救护队的担架兵一道工作。他们得知，当天早些时候，加拿大骑乘步枪团中有不少人阵亡或被俘。泥土被轰起来后重重地落在战士们的背上，有些人就这样被活埋了。几个幸存者被拖了出来，但不少人永远留在了那里。加军所有的前沿阵地均饱受摧残，其中包括索罗山和庇护林。疾飞的炮弹当空哀鸣，爆炸的声音四处响起，触目皆是喷涌的火焰，嗒嗒嗒的枪声和轰隆隆的炮声无休无止——人都要给逼疯了。枫林的急救站被直接击中后坍塌，活下来的以及还有救的都被向更后方运送。伤员或是手膝并用往前爬，或是可怜巴巴地肚皮贴着地往前爬，只盼望能好歹找到个可以躲的地方。后撤人员中有些在林中就负了伤，但急救站现已被弃，负责的上尉想要重建秩序，试图将伤员组织成小团队，以便在护送下回到后方，那些尚可行走的伤员甚至还能帮帮伤势更重的战士。吉姆和艾里什受命负责几个小团队，两人接连几个小时一直在搬运伤势最重的战士，中间从没休息过，这时胳膊和肩膀早已麻木。毒气警报传来，他们戴上了那令人憎恶的面具，呼吸困难，口水直流，护目镜上还起了雾，就这样他们还是不停歇地搬运着伤员。转而又接到通知，此次警报只是虚惊一场，大伙儿顿时轻松了许多，尽管眼睛仍刺痛，但都一把扯下了面具。他们用来搬运伤员的那条通讯战壕有几处因炮轰垮塌，血淋淋的肢体和死尸壅塞了通道，人已死，也就只好弃之不管了。在他们之前途经此处的人显然是将几具尸体扔出了壕沟，好让自己通过，地面上的尸体于是又多了几具。他们正抬着的这名士兵被子弹击穿了脸；半边脸没了，就那么缺了一块。嘴巴那里只能看到一个洞，发出的声音令人心惊。因为得停下来给伤势严重的士兵包扎伤口，有些担架兵在途中放下了担架，可却因此丢了命。一名阵亡的担架兵跪在地上，手里还捧着打开的绷带，可死者已去，再怎么也无济于事了。

吉姆迈出一步，感觉脚下一骨碌，有条胳膊在滚动。他知道那是条胳膊，因为爆炸的火光照亮天际的时候他低头瞄过一眼，看到了衣袖的一端是一个拳头。他没停脚，尽量不去想，尽量把生者带出这个地狱。噪声、鲜血和泥土，雨一般劈头落下，漫天都是金属在飞啸。他看见一条胳膊肘支棱在那儿，看见了一个下颚、一条腿、一只脚。他和艾里什又穿过一条壕沟，他们跪着膝行，猫着腰，有时候干脆就往前爬。时不多久，他们重又起身，而这次在空中飞着的居然是沙袋。他们过了泽尔比克路，朝泽尔比克外滩走去，那里已经清出了新战壕，会有马拉救护车和机动救护车跟他们接头。他们把伤员搬到那里，以及附近的一处农场，在这些点，伤员们将被送到收容站的地窖。

他俩帮着下人，下完人后转身又去搬人。道上弹坑密布，几乎无法通行。他们从死马身边，从夜里看到的一堆堆尸骨旁走过；身旁的士兵带着补给、空担架、干粮和毯子，走着跑着奔赴前线。有人大喊，说有两百名担架兵将赶过来继续增援;他们必须坚持,帮手已经上路。但德国人已经占领了几个阵地,现在已经深入庇护林。远处,在加拿大人的背后,伊普尔不断遭受炮火袭击,浓烟滚滚,火光冲天,可再怎么打,它也不会变得更惨,因为一年前就已经被毁得没样了。

指定的急救站不断变化。道路受阻时,大家伙儿接受新指令,经郊野到了梅宁木材加工厂,那里的地窖已经清理了出来,并且有了新补给。木材加工厂旁边建了一座小屋,那些正赶上有人生炉子,准备奉上热可可和面包的人真是口福不浅。吉姆和艾里什抢过一罐热可可,咕咚咕咚就灌进了肚里,然后转身再次上路——伤员还没运完。后来,晨曦微露,两人刚抬起一名伤兵的时候,一枚炮弹爆炸了,离他们是那么近,砖块和弹片落在了他们的头顶和背部,把他们砸倒在地上。他们爬起来,使劲喘着气,命还没丢,艾里什大声喊着:“咱可得快跑了!”两人三步并作两步,匆忙将担架转移到别的地方。他们协助军医,继续往木材加工厂搬人,去冥火之角,到救护车匆匆停靠的接头地点;伤员们从前敌急救站转至总急救站,再转到伤亡处理急救站。吉姆和艾里什正在搬伤员的时候,得知第三师的统帅默瑟少将下落不明,据传已经阵亡。噩耗既令人震惊,也让人难以置信,但大家的决心却是越发坚定了——腿脚不能停,心气不能泄,该干的事就别停手。

整整两天全无休息,第三天的反击过后,吉姆和艾里什被告知可以找个地方补点觉,两人遂蜷缩在一处。藏身之所早已毁坏,狭小而低矮,但离火线够远,算得上安全——其实还在德国佬枪炮的射程范围内,在哪儿都是一样。藏身地一半挖在地下,一半已被炸飞。两人挪一挪,动一动,分掉了剩下来的一点水。没吃的了,也没劲去找,吉姆庆幸能有这点轮休的时间,庆幸自己一身疲惫。可他脑子里的杂思挥之不去,觉得自己再也没法入睡。“这是人间地狱,”他说,“真正的死荫之谷[①]。”说话间爆炸的闪光亮彻天际。

---

① 典出《圣经·诗篇》第二十三篇。

即便远在火线后方，枪弹的咆哮还是无时无刻不把他卷在其中，他又是蜷身又是眯眼，似乎蜷身眯眼就能护住自己的身体，关上自己的耳朵。他想知道闭耳不闻是什么感觉——尽管明知声响总能想法子穿过他的身体，让他感知到。他身上血迹斑斑，满是泥污，眼皮上结了一层烟灰。他勉强闭上眼，一种静寂——也许是格拉尼亚的静寂，一番搜寻后找到了他——裹着他，创造出了别样的藏身之所。这种静寂紧贴着他精瘦而年轻的身躯，让它感到了安全。就在那一刻，短短的一瞬，大洋两岸的整个世界都悄然无声了。吉姆睡着了。弓着身子躺在一旁的是他的朋友艾里什——他在哪儿都有本事让自己的身体歇息——这时也睡着了。

格拉尼亚揉了揉眼睛。她盯着自己的双手和胳膊，感觉身子越发沉重。她离开钟面，转身要走，却不知不觉地如往常一样在角梁上靠定了身子。她的指尖觉出了刻进木头的那行日期。起头两个字几乎已经辨识不出了，但她知道字迹必定还在：开冻。这是埃姆叔叔刻的，已成为小镇历史的一部分，日期记录着每年河流开冻、冰块漂出湖湾的时间。自从来到钟塔上居住，他就年复一年地往角梁上记录这个日期，这种传承永续的劲让他心生满足——甚或是一种慰藉。格拉尼亚透过黄昏的微光使劲地看着：四月十二日，三月二十九日，三月二十一日，四月四日，四月十七日。一行行记录按年份一路走来直至现在，今年的日期不过是两个月前才落上去的。

她紧紧地抓着梯子，一级一级地下去。她拉上屋顶的活门，继续往下爬，直到双脚踏上地板。客厅里已是漆黑一片。麦琪婶婶和埃姆叔叔都还没回来。楼下，各处住家和商铺的电灯已经先后亮起，泻出的光线在主街次第蔓延。格拉尼亚站在窗前，看着无形的微风折弯了树梢，让它们向着小镇一方俯首鞠躬。云朵在天边匆匆飘移，而地平线则依旧在晦暗中泰然横亘。刚入夜的天空正与湖湾一色，水天相接处殊不分明。

一点光在水面摇曳——或许是海岬上的灯笼。湖湾向南伸出的狭长带状区域在黑暗中模糊难辨。格拉尼亚伫立窗前，直到客厅的灯光从背后打来。她并没被吓着，但还是转过身来。麦琪婶婶推开客厅的门，打开角灯，映出自己的一张脸。

“看到客厅里你的外套了。”她在灯光下动唇说道。格拉尼亚一个人在黑暗中站了多久，她没有过问。

# 11

我们深知我们的战士必当英勇无畏，不惧艰险，在此次世界大战中各尽其力为帝国而战。枪炮无情，牺牲在所难免，对殉国者我们表示哀悼……然而，亲人们曾在如此伟大而光荣的事业中经受过磨难，这于亲朋而言也是一大安慰。

——《加拿大人》

脸颊和手掌还贴着冰冷的泥土，他醒了。睡梦中全是格拉尼亚的影子。此刻他昏昏沉沉，什么地方不知道，什么时间不知道，只觉出身下的泥土，一时竟疑心自己是在坟墓中了。别慌张，格拉尼亚跟他说。我不慌，我要集中精力。我要努力弄明白这是怎么回事，看看还有什么线索。他抬头仰望，天上晦冥一片，像是被这地上的打斗搅浑了一般。他转头看了看艾里什，见他仍在酣睡——下巴抵在胸前，两只大手夹在腋下，两臂紧紧地收起来，像是迫不得已非把自个儿团得小些才睡得下似的。

吉姆抬起右臂看了看表。他看到自己的手指上泥垢成痂，连指甲缝里也填满了污垢。三天前，有人嘱咐他照清单核对一下勤务马车上卸下的补给物品，可他的手几乎连铅笔都握不住。他当时还挺担心，但随即又想，或许这只是疲劳过度罢了。这会儿他翻转一下手掌，像是要让它给个说法，看究竟是哪儿不对劲了。可这时他又想起了格拉尼亚，想起了握在自己手心里她的小手。那晚，在内乐剧院看完演出，两人坐在老码头横梁下面的时候，她用指尖细细地摸遍了他整个手掌。他不该想起她，至少不该在这儿想。但他需要想。

你曾经期望的是什么呢？他自问，接着又自答，不是这个。

要是格拉尼亚此刻在他身旁，他就能跟她说说手的事了。要是没有为了看表瞥见自己的手就好了。生命不再的时候，手比脸透露的信息更多，他现在知道了。手揭示了最终的境况：因愤怒而双拳紧握，因认命而两手放松，因吃惊或者谅解或者事发突然而两手紧抓。手挠胸膛，或者不自然地高举，像要求告。*怎会如此？我的生命，竟要这般弃我而去？*

他想起了执行任务头一个晚上他奉命放在停尸场的那个气息未绝的小伙子。只是几周前的事吗？死去的小伙子们脸上扔着些旧沙袋，撒着些稻草，但这掩盖不了他们的手。他跟艾里什提起过，但艾里什没注意过那些手，只跟他说，要是心里犯别扭，别看就是。吉姆打那起就再也不提此事了。即便是在他俩之间，什么该谈，什么不该谈，也应心知肚明。有时候吉姆能感觉到自己内心那种不理智的冲动，在急救站外面死去的战士身旁，在战壕里被翻到一边的士兵的遗体旁，他总想跪下来，这他没跟艾里什说过。跪下来，有必要的话就把战士的手指掰直，只为了让紧握的愤怒的拳头安息。

艾里什身子一颤，醒了。

“只要脑子一想，那该死的训练就回来了。”他在吉姆背后说道。睡了没几个钟头，像是接着哪次聊天的话头，他又讲开了。土洞里冰凉拥挤，睡得人麻木僵硬，对他来说全都无所谓。“训练动不动就‘上身’，我可是烦透了。千真万确，咱哥俩一干就是连轴转啊，吉米小子。但是，看吧，这边的事一旦忙完，他们准又让我们参加训练，好像要干什么我们根本就一窍不通一样。”

“我也讨厌训练。”吉姆说。但他知道，待到大脑疲劳已久，是训练让他们继续向前。就像是身体里装上了某种记忆机器：坚实的零件相互配合，手脚腿臂润滑到位。一副担架，两人抬也好，四人抬也好，都一样。没担架的时候，三手成座就可派上用场。*一名担架兵右手紧握住左手腕，另一名担架兵左手紧握住右手腕，左边的担架兵右手抓住前一*

名担架兵的手腕，腾出左手扶着伤员。训练中的这些字斟句酌的说明从大脑的一个区域流到另一个区域，也不管脑子能不能记得住。

吉姆伸伸腿，试着让知觉一路下行到小腿和脚。过去两天，有时候实在走得太快，猫腰抬担架时背上的肌肉绷得像要断了似的，心总在狂跳。

身体记住了狂跳的心，记住了每一脚落下去都是湿滑，都不牢靠，记住了危险重重的“回家桥”。最难走的地方铺上了垫子和木板，裂缝处冒着稀泥。身体记住了踩到死尸时打的趔趄和脚下那一骨碌的感觉。腿和脚也有各自的记忆。在贝尔维尔的时候，韦伦医生跟他讲过，腿部的神经信息会经过脊柱传到大脑。现在，他知道了，大脑是固态的银灰色的从开裂的脑颅里露出来的一团团像脏海绵一样的东西。它从炸开的嘴巴和鼻孔里掉落出来。他还知道，这样的记忆会留在自己大脑的灰质中——永不磨灭。

但他想跟格拉尼亚说说手的事。她会懂的。他会紧挨着她躺着，他俩会用手说话。要是没有光线，她会把指尖放在他嘴唇上，字字句句都收起来。

他想告诉她他是多么不忍离开。他是那么满心憧憬，一心想在战争中贡献自己的力量。他想跟别人一样出份力。可是，安坐家中的人谁也不知道突出部一带都有些什么：伤痕，死亡，对一幕幕惨状的回忆。正在发生的一切根本就让人无从说起。小伙子们上火线时，年轻的脸庞坚定而忧虑——很快就按份额领了朗姆酒，这是为了在跳出战壕进攻之前提提神——几小时后，等到团里的担架兵和野战救护担架兵清理战场的时候，他们则是面色苍白，一脸痛苦。已经阵亡的很多就抛尸疆场，不带回来了。

吉姆晃了晃身子，极力想往脑子里拽一些能让人希望犹存的图片，而不是什么流出的脑浆。好几周前，在上火线的途中，他那个班被带到一小片林地，说是可以睡几个小时。日出时分，他从梦中醒来，看见一道阳光穿过树叶打在自己身上。眼皮上的温暖真是一件意想不到的礼物。之前睁开眼时，他发现自己不是身处纵横交错的沙袋中，就是位于曲里拐弯、有波纹铁覆盖的地道里，或者就是在地下坑道里。这片树林还没有被炸成碎片，尽管离他脑袋枕着的地方不足一英尺处便有爆炸后残留的一个树桩，戳天直立。不难看出，也就一天前，它还好端端的，是一棵活着的树。

树林中鸟儿在歌唱。他听到了它们的歌声，尽可能将这一刻延长。闭上双眼，歌声也还听得到，战争也可以暂时当它不存在。他睁开眼睛，接着又眯上。他眼睛一眯再眯，直至上下眼皮之间的缝隙只收进一道煦暖柔和的天空，伤残损毁的树枝和弹痕累累的树干全都入不了眼。可流弹已经在头顶嗖嗖作响，一根挂着叶子的树枝掉在他身旁。他贴着地面，跟其他人一起爬向安全地带。

脑子里还有一些伊普尔的景象。乘马拉救护车首次穿过那座死亡之城的经历着实叫人难忘，所见所闻都存放在了记忆当中。去过的人说起那儿都是语带悲凉，可大家伙儿还是想去看看。他也曾听到过什么"宏伟壮观"、"富丽堂皇"之类的辞藻，只不过说的都是这座城市昔日的模样。现在的它只是一片废墟。

残垣断壁还保留着倾倒时的样子。炸碎的铺路石和瓦砾上倒是清出了一条小道。一个穿着破烂军装的中年男子独自坐在一道缺棱少角的拱门下面，目光茫然，不知盯着哪里。不少人已经自行离开，或被转移至他地。然而，马拉救护车辚辚而过时，坑洞里和地下室里却冒出些人来，让人惊诧。炸毁了的教堂那儿挺着几根石柱，插进比利时的天空。石柱之间是几排不怎么成行的椅子，盖着一层厚厚的石屑和瓦砾。整个场面就像是文明给人摸了哨，一举摧毁并就此冰封下来。他想起了曾经和格拉尼亚在内乐剧院看到的那几幕活人画造型。"他们都倒下了。"马蹄嘚嘚，踏着临时清出的小道，他喃喃低语。"呼吵，呼吵，他们都倒下了。"一连几小时，这样的吟唱始终萦绕在他心头，停不下来。

巴黎古监狱只剩下一根烟囱，俯视着堆积成山的破石碎砖。不成样的金属部件和一座巨钟扭曲变形的齿轮散落在钟塔脚下，他想起了自己亲手给德西龙托那座大钟的齿轮上油时的情景。他跟在格拉尼亚后头进了钟塔。她给他指出了钟面上那块刮了漆的地方，两人就从那儿往外瞅着，望着远处的湖湾。他站在她身后，两臂环绕着她，手掌搭在她裙子的前幅，贴着她柔软的腹部。两人就那样待着，在那个可以俯瞰小镇的地方，觉得一切都是那么安宁。

在伊普尔城，他见到了以前的医院，很好认，现在只有前墙还立在那里，背后空无一室。龛中两座塑像逃过了劫难，可地上的一座钟却已坑坑洼洼。大广场上，宏伟的纺织会馆和绝美一时的教堂已是废墟一片，不是被炮弹轰了个正着，便是被大火烧了个罄尽。一个妇人推着一位老人，从一栋残破不堪的房子背后走出来，看来至少还有两位居民不愿离开。老人躺在一个临时凑合用的吊床上，吊床费力地接在两个手推车之间。那妇人年纪不大，从头到脚一身皂色，就连系在颌下、覆着额头的一方帕子也不例外。老人既消瘦又虚弱，身上严严实实地裹着几条毯子。吊床绷在前轮上方，大大小小装着家当的包裹则放在后面那辆手推车的车辕上，妇人就这么推着车一路前行。凑合出来的这辆"吊床推车"只有两个轮子，尽管显得又长又笨，但还是一路往前滚动。对吉姆而言，仅她推车这一幕就足够叫人惊叹了。马拉救护车朝着与她相反的方向辚辚驶过，她头也不抬一下，坚定地沿边道朝小镇西郊前进。朝哪边走她似乎胸有成竹，就这样，在清出来的、两边都是瓦砾堆的小路上离开城区。部队晚上要走主路进出火线。

定格在吉姆脑子里的正是那个妇人的画面：手里紧攥着木头车辕，推着那两辆用绳子紧扎在一起的手推车。车轮滚动，她推着她的父亲，或是祖父，又或者只是一个患了病的年迈的邻居，走出这座毁灭了的"死亡之城"。

艾里什和我搬了一天的沙袋。我倒想尽快把自己累趴下，这样还能小睡片刻。我们用沙袋甚至碎铁片加固了好些棚屋。日头疾奔入了夜，接着又跑到了白天。晚上，没一样东西是消停的：马匹、骡子、运水车、摩托车、枪炮、士兵、弹药、朗姆酒坛。司戴士和埃文跟我们一道工作,这让人轻松了很多。昨晚搬运中途休息的时候,我们四个,外加第八野战救护队的一个叫作克里斯蒂的小伙子,坐在地上紧紧地围成一小圈,在那儿吃腌牛肉面包——五个人分享一个啊。我们还有蜂蜜,也不知道艾里什从哪儿弄来的,他拿出来挤在面包上给大伙儿分着吃了。大家的肚子从来就没饱过。分剩下来的吃的谁都想伸手。比起吃那点独食,能有个人分享更加重要——这谁都知道。艾里什告诉我们,说那天被派去清理旧木材加工厂,一打开炉门,竟发现了上百罐橘子酱。一罐罐橘子酱满满当当地码在烤炉里,干活的人该是费了不少功夫才搞这么齐整的。艾里什的一双大手每次四罐往外搬,却发现挡板背后靠墙角的地上还垒着些罐头。主人走得可真够匆忙啊。我们每个人的口袋里都装了两罐,又开了两罐直接用手指裹着吃开了。

五个人吃完面包和蜂蜜就上了路,没想到就在这时,三发炮弹连番在我们近旁炸开了。这算是离鬼门关最近的一次。埃文和司戴士离炮弹没多远,埃文急忙全身贴地。大伙儿都是这么干的。只不过埃文太紧张,又惊又怕,脸上有点抽搐。他一紧张害怕就直搓手。他常说,要发生的终究要发生,那是注定的。这边的小伙子们都这么说,也都信,可我倒觉得没那么神。艾里什和我只知道,抬伤员的时候,中弹一个,倒下一双。我俩工作时紧守在一起,以后也会这样。

傍晚的时候,我受命在天黑后从一辆卡车上卸给养,可机关枪嗒嗒直响,我只能匍匐在地。我讨厌那种啄个不停的声响。貌似没事的时候,我便继续行动,没想到靴子陷进稀泥,呱唧一声弄出了很大的动静,我敢肯定,敌我双方都听到了。夜幕中令人毛骨悚然的嘀咕声老是阴魂不散。黑暗中的声响总是更糟。

晚上,我救助了一名加拿大骑乘步枪团的战士,他跟我说他叫欧克。我们把他抬到一辆机动救护车上,车子是往后方收容站去的。他让落下的泥土给埋了，身上还有不少弹片造成的创伤，我给他用了些氨精让他挺住。把他一路带到急救站的竟是一名弹片扎进了眼的下士。我们后来听说，那次运送伤员的救护车司机在途中一根手指被打断了。与欧克同车的一名上校，还没到达收容站就挺不过去了。上校被弹片切断，伤势太重。

听到死讯，艾里什和我往往只是点点头。没什么好说的，也没力气说。这一刻还好端端一个人，下一刻竟然就永远离去了。这会儿，我们也知道了基钦纳勋爵溺亡的消息。他所在的那条船在接近奥克尼群岛的地方触雷沉没，本人也随之溺亡。死亡真是无处不在。

前一天晚上换班之前，吉姆和艾里什被召至急救站。那儿没几个人，军医让他们想办法将一名据报受伤的小伙子抬进来。团里的担架兵在其他地方搬运伤员。一名自己爬进来的士兵告知了那个小伙子的位置：靠着一个矮泥堆，身上插着一块长长的金属片。

天色漆黑，不闻枪声，一切都静了下来，尽管这片刻的安宁并不会持续多久。天空中没有星星，也没有月亮。怎么走已经很清楚了，吉姆和艾里什尽可能不发出任何声响地到了外面，避开地上讨厌透顶的泥坑。到处都是靴子，泥里嵌着不少罐头盖。吉姆尽量不去想要接的这位是死是活。很快，两人就发现了那个小伙子，一边一个俯下身子。小伙子呼吸急促，几乎给不出任何反应。吉姆一眼就看出来抬他只有一个办法。也不知道是什么东西，飞过来穿透了他的身体。这片长长的、边上参差不齐的东西在近锁骨的地方进去，从后背中间位置斜着出来。金属片——两人看不出它到底是什么——先是被炸到，然后不知怎么就飞起来扎进了他的身体。吉姆伸手去摸，想看看哪儿有血湿，好辨明情况，可如果小伙子失血，那也早渗进土里了。两人没敢让他平躺下来——金属片可能会移位，或者刺穿血管，或者穿透哪个重要器官。根据他的呼吸判断，金属片可能穿过了一边的肺叶。两人把担架丢在一边，训练“上身”了。

*将伤患的胳膊搭在你的肩头。*

小伙子的胳膊卡着艾里什的领口。他的手软软的；吉姆感觉得到，手松着没有握拳。

*伤患坐在担架兵的手上。*

他和艾里什越过小伙子的肩膀对视了一下。他俩几乎看不到对方的眼白。

*担架兵起身迈步：右手边的担架兵迈右脚，左手边的担架兵迈左脚。*

吉姆给艾里什发了个信号，两人用力起身，迅速直起腰站定。那名士兵的脑袋歪在一边，走一步就会磕一下吉姆的头盔。吉姆不得不始终偏头顶着，弄得自己的脖子很是难受。右边一声爆炸，德国佬火了，这是在报复。爆炸不算太近，但还是逼得他们低下身子，动作竟比刚才起身还快。两双膝盖啪地落在地上，夹在中间的那名士兵却还挺着身子，一如当初。一道照明弹亮起天际的时候，吉姆看到了艾里什脸上的表情。

“艾里什，这活儿咱以前可就干过。”

*命令由二号担架兵发出，预备！跪下！起担架！小步行进！*

两人起身的时候，吉姆听到噼啪一声，像是身后传来的鞭响。他两腿一软，不由再次跪倒在地——单膝，另一条腿歪着拖在后面。艾里什也倒下了。神奇的是，他俩都没丢下伤员。吉姆突然意识到，在这儿，脚往哪儿落都不知道，也顾不得在这个星光全无的夜里不时窜出来的叛徒们，他们必须得当心。

“我们会好好清清内奸的。”某个晨光未启的早上，他听见一个小伙子这么说。那几个人往前走的时候，吉姆正站在一个急救站外面。“等仗打完了。看看他们在德国佬那边都吃啥。”话说完不久，朗姆酒就倒上了。吉姆看到几个空酒坛被带下了火线。说话的那个小伙子没有回来。那天，回来的没几个。

又是一道照明弹的闪光，这次更近些，跟着又是一道，地平线都给照亮了，像是招呼着周围的乡村，镇子里有集可赶了。

吉姆半起不起地低声数着。他们一同起身，但就在同一刻两人第三次跪倒在地。他们陷进了烂泥中。吉姆简直不敢相信发生的事。他看到自己和艾里什都跪在地上，两人之间那个神志不清的小伙子身子依然直挺，胳膊则纠缠在艾里什军装的衣领间。吉姆突然想要笑出声来——什么也压抑不住。他开始发抖，似乎身子里的一声低吼就要钻出来。马上就有炮火回应。吉姆情知自己并没笑出声来，但心里还是琢磨刚才的炮火是不是冲自己来的。

“怎么回事？”艾里什低声说道，“别出声。”

或许他还是弄出了点声响吧。可这回他竟听到了艾里什那儿传来的笑声。两人笑得身子不住抖动，跪在地上似乎待了好久，直到呼哧呼哧的气都喘不上来、胸腔起伏不已才肯罢休。透过黑暗，吉姆甚至能看到他的朋友两颗大白门牙之间的缝隙。

人搭的座椅。其间的伤员。交火停歇。吉姆松了口气，意识到刚才的炮火根本就不是冲他们来的。有闪光，或是四周全是闪光弹和烟火信号弹的时候，你会看到无人区敌我双方士兵一闪而过的轮廓。特别行动小组。有些扛着电线圈。影子僵住不动，直到黑暗的巨幕再次落下。然后，一切行动重又开始。

眼泪滚落到吉姆的脸颊，他没擦，也没法擦。他祈祷着，希望小伙子不会明白正在发生的事。他低声说道：“艾里什，看在上帝的分上，我一发令就起担架。”

这一次那个小伙子的身子也没有要倒的意思。他们一开始就掌握了平衡，两个人四条腿，配合得像机器一般。是不是还有枪炮朝他们打来，吉姆不知道，他已经不去听了。他甚至也不去想身上的重负。他全神贯注，左一脚右一脚、左一脚右一脚地往前迈。两人绊倒，调整，前进。左右左。

抬担架时要避免翻墙越沟。

训练的条文让他近乎歇斯底里;他或许会再次笑出声来。不要去想。倘若想了,鬼知道你会把什么玩意儿给放出来。好吧,那就唱,Infirtaris……

他和艾里什放下伤员,进了战壕,吉姆蓦地感觉到这儿竟比外面的空阔地带更无遮拦。两人将伤员搬进来的时候,胳膊、腿、脊背,还有双手俱已麻木。这次任务他们用了四十分钟。军医的袖子高高卷起,胳膊和衬衫上血迹斑斑,他注视着他俩的脸点了点头。他看见那块从士兵锁骨和后背透出来的金属片,深吸一口气,叫人去找帮手。他拿过吗啡和石碳酸,开始着手治疗。

宝贝儿:

我会在新地点发送这封信。早饭后,毫无预兆地,我们分队被告知收拾行装,随时准备行军。艾里什和我没有步行,全天都是在机动救护车上开进的。我们在一大片田地里扎营,以农具仓、草料棚和帐篷作为营房。我住的是帐篷。有禁令,我不能说附近的镇子叫什么名字。检查员恐怕已经动过这封信了。我的头几项任务之一就是整理那些将被送回英国老家的战士们的装备。一有可能,个人随行物品就会跟着过去。这工作一团混乱,但我还是努力把东西都弄得清清楚楚。战士们像松鼠藏果子一般藏着千奇百怪的纪念品:兔爪;滚珠轴承;能装进口袋的小手电筒;一段彩色的带子;不过一英寸见方的带日历的日记本;头上巧妙地插着一支铅笔的空子弹壳;相片——这倒是人人都有。

我们在这边照料的小伙子们住在一个紧巴巴摆着三排床的房子里。房子既算作医院,又算作休养站,艾里什和我将在这里接受"检查"。如果伤势还没严重到要被送回英国老家的地步,一旦治愈,小伙子们又将被送上火线。有些人受了感染,有些人因关节炎而关节水肿。真是什么病都有,你就想吧。给韦伦医生打下手时接触到的有些东西当时不懂,现在才开始明白。DAH 指的是心脏机能紊乱。PUO 指的是原因不明的热病，其实就是发烧，只不过说法花哨些罢了。不过，当初在校医院工作时你也许就知道这些东西了。

艾里什和我基本上派给什么活儿就干什么活儿，拉水，上早饭，储存物资，给医务人员帮忙。多多少少像是护理员干的活儿。我现在正当夜班，希望没什么干扰，能把信一气写完。昨天洗了个澡，三周来第一次。听一个从埃塔普勒医院来的伙计说，他们那儿有一间大澡堂，一次可以容纳七十人。他还说香烟正随其他物资从加拿大源源不断地运来。再次上火线的时候，医院里的小伙子们还给发了橘子、巧克力和香烟，让他们随身带着。医院里有些伤员捎信给他们的朋友，让把他们不在时收到的那些包裹开封，吃的东西就跟大家伙儿分了。好东西在战壕里自然远比在医院里受欢迎，医院里人人都能得到良好的照顾。

有人叫我去热浓缩鸡汁了。就此打住吧。

全心全意爱你的，

痴姆

头一回走过小镇的时候，他碰到过第十野战救护队的两个人，得知当初同在英格兰训练的一个小伙子已经被炮弹炸死了。据他俩说，小伙子被炸得一点不剩，捡不到什么可以往沙袋里装的了。这事吉姆在信中没跟格拉尼亚说。

在吉姆的印象中，小伙子好像是叫诺切，头发是红色的，脑子挺灵光，看起来也就十七岁的样子。他显得很“热切”，很快就被大伙儿以“热切老弟”相称了。他是辍了学，谎报了年龄才参的军。有些年龄不够的小伙子上火线服役了好几个月才被揪出来送回了家。其中有些人被送回了英格兰，消磨着时间只为了过个生日。待到能参军打仗的年龄，他们便又重返战场，往往是回自己的老部队。很难想象诺切已经不在了。

好几周前，一切都显得平静的时候，吉姆和艾里什曾被派到前线作为夜间特别行动小组成员加固一处战壕。战壕以前是当急救站用的，现在便是要恢复它的用途。因为最近的几次降雨，战壕的侧壁已遭侵蚀，垮塌了下来。小组天黑后出发，一个半小时后到达指定地点，随即开始挖沟。战壕里实在是臭气难挡，越挖越叫人难以忍受。吉姆唯一能做的便是强忍着完成任务。他清出一铲泥土，在黑暗中隐约看到了嵌在战壕侧壁里的一双膝盖。接着，周围的伙计们纷纷挖出了法国士兵尸首的不同部分。烂泥和黏黏糊糊的东西里到处是头颅、胳膊和手。他们受命放弃行动，离开现场，而大伙儿也正巴不得能在天亮之前离开那块鬼地方。

在镇里靠近营房的地方，吉姆经过了一座小教堂，他走了一段回头路，进了那座教堂。里面潮乎乎的，却自有一种安宁，除了吉姆一个人也没有。他坐在长凳上，脚蹬着地上的一个矮木架。他一边歇息一边思考，一直坐到不想再坐了才离开。他思考着那个尸骨无存、名叫诺切的红发小伙子，思考着他的生命是多么地无望。

我晚上开始自言自语了。我尽量不吵到别人睡觉，可因为艾里什总在近旁，他还是注意到了。我应该是累坏了吧；外面要干的活儿很多。我们奉命负责建造厕所和焚化炉。司戴士是我们最好的泥瓦匠；受命起露天灶台的时候，他貌似就挺在行。司戴士总能引来一些野猫野狗；这次他收养了一只白色的小猫，干活儿时就把它塞进自己的衬衫。

星期天我们参加了祷告仪式，之后我承担了岗哨的任务。今天晚上我要值夜班。担架兵在火线后面就是一帮“万金油”；我们承担了很多杂七杂八的任务。我近距离看过一名患了严重炮弹休克症的伤员。是第八救护队的两个朋友把他弄进来的。小伙子身子发抖，脑袋抽搐，眼珠无神地转来转去，腿臂和手脚也都在抽搐。他没法站立，得由两个小伙子架着他，拖他上床。这景象挺吓人的，大家伙儿都大为触动，就像在看一种永无休止的痉挛。他也就十九岁，嘴里一个劲叫妈妈。他一次又一次地出声喊着。一位牧师进来跟我们说不要担心，小伙子只是吓破了胆。可情况绝不仅仅如此；那是一例严重且令人恐慌的病症。

目前我们得知，十三日由我们加拿大同胞在霍格附近发起的反击成功夺回了战壕。历经惨烈的损失，此次捷报真叫大家群情振奋。故事交口相传。我碰到的一名第十救护队的担架兵跟我说，一名伤势严重的伤员竟然一路爬到了战壕里的急救站，到了那儿之后，从台阶上直接滚下来就昏迷不醒了。他们处理了他的伤口，送他去了死伤急救站，现在他已经高高兴兴地上路回英国老家了。

我写信提过洗澡的事，可怎么洗、在哪儿洗没说过。我没说过衣服里的虱子。虱子默默地在衣缝里产卵，吸我们的血。有机会围坐一圈的时候，大家就会把它们抓出来一只一只碾碎。伙计们管它们叫“碎碎”。要是赶上有火堆或者炉子，大家就会把虱子扔进去，听它们被烧得噼啪作响。有人用蘸过木馏油的牙刷来刷衣缝。但是即便我们能摆脱它们一天，或者哪怕一个小时，一回去照料伤员，不管是在战壕还是农具仓还是营房，立马又是一身虱子了。

我们整队去过镇里的一个澡堂，澡堂是由四个派过去的苏格兰佬搭建起来的。四个当地妇女就站在边上——说不上来，那澡堂有点像是露天仓库——而我们则脱得光光的。因为有女人在场，有些小伙子又是笑又是闹，但我没有。我们得令，扒光了把脏衣服传给一个妇女，然后身上被泼了凉水。我们有两分钟时间打肥皂，然后再出来，在大缸里泡一下。水只是略微温些而已，但比先前泼凉水的感觉好多了。这就算完事了，有个妇女给我们每人递上一套干净的内衣和一双新袜子。

艾里什排在我前面，埃文在他前面。扒下衣服，大伙儿脏兮兮的站成一串儿。队伍里头，埃文开始左右脚换着跳起来，嘴里机关枪一样不停叫骂。“看在老天的分上，”司戴士冲他说，“安静点，别蹦来跳去的了。”可埃文大声喊着，说他成虫子窝了。其他人回应说：“就不能说点新鲜的？”他的衣服已经被收走了，我真不知道他还有什么可挠来蹭去的。当我瞅过去的时候，我发誓——艾里什后来说没敢相信自己的眼睛，别人怕也一样——埃文膝盖往下全被占领，爬满了跳蚤。他看上去像是穿了双由黑乎乎、蠢蠢蠕动着的东西织成的长袜。意识到这个状况，大家伙顿时四下散开，免得跳蚤蹦到自己身上。

但凡有空，我们还是尽力找吃的东西。艾里什今天晚上也不知道用什么法子换来了一些面包、牛奶和蛋糕，我们于是大吃了一顿。晚饭倒也有些肉，但都有味道，像是已经变质了。偶尔会有人抓到一只兔子，一般就交到做汤人的手里了。对能搞来东西吃的人大家伙儿都挺感激的。

# 12

上腭音，

如 k 在“kiss（吻）”和“kill（杀）”中的发音。

“手放在喉咙前面。发音时，手往前推。

急速发出这个送气音。

要发好这个音需要送气充分。”

——《基础语音图示教学法》

故事继续流传。吉姆所在的班要在毒气学校接受培训，会被丢催泪弹；第四十九野战救护队的一名战士自杀了；吉姆那个班将去老坟场装一夜沙袋；为了避免火药的灼痕，有一个自伤的人拿了牛肉罐头的空罐，隔着罐子开枪射穿了自己的手掌；少校将就包扎技巧授课一节，要求必须到场；主通讯战壕的路基需要修补以方便带轮担架通过。不断有传言说，第九野战救护队将随第七旅向索姆河开进。

一有机会，吉姆、艾里什、埃文和司戴士四个人总会想法子凑到一块打发时光，傍晚则会去附近的一个村子找地方吃饭。他们听说有一家小餐馆比较好，步行一英里到达村子后，几个人在几条狭窄的街道上四处寻找目标。埃文说他知道路，有人跟他说过应该怎么走。大家各执一词却没个结果，末了也只好继续由埃文带路。就在街道渐行渐窄，走过一段小巷，上了一条小路，到了街尾的时候，四人却在不经意间摸对了门。

其实那只是一间小屋，根本算不上餐馆或酒馆。进门的房间经过改造，摆着些方桌方椅。就这么一个房间，却挤进去那么多人，一旦起身，再坐下都难。吉姆从门口瞥见了一个极为局促的厨房，里面有一个厨案、一个瓦炉，还有两个深深的石头水槽——一个堆满了杯盘瓶罐，一个堆满了还没削皮的土豆。在这个闷罐一般的地方，两根长长的香肠远远地挂在屋子一头木板门旁边的钩子上。

主屋不过是厨房的两倍大，光线昏暗，拥挤不堪，全是呛人的烟味。但凡有什么声音，都免不了在四壁之间弹来弹去。同一规格的从后方送来的一包包蜡烛或是硬挤着插进瓶口，或是下端粘着蜡泪笔直地立在盘子上。战士们挥舞手臂的时候，摇曳的烛光便将影子投得到处都是。谁也没闲着嘴，都在说话，还间杂着笑声。这四个哥们进门挤到屋里唯一一张空桌子的时候，几个人高叫着向他们打了招呼。

吉姆落座，心想能听到笑声真是美妙极了。他照别人正在吃的东西依样要了鸡蛋、香肠和油炸土豆。餐馆是瘦脸的贾米杨女士和她胖乎乎的妹妹玛丽合开的。贾米杨四十出头。她进了门旁的过道，七八分钟后端着吃的过来了。红酒是自酿的。酒都是装在玻璃器皿中上的，小小的玻璃罐，每人一个。红酒杯就别想了。

四个人正吃着，走调的歌声在一个背僻的角落响起，吉姆马上就听出来唱的是什么。进来时他就隐约看到一架破破烂烂的钢琴，不过是靠里面顶墙放的，一边还紧挨着椅子，不像是要给人用的样子；想坐在那儿按键弹琴根本没地儿。小伙子们唱的是《阿巴达巴蜜月》，大家唱得你追我赶，歌词总想往调子前面跑，好不热闹。有几桌还奉上了各自的不同版本，自编的歌词于是飘飞着，冲撞着，像是急雨般噼里啪啦在大伙儿头顶响着的断奏。

艾里什第一个吃完饭，他冲吉姆的耳朵喊道："吉米小子，干吗不给大伙儿唱一曲？把你的钢琴本领给大伙儿露一露呗。"

吉姆摇了摇头。除了艾里什和其他两个哥们，他不想再跟别人搅和。第九野战救护队里没几个人知道他还有那么一手。总之，在这个温暖而嘈杂的屋里，坐在硬邦邦的椅子上，感受着红酒从玻璃罐粗糙的边缘倾落舌面，钻进喉头，这一刻他心满意足。

贾米杨女士和玛丽越过小伙子们的头顶互相打着手势，吉姆看得出来，玛丽那双胖乎乎的手比画的是她要到后面收拾东西了。

艾里什手指着吉姆，其他人也开始起哄，又是鼓掌又是叫嚷，要他给大家弹唱。

别无选择。他把久握在手、已经变热乎了的玻璃罐里的最后一口酒灌下肚，站起身，只觉得背后几只手推推搡搡把他往墙那儿赶。椅子后撤腾出了地方。近前一看才发现，钢琴的顶盖居然都没了。很快，钢琴前的椅子虚位以待。吉姆坐下，盯着自己放在琴键上的手，大伙儿都在等着。他生就一双劳埃德家的手。他岛上家族的每一位成员都不乏音乐细胞。祖母过世之后，他离开了自己唯一的家，漂洋过海上千英里从大西洋海滨到了安大略，如今他干的是担架兵的活儿——也挺不错了。干什么、怎么干，他和艾里什、埃文还有司戴士现在都心里有数。

他想起了祖父拿小提琴时的那种温柔劲，就好像那把琴是个活物一般。他感觉老人家似乎就在他背后站着。他的手指落在脏兮兮的琴键上，原本的白键如今倒该叫作灰键了。钢琴需要调音，但就像背后有祖父坐镇一样，他的手没有停下。他不知道该让谁来合拍子；他俩总会互传节奏。对松了的琴钢丝两人不以为意，偶尔几处低了的音调也不打紧——眼前这架钢琴，偏低的音调可不止一处两处。

一开始，他的手指跑了一遍《亚历山大的拉格泰姆乐队》，屋里的小伙子们掌声雷动。他中间加了和音，像是在为小岛里尔舞[①] 伴奏似的。接着他弹了一曲《我们黄卡其小伙子》。之后他放慢了节奏，唱起了《谁在吻她费思量》，小伙子们齐声相和。贾米杨女士和玛丽也放下了手里的活儿，并肩挤在门口倾听。她俩的围裙上满是褐色的污渍，还溅上了洒出来的红酒。

要起身回餐桌的时候，吉姆一转念，决定再来一曲。他在椅子上坐

---

① 一种轻快的苏格兰双人舞。

定，这一次开唱的时候，别人都安静了，只听到他一个人的歌声在屋里回荡。这首歌是他在德西龙托跟格拉尼亚在塔楼上共度的那段短暂时光中学的。他们躺在蓝色的毯子上，他一句一句地唱给她听，她则给他指出膈膜和腹腔之间的那块地方——她说那是歌声的始发之地。

人生无常的大海给人静美也给人惊骇，
在遥远的地方我同众人一起流浪。
哦，美好的念头一起，我的心里却顿生叹息，
哦，幽谷之中深藏的温柔乡。

歌声清澈而嘹亮，三节唱过，他的目光抬起，对着面前的一堵墙，视线却似乎丝毫未被阻挡。一曲唱罢，屋里的三个苏格兰佬站起身，高举玻璃罐以示赞赏。除了吉姆把椅子拖离钢琴的声音，他回桌的时候四下一片安静。朋友们抬头望着他，他则看了看大伙儿的脸方才坐下来。埃文放松了；这一次他的脸总算没在抽搐。司戴士虽然长得一副凶相，却盖不住他一直的微笑。他与吉姆目光相接，点了点头。而艾里什——门牙缝里发出一声低沉的口哨，算是喝彩。接着，哄闹声和笑声猛然四下响起，屋里的每个人都在同一时间开了口。

艾里什的一只大手啪的一声拍在吉姆的肩头。“好样的，吉米小子。虽说不是爱尔兰歌曲，可唱得着实好，大伙儿都爱听啊。只不过没你那个好老婆也成就不了你这个好小伙子啊。下次给大伙儿来首爱尔兰的曲子吧。”

四个人在一片叫喊声和“下次再来”的邀请声中起了身，给姐妹俩付过账后，他们连推带避地在挤得满满当当的餐桌间开出一条路出了门，踏上了坑坑洼洼、铺着碎石的黑沉沉的街道。

星期四一整天，朋友四人都在熏蒸毯子。到了晚上九点的时候，他们已经把收拾好的整整八百条毯子堆放妥当了。之后，因为帐篷都已

拆除，他们被建议去当地的校舍过夜。星期四天黑以后，司戴士离开营地，回到他们曾经去过的村子，把那只小白猫交给了小餐馆的贾米杨女士和玛丽，让她们照管。回来时他带回四个弥足珍贵的鸡蛋，几个人立马就整治了鸡蛋，合着埃文弄来的一条面包吃了一顿——尽管他们已经用过了晚餐。两姐妹还托司戴士给那个弹钢琴的“奇姆”带来了情意绵绵的祝福。

到了九月八日，星期五凌晨两点，行军十一小时后，他们坐上了一列慢车的三等车厢。暂时的停歇意味着该吃罐头豆子、硬面包，喝半冷不热的茶水了。大家疲劳得无以复加，连发牢骚的劲都没了。

吉姆隔窗望着破晓时分的天空，想着睡梦是否也是自己虚幻的过去的一部分。其他人一上车就眯瞪上了。鼾声和臭气装满了车厢。火车驶过了黑魆魆、绿幽幽的树林。在一个阴郁的、海底般的世界里，车内的旅客和车外的树林似乎失却了间隔。早上七点钟，火车穿过加来；后来，又经过了布洛涅和埃塔普勒。在这两个地方，吉姆看到，铁道边上，帐篷和建筑物之间有军医和护士在走动。据说在几家医院附近的坟场，军官和士兵的埋葬区是分开的。他想起了培训中认识，如今在这儿工作的一位朋友。乌利八月份写信跟他说，国王未作事先通知，突访了加拿大第一总院。第二天在墓园举行了一个仪式，纪念宣战两周年。*每座坟墓都装点上了旗帜和鲜花，乌利写道，场面既令人哀痛又显得庄严，有一种诡异而肃穆的美。*

吉姆的目光投向一片灰色的大海，想起了格拉尼亚。她多么想让吉姆带她去见识一下大海——他的大海，就在东岸，直接越过他现在所处的这片水域就是了。在那片起伏如波的红色沃土上，他度过了自己的童年。他的家乡对着北海岸和圣劳伦斯海湾。就在这一段，海湾胀开，与大西洋相接。这会儿，他试图把以往的画面拽回自己的脑海，想着孩提时住过的房子，待过的客厅。父母去世的时候，他还是个小孩，祖父母把他接了过去，自此他便与音乐结缘。他亲耳听到过祖父的琴弓在琴弦上优雅滑动的声音。跟吉姆一样，老人也有细长的手指，前面好几代劳埃德人都是如此。老人是因心脏骤停猝然辞世的，去世两周前还跳过踢踏舞。

吉姆想起了悬崖边上的那个老旧的户外厨房——曾经属于一个龙虾罐头厂，现在厂子已经废弃了；坡底是形态一直在变换的沙丘，平时聚起，冬天又会因暴雨的冲刷而散去。他想着冲撞着海岸、吞噬着沙丘边缘的浪涛，年复一年地将红沙搬来搬去。他想着红土路上深深的泥泞以及从上面走过时的狼狈劲，想着崖下大冰块因春天到来而消融，又因沾染了红土而挂上的道道条纹。祖父去世那年，祖母的一条猎犬跑到悬崖另一边不见了。几条猎犬中祖父最中意的就是它。吉姆踏雪循着它的踪迹，一直跟到悬崖边上。那条狗为什么会这样，他和祖母都解释不了。祖母的鹅也没好到哪儿去。初夏的一天早上，她养的十来只鹅全都死在了农舍旁的池塘边上。

秋天的时候，白天阳光明媚，近晚空气凉爽，一队队大雁排成一个个不折不扣的人字，沿着海岸线从人们头顶叫着飞过。小岛换上了醇和柔美的色调，丝毫看不出接下来便是疾风骤雨肆虐的天气。

亚历克斯叔叔是吉姆爸爸的弟弟，也在经营农场，只不过年轻时就离开小岛在安大略待着了。祖母去世以后，岛上一个劳埃德家的人都没有了，农场也只好变卖了事。得来的一部分钱给了吉姆，现在还存在蒙特利尔银行——这可就是他打完仗回家后跟格拉尼亚立业起家的钱了。

家。妻子。他俩的人生交织在一起。他努力想象着格拉尼亚的脸：她看着自己嘴唇的样子，她的专注与警觉，她总是带着问号的凝视。他想起了她指尖的轻抚，感觉到一种伤感，深深的伤感，在这条法属海岸线上，没有一条船是要载他越过大西洋回家的。相反，一列哐当哐当响着的、左摇右晃的火车正载着他和他的战友们朝索姆驶去。

火线后一座座兵城相继涌现——总有嘈杂，总不消停。光是为运送食物和饮水所付出的努力就够叫人震惊的了。活动无休无止，处理饮水，收拾垃圾，搬枪运炮——一门门大炮齐刷刷排列起来的样子叫人印象深刻——弹药、骡马、勤务马车、救护小组、救护车、医疗物资、毯子、帐篷和补给品都在流动。整台机器大得任谁也无法想象。行军中，小伙子们开始听到有关澳大利亚人在波基耶尔所展现出来的战斗精神的故事。澳洲佬以劲勇著称，七、八两月的激战中，他们以无比巨大的代价从德军手里夺回了波基耶尔岭。他们的英勇无畏和坚韧不拔被广为传颂。

第九救护队行军之初，艾里什便开始浑身发冷。他们穿越了法国乡村开阔而起伏的平原地带，途经树林便会在其中略作休整。每次上路前与上路后，军官们都会俯身检查，确保他们脚上涂好了鲸油，换好了袜子。在一个果园停下过夜的时候，艾里什发起了低烧。他吃了吉姆拿给他的面包、奶酪和豆子，虚弱地咧嘴一笑，很快便陷入沉睡。吉姆和埃文把他夹在中间，架着他半拖半拽地进了谷仓。两人扒拉了一些稻草，给他盖上毯子，就那样留他躺在那儿，然后出去回到果园。

吉姆在谷仓里的时候，邮件赶到了救护队：三封格拉尼亚的来信，一包软糖。他把软糖给大伙儿分了，留了四块给自己和艾里什，然后去了溪边。溪里有一些小伙子在洗澡。漂洗过的袜子和内裤沿岸排开，有大有小，破破烂烂，满是窟窿——料必也满是虱子吧，扫了一眼这溜万国旗一般的东西，吉姆心里这么想。已经排好了一些长凳，有人坐在凳上刮胡子。司戴士坐在一条凳子的顶头，一手拿着家信，一手抚摸着新近收养的一只小狗。那是一条串串狗，两只大得不成比例的耳朵支棱着，让那张小脸总挂着一副滑稽的表情。吉姆跟这只唤作“嘀嗒”的小流浪狗套了套近乎，沿着溪岸又走了几步，直到近旁无人方才止步。他从制服里掏出那三封信，在地上铺开，按日期摆好。他捋平纸上的褶皱，把格拉尼亚的照片放在一旁。他读得很慢，能多慢就多慢，边读边努力把格拉尼亚拉进自己心里。

早上，他费了好大劲才把他的朋友弄醒。艾里什侧躺着，一只大手摊开，克莱尔的小照片安歇在他宽大的掌心里。早餐供应的是奶酪和麦片粥，吃罢他们就背上背包，一直行军到十二点半。前一天晚上洗过的备用袜子挂在背包外面，正好在路上晾干。艾里什的病情没见有什么好转。到了星期三，在向满目疮痍的阿尔贝城行进的途中，他发起了高烧，大伙儿都催促他上报病情。

"正要奔赴火线呢，吉米小子，实在不想丢下你。"他说，这也的确是心里话。他俩形影不离，这谁都知道。

可艾里什病怏怏的，别说工作，连开玩笑的劲都没了。天下着雨，他淋了个精湿，膝上的裤管和膝下的绑腿糊满了泥痂，每迈一步都倍觉艰难。唯一能让他精神略觉一振的只有阿尔贝城的圣母马利亚雕像。尖塔上的雕像倾斜得差不多都要头朝下了，像是随时就会砸下来的样子。多日来，小伙子们总会听到这尊著名的倾身圣母像的故事。

最近从德军手中夺来的堑壕令人称奇，挖得很深，底下一小间一小间的四通八达，迷宫一般，四壁有刨光的木板加固，里面甚至还装有电灯。其中一个堑壕成了前敌急救站。因为周边石灰矿遍布，战壕沿线石灰成堆，白天很容易被发现。艾里什留在了阿尔贝城，躺在主急救站后屋一张低矮的行军床上。这样的行军床屋里还有好几张，在铺着砖的地面上一溜排开。窗户都掩上了，屋里到处都是不肯散去的电石气味。最后不得已找军医的时候，他已经烧到四十度了。天气一夜凉过一夜，他越是硬挺，病情越是糟糕。他一阵一阵地打着寒战。

芬纳替了他的班。早上五点，四个班的人马跟着领队的中士离开石灰崖，向十字路口开进，芬纳与吉姆并肩而行。吉姆想起了那天晚上见到的网笼背后的德国战俘。打照面的时候，他使劲看了好几眼，又一次在心里忖度敌人究竟是什么样的人。一些德国士兵坐在地上，撕扯着破沙袋给自己当绑腿，褐色的破布条在小腿上缠了一圈又一圈。救护队的小伙子们经过时，那些德国士兵在跟自己人说话，并没留意。

埃文比以往还要紧张，面颊抖个不停，又搓起了手指。行进中，吉姆密切注视着埃文。他在前头，在司戴士的右手边。他们两两并行，每组之间保持一定的距离。吉姆旁边，芬纳嘤嘤嗡嗡喋喋不休，说话声填满了隆隆炮声之间的每一次安宁。他的声音让吉姆心烦意乱，但吉姆知道芬纳那样是因为紧张。他看上去挺小，像是还没到上战场的年龄。吉姆心想，也没准是因为除了芬纳大家伙儿都太显老，自觉老迈的缘故吧。芬纳跟大伙儿在一起也没多久，他是大家向砖厂行军的前一天给派过来的。无论如何，他没想闭嘴，也没法闭嘴。

吉姆铆着劲不让芬纳的声音钻进自己的意识。他自顾自地迈着步子，留意着脚下的路面。弹痕弹坑随处可见，大伙儿还经过了一个地雷爆炸留下的大坑。在周围这片土地上，每一片草叶，每一簇灌木，每一棵树，都已被剥除殆尽。呈现在他们眼前的唯有荒凉。抵达战壕，找到急救站的时候，一场穷凶极恶的轰炸正在进行。大地震颤，空气绕着头颅激荡。声音到了他这儿，像是从嘴巴而不是耳朵传进身体似的。死者或是浅埋或是半掩；伤者或躺或坐，在疼痛中怔怔地呆望。

吉姆在战壕中开始工作，跪下来给伤员包扎伤口。他伸手够到担架，示意芬纳过来。埃文和司戴士远远地走在了前面，现在已经看不见了。

他们把一名胳膊用夹板固定在体侧、膝部嵌着弹片的士兵放上了担架。两人起身要走时，一名中尉跑过来，是个加拿大人，他俩以前从没见过。

“赶紧闪人！”他叫道，“快离开这个鬼地方。前面的伙计们正在激战呢。”

吉姆在前面打头，努力把这名伤员抬走，可既要调整担架，又要对付深一脚浅一脚的烂泥，他动作一时也快不起来。他和芬纳进了通讯战壕，接着又上了一条小道，尽管炮火凶猛，从四面袭来，他们还是成功穿过了这片了无保护的开阔地带。他们把伤员一路搬到了墓园的电车道，在那儿伤员将被清出来，用卡车送往下一地点。

返回的途中，他们碰到了埃文和司戴士。吉姆瞅了一眼他俩的脸。司戴士依旧一脸凝重。埃文则面色苍白，脸颊处的抽搐愈发明显。在火线上来来回回的担架兵越来越多。吉姆感到自己的胃在痉挛。他依稀记得几小时前似乎是吃过东西的。这次他和芬纳受命赶往离火线更近的地方。已死和将死的士兵填满了战壕，躺在水里泥里。他们一个又一个不断地把伤员搬离火线，清理工作也随之持续进行，这样伤员就可以被再次运送，直至到达砖厂的急救站。刚到的担架兵告诉吉姆和芬纳，说在阿尔贝城急救站的手术台边，十二名医生忙得连轴转。吉姆的脑海中不由浮现出那些不可思议的画面——医生做事的时候，地上和手术台上的小伙子们的血迸溅出来，洒在他们的手上、胳膊上、白大褂上。不少人还没等到接受照料就死于休克了，他们的身体已经崩溃。

他们试图挽救一名来自帕特里夏公主轻步兵团的年轻士兵，他看起来也就是诺切的年纪。但实际年龄肯定还是要大一些的，肯定是，吉姆想。他跪下身子，想看看自己还能做些什么。他的额头上部因撞击下陷了，眼睛倒没什么事——这是一名头盖骨受损的伤员。吉姆听到过军医管这类伤员叫“头盖骨”，也就是头部扎进了飞弹残片或者头部骨头压陷的病例。他和芬纳起担架的时候，小伙子一双圆溜溜的眼睛直盯着他。小伙子们都怕肢体不全。宁可领受一枚子弹了事，吉姆总听他们这么讲。一弹了事自然算仁慈，败血症和坏疽的概率小多了——当然那是没毙命才会有的事。抬了没出一百码，额头受伤的那个小伙子终于还是没挺过去；他们把他放在泥地上，旁边就是浮肿变形的尸体，显然在那儿已经有些时日了。

他们整日整夜不停地工作。第二天，吉姆意识到芬纳终于闭上了嘴。他想不起来这是什么时候的事——就在这天，前一天，还是昨天夜里。他想起了艾里什，想着另一个处境中的他现在究竟怎么样。艾里什常说：“吉米，眼睛看到的这一切，以后真够咱们这脑子在恐惧中想一辈子了。”吉姆知道他说得没错。

雨下得有一段时间了，鞋上衣服上全都是灰黄的泥巴，拖得他们怎么也走不快，担架也因此重了几分，腿脚也抬得更加费劲。伤员们身上的毯子都已污秽不堪。吉姆和芬纳好久都没分到东西了。一枚炮弹在他们附近爆炸，两人扑倒在地，竟被炸得一时没了意识。吉姆掉在了半是泥水的坑里，他的空担架飞到了一边。他从坑里爬出来，浑身精湿——本来就一直淋着雨，这倒也算不得什么了。他四下寻找芬纳，只见他侧躺在泥里，不过还好，他动了动，跪起了身子。

再次来到清理点的时候，埃文和司戴士凑了上来。大伙儿都得令要再上火线，与之前派去的一队担架兵会合。他们一个跟一个依次前行，司戴士走在前面，脚不时地在地上为了便于大伙儿下脚而铺设的板子上打着滑。前面六七头骡子的背上驮着一箱箱弹药，担架兵们正要经过的时候，一头骡子滑下了板子，掉进了层层累积的淤泥中。那头牲口惊慌失措，不住踢腾，大伙儿也本能地过去想要拉它，但只能在边上站着，眼看着它那双透着惊慌的眼睛不住下沉，几乎就在大家脚下。司戴士看起来像是要跟着跳下去一样，可淤泥已经埋到了骡子的脖颈，很快它就没顶了。它完全沉了下去，吉姆脑子里的一个声音说了句，头没了，接着又琢磨这个闪念正不正常。

“看在上帝的分上，这只是一头小骡子啊，”司戴士嘴里喊道，“它也是有生命的呀。咱们肯定还是能帮到它的。”

可他们真的是爱莫能助。背后的一个声音怒吼：“别停下！快过去。”吉姆脑子里的声音说道：*骡子不会受惊，马才会受惊呢。之所以在这儿使唤骡子，是因为它们患了疝气后要好治一些。*但是，骡马的损耗都大得吓人。战争带来了多重恐怖，这也算其中一样——大量牲畜死于非命。在比利时和法国伤痕累累的角角落落，成千上万的骡马死尸遍野，有被掩埋的，也有毫无遮蔽就那么躺着的。

跟其他几个班会合之后，司戴士还在生闷气。周围的泥土不断被掀起，空气中飘散着烟气。之后竟迎来了一片平静，真有点莫名其妙。云压得很低，近晚时分的天色跟大地一样，灰蒙蒙的。吉姆右手边的战壕有一道曲折的口子，再过去则是一片边上参差不齐的算是个遮蔽物的波纹铁。地方很挤，充满了战士们因长时间无法洗澡而散发的臭味。吉姆不想待在这儿。这么多人聚在一处是会招来灾祸的。他站着不动，试图沉入四周压来的寂静中。

管事的军官正在给先他们而来的担架兵们下着命令。组织大家的时候，他在棍子一头绑上长长的白色绷带。一声啸叫传来，吉姆的左侧响起了爆炸声。几乎谁也没躲。但大家都看见，约莫十五英尺之外，司戴士抬手去摸自己的喉咙。他发出嘶嘶的声音，像把折刀一样往前栽下身子，瘫倒在地。埃文离得最近，赶忙跪在朋友身边。一块乱飞的金属片击中了司戴士的脖子，他当时就断了气。

吉姆觉得双腿带着自己就奔过去了。他在埃文身边扑通一声跪下，此时司戴士的身子已经被埃文扳过来，脸部朝上。几乎没什么血。两人把朋友拖到一边，吉姆站在一旁看着他，不敢相信眼前的情景，发誓要把他好好埋了。他意识到那名军官正在朝他大吼："跟上了，快离开！"分纳在那名军官身后，面如死灰。一根棍子已经塞到了他的手里。其他几名担架兵将各自的棍子举过头顶，每根棍子的顶头都绑着绷带。吉姆感觉肚子一紧，想要呕吐。埃文像是给吓懵了似的，但他的脚已经开始挪动，离开司戴士的尸体向军官靠近了。四人一组——吉姆这组只有三个人，每组都有一副担架。他们出了战壕，开始择路穿越无人区。

他们一会儿遇到弹坑咯噔一闪，一会儿绊到铁丝网跌上一跤，一会儿又得颇费周章地绕过障碍，一会儿脚下一空陷到齐膝的坑里。四周的寂静阴森可怖，比起他们离开战壕前的那段平静更叫人受不了。即便是在行进中，吉姆心里还在想，他们这帮人究竟是副什么样子，恐怕以前从未见过吧。每一组都高举着白旗——说是白旗，其实也不过是棍子头上垂下的一条湿答答的绷带，保护他们平安前行。

他们没多少搜寻工作可做。担架兵们俯身检查地上躺着的人，已死的先不去管，受伤的即刻搬走。吉姆、埃文和芬纳一直在往前走，埃文搓着手指，芬纳高举棍子。可路很不好走，真是举步维艰。抬头朝前方望去，差不多五百英尺开外，吉姆看到从迷雾和晦暗的天色里又冒出两个担架兵来。然后又有两个跟上，接着又是两个。吉姆猛然意识到，他看到的是德军火线上下来、站起了身的敌人。跟加拿大士兵一样，每组德军都带着根系了段绷带的棍子。两边的人都小心翼翼地一步步向彼此靠近。*机灵点*，吉姆告诉自己，*头脑要冷静*。一名德国士兵抬起手臂，一根指头指向吉姆，然后又指向脚边的烂泥。这个德国人手无寸铁。他先是跪下身子，然后又站起来指了指，还用手语招呼吉姆带着他的担架过去。吉姆、埃文和芬纳来到德国佬指给他们的那个弹坑边上，看到那个德国佬的搭档就在坑底，已经帮加军第四十二野战救护队的一名士兵包扎了伤口。那名士兵意识还算清醒，倚着弹坑坡状的泥壁坐着，看样子像是在那儿待了好一阵子了。他的肩膀是裸露的，一道伤口横贯两肩。吉姆知道他现在还懵着呢，碰他也不见他出声。小伙子的身子开始不住地颤抖。芬纳扔下那根系着白绷带的棍子，跳进了弹坑。坑里缠完绷带的德国兵帮他们把人往上抬，几人合力将那个受伤的小伙子托到地面高度，再由上面几个人把他弄上担架。吉姆站起身，抓住担架的把手，四目相对地看了看刚才招呼他过来的那名德国士兵。

他的敌人也望着他，头盔上标志性的曲线下露出一双不动声色的眼睛。他架子大，身高体重都赛过吉姆，但年龄相当。他的眼睛是蓝灰色的，下巴上横挂着一道泥印，像是用手抹过后留下的痕迹。他的军装脏兮兮的，还糊满了泥巴，跟加拿大士兵的衣服一样狼狈。

吉姆一言不发，德国兵也缄口不语。吉姆想起了司戴士当时像折刀一样扑倒在地的样子。面对眼前站着的这个人，他试着去跟他仇恨相向。可除了冷漠，毫无其他情绪。冷漠，还有对战争的仇恨。

他转过身，朝己方的火线走去。沿途穿过这片荒凉的、遍体鳞伤的土地时，他看到一对对人，有德国人，也有加拿大人，都在给伤员包扎伤口，抬上担架，搬他们回各自的火线。

又抬回三个人后，吉姆和埃文把朋友的尸体放在担架上，抬着他一个劲地往远离火线的地方走，要不然埋了也是白埋。救护队的一名下士让吉姆和芬纳去堑壕，没人叫就在那儿休息。埃文又被派回了石灰崖。

堑壕毁得都快没样儿了，顶子早就炸塌了，但边上有一处地方够大，可以容两个人栖身。他们谢天谢地爬了进去，一丝力气都没有了。吉姆尽可能完整地扯下半掩在泥壁里的一块帐篷垫，裹在两个人身上。他试图将汇集在头顶的雨水引开，不让已经湿透的靴子再被雨水浇到。他和芬纳已经很久没用绑腿了。跟其他所有担架兵一样，过去几天，他们都把自己的绑腿给伤员们做了外绷带。

他躺下身子，贴着软泥，迫使自己放松，尽管他心里清楚，这根本就不是个睡觉的地方。他对腐败的气味非常敏感，在芬纳肩膀背后他似乎看到了毛发。他简直不敢相信，自己正盯着土墙上嵌着的一只大眼睛！离开了曾经寓于其中的眼眶和头骨，它嵌在那里，像是有人特意这么干的。吉姆闭上眼睛，试图将刚刚看到的一幕排斥在外。这时，芬纳将手探到背后，想推开肩膀后面的 堆东西，可他的手竟然从 头骡了尸体的不知道什么部位穿了出来。恶臭一时涌出，有淋漓的水，有弥散的气。两人顿时跳了起来，芬纳疯了似的在泥里蹭着自己的胳膊、手臂和衣服，想把它们弄干净。他们什么也没说，重找了一处栖身之所爬了进去，这一次没有帐篷垫。

吉姆睁着眼睛躺在那儿。他想起了司戴士脸上惊诧的表情，还有他抬手去摸喉咙时那副像要在死神抓住他之前先把死神抓住的样子。吉姆转身背对着芬纳，好让两人的身子为了那一丝暖意紧紧挨在一起。他的嘴唇无声地嚅动：*耶和华是我的牧者，我必不至缺乏。他使我躺卧在……*[1] 虽然他只是心里念叨，此时却已是泪流满面。芬纳的体热开始透进他的身体。两个男人，像是要压模子一样躺在一起，深陷在散发着臭气的泥里。

“你遭过疼痛的罪吗？”

吉姆坐在椅子上看着窄床上的士兵。年轻人听到那声尖叫居然就

---

① 《圣经·诗篇》第二十三篇起首两句。

是自己发出的，脸上不由显出几分诧异。没等吉姆回答，他又开了口。

“我总是跟自己说，应该能扛得住的。”他的声音低了一些，“可那种疼痛根本就无法忍受。它就是赖着不走。疼痛本身也是有生命的。现在我倒是明白这一点了，可还是不知道该怎么做。”

“说说是哪儿疼。”吉姆压低声音，像是说悄悄话一样，他不想吵到临床的几位病人；他们醒一阵睡一阵，跟往常一样。“兴许能想法子缓解缓解呢。”

“什么也不顶用。我全身都疼。我觉得我的下半截被整个打掉了。但这不可能，你看，我的手还可以摸到腿上的皮肤呢。”他顿了一下，张嘴深深地吸了口气，“过来的时候，在救护车里颠上颠下，我努力不去多想。我也试着想法子摆脱疼痛，让它滚开。就像我们把虱子弹进火里那样。至少对‘碎碎’来说，也就疼那么一下子嘛。”

“你叫什么名字？”吉姆其实心里清楚；从他坐的地方能看到单子上有他的名字。

“汤普森。大伙儿都叫我汤米。也怪，是吧，家里人从没这么叫过。到了这儿我才算有了昵称。知道吗——你叫什么？”

“吉姆。”

“知道吗，吉姆，你总会想——什么时候才能从这儿出去，穿越无人区去战斗——*可我却没法这样*。然后你会跟自己说：*我做得到，我必须这样，我别无选择*。伙计们都这样做了，现在还在外面呢。你听到机关枪子弹贴着头皮嗖嗖飞过，但你明白你必须跳出战壕去战斗。听到头儿一声哨响，你会告诉自己：*我不能待在这儿。起身。到地面上冲锋陷阵吧*。最糟糕的莫过于哨声之前的死寂了。等到一切结束，跳出战壕战斗过了，我大难不死进了医院，你这会儿就会觉得这点疼痛我对付得了。”

吉姆盼着小伙子能平静下来。已经给他打过吗啡了，护士跟吉姆交代过，可似乎并没起什么作用。送到这儿的全是腹部伤势严重的病人。军医不眠不休地连干了五十个钟头，这会儿在大厅另一边储藏室地上的一副担架上睡着了。他警告过所有人，不要叫他，除非真是情况紧急。

吉姆被派了夜班，凌晨一点报告了情况。艾里什现在差不多好利索了。他已经退了烧，在向瓦卢瓦开进的便步行军结束之前，回到了自己的班里。艾里什还是干不了重活儿，只能干白班。他们的营房在一座大帐篷里，大伙儿都洗了澡，刮了胡子。衣服上糊的泥巴也都刮掉了，新绑腿也发了下来。每人都领到了新袜子和新内裤。救护队的小伙子们又变干净了。

最后一段忙完，吉姆拒绝了一次晋升的机会。不管怎样，他和艾里什将始终待在一起。现在芬纳取代司戴士，成了埃文的搭档。

床一排排放得很挤，护士们在病房一头换药，吉姆的任务则是在她们忙活的时候把这头照顾好。空气中消毒水和清洗剂的浓重气味冲击着他的鼻孔。要是还有病人运到，他会出去帮忙抬他们进来，趁着出去的空当儿他可以好好吸几口气。现在呢，他只能坐在这儿，不能挪窝。一大早，也就四点半，他会去小厨房准备些流食。同时，他还得听那个小伙子继续喋喋不休。

“这些全都没有意义，”汤米说道，“跳出战壕，钻进枪林弹雨没有意义。参军打仗没有意义，不再有意义了。我之前在一家报社工作。等不及似的要辞掉工作来这儿。”

吉姆想起了那个长着一双蓝灰色眼睛的德国士兵，想起了他那张面无表情的脸。是的，这一切全都没有意义。战争顽固地进行着，就像一头没有脑袋、没有思想的怪兽，谁也拦它不住。这个可憎的魔幻故事就是不肯收场。

“也许你应该歇上一会儿，”吉姆低声说道，“说不定能弄杯浓缩鸡汁来。我去看看。”

病房一头，一个小伙子叫出了声，听上去好像隔得挺远。大伙儿在各自的噩梦中说着话。吉姆早就了解到，受伤的人在睡梦中总会说个不停的。

“要是能睡得着，我自然就睡了。还是有策略的，是不是？”汤米轻声说道，似乎吉姆也和他一样在承受伤痛。“战胜疼痛有什么策略？我要是有意识地去呼气吸气，伤口就会随着呼吸一抽一抽地疼。要是哪个姿势能让我分散一下疼痛，或者能叫我疼得别那么厉害，也许我还能对付对付。”

他继续漫无边际地说着。他直勾勾地盯着低矮的屋顶，目光没在吉姆身上。

战争让小伙子们变得苍老。有些小伙子也就二十或者二十一二岁，看起来却像九十三岁了一样。如果格拉尼亚到了这儿，看到他的脸目光大概也不会停留；她或许会认不出来。离开英国训练营也就五个月，他现在竟然算是老前辈了。不少与他同训过的小伙子都走了。永远地走了。

“疼痛是有颜色的。”汤米大声说道。屋子顶头的一个护士朝吉姆这边瞅了一眼，皱了皱眉头。汤米闭上眼，似乎在朝内凝望，要直视疼痛的颜色。“我希望是绿色。黑色深不见底。要是能到红色或者橙色，我疼痛的程度应该就是在中间徘徊了。”

幸存者像崖燕一样钻在战壕侧壁的洞里。吉姆曾经听人说过，有两名步兵爬进了两个并排掏出来的浅防空洞里，腿都伸在了洞外。一枚炮弹袭来，四条腿从膝部以下齐刷刷地全给炸断了。

“就算要死，也让我干干净净地死，穿着靴子战斗到最后一刻。”第四十九野战救护队有个小伙子一天晚上跟吉姆这么说。小伙儿还活着，吉姆曾经看到他从火线上下来。

每个小伙子，如果非得在火线上待上哪怕是一小会儿，都会给自己挖出块地方，好歹护着头。耳听炮弹飞过，虽然情知毫无用处，有些小伙子还是会搭起帆布帘子躲在下面。大伙儿都知道，遮盖不过是自欺罢了。能让大家继续行走、继续呼吸的无非是脑子里的幻想。除了遇到飓风和冻雨，很多小伙子从来都不寻求掩护，他们四处走动却能毫发无损。反倒是一听到声音不对就赶忙寻找遮蔽处的往往被炸得七零八碎。几次三番都能大难不死的被有些人称为幸运儿。如果他们还能继续走运，其他人便会凑在近旁，尤其是新来的小伙子，希望跟着这帮人便能逢凶化吉。另外有些人反倒会离他们远远的，觉得他们平安无事了这么久，劫数怕也就不远了。艾里什一直不太说这些。可有一天他咧嘴一笑，指着自己的门牙。“瞧这道缝儿，吉米小子，”他说，“这是幸运的标志。”

吉姆但愿他的哥们从来就不曾说过这句话。

“疼痛是个阴谋家。”汤米说道。这次，吉姆被他的声音吓了一跳。他以为汤米已经睡着了。

司戴士感觉到疼痛了吗？他抬手的时候曾有嘶嘶的声音。吉姆想起了艾里什听到朋友的遭遇时脸上的表情。艾里什什么都没说；他转身走开，从此连司戴士这个名字也不再提了。埃文也一样，此后也不提自己曾经的搭档了。他收养的那只串串狗嘀嗒，部队行军那天带着，后来在一个村子边上休息时给了一个小男孩。

队伍离开了司戴士牺牲的那片战场，此前几天，埃文和吉姆跑去看了新的战争机器——谢天谢地是他们这一方的。有人管它叫“陆舟”，也有人管它叫“坦克”。那东西看上去庞大而沉重，却并没有保护好里头的战士。几名战士烧焦的尸体被清出来埋了，而那辆彻底烧毁了的坦克则挨着几段残木瘫在那儿，已是毫无用处。有不少小伙子去看，又是摸又是惊叹，有几个竟在那儿丢了性命；德军目标明确地往坦克停放的地方开了火。埃文和吉姆也去看了，只不过保持了安全距离。

吉姆想起了格拉尼亚：唱歌时她头靠着他的样子，说话时她盯着他的嘴唇等着话出口的样子。有时候，他觉得似乎自己还没开口她就知道他要说什么。长途跋涉从石灰崖回来的时候，一封信正等着他。他把信纸抚平，凝视着，仿佛那是一封来历不明的公函。他在字里行间搜寻着格拉尼亚，搜寻着她的面庞，她的眼睛、嘴唇、身体，还有她的个性。妻子。

格拉尼亚爱他。她的信上是这么说的。可在这么一个身体不同部件在烂泥中运转的地方，怎么跟她说爱的事呢？此间，在反复挨炸，已是一片焦黑的阿尔贝城，死亡从天而降；此间，一个来自巴里菲尔德[①]的小伙子在法国开救护车的时候脑袋被炸飞了；此间，曾有一颗子弹从吉姆的耳际飞过，打在一堆沙袋之间，而他刚才就躺在那儿，毫无睡意，正准备度过一个不眠之夜呢。

“就一件事我最清楚不过。”汤米说道，声音突然变得细弱了。

可吉姆对汤米清楚的事情毫无兴趣。他想大喊：*歇歇吧！别只知道说自己的疼痛了。体面点吧！*

可即便只是这么一想——他，健健康康，能动能走，吃喝拉撒什么的也没有一点不便，用来说话的嘴巴跟舌头也完好无损——即便只是这么一个闪念，他也理所当然地应该被人指责，说他这种不体面的念头残酷至极。他在这儿，还可以端坐在病房里，而他四周的战士却个个伤病缠身。他从没中过枪弹。

要体面点的反倒是他。

① 位于加拿大安大略省金斯顿。

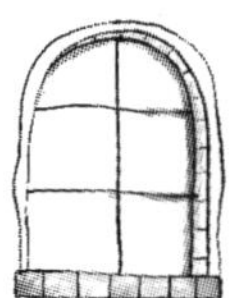

# 四

*1917—1918*

# 13

三架双翼机从德西龙托飞临贝尔维尔，在一个机场降落。每架飞机都载有一名军官，一名空中观察员。飞机靠近的时候，干活的牛马受惊不小，在田间地头四散跑开。

飞机降落后，大批百姓拥到现场，还有些学生逃课跑去看飞机。对很多人而言，近距离观看飞行器，这还是平生头一回。

——《加拿大人》

苛拉准保是看见她们了，格拉尼亚知道。可当格拉尼亚、玛莫和特雷丝走到大门口的时候，她已经进了米尔街上的大楼。天不算冷，只是有秋风径直从湖湾吹来。因为关节炎的缘故，玛莫步态轻缓。连在家里的摇椅上坐久了她都起身困难，有时候背还会疼，但她每晚还是能勉强爬上楼梯到自己的房间，每天早上也能穿过廊道去吃早饭，并在那儿逗留片刻，喝上一杯她素来钟爱的“匹蔻”茶。“我得活动活动，”她说，“能动就好。”

红十字工作室的妇女大多已经就位了。有些围着中间的长桌子或坐或立，随时准备装箱和制作制式背包；有些则坐在摆成一圈的椅子上，或是缝衣服，或是为即将来临的冬天织围巾、套箍或者袜子（袜子的后跟和趾尖都不能有棱）。

格拉尼亚看见了她的朋友凯，隔空朝她挥了挥手。凯依旧是一身丧服——黑帽、黑衣——尽管她的丈夫一九一五年四月，也就是两年半以前就阵亡了。格拉尼亚当时还在学校工作。噩耗让凯悲痛欲绝，从那时起，她每逢周五下午就在红十字会做义工，给前线的小伙子们织些袜子什么的。丈夫牺牲后，她让出了房子，也没回娘家住，而是跟她祖母住到了一起。她的祖母守寡，在跟主街隔了两条街道的托马斯街上有栋小房子。镇上的人都管她祖母叫老奶奶，凯每天上午在玻璃厂工作的时候，两岁大的儿子便交给老奶奶照看。可老奶奶也有她自己的麻烦：她脑子健忘，有时候路都记不清。格拉尼亚再没见过凯那神秘的微笑了，也是，还有什么能让她笑出来呢？

在工作室里，墙角和靠墙的桌子，以及开放式橱柜的架子上都堆满了供给物资。苛拉在门口齐眼的高度用大头针钉了一张告示，这样大家就不会错过从英联邦自治领总部发来的最新消息了。新指示包括一长串物品，取代了以前的“慰问包”。便于清除虱子和跳蚤的衬衫、防止腹部受凉的围腰都不需要了。苛拉，自封的女总管，把监督大伙儿不折不扣执行命令的任务全揽在了自己身上。此外，还有一场全自治领范围的编织比赛，苛拉也要就此发话。

搞缝纫的那圈妇女眼睛追着针脚，头也不抬。格拉尼亚看着对话涟漪一般从一双双嘴唇上漾开。三五成群的人说起话来七嘴八舌，读唇向来毫无可能。玛莫和特雷丝在的时候，格拉尼亚还能跟得上。她只须侧目扫视她俩中的一个，就能读懂那熟悉的嘴唇——不出声就能说出话来的嘴唇，五岁起便一直为她就身边的事作实况报道的嘴唇。正是有了这样的嘴唇，格拉尼亚才能够待在知情者的圈子里。

苛拉仰着头，朗声读着一张纸。特雷丝麻利地到门口把那张单子取下来拿给格拉尼亚，好让她跟上苛拉读的内容。做编织的全都抬起了头，耳朵听着，手却丝毫没停。情知没用，格拉尼亚还是在寻思，苛拉的声音听起来是怎样。她冲特雷丝点点头，一时觉得看着姐姐的一双黑眼睛就跟盯着妈妈的眼睛一样。苛拉读她的，格拉尼亚则尽管看着自己手头的单子。

手帕须用没有收边的、规格为十八英寸见方的粗棉布制作，洗熨完毕后以打为单位捆扎。因有引发炭疽热之虞，背包内不得放入修面刷。由报纸及石蜡制成的战壕蜡烛不甚好用，因不再运往海外，故也无须送至物资仓库。床褥垫规格为十七英寸见方，六层报纸加一层拒水棉，再覆以廉价薄纱——无须使用粗棉布。以英联邦自治领总部所发样品为准。

整整一个半小时，格拉尼亚又是整理，又是层层码放，又是打包。每一样经手的物品她都仔仔细细地放在了该放的地方：面巾、牙膏、牙刷、书写纸、铅笔、剃须皂、剃刀、小梳子、巧克力、罐装水果、口香糖、可可、咖喱粉、火柴、打火机、笔尖、厕纸，最后还有一把口琴。

她希望口琴能落到吉姆手里。她想象着他长长的手指抚过这个铁家伙，乐器凑到嘴边的时候，他的手掌护着那两排带有阴影的窟窿眼，右手随着节拍一张一合。吉姆的嘴唇已经有近两年没碰过口琴了，最近一次吹奏还是在两人结婚的时候。当时，婚礼已经结束了好几个小时，大伙儿夸过了婚宴，享用了饭菜，跳完了舞，厨房的家具也已经摆回到原位，没跳舞的客人坐在客厅的高背椅上，该聊的聊了，该看的也看了——这个时候，在杰克牙牙农场屋外的阳台上，最后一批客人在听吉姆吹奏口琴。

杰克牙牙参加婚礼时系着曾经的那个领结，配着他的一条好裤子，还有马萨姑婆在伊顿先生的商品目录里相中然后订购的一件真正的新衬衫。舞一跳完，他又换回了他那舒服的农场工作服。格拉尼亚想着，当时暮色降临，牛奶房和谷仓呈现出昏黑的侧影，她和玛莫同坐在阳台上，心里是多么地满足。几个留下来没走的亲戚在农场的房子里进进出出。父亲、母亲、特雷丝和玛莫当晚都是在那儿过的夜。伯纳德和帕特里克提前离开了，他们得赶回镇里照看旅店。

接着，疲惫袭来——一天的热闹，一连几个钟头地读着前来道喜的亲朋的嘴唇，不累才怪。夜幕降临算是给她解了围，终于可以免了要理解别人谈话的苦头了。她感觉会就此陷入沉睡。后来吉姆赶过来，两人坐着向亚历克斯叔叔借的汽车离开了。

新婚丈夫给达尔西解了围，她向参加婚礼的宾朋挥手道别，然后小两口驾车离去。

现在，马萨姑婆已经过世；她是春天的时候因中风病逝的，杰克牙牙又是孤零零一个人了。父亲每两周去一次九号分区看望他的父亲，从镇里带上杰克牙牙可能需要的一些物品，并在农场过夜。八月末格拉尼亚跟爸爸一块去过，围着杰克牙牙的饭桌吃晚饭的时候，爸爸的表现让她出乎意料。他话变多了，还跟她讲了这栋房子里曾经的那个小男孩的童年时光，在家里他可从没这样过。“我们有些杂活儿得干，干完了就可以玩牌——星期天除外。”他说。他伸手在饭桌上方挥了挥。“小伙子们与姑娘们对阵。埃姆和我那时候都是高手。我们打的是‘强五’[①]。秋日鹅肥的时候，我俩搭档，赢过两次鹅。‘拉米五百’[②]，这个玩法我们也喜欢。星期六晚上，有时候会在谁家搞个聚会；到了冬天，我们会跟随一帮人去滑雪橇。少不了会有把小提琴，也自会有人拉奏一番。偶尔还会有人带去一把班卓琴。要是人够多，大家还会在厨房里跳方形舞[③]。有一年，老师在我们家寄宿，每逢周六上午她就会帮你奶奶做肥皂。可夏天日子就不好过了。大伙儿都得花功夫捡石头。那活儿干起来腰都会累断的。我们还收拾了硬木来烧，做了钾肥卖到金斯顿。”

杰克牙牙喜欢听这些陈年往事。格拉尼亚唯一能做的就是跟上他俩，看着他们爷俩一个追忆，一个作补充。入夜时分，她要上楼睡觉的时候，爸爸出去拿了一瓶威士忌——可格拉尼亚没见他往农场带过酒呀。

---

① 流行于爱德华王子岛、新斯科舍等地的一种纸牌打法。“五”在这种打法中为大，故名。

② 基本玩法是组成三四张同点的套牌或不少于三张的同花顺。

③ 由四对男女舞伴结成一组，开始时按顺序站成方块队形，然后按口令和节拍不断变化队形和动作。

格拉尼亚的手挑来拣去，在箱子里连压带塞，每件物品怎么摆都得依它的形状来定。她重又钻进了自己固有的茧中，不依赖玛莫和特雷丝明白周遭的情况。她想起了最近一次寄给吉姆的装着鸡肉罐头和蛋糕的包裹。去年秋天，杰克牙牙让她寄些农场里结的苹果过去，今年还想让她再多寄几个。头一次寄算是做了个试验；她包了八个，每个都单独裹上报纸，希望这样寄过去，到了还能吃。吉姆几周后才收到东西，说苹果一点没坏，收到这样的东西他很是开心。今年，要是能让包裹别大过头，她打算多寄几个，兴许一打吧。

可当她带着包裹去邮局的时候，她依然觉得似乎是要将这些东西投进一个无底洞，能不能通到那儿心里根本没底。每次离开邮局大楼，她总觉得自己像是放弃了某样珍贵的东西。寄送东西这事总叫人既信心满满又疑虑重重。任何寄往大洋彼岸的东西都可能被黑暗和恶浪吞噬。不管收拾的时候是多么费心费力，这些她亲手整理包装的东西能不能漂洋过海，被她深爱的那个男人亲手打开，她心里总没多大把握。像是要助长这种忐忑似的，发件人还被要求在包裹外面再写一个名字，以防它无法送达第一收件人时还有第二个去处。不知从什么时候开始，她工工整整地把欧林的名字写下，作为第二收件人，万一吉姆行踪不定，包裹无法寄达时，东西还可以送给欧林。

好多次，格拉尼亚想象着吉姆伸手接过包裹，撕掉单子，细心地把上面扎的线绳折好，塞进口袋以备将来使用，然后一件件地把里头的东西拎出来，仔细查看。有时候，包裹寄送之后好几个月，才有一封信到她手里，感谢她寄的卡其布手帕、浓缩鸡汁、糖果、藏青色围巾，还有护膝。这传递谢意的回信来得未免太过迟缓，似乎已经跟早前发生的事扯不上关系了。

她想起了爱尔兰女王号，那艘船是一九一四年沉没的，离大战开始也就几个月的时间。当时她还在学校工作——那是五月末，一个星期六的上午。她应邀去缝纫室看女生们的拖裙，那是她们为六月份回家自己设计、剪裁和缝制的。女王号的消息花了整整一天才蔓延到学校，蔓延到教室，当时学生们还在试穿新做的衣服。马科斯小姐经过门口的时候看到格拉尼亚跟姑娘们在一起，便从大厅进来跟大家报信——嘴上说着，手上比画着，外加一张表情严肃的脸——一艘船在开往英格兰的途中，在圣劳伦斯河沉没了。船被挪威的一艘名叫“斯道斯达”的运煤船猛撞了一下——老师一手拿着报纸，一手拼出了运煤船的名字。淹死了很多人。格拉尼亚记得马科斯小姐晃着手做出了“乘客”的手语，表现乘客们不断下沉的情景。

之后很久——秋天大伙儿重返校园，格拉尼亚又开始了在校医院的工作——有关女王号的又一件事传到了学校。一个听力正常、名叫罗萨琳的爱尔兰妇女在医院做勤杂，当时她从外面沿着石阶跑下来，一只鞋子上粗粗的鞋跟都跑掉了。鞋跟是在她穿过操场的路上掉的，这说明她是一瘸一拐进的绷扎室。她手里挥舞着一封信，是她四个月前寄给家住英格兰的姨妈的。就是这封信——在场的都可以看个稀奇，甚至可以摸一摸，碰一碰——当天早上退回的，上面盖着的一行字叫人啧啧称奇：*由潜水员从爱尔兰女王号上找回*。

塞德里克为校报挖掘了这则故事。加拿大太平洋公司雇用潜水员下水，在沉船的船体上炸开一个洞。潜水员们不仅使沉船保险箱里的银锭、现钞和珠宝重见天日，还捞上来四车厢邮件。所有邮件经干燥、分拣后，都退给了发件人。塞德里克对这件事特别上心，巨细靡遗地作了报道。“船只沉没后，罗萨琳的信就一直静卧在汹涌的圣劳伦斯河河底。”静卧，那是塞德里克的特色用词。“邮票已经被河水冲刷掉了，但当信件原封不动地送回发件人手中时，信中的字迹却依然清晰可辨。”

邮包里的一封信，沉于水底却最终逃过劫难，让人不由大叹匪夷所思。没逃过的是水底的冤魂。故事的这一段格拉尼亚无法忘却。超过一千人因为沉船而溺亡。当然，谁也没想到把这笔账算在德国人头上。当卢西塔尼亚号被德军的鱼雷击沉，消息被大加报道的时候，女王号就被人抛诸脑后了，而且其间比利时又发生了种种骇人听闻的事件。现在呢，两条船都以水为墓，一个深卧海底，一个陷在圣劳伦斯河的淤泥里。

格拉尼亚想起了欧肖内西外公，海葬之前他被布单裹了一层又一层。她想起了玛莫，这些年她没有丈夫的陪伴，寡居至今。小时候，格拉尼亚从没想过大人的孤独是什么滋味。

这会儿她把目光投向玛莫，不料看到的却是苛拉鼓动的嘴唇和直视着她的眼神。苛拉逢人便讲，说她的女儿珠欧要坐火车从渥太华过来，今天就到。苛拉说，今天红十字会这边的事一了，她就会在家里头等着，人到了就一起好好转转。珠欧喜欢在首都生活。去年议会大楼起火的时候，她离那儿不远，所以那场悲剧的事她也大致能说出个道道儿来。目睹那场大火的一个小男孩，苛拉说，脑子后来一直不对劲。

苛拉的话，格拉尼亚装作不明白。她低头盯着自己的手，一板一眼地装箱打包。有时候对付苛拉最好的办法就是揣着明白装糊涂。至少苛拉的嘴唇上还没出现吉姆的名字。有时候，她会径直走上前来问格拉尼亚："今天收没收到吉姆的信？"要是格拉尼亚没收到，面对这样的问话，想心情不糟糕也难。对镇上大多数人而言，邮件都是每天的大事——邮件还有报纸。可对苛拉则不然，她家没人在外边打仗。

格拉尼亚想起了战争开始后第一个潮湿的冬天。当时欧林在英格兰接受训练，他从索尔兹伯里平原[①]给柯南寄过信。我们又遭受了一场疯狂的暴雨，邮件棚被吹倒了。信件大半被风卷上了天，消失得无影无踪。

她想象着成千上万封信被狂风卷进一片漏斗似的黑暗中。这跟罗萨琳的信完全是两码事，她的信是直直往下沉的。罗萨琳的信静卧在圣劳伦斯河的河床上，后来又重见天日还给了发件人。

苛拉此时满脸笑意；她又换了个话题——弗农·卡索[②]。她曾有幸

① 位于英格兰南部，平原上著名的"巨石阵"是英格兰最著名的地标之一。

② 弗农·卡索生于英格兰，其妻艾琳生于美国纽约，二人皆是20世纪初著名的舞蹈家。弗农·卡索同时也是第一次世界大战中一名出色的飞行员，后不幸因飞机失事于1918年辞世。

跟他会过面，她说。她跟他还有他的妻子艾琳还握过手呢。他俩说过会来德西龙托义演。因为他在莫霍克营教习飞行，镇子上的人见到这对舞林伉俪的机会自然会多几分。

“电影明星，”苛拉嘴唇鼓动，“想想。来我们这个小镇。他还有一辆价格昂贵的汽车呢。”

特雷丝和格拉尼亚交换了一下眼神，玛莫却连头也没抬一下。弗农·卡索去过她们家的旅店。因为听说过妈妈的厨艺，他还专程去餐厅吃过一顿。他穿着一身制服，上面挂着一双银翅；他面容清秀，阔额，带美人尖。他跟全家人聊了个遍。父亲出了办公室去迎他。帕特里克想打听他那只宠物猴子的事，结果被告知猴子留在营地没带过来。特雷丝和格拉尼亚都跟他握了手。分队指挥员告诉她们一家，说他们队估计十一月得转场去得克萨斯，因为德西龙托周边冬季的飞行条件不太理想。帕特里克还在念中学，见到这位著名的飞行员，他激动得发抖。卡索是他的偶像。格拉尼亚知道她的小弟一直想去打仗，尽管年龄还不够。周末的时候，他常常会跑出屋子，站在街头或者屋后的院子里，举头仰望天空。格拉尼亚要是问他，他就会说他听见了飞机嗡嗡的声音。两个训练营他都去过了，拉思本和莫霍克。他去那儿把角角落落看了个遍，还跟受训的飞行员聊过天。有名学员还让他在飞机的驾驶舱里坐了一阵子，只不过当时飞机是在停机坪上跟别的飞机成排趴着的。

格拉尼亚又朝苛拉那边瞟了一眼。

“当时我们聊的是恐惧。”苛拉的嘴唇说道。看样子这句话是冲格拉尼亚说的。

格拉尼亚回过神来。刚才的对话她没跟上。可这次她没法对苛拉视而不见了，因为她就在边上，瞅着格拉尼亚刚刚在箱子里装好的东西。

“我刚才说的是，黑暗中有人从背后靠过来，自己却毫无察觉，这事想着就叫人害怕。”她的脸正对着格拉尼亚，嘴唇上的一字一句清晰有力。不等格拉尼亚答话，她就一把抓起特雷丝取下来的那张自治领总部发的告示，转身走开，又把它钉在靠门的地方了。

“不。”格拉尼亚说道，话一出口她就发现自己的声音让苛拉有了反应。苛拉的背上一紧。

*失聪者说话往往会尖着嗓子，不把声音收住了，别人听起来就会这样。*

正忙着编织的一帮人抬起头，眼睛不再盯着针脚，双手却依然有节奏地动个不停。玛莫和特雷丝也看了过来。

“不。”格拉尼亚再次说道。她提高了声音。这可不是苛拉描述的那种甜甜的细声细气的声音。“我不想，从不想背后的事。”

苛拉的后背放松了，但并没有转身。

*不存在什么背后，*格拉尼亚喃喃自语，*黑暗，现在是另一码事了，我不会跟你讨论这个。*

回家的路上，格拉尼亚又一次向玛莫提起了那个老问题：“苛拉为什么总这样？为什么总是一副气不顺的样子？干吗总看我不顺眼？”她的手指叩着裙子的一侧。似乎她的存在本身就是对苛拉的冒犯。

而玛莫只能摇摇头。“这是一条长长的、没有转弯的路。”她的嘴唇说道。她紧抓着格拉尼亚的胳膊，两人不紧不慢地踏上木板边道，往家走去。特雷丝先她们离开，赶去米格家的店铺看新进的、报纸上还打过广告的几匹冬衣布料。

玛莫让格拉尼亚停下脚步，又开了口。“苛拉待人接物目光狭隘，”她说，“但是，如果一个人的心小，放心吧，她其实自己也知道。”

女人们在屋里为红十字会装箱打包的工夫，在外办事的伯纳德被珠欧，也就是苛拉那回娘家的女儿，在身上别了一根白羽毛。

格拉尼亚当时就想出去找珠欧理论。

“她不知道我的肺有毛病，格瑞妮。不用跟她解释，跟谁都不用解释。”

但伯纳德还是感受到了屈辱。他离开屋子穿过廊道时,脸上的表情格拉尼亚看在了眼里。整个晚饭时间她都惦记着伯纳德,上楼后在自己房间里踱来踱去的时候又想起了他。她看着吉姆的照片——照片中的他眯着眼,倚在林中小路尽头的原木围栏上。她想起了他把几片树叶从她头发间摘去的情景。她的手指拂过照片,举目凝视着已是一片黑暗的湖湾。她拉上窗帘,喝着从厨房里端来的那杯茶。她静不下来。特雷丝上来的时候,格拉尼亚离开房间下楼去了。

她在楼梯平台处停下脚步,透过房子后墙上的那扇窗户向外望去。有时候,她会把那圈玻璃之外的景象想象成属于自己的昏黑的海洋——她的陆地海洋。她用额头抵着厚厚的玻璃。又一个季节飘然而去了。她的丈夫走了已有两年。她心里全然没有着落。玛莫很久以前教过她*没有着落*这个说法。“烦躁不安,”玛莫这样解释,“不知道该拿自己怎么办。这就是心里没有着落的意思。”

格拉尼亚想跟伯纳德说说话。

她会等到一切都安静下来。她会劝他停下手里的活儿——不管他是在打扫卫生还是在饮料房擦杯子。他肯定在忙着什么。只要在家不爬楼梯,出门不爬山头,他呼吸起来也还过得去。当然,也得走得不紧不慢才行。

格拉尼亚想哄他到大厅陪她坐会儿。两人可以当对方是客人一样——黄昏时分,她和格鲁有时候就会面对面坐着,读着报纸上有关战争的新闻。她和伯纳德可以一人一张真皮大沙发,舒舒服服地坐着。他们可以没完没了地聊天。她会用嗓音把话说出来,他会聚精会神,努力去听;他会轻柔地说,而她可以读他的嘴唇。他懂得单手字母表,尽管掌握的手语远不如特雷丝多。

虽然伯纳德的心里话只说给自己听,可格拉尼亚还是希望珠欧在大街上给他别羽毛的事能激起他的愤怒。她想让他知道他对她是多么重要。她还想告诉他,这周早些时候,她看到过托马斯街上凯和老奶奶那栋房子后台阶上他的身影。他在拾掇屋后的风雪护窗,好让房子能安度寒冬。她想说：请凯喝茶吧，伯纳德。她也挺孤单的。她守寡已经很久了。要是你愿意，我可以约她。

格拉尼亚知道，对凯来说，把老奶奶一个人扔在家里越来越难了。镇上有些人都开始管她叫"瞎跑老太"了。老奶奶有一天跑到麦琪婶婶塔楼里的寓所，门没锁，她竟顺着梯子爬上了钟塔。一天上午，她穿着睡袍出现在了麦克莱兰太太家的台阶上。凯在找人，盼着她在玻璃厂干活儿的时候，能有个女的帮她照看儿子。把老奶奶和孩子单独丢在家里实在不行。

格拉尼亚想把这一切都说给伯纳德听。要是伯纳德开口，她会跟他讲——跟他讲什么呢？一九一七年九月二十一日，星期五，她的心里填满了绝望的渴念。一种无比脆弱的孤独，她相信自己就要碎成两半了。

晚上九点钟，她穿过廊道去了旅店。像是知道她要过来似的，伯纳德穿过大厅迎了上来。他左手拿着一封信，没等她伸手，他的右拳当胸一转——手语。人还没到跟前，他的嘴唇就说："对不起啊，格瑞妮，对不起。"她看到吉姆的信在她眼前摇晃。是那根羽毛，那根该死的白羽毛惹得伯纳德心烦意乱。否则，他是绝不可能忘了这事的。信塞进了他夹克的口袋，然后就在那儿待着了。他本想等她从红十字会一回来就把信交给她的。他在空中写了个"对不起"，写得一丝不苟。她一脸微笑，让他打住。

"下午在外面的时候，"他说，"杰克·康林让我把信转交给你。为了让你尽快拿到信，他专程从邮局赶过来的。又来了一个邮包。他在街上碰到我，后来苛拉的女儿……"伯纳德把信递到格拉尼亚伸出的手里，目光随即闪开。

格拉尼亚给了他一个拥抱，环顾四周。房间里就她和伯纳德两个人。她走到角落里一把带扶手的大椅子跟前，坐了下去。信封皱巴巴的，但并没有破。字虽小，但看得出是吉姆的笔迹。信封上贴着一张英国邮票，盖着一个英国邮戳，里头有一块摸起来厚厚的。格拉尼亚屏住呼吸。她抬头看了一眼伯纳德，见他正盯着自己。

“好了，”他嘴上说，“拆吧。”

她小心翼翼地把信封撕开。每一个信封，每一封信，都好好地放在楼上房间里的饼干盒里。

她抽出一张黑褐色、带图画的明信片，正面下角白色的印刷体印着：福克斯通[1]，里斯露天演奏台。

吉姆在休假。

画面左侧有一个圆形的演奏台，中间是个大平台，下方是个草坡，还有一条狭窄的海上栈道。一排灯柱沿路消失在远处。图片中有些人搭着披肩，有些人坐在柳条轮椅上被人推着，还有更多人排成行坐在平台旁边的轮椅上。出来透口气。或许这是星期天早上的一幕场景吧。场地上放着一些木头和帆布做成的折叠椅，每张椅子都有高高的靠背和遮篷。在这个露天演奏台上，未着军装的乐手们不是在奏乐便是在准备奏乐。

格拉尼亚把卡片翻过来，看到了三个字，手写的：在台上。信封里，吉姆塞进去一溜纸条。他曾经大气舒展的字迹个个都像被捏过一样挤在一起。

宝贝儿：

我有十天的休假。你在卡片上看到的演奏台位于上里斯。每隔八首歌或进行曲，他们就会演奏《离上帝越来越近》。大家伙儿肯定就想这样。有些人白天除了游街串巷就无事可做了。我在拉德诺公园观看了快艇模型比赛。有些快艇挂的帆篷跟我一样高。海水冰凉，但海滩上还是有些不怕冷的在游泳和嬉戏。有时候我会去码头，看小涡轮汽船准备出航的情景。水声不大。我坐在码头上想你。我碰到了一个同在休假的新西兰小伙子。他叫柯克帕

---

① 英格兰肯特郡的一个城市。

特里克，是从新西兰北帕默斯顿来的。他是加里波利澳新军团[①]的，有不少有趣的故事要讲。他的部队现在在法国。

这封信我会在当地邮局寄发。随信附送纪念品一件。无时不在想你。

相信我，我会回家的。

全心全意爱你的，

痴姆

就这些。

格拉尼亚又从信封里抽出一张折好的纸，打开后看到里面是一方白色的丝巾，用同色的线收了边儿。丝巾下角绣着两朵带梗的花，是粉红和淡紫的色调。花的周围是一圈淡绿色的叶子，还系着一个丝结。内边用的是连珠样式的针脚。花里花外手工绣着几个字："爱你毫无保留。"

她捧着丝巾，想着吉姆的手，想着购买前他长长的手指抚摸这块丝巾的样子。她又把目光落到了那张卡片上面，努力想象他休假的这个地方。如果能跟在他身边，他所目睹的一切自己也就全都能看到了。她会挽着他的臂膀，依偎在他身旁，呼吸着福克斯通谷物飘香的空气，看着他描述给她的黑沉沉的浪涛。

不过，信是数周前发的。吉姆肯定不会安然无事地待在英国。至少现在不会。在信件上船越洋而来之前，他肯定就已经返回法国了。

她把丝巾紧贴在胸腔下那块柔软的地方，贴着心窝。气息由此发出，然后才会变成歌声。她把丝巾按在那里，久久不动。

她突然羞涩地抬起头，想起来自己并不是一个人在这儿。不过，伯纳德早已溜走，躲到桌子后面他那间小小的办公室里去了。她身子一动不动，在那儿坐了很久，直到两位下了楼要出门上街的男宾轻举帽子

---

① 澳大利亚和新西兰军团的简称。

向她问好，这才起了身。

在福克斯通的床上，吉姆仰面盯着天花板，没有发出的信都写在了心里。格拉尼亚的照片放在床头柜上。他的被窝干干净净。被褥头一次贴身的时候，他感觉往日的记忆似乎从一个被遗忘的角落又触碰到了自己。房间里，镇子上，到处都笼罩着一种阴森森的黑暗。外面的街上没有一丝灯光。躺在那儿，众多影像轮番浮现在他的脑海，像是在播放幻灯片，没人控制却兀自投射着一幅又一幅画面。

搭档不在左右，即便是在英格兰，感觉也像是没有保护。尽管也曾有九死一生的时候，艾里什和我目前都还安然无恙。有些新来的小伙子听说我俩命大，出生入死这么长时间竟然没事，就尽量跟我们凑在一块，尤其是那些补充兵员。艾里什和我知道这不是幸不幸运的问题。埃文总说："要是命该如此……"我自个儿也开始相信他的说法了。

我回去就该轮到艾里什休假了。他担心没等他收拾好东西，德国佬就会插一杠子。我走之前那两天也是这种感觉。担心休假会变黄，害怕大伙儿会永远耗在那儿，这都是自然而然的情绪。

情况已显艰难，但似乎谁也没对上级有什么质疑。德国佬的芥子毒气一放，什么东西碰到了都像被浸透了一样。大伙儿吃尽了苦头。我们想要帮忙，可唯一能做的就是站在一旁。皮肤起着泡，有些小伙子被毒气弄瞎了眼睛，或者被自己口中的白沫和分泌物给呛死——慢慢地窒息死亡，没个吸气的地方。我们拼了命地把小伙子们转出危险地带，自己也必须戴上防毒面具，行进中好一顿跌跌撞撞。抬人的时候总担心伤员的面具会滑落或者不慎被扯下来。脸捂在面具里头真叫人喘不过气来。你会觉得胸腔像被掐住了似的，气都吸不了。有些小伙子以为自己已经脱离险境，就扯掉了面具，结果遭的罪更多。

休假前一天我抬过一个贝尔维尔来的小伙子，可我不知道他的名字。把他往担架上放的时候——当时是四个人抬，他认出了我。“你跟过韦伦医生，”他说，“在贝尔维尔。能给我妈妈捎个信儿吗？这边的事了了能去看看她，跟她说我已经好好表现了吗？”艾里什插嘴说道：“小伙子，你可以回家亲口跟她说的。别再扯这个了。”我们扛着他起步往回走，一英里半的路程。就要到急救站的时候，我以为下雨了，却发觉领子和肩膀只湿了一边。小伙子的血透过担架的帆布渗下来。可能我们刚刚起步时他就死了，也可能是在途中什么地方。我们不得而知。我跟他说话，他没有反应；我们停下来检查，不得不把他放在路边，转头再去搬那些还有救的伤员。第二天，一个埋葬小组把他抬走了。我问了不少人，搞清楚了他的名字；我打算给他母亲写封信。至少他可以有个有案可查的坟墓——不像那些暴尸沙场、就此烂掉的小伙子们，五脏六腑鼓胀着臭气，脸被老鼠啃得面目全非。

之前几天，艾里什和我拼死拼活把好些伤员抬到了安全地带，结果就在我们搬他们下担架的地方，这些人全让炮弹给炸死了。搬运点。两枚炮弹相继落地，都是直接命中。受伤的那些小伙子本来一心想着就可以回英国老家了。知道他的仗已经打完了，其中一个小伙子当时还哭了。他疼得不行，可对丢掉一条腿竟然不以为意。我俩还抬过一个小伙子，为了退出，他居然往自己的膝部注射了汽油。我们把他抬到了收容点，不过，因为被转移到了专门处置自残者的地方，他反倒逃过了一劫。

我坐医务船去了英格兰——本来不该这样，但我在埃塔普勒的朋友乌利也不知怎么捣鼓的，反正是成行了。我跟他待了一个晚上，可以不去布洛涅的休假营。我到那儿的第二天，第一总院开始准备大量撤离伤员。所有行动都是在黑夜中进行的。船的甲板上盖满了担架。有个小伙子可怜巴巴地呻吟着，彻夜不息。也不知为什么，他的疼痛很让我受不了，比十几个躺在战场上的伤员一起惨叫还叫人揪心。船只穿越海峡的途中,护士们一直忙着给战士们挨个儿换药。我主动提出来打下手,递一递需要的东西,给伤员喂喂水什么的,她们很高兴能有个帮手。一个驾船的小伙子挺有成就感地跟我说,随着去年索姆河的伤员源源不断地往这边运送,光是第一总院每天用掉的医疗纱布就足有一英里长。干这些事的小伙子们,他说,睡梦中手还在缠纱布。

海峡一片静寂,不止一条船在黑暗中从此穿过。乌利跟我说,第一总院曾经用了好几个月时间,把三千名伤亡人员送回了英格兰。维米岭战役之后,运送人数超过了五千。有时候伤员会在勒阿弗尔港附近的海岸滞留数日,因为德国佬就在海峡那块儿等着呢。

待在海岸的那段时间里,我参观了医院的部分设施。各种建筑、棚屋和帐篷不少,有一个号手值班,负责火灾报警。汽油桶被漆成黑红两色,放在帐篷外面当垃圾桶用。乌利给了我一把新剃刀和一块肥皂,还做东请我去餐厅吃饭。大伙儿对我都挺好。离开自己的营房前我除过虱子,熏蒸证明和准假证也都随身带着了。在埃塔普勒路边的一个浴室里,我又洗了遍澡。我甚至还设法换了内衣——出发后第二次了。

福克斯通的平静让人不安。我的准假证上给盖了章,获准改变计划。我不想去伦敦。走进剧院,看那一派轻松愉快的景象吗?我实在做不到。

夜里,我听到枪炮声从一水之隔的地方传来。似乎只有它才是我们就寝的号令。那天你跟我说——当时我俩坐在蓝色的毯子上——你跟我说,理解别人有时候会有些延迟。我现在更清楚你的感受了,更清楚所发生的事情和理解到的东西之间的空缺了。有什么,没有什么。太多信息想涌进来,太多东西铁了心要侵入。声音把我们打垮,让人什么都不能想,它像致命的毒气一样渗进周遭的一切,大大小小的缝隙一个也不放过。

脑子里琢磨着朋友们的处境,在这儿也很难安心。

在旅店里做的第一件事就是泡澡,我在浴缸里躺了好几个小时,边泡边加热水。我肯定是睡着了,醒的时候便开始自言自语。大多数小伙子直接去了伦敦,到那儿去观看演出,但等他们返回旅店时,房间里也是空空如也。有时候小伙子们会碰到一个姑娘,如果旅店允许,姑娘便会陪他们回旅店。我听他们谈笑过此事。但是杂七杂八的病是越来越多了。我们送过好几千小伙子去那个他们笑着称之为"老二山"的地方接受治疗。他们开着玩笑,可淋病和梅毒绝不是什么值得笑的疾病。

镇子多山且陡峭。海岸上有一些住所,窄窄的木制台阶一路向下,通到海边的栈桥。我大踏步一口气走了三十分钟,出了镇子,接着又以同样的步伐返回住处。沿海岸线的城镇一个挨一个靠得很近。在这儿的第四天,我认识了一个从新西兰来的小伙子。我跟你写信说过他。白天我们一块四处转悠,他告诉我他都去过什么地方。他膝盖上方中过枪,是加里波利战役时留下的,不过,在医院待了几个月就恢复了,现在又回到了岗位。那次战役让他失去了很多好哥们。

附近训练营的士兵们常去滨海大道遛弯,我们也是如此。今天,在一个餐馆,我拿起刀叉,盯着自己的双手,不知该如何是好。我问自己,当我把叉子送到嘴边的时候,为什么没人喊叫。没有人抢着吃。露台上每天都有下午茶供应,完全是另一种生活。柯克帕特里克和我去了六毛半店,可我们光茶钱就过了这个数。没什么影响,我现在明白了,没有哪一个文明人能理解我们的生活方式。解释也没什么意义。谁也不会相信。那边的生活是我们自己创造出来的,也只有我们自己知道。

# 14

日后当母亲说起自己的儿子，妻子说起自己的丈夫，姐妹说起自己的兄弟，女儿说起自己的父亲，说他在大战中倒下，听者心中会作何感想？同情？或许与其说是同情，毋宁说是面对一位荣耀加身的女性所激发的感受——家有至爱之人忠勇而甘赴国难的荣耀。今之为加拿大和大英帝国捐躯者，一如古之为罗马帝国捐躯者，其所为既是快事，亦是伟业。

——《加拿大人》

就她一个人愤怒吗？

她站在后院的洗衣房里，被腾腾热气以及卷荡四周的氨水[①]和肥皂味笼罩其中。洗衣房里放着些方桶和熨烫机，坑坑洼洼的地上有几处水坑。几个旧蛋糕烤盘倒扣在火炉上的几个熨斗上。洗衣桶上方的墙面上钉着妈妈的“已洗衣物收据”。妈妈自制肥皂，自己装瓶，从不让别人代劳。

格拉尼亚的胳膊上搭满了被单和枕套。今天家里卧房的被单和枕套要换洗，她答应过要动手开干的。她用余光关注着四周的动静，透过面向后院的那扇窗户跟卡洛四目相对。卡洛的后腿站在门阶上，前爪在玻璃和窗台上胡乱扒拉。它这是让她知道家里就她一个人在；它总是知道什么时候大伙儿都去了隔壁的旅店，就格拉尼亚一个人留在屋里。也只有在这个时候，它才会爪子搭窗，不出声地让格拉尼亚放它

① 可用作洗涤剂。

进屋。

她打开洗衣房的门。“机灵的老家伙。”卡洛进门时她说。卡洛动作僵硬，左摆右摆地离开大厅，向廊道走去。她在后面喊了声：“YEW。”开口时自己先笑了。卡洛步子没停，只竖起了一只耳朵。

卡洛没有生气。

这些天妈妈一直很累。可大伙儿越是搭手帮忙，她就干得越起劲。有段日子，大伙儿都在屋里忙来忙去，弄得房子像是变小了，容纳不了整家人似的。而有些时候，房子显得又大又空，就像现在，只有格拉尼亚一个人在家的时候。

父亲在旅店的办公室待得越来越久。有时候，到了傍晚，他让人把餐盘从厨房里端过去，一个人在那儿用餐。伯纳德逐渐接管了旅店的日常事务，在他的小办公室里工作。格拉尼亚知道父亲惦记着生意上的事，尤其是前一年禁酒令通过后，麻烦不断，省里不少旅店只好关门大吉或拍卖了事。硬撑着没关门的那些旅店为了保住执照，不得不服从严格的管理——营业时间缩短，规定更加严苛。有时候，镇子上过来的男士们会在深夜光顾旅店，想要上些白酒或者啤酒，但都吃了闭门羹。伯纳德跟格拉尼亚说过这些。父亲也开始夜间外出，有时候一周出去好几次。也不知道妈妈知不知道他去了哪儿，反正她没说。一天下午，格拉尼亚进了客厅，看到父母嘴里冒出一些发火的话来，可见她进来，两人便不再吭声，父亲转身经廊道回他的旅店去了。隔着一个房间，他们应该是大吵了一架吧，而格拉尼亚当然是无从知晓了。

她问特雷丝有没有注意到爸妈有什么不对劲，可特雷丝——她从来都是格拉尼亚有关家事的消息来源——回答说她毫不知情。格拉尼亚心里却仍然犯着嘀咕。她意识到自打那一次便很少再看到父母共处一室了。以前那种一眼就看得出来的亲密劲也不复存在了。对他们的印象只剩下了辛劳。他们似乎不想再亲近对方，一个不碰一个了，不管是在谁的面前。还是会亲热的吧，她想，肯定会的，只不过是在晚上。可她住校好多年，中间回来过暑假时，整个人都被回家的激动劲包围着，哪能注意到这些？也许在她离家住校的那些日子里，家里发生了让她意想不到的变化吧。

镇里也有变化。天气适宜的几个月里，因为不断有飞行员需要接受训练，镇郊的拉思本和莫霍克营地忙碌而繁荣。这给小镇带来了生意。然而，大木材加工厂却关了门，伙计们也到别处找工作去了。成了家的雇工举家搬出小镇。人口数量在减少。附近的木材供应已经枯竭，拉思本近十年都没借莫伊拉河漂送木头了。很多小商行也已经歇业。

有时候旅店的客房间间有人，有时候却接连数日一个客人也没有。不过，妈妈的厨艺让餐厅一直红火，中午和周末的生意尤为火爆。

特雷丝和家里的其他成员一起在餐厅干活，只不过她不想听到有关战争的消息，也尽量不去理会报纸。她每周在红十字会做两次义工，看看她的朋友，只期待着柯南回家的那一天。柯南来信的频率跟吉姆一样。

格拉尼亚把洗过的被单和枕套抱上楼，将要换的被单逐床剥下，心里想着下午会不会收到邮件。吃早饭的时候，她不小心把勺子掉在了地上，玛莫马上就抬眼瞅她。“掉一把勺，收一封信。”她的嘴唇说道。大伙儿都笑了。格拉尼亚又抓起三把勺子丢在地上，反正当啷啷的声音也吵不到她。玛莫摇着头说：“没用的，格拉尼亚。有意这么干就不灵了。”

大家都在等。等邮件，等禁酒令松动，等战争结束。美国于四月参战，为此大家一度满怀希望。可战争仍未结束，不少美国将士也失去了生命。如果不往“失去”二字上想，战争便无从说起。安妮姨妈从罗彻斯特发信过来跟一家人说，她的大儿子参了军，跟随第一步兵师走了。他七月份之前到了法国，但现在下落如何她就不清楚了。

格拉尼亚觉得，似乎周围的一切都是势之必然，而大家则被裹挟其中。战争步步向前，谁也不提它的终结。不到兵败德皇不会善罢甘休，血也将继续流淌。继续，继续。她去大厅拿自己堆在桌子上的那些被单和枕套，然后把它们抱到自己的房间，丢在床上。她用双手捂着耳朵，似乎这样就能让思绪平静下来。

她由着自己回想吉姆离开时的情景。他登上那节车厢，在人群中搜寻着她。隔着好几个人，他从车窗探出身子。车上挤满了面带微笑、兴高采烈的小伙子，有些年纪很小，像是书还没念完似的。这批人，还有后来的几车小伙子，有从安大略角角落落的城市、乡镇和村庄过来的，也有从加拿大西部和北部过来的。过了好几个星期，抵达英格兰之后很久——出于安全方面的考虑，出航日期保密——报纸上才出现战士们的照片。他们紧靠船上的栏杆，漂洋过海去替换那些先他们而去的人。有时候，格拉尼亚会把报纸上的某些消息和照片抠下来，把这些剪报妥妥帖帖地放在那个“商品目录之家”居住过的抽屉里。跟特雷丝不同，格拉尼亚会读报纸。她一个字也不想漏掉。

无数个黄昏，无数个夜晚，当旅店和餐厅没了动静的时候，她依然在大厅里靠近伯纳德坐着，而伯纳德还在忙着自己的工作。有伯纳德在就是一种安慰，尽管两人只是时不时地抬头交换一下眼神。忙完理发店的事，格鲁偶尔也会过来。他知道父亲的旅店里有不少报纸——多伦多的报纸、贝尔维尔的《讯报》、渥太华的《市民报》、镇里和纳帕尼的社区报。有时候，尤其是没几个客人住店的时候，大厅里只有格拉尼亚和格鲁两个人，一头一个坐在那儿读着报纸上有关战争的消息。

偶尔，旅店的客人会丢下些杂志。如果是英国的杂志，上面有关战争的照片就会多一些。士兵们倚在沙袋堆就的墙上；标着“壕沟”二字的地上的泥洞；一排排准备从一地运往另一地的板条箱。所有这些以及那些战争机器，构成了格拉尼亚对那边的想象。一堆坍塌的建筑物跟前停着几辆马车，几头骡子的背上驮着重负。图上还有两轮马车、帆篷马车和机动救护车——格拉尼亚的注意力总会被画在木头或帆布上，或者绣在臂章上的“十”字所吸引。在一本杂志里，两名伤员叼着烟，在相机前摆着姿势，各有一条胳膊打着悬吊带。两人嘴角翘起，脸上和军装上都是泥。有时候，照片里也会出现担架，担架上躺着的人缠着绷带——头上是，胳膊上是，腿上也是。她仔细看着露出来的脖子、眼睛和黑乎乎的下巴，脸半遮半掩，看不出几分。吉姆在一封信里跟她说过，往回抬的伤员问他的第一个问题就是：“够‘回英国老家’了吧？”真伤到够“回英国老家”的程度，就会被送回英格兰。有些则被送回了自己家。

不过，跟往常一样，让人心生希望的消息和捷报占据着头条位置，而旁边就是阵亡将士的讣告和照片。有时候，一次战斗结束，阵亡烈士的名单竟能占满一张报纸版面的八栏。伤亡者名单能占到三个版面。她这个月裁出来的一条剪报宣称，大战伊始至今，三十三万一千五百七十八人已离开加拿大远征海外。她盯着这个数字。吉姆便是其中之一。要是他没去参军，人数便是三十三万一千五百七十七。

格拉尼亚厌恶这种无声的公告，厌恶被消声的年轻人一行一行的名字。还有那些诗，那些爱国分子们没完没了的诗，其中也不乏妇女创作。偶尔也会出现一首拉迪亚德·吉卜林[①]的诗。她在校时就读过吉卜林。但是在吉姆离家远征之前的那个九月，吉卜林自己也于卢斯之战中痛失独子。格拉尼亚结束校医院的工作没多久，就从诗中读到了吉卜林的哀痛，了解到那次战役结束后，他儿子约翰的尸体始终没有找到。约翰·吉卜林当时在爱尔兰卫队服役。

或许，吉卜林因儿子上战场的事倍感内疚[②]。或许，像格拉尼亚一样，吉卜林也满心愤怒。

进餐厅吃午饭的时候，格拉尼亚一眼就看到特雷丝的椅子从屋角那张自家专用的餐桌旁推到一边去了。再一看，她注意到，饭还没有从厨房端过来。玛莫没在她的老位子上，而是坐在了格拉尼亚的位置，挨着特雷丝。她一条胳膊搭在特雷丝的肩上，右手叩着餐桌。妈妈站在

---

① 英国小说家、诗人，诺贝尔文学奖得主。

② 儿子牺牲后，吉卜林曾自责地写下了“如果有人问我们为什么死，告诉他们，因为我们的父辈说了谎”。据说约翰当初参军时视力不达标，吉卜林为此作了很多努力才使儿子如愿入伍。

两把椅子背后，双唇紧锁。在那一刻，格拉尼亚再次注意到特雷丝和妈妈长得是何其相似。一样的高额，一样的发际线。她还看到，特雷丝把头发拢到了耳后。

她的目光也扫视到了特雷丝两手之间展开的那封电报。即便还在门口，她也能看到电报顶头的几个黑体印刷字：**电报公司**。特雷丝在哭，她的胸膛一起一伏。

*惊慌突如其来，叫人惊惧。消息就是这么传来的。*

妈妈抬起头。看到格拉尼亚，她的嘴唇上现出几个字来："柯南，受伤了。"她的右手在空中笨拙地摆动，手指比画着"活着"。她想确保格拉尼亚能看明白。伯纳德进来了，气喘吁吁，手捂着胸膛。帕特里克在上学，没到晚饭时间，所以还没回家。爸爸也被从办公室叫过来。大家都围坐在餐桌旁，格拉尼亚也是，场面看起来像是大家都坐定了等开饭，却没人起身取食。特雷丝还在一抽一抽地哭泣，格拉尼亚呢，目睹着这一切，感觉到一个词像心跳一样在自己的身体里碰撞：**吉姆，吉姆，吉姆**。

可出事的不是吉姆。是柯南，她孩提时的朋友，她的保护者，替她出头的人。知道电报里说的是特雷丝的丈夫而不是自己的丈夫，一种罪恶感袭来，将方才一霎的释然冲刷殆尽。

不过，柯南并未阵亡。这就是说，他要回家了。

多重？伤得有多重呢？

所有这些念头都在短短几秒钟时间里一闪而过。之后很久，在夜里，当她毫无睡意地躺在房间里跟特雷丝相对的床上时，她才缓过神，把支离破碎的场景拼回了原样。

这一天余下的时间都是格拉尼亚陪着特雷丝——傍晚带她上楼，沏茶，跟她坐在床沿上，摩挲着她的肩膀让她放松，给她盖毯子，紧紧地握着她的手——直到她最终入睡为止。安顿好了特雷丝，格拉尼亚在黑暗中清醒地躺下，妈妈此前在餐厅里的画面这时才在她脑子里猛然展开。

妈妈用手指拼出有关柯南的消息。“活着”。不是“空写”，不是印刷体。这么多年来一直不肯承认手语的妈妈使用了聋哑人的单手字母，用手指拼出了那个词。

妈妈用手的语言给格拉尼亚发送了一个词。

等早上吃过饭，特雷丝也出了门，格拉尼亚回到楼上的卧室，关上门，从橱柜的搁板上取下那个饼干盒子。

她坐在床沿上，把吉姆的来信在罗纹床单上排开。在信件旁边，她摆上了吉姆倚着原木围栏的那张照片。这些信件代表着两年多的别离，以及所有的联络。信有三扎，每一扎都用鞋带捆着。

第一扎，一九一五年，是从英格兰发来的，吉姆在那里完成了培训。第二扎是从法国某地发来的，一直写到一九一六年岁末。第三扎里的信是今年，也就是一九一七年写的，还是从法国某地发来的。但是格拉尼亚知道，吉姆并不是一直待在法国，他也去过比利时。

塞德里克在校报中提到过比利时，大战之初提得尤其多。一九一四年秋天，学生们带着一肚子新鲜事和兴奋劲回到学校，都是围绕着他们的父兄叔伯参军去支援可怜而英勇的比利时的故事，一个之前谁都没想过的国家。在该学期第一期报纸上，塞德里克写道：“比利时国王阿尔贝的父亲，那个率领着他那支骁勇善战的小部队的人，是个聋子。他以‘佛兰德的聋公爵’著称于世。”

大大小小的学生当天把这条信息在班级间到处传递。他们把聋公爵当作自己人，似乎就是自己的哪个叔祖父。后来，有一个孩子展示了家里寄来的一封信，信中说了这么一件事：她那个镇子的工厂举办了一次聚会，用大衣布给比利时难民做了一大摞毯子。格拉尼亚时常会想起那些可怜的比利时儿童睡在厚实的安大略布料做的毯子下面。此外，萨尼亚市的自治领盐务公司还送了一千袋食盐。塞德里克写过这个，格拉尼亚的脑海中想象出了这样的画面——比利时难民伸出一双双手，盐撒进他们的掌中。

现在她打开第三扎信件，一封封铺开，又一封封捡起。吉姆的笔迹曾经阔大洒脱，随着战争的进程却已越来越小。她匆匆翻着，这里看一句，那里看一句。发觉自己对信中的大多数内容早已烂熟于心，她并未感到吃惊。

德国佬的远程火炮开始瞄准我们的马匹。马死了不少，损失真够惨的。

今天早上，在信件被盖上“**已审查**”的字样之前，我们的头盔接受了检查。我的衣服被露水浸透了。附近有一条小河，涨水了。河沿上枝桠低垂，几片黄铜色的叶子依然挂在枝头。

一天下午，我们观看了德国佬的飞机玩的低空特技。我们所处的位置是安全的。我们在外休息，将来还会有这样的安排。埃文在路边发现了一根萝卜，捡起来就给吃了，过了一个小时便直喊肚子疼。除了一些年纪老迈的，各村各庄见不到什么人。偶尔也能看到一个年轻小伙子趁着休假赶回家来，挽起衣袖帮家里人忙活几天，然后又匆匆作别。

我的工作一直干到半夜，这还不算完，后来又干了四个小时。在哪儿也没见过这边这么深的稀泥。上火线那天，大伙儿一个跟着一个，躲着弹坑。我前面一个伙计喊道：“前方有坑。”我大喊着把这话传给了跟在我后面的艾里什，自己却脚下一空掉进了坑里。坑里的泥浆稀薄，咕咚咚直没到我的腋下。待到回了营房，艾里什自然又要大讲特讲了。

在瓢泼大雨中像落汤鸡一样接受了检阅，接着又是点名。我们在雨里一站就是好几个小时，没遮没挡。每走一步，脚下就会传来扑哧扑哧的声音。我们沿火线前行，要走十个小时。这是昨天的事。今天我在铲泥。

不管我们走到哪儿，加拿大来的邮件都会跟着。你可是不知道，你的那些信都是救命的东西。

我梦见自己一身干干净净。我梦见自己回到了家中。我梦见自己站在某处，确信你就在那里。

格拉尼亚将信件捆好，把饼干盒放回了原处。特雷丝还没回来；她去找杰克·康林，想在柯南到家之前先租好住的地方。过了内乐剧院，远远地在主街的东头，杰克有一间小屋，步行到家里的旅店不过十分钟时间。他还有一栋大房子，隔成了两套寓所。他和家人占了一边。三个住处现在都有人住，但特雷丝还是想让他知道自己在找房子。

格拉尼亚倚着一堆床单，扫视着房间里的物件。她的目光落在那面椭圆形的镜子上，落在母亲的绣样上，落在带画框的水仙花上，落在百叶窗那道曲折的裂痕上。一切如故。可特雷丝的生活已经发生了改变，突如其来地就不同以往了。如果是格拉尼亚接到这样的电报，她现在会怎么做？

她起身披上吉姆的褐色夹克衫，这是他走之前留给她的。她下楼出门，朝湖岸和林子走去。

如果吉姆能在枪林弹雨中安然撑到现在，那他一定也能撑到战争结束。

然而这场战争似乎怎么也不肯结束。三年前，大家伙儿都坚信战士们圣诞节就会与家人团聚。之后，预言的日期改到了次年圣诞。再往后，干脆连个话儿都没有了。就像地球绕着太阳一直转，战争也一直不见停。它继续几百、几千、几万地吞噬着年轻的生命，顽固而冷酷。

她两腿交替，往前走啊走。一个劲地走并不能让征人返家，但可以让她暂时好受一些。

法国某地

宝贝儿:

我有了柯南的信儿。得知柯南来自德西龙托后,我在第一总院的朋友乌利给我写了信。他记得我提到过柯南的名字,想起来我跟他说过柯南娶了你的姐姐。也是凑巧,柯南住院那天傍晚正好赶上乌利执勤。他说柯南不久前被送到了英格兰,其他情况一旦解禁就会尽快告诉我。战士们在某一时期不许随便透露情况——这种状况时有发生,我这边也是。一直都有"**已审查**"。有些小伙子听不见东西了。他们耳朵聋了,尽管不见有伤。柯南伤势严重,足够被送回老家的了。乌利说,一条胳膊肯定是要废了。但所幸胳膊还没掉。他脸上的伤也挺严重。不过特雷丝应该已经知道了。你在上一封信里跟我说过,她已经收到了医院的信件。这封信里提到的情况你可以酌情向她透露。

全心全意爱你的,

痴姆

两周来,格拉尼亚一直在特雷丝的新住所帮忙。她们擦镜子,往醋里掺水,擦洗客厅门的内嵌窗户。她逗着姐姐说:"你们可真够气派的,客厅还带门呢!"她们楼上楼下又是拖又是扫,窗帘也缝了缝,熨了熨。她们搬了两抱柴火进屋,放在客厅的小壁炉旁边,其余则堆在了后院棚屋的檐下。已经是下过雪的天气了,满满的煤筐放在后阳台上。新近订的煤已经送到了棚屋,顺着溜道下滑的时候,黑乎乎的煤灰顿时飞作一团乌云。格拉尼亚陪特雷丝站在后院,一边看,一边感受着穿透她身体的微光。

柯南将乘船抵达哈利法克斯[①]，在那儿转乘专列，到家应该是圣诞节以后的事了。他和其他伤员归途中有医务人员照料。他将被归在“尚有行走能力”的伤员之列，送至贝尔维尔，然后由特雷丝接站。他不再需要日常护理了。后续消息会说明到达的日期和具体时间——可能是在一九一八年一月末，也就是新年过后了。

自打接到了正式通知，特雷丝的每句话、每个眼神、每个姿态都作好了迎接柯南回家的准备。他在路上。格拉尼亚注意到，姐姐经常停下手头的活儿抬眼东望，似乎柯南随时会出现在主街的尽头，或者迈着他的一双长腿，大步从小镇边缘的林子走来。

第一封电报到了之后，跟着又来了四封信，同是描述柯南的情况，说法却又各不相同。第一封信来自第一总院，从法国被遣送之前柯南在该院接受了救治。

> 他眼睛和面部的伤势虽然严重，但所幸只集中在半边脸上。因目前无感染迹象，伤口应会自然愈合。左眼已无复明可能，但令医生们欣慰的是，他的右眼安然无恙。左臂虽未截肢，但已经毫无用处。我们认为，照他这种情况，即便装了义肢也是于事无补。

第二封信来自一个“面部创伤专科病房”，是在英格兰的一个护士写的。

> 柯南仍未开口说话，但他会恢复的，我们说什么他都听得懂。他可以坐起来了，大伙儿都倍受鼓舞。他每天穿衣服也不需要多少帮助，行走也算正常。

之后是加拿大驻伦敦红十字会的一条简要信息。

---

① 加拿大新斯科舍省省会。

请允许我向您通告如下情况：您的丈夫已由我会授权代表看望，目前状况良好，正在全面好转。本会将就其状况续发报告。

不过，不需要什么续发的报告了。特雷丝收到的最后一封信是另一个护士写的。

总的说来，我们的柯南恢复得好极了。很高兴让您知道，他可是大家伙儿的香饽饽呢。我们希望再有一两周，他就可以获准踏上漫长的旅程返回加拿大了。他走了我们肯定会想念他的，同样肯定的是，家人也正盼着他回去呢。

杰克·康林说一有可租的地方就让特雷丝知道，他说话算数。房子一到位，她就搬到了主街的尽头。特雷丝尽量把挣来的工钱和征属津贴一分一文都攒着。尽管杰克不要，她还是预付了两个月的租金。她必须确保房子非她莫属；她想有个属于自己的地方。

打扫一完毕，整家人便帮忙往房子里添家具了。父亲从旅店里送来几件家具——一张铁床、一张海草床垫、四把椅子、一个屉柜。特雷丝在伊顿先生的商品目录上订了一张餐桌，还给阳台订了一张小方桌和两把藤椅。路上的雪刚变硬实，杰克牙牙就搬来了一面壁炉处用的围屏，外加两把客厅用的椅子，都是从第九分区的农场用雪橇拉过来的。

妈妈把床单和枕套整理了一番，多出来的给了特雷丝。玛莫也又是缝又是织地准备了一些东西。伯纳德和帕特里克带着父亲的工具赶过来，给食品储藏室添了几个架子。因为已是隆冬时节，他们还修理了窗框，检查了防风门。就连凯也为特雷丝缝了一张垫子，当礼物送给了她。

头一次跟特雷丝在促狭的两层楼里转悠的时候，映入眼帘的大大小小的房间让格拉尼亚想起了儿时装点商品目录上那些房间时姐妹俩整出来的那些东西。厨房是屋里唯一一个还算宽敞的房间，位于房子后部，与房子同宽。厨房后面是一个带窗户的阳台，阳台上粗陋地铺着地砖。屋外的石板路与坡道相接，窄窄地通向湖湾。其他的一切，屋里的也好，屋外的也罢，都像是缩微模型一般。

楼上有两个房间，一边一个：主卧的家具已经布置停当，还有一间空着的儿童房。格拉尼亚晓得，柯南还没走的时候，甚至走后的一段时间，特雷丝一直为自己没怀上孩子失望不已。特雷丝生孩子的计划谁能忘得了呢？她连名字都起好了，一个叫普利切特，一个叫简。格拉尼亚想起了校医院的登记簿。在安大略聋哑学校期间，每个小姑娘在某个时段都会在名字旁边写下日期，还有两个字："不适"。"不适"意味着月经出现，衬裤或床单上有了血迹。出现这种情况应该上报。

吉姆离家后，格拉尼亚的床上也出现过血迹。不过这事她默不作声，跟谁也没说，只是自己失望了好一阵子。

特雷丝有了栋房子，格拉尼亚想，柯南人也没事。他就要回家了，不用再去打仗了。虽说身体遭了些罪，可他总算是要回家了。我们没失去柯南。

# 15

就是昨天的事，回营房的路上，我碰到了他的一名上士，得知他阵亡的消息。他是我最要好的朋友。

——前线来信

镇民一整天都在为二月的暴风雪作准备。尽管气温在下降，大雪已经盖住了铁轨，午后的列车还是如约而至。雪已经显示出稳扎稳打的样子，在旅店背后打着旋儿下个不停，直到吹积的雪堆封住了后门，封住了马厩。一家人都被大雪困在了室内。特雷丝和柯南在主街另一头自己的房子里。

透过窗户，格拉尼亚看着落雪形成的峰峦沟壑和荡开的波纹。她的这片"海域"现在已然是一片白茫茫了。下午四点的时候，一架轻便雪橇从旅店门口驶过，之后路上便是人迹全无。上午挺晚的时候邮件才勉强冒着风雪到达，是帕特里克取的。暴风雪自西北骤然袭来，一路沿湖湾波及小镇。晚饭后，雪刚停，冻雨又接踵而来，一层白里泛蓝的薄冰结在镇子里家家户户的门阶和阳台上。

遇到这样的天气，吉姆有没有可能就那么在外面硬挺着呢？当然有。有时候他睡在阁楼或棚屋里，或者谷仓的架子上，或者征住的民房里，或者稻草铺就的床上。秋天的帕斯尚尔战役过后就没多少消息了，但报纸上现在还在吹嘘说加拿大人正英勇地固守着几处战线。吉姆现在何处，格拉尼亚毫不知情。她收到的上一封信——盖着信件检查员的戳儿——是五个星期前写的，也就是一月末，信里只说救护队的小伙子们在火线上辗转出入，她无须担心。

短休，他写道，无非是没完没了的操练和检阅。他们一门心思让我们忙个不停，但火线后的氛围还是要轻松一些，有时候晚上还会有音乐会或娱乐活动。昨天晚上还有滑稽剧和芦笛乐队的演奏。

一天晚上，在法国的一个村庄里，他们九个人挤在一间有三层床铺的小屋子里，铁丝网床垫便是躺卧的地方。他得坐在地上才能写信。他说，信纸要垫在膝上。他在火线后的一个小农场过了圣诞节。他和艾里什还有其他七个人凑钱买了香肠和猪肉，交给农场的那个妇女，请她做了当圣诞大餐。

伙计们都管她叫妈妈，因为她对谁都是那么和善。圣诞节我们都领到了烟卷和烟丝，每个人都有一个橘子和些许榛子。我们跟那个妇女的家人分享了这些东西。有几个小伙子竟然不费吹灰之力就弄来了一些朗姆酒跟大家共庆佳节。

格拉尼亚想起了自己的圣诞节。旅店已经四天无人光顾了，也就是说大家伙儿都放下工作开始休假了。特雷丝那时候还在家里住，她在前门上挂了个花环。刚进入十二月，伯纳德和帕特里克就在旅店大厅里装点了一棵小树。妈妈想在自家屋里也弄上一棵。后来，进入圣诞周的时候，一棵圣诞树终于如她所愿立在客厅靠里的一角了。镇子里的庆祝活动并没有大张旗鼓；这是大战以来的第四个圣诞节了。格拉尼亚给凯和她的儿子准备了自制巧克力，让伯纳德给他们送过去。伯纳德不假思索地答应了，格拉尼亚心里有数，他怕是巴不得有这么一次跟凯会面的机会呢。

二十五日那天，一家人围坐在摆放着圣诞烧鹅的餐桌旁边，手牵手做餐前谢恩祷告。妈妈先是祈祷柯南早日从英格兰归来，之后又特意做了个祷告，希望吉姆能够平安无事。

父亲取了一瓶白兰地，往萝卜葡萄干布丁上洒了一些，大家伙儿在家宴收尾的时候都举杯喝了点酒。玛莫给每个人都编织了礼物：给格拉尼亚的是一顶带卷边的毛线帽子，是矢车菊的深蓝色；给特雷丝的是一条围巾，是她钟爱的玫瑰色。帕特里克假期里染上了流感，咳嗽就没断过。格拉尼亚因为容易被感染，尤其是在一年中的这个时候，所以处处避着他。

芙莱和科林待在贝尔维尔给学校帮忙，因为学校里的不少员工都离校参军了。芙莱写信说，他们带孩子们去格里芬剧院看了电影，是查理·卓别林演的，孩子看得从头笑到尾。科林帮学生们给小教堂的几面黑板画上了圣诞图景。

塞德里克在十二月份的报纸上写了他一贯的圣诞说明，格拉尼亚在自己的房间读了读。

**提请家长特别注意！**

想让您的孩子度过一个幸福快乐的圣诞节吗？如果您真是心存此愿，请务必将礼物及时发出，以便圣诞节早晨分发。如十二日之前礼物能悉数到齐，我们必将少费不少心力。如寄送滞后，礼物或将无法按时准备妥当。我们必将竭尽所能让您的孩子欢度节日。但如果孩子在节日的欢愉中无法与他人分享自己的礼物，罪责只能由您自己承担。

给姑娘们的礼物，请务必多寄发带。此类物品总嫌不足，手帕亦是如此。其余有用之物还有和服式晨衣、室内拖鞋、雨靴、长筒袜、连指手套、无边女帽、围裙、蕾丝头巾和衣领等。学生不分男女，总渴望能有一双溜冰鞋，如果您的孩子有此需要，请勿遗漏。请勿以玻璃瓶寄送果酱、水果或番茄酱等物。每年我们都会有一箱甚至数箱装有此类物品的包裹，如不幸途中破碎，往往使箱中其他物品也受到污损。学生在校也不缺此类物品。

自打九岁起，格拉尼亚童年的每个圣诞节都是在贝尔维尔的学校度过的。就某些方面而言，她想念那时的圣诞节，接连好几天虽说忙乱但却满心期待。早上五点半就被叫醒，然后被带到大厅里，欣赏那些用一串串爆米花、亮闪闪的银箔线、锥形小编篮，以及长着粗棉布翅膀的小天使打扮起来的高大的圣诞树，这一切都令孩子们欢欣雀跃。用过早餐之后，不管天气好不好，信奉罗马天主教和英国国教的一帮小学生会在几位老师的护送下去市里的教堂。大伙儿都穿得跟棉球似的，一个跟着一个排成一长溜行进。进了教堂，耳聋的孩子会被带到前排。他们有时候会为其他会众用手语表演圣诞赞歌或者做祈祷，有时候只是看着其他会众歌唱。教堂的活动结束以后，他们被带回学校，到小教堂看他们的主管作圣诞致辞。接下来，也是最后一步了，他们焦躁不安地坐在主楼大缝纫间里的长凳上，面前是一张支起的台面。每年此时，台面上都高高地堆满了各家送来的礼物。每年此时，爸爸都会给学校送一箱无边女帽和连指手套——主要是送给那些家境不太好的孩子们。

有些孩子还带了手拉雪橇来——这样就可以轻轻松松地把包裹拖回宿舍拆封了。直到成了高年级学生，格拉尼亚才知道，原来家里寄来的盒子在圣诞节之前个个都被打开过。她曾经被叫去帮助舍监熏蒸所有送来的衣物，完后每一件东西都要依原样放回圣诞礼盒。

这一年，在一月份的报纸上，塞德里克以他一贯的风格补充道："很遗憾，礼盒开封后，家长们没有机会在宿舍走上一圈。这样的景象并不常见。好吃的东西在床上一片狼藉，各式各样的机械玩具跑得满地都是。只不过这些玩具的寿命都不长，一天的工夫大多就废了。"

在家里，整个冬天，特雷丝脑子里只有柯南回家一件事。现在，她走了。尽管离她不过十分钟路程，格拉尼亚还是惦念着她。她惦念她就像自己当初第一次离家上学那样。她努力想摆脱那种熟悉的失去的感觉，可它却轻车熟路地溜回了原处。她为姐姐高兴，高兴柯南回了家，高兴他们有了一个共同生活的家。特雷丝每周回家三次，午饭时在餐厅里帮忙，可格拉尼亚独自站在楼上房间的窗户前时，觉得自己像是被绊在了一张网里。

困在这里了。告诉达尔西快去求救。

特雷丝不在，屋里是不是越发寂静了？父母之间的话是不是越来越少了？格拉尼亚不听也明白。父亲把更多旅店事务交给伯纳德打理，自己则躲得远远的，大半时间都待在办公室里。傍晚时分，他时常出门，好几次回来的时候格拉尼亚都能闻到他身上的酒气。

母亲呢，格拉尼亚在想她有没有觉得孤单，跟格拉尼亚一样，没有丈夫陪着。跟妈妈不可能谈这些。

至少玛莫还在。玛莫总会在身边。有时候，晚饭过后，她和格拉尼亚坐在客厅里，格拉尼亚把小镇报纸上的一些短讯读给她听。玛莫现在像她自己说的，早已“老眼”昏花了。

一月底柯南到家之前，格拉尼亚在那座小屋里陪特雷丝住了几天，入夜便在楼上的卧室同床而眠。但是旅店需要格拉尼亚一早就赶过去帮忙；如果她就在家待着，对妈妈来说更方便一些。现在呢，特雷丝和柯南需要过二人世界。见到了人，迎他回家，家里人都特别高兴。可柯南却一言不发。他的一条胳膊两条腿都还管用。过去五周来，在街道尽头那栋促狭的小屋里，他大门不出二门不迈。一次也没有。

格拉尼亚没有跟特雷丝一道去贝尔维尔迎接柯南，爸妈倒是去了。他们在车站接到了人，然后一路把他带回家。等柯南到了德西龙托，格拉尼亚第一眼看到他时，她为自己的反应感到羞愧。要不是眼见他挨着特雷丝坐着，她根本就认不出来。面前的这个年轻人比一九一五年出发时的柯南小了整整一圈。缩了。回家那天他半边脸还打着绷带，不过现在都已拆掉了。另一边脸，也就是没有受伤的那半边，苍白得吓人。他那条废臂自肩而下，全然不听使唤。格拉尼亚不知道头一眼见到他时自己有没有发出声音来。她也不知道特雷丝有没有出声，或者说了什么话。现在，特雷丝和柯南都在家里，盘算着摆在面前的种种事情。

琢磨着这些事，她不由想到了自己：作为一个已婚妇女，曾经跟一个男人共同生活了没多长时间的妇女，自己是不是扮好了这个角色？丈夫一走，她不是立马就回到曾经的那个家，那个房间，睡在孩提时的那张旧床上了吗？

吉姆回家后，她自言自语……可想到这里便觉得一片模糊，想不下去了。那会是什么时候？两人又将去哪儿安身？她丝毫没个主意。将来的事谁能说得清楚呢？有些太过遥远，让人无法预见，有些则笃定了要影响她和吉姆的人生。*痴姆*。想到他的名字让她感到孤独无助。每个人在这场战争中都有所失，她想。我们等待了如此之久，我们都各有所失。

她站在卧室的窗前向外窥视。在四顾皑皑的冬日，充塞天地之间的怕也只有寂静吧。她会去问玛莫的。她看到了窗下街道上不见人迹的积雪，面上新落的那层还泛着莹莹的亮光。雪覆盖大地的时候，是不是也吸走了声音？暴风雪的天气让她有种安全感，尽管她说不出是什么道理。也许，在为时不久的一段时间里，耳聪的人也好，耳聋的人也好，都在这个寂静一片的世界里结为一体了。然而，就是凭逻辑她也知道，即便是在雪天，有动作便会有声响，一层薄冰也会打破寂静。这一年的冰雪很多——一月不见解冻，二月仍未消融。芙莱从贝尔维尔写信过来说，城里都在担心会有春汛，莫伊拉河浮冰壅塞，情势危急。

但是说到滑冰，这个冬天可是再好不过了——在贝尔维尔的校溜冰馆，还有德西龙托昆特湾清理出来的溜冰场。格拉尼亚好几个下午都在外面滑冰。星期六的一天，她还说服凯跟她一起玩。没想到凯不仅欣然赴约，一起玩的时候竟然还笑了。两人欢声笑语，好不快活。虽说只是转瞬即逝，凯的眼睛和双颊还是闪现出了久违的神秘光彩。

格拉尼亚闻到了楼下生火的气息。这意味着父亲从办公室回来了，他能在傍晚时分在家待着还真是稀罕呢。他陆续接到一些新通告，告诉他什么酒可以进，该怎么给客人上。不过，打圣诞节起，旅店的生意一直不太景气。新近雇的一个伙计也奔赴前线了。在洗衣房打短工熨衣服的一个妇女也离开了；她去了一家工厂，那儿给的薪酬要高一些。

木头燃烧的气味越来越浓。父亲应该已经打开了客厅的灯，坐在一角的椅子上阅读了。要是他想要人陪，客厅的门就会敞着。

格拉尼亚决定下楼去找他。当她的手触摸到卧室的房门时，她感觉到了震动，啪嗒啪嗒，破损的百叶窗拍打着房子的外墙。风已经变了方向，从陆上吹来，而不是起自湖湾了。多少个夜晚，她随着百叶窗的啪嗒声入睡，呼吸的方式也随了风的性子和节奏。等她到了最后一级台阶，掀开挂帘的时候，妈妈从厨房里出来，手里翻着一本菜谱，也在往客厅走。她认出了黄褐色封面上那幅纵帆船的图片。翻开封面，扉页上有这么几个字："吃鲜鱼。把肉省给我们的战士。"

战争无孔不入，连菜单也没放过。这本菜单是一年前渥太华的加拿大海军勤务处送的，旅店厨房一直在用。一年前，妈妈还能以每磅十八分的价格买到肉排。今晚大伙儿吃的是加奶油的罐头鲑鱼。明天或许会有油炸鲑鱼馅饼或者鲑鱼夹面包。旅店的客人有些不喜欢吃鱼，以前每逢周五那有鱼无肉的光景就已经令人沮丧，现在每周又增加了几日便更叫人不快了。她想起了在校时的伙食：鲜面包，每周五的鱼肉，每餐不限量的牛奶，十二岁以下的学生没有茶或咖啡。

到客厅之前，格拉尼亚驻足往厨房门口瞥了一眼。帕特里克在桌旁写作业，她冲他轻轻挥手打了个招呼。在学校待着吧，她心说。别溜到金斯顿去参军。你要真那么干了，肯定会伤透大伙儿的心。

运送报纸的火车到了，像是有意要羞辱这场暴风雪。父亲从旅店拿来几份报纸，正在阅读其中的《邮件和帝国》。他读报时低眉垂眼的样子像是在打盹儿。格拉尼亚坐在妈妈对面的一把带扶手的椅子上，仔细翻看着《情报员》和《德西龙托邮报》。"战争评论"是她每晚必看的专栏。她粗粗地浏览了当前的怨言清单：纸张匮乏；周日无气可用；平日无肉可吃；战备面粉；战备面包；无糖糖果；又是鱼肉；时而无煤。她烦透了战争，烦透了各种充斥着由那些站着说话不腰疼的人制造的流言、猜测和见解的报纸，烦透了那些人写的每一个字。战争犹如一场噩梦，他们深陷其中。可镇里有些人——没有好友亲朋参战的人——总能做到不闻不问，日子照过。

她呢，也想掉头不顾，只要能一天一天地往前挨就行。吉姆最近的一封信就像一份记录与她毫无关系的黑暗历史的文件；读着这封信，她前所未有地感觉到自己的生活是多么没有着落。他走了都两年半了，战争却一点结束的意思都没有。根据报道，战局每况愈下，也就将近一年前的维米岭之役还能给人提神打气。那可真称得上是捷报。加拿大人的一次大捷。但是，成千上万年轻人尸陈疆场，祝捷活动难免既令人欢欣，又叫人哀恸。不管报纸上说得多么热闹，或丧夫或丧子，或痛失兄弟、父亲的那些人，谁也无法因为有这么一次维米岭大捷就欢呼雀跃。

吉姆在维米岭待过。他写信谈到过大捷之后的复杂情绪。埋葬组和担架兵跟着向敌进击的部队，在那几个令人迷狂的日子里，大家既显得意气扬扬，又觉得满心悲伤。

格拉尼亚在吉姆最近一封阴郁的信件里探察出来的一丝打心底发出的闪光是：发现了一瓶绿豆罐头。*跟我们一直吃的那种黄褐色豆子可不一样*，他写道，似乎这便是那一周最激动人心的事了。就在同一封信里，他还描述了冬日和天空。读这封信的时候，她觉得自己可以陪他坐在农场庭院的木板上，仰头望着阴郁的云团，铅灰的天色。可声音她是没法听到的。

*有时候，大地在我们脚下颤动。空气也跟着震颤。有时候，爆炸前会有那么一声啸叫。接着便是一片死寂。*

这些句子没有被审查掉。

玛莫进了屋，正了正靠近壁炉的摇椅。她的目光里透着疲惫——她昏花了的“老眼”。她从伊顿先生那儿订购了眼镜，但读书看报还是没以前那么多了。格拉尼亚想不起来上次他们四个像这样齐坐在客厅里是什么时候的事了。卡洛也在场，靠近父亲的椅子睡着了。

有些人从来不用他们的客厅——麦琪婶婶和埃姆叔叔就不用，除非要爬上去给塔钟上油或调校指针。杰克牙牙也不用客厅。杰克牙牙的客厅有两扇门，但门口都挂着帘子，常闭不开。最近一次敞开还是因为要给马萨姑婆守灵。家里的客厅却从来不曾闲着。通常是玛莫在那儿，妈妈或格拉尼亚也会时常在那儿出现。倘若父亲待在家中，那么隔壁一定是伯纳德在照看生意了。

伯纳德要是愿意跟凯表白就好了。如果他不这样做，保不齐旁人就会趁虚而入了。伯纳德心眼好，顾家。眼见伯纳德乐于经营旅店生意而且打算长期坚守，父亲很是欣慰。禁酒令总有到头的时候吧。

今晚家里就差特雷丝一个。格拉尼亚想，在这样一个飘雪的傍晚，特雷丝和柯南在他们的小屋里会干些什么呢？两人究竟如何度日，特雷丝几乎闭口不提。柯南正在适应，一家人都这样相互宽慰。他没有出门。他和特雷丝正在习惯种种改变。

只要天气合适，路不难走，玛莫每个星期天都会去看他们。因为关节炎的缘故，她步履蹒跚，到那边就陪柯南坐个把钟头，聊些家长里短的事。可柯南从不应声。柯南的叔叔来过一次，别别扭扭地站在柯南的椅子旁边，跟特雷丝说需要帮忙的时候找他就是，然后没待多久就告辞了。赶上格拉尼亚过来，她会跟特雷丝说说话，打打手势。要是柯南在房间里，他也只是眼睛盯着，耳朵听着，不插一句话。

就那么一件事，格拉尼亚没料到特雷丝会说给她听——想都没想过。当姐姐跟她说的时候，她真恨不得把她揽进怀里，保护她。不过，特雷丝是克制着跟她讲的，眼睛还观察着她的反应。也不能怨柯南。

“他的胳膊像舞动的棒子，”特雷丝说，“那条没用的胳膊到处碰撞，他根本拿它没办法。”

那天，格拉尼亚目睹了特雷丝体侧一处看着叫人难受的肿起来的青斑。她伸手护住了那片瘀伤，想象着柯南在床上翻滚的时候，铁一般的废臂丢在身后，又或者他试图躺下的时候，胳膊却朝前甩去。柯南，谁也不愿伤害的柯南。

还有一点也显而易见：他经受着难熬的疼痛，尤其是手。有时候，那只没用的手似乎会疼得要命。白天，那只手深深地插进衣兜，这样他在家里从一个房间走到另一个房间时胳膊就不会徒劳地甩来甩去了。

不过，最糟糕的还是他的沉默。克拉克医生来看过两次，说柯南虽然脸上伤势严重，但喉咙并未受损。声带、舌头、喉腔、咽腔——都安然无恙。“给他点时间，”克拉克医生嘱咐道，“慢慢地，他会重新回归正常生活的。”柯南接受了克拉克医生开给他的苯巴比妥，但除了自家人，他谁也不愿意见。他的沉默在小屋里雾一般地弥漫开来，现在也将特雷丝笼罩其中了。

有一次，在看望他俩的时候，格拉尼亚不由自主地发了话，跟特雷丝说：“让我来吧。我去跟他单独谈谈。”可究竟该怎么谈，她其实心里也没底。她学过家庭护理，在校医院做过事。可这样的事她却从未处理过。当特雷丝的嘴唇勉强憋出来一句回答时，她松了口气，“我还没试过的事怎么能让你去做呢？”特雷丝惯于把烦心事抛诸脑后，格拉尼亚再清楚不过了。两人还是小姑娘的时候，她就常说：*我跟自己的脑子说别再胡思乱想，然后就睡着了*。可是现在，特雷丝一点歇下来的样子都没有。看上去她这些天似乎就没睡过觉，压根没有。

一道影子滑过客厅，格拉尼亚抬起头来。格鲁，那个理发师，也不知道是怎么走的，没等她看见就已经进了屋，此时正站在她的椅子旁边。他的出现打乱了她的思绪。他肯定是从大厅那儿进来的。大伙儿都在这儿躲避暴风雪，谁放他进来的呢？帕特里克？不对，她看到大伙儿都是一脸惊讶。门从没锁过，格鲁知道，于是便一声不吭地进来了。

他穿着一件长长的羊毛外套，戴着帽子，围着一条墨绿色的围巾。他肯定把套鞋留在了门口；他的鞋子是干的。一股威士忌的气味从他的衣物上飘散过来。他从哪儿搞到的酒，格拉尼亚纳闷。去他的禁酒令。接着她想起了父亲，他时常在傍晚出去。父亲跟格鲁在一块儿。现在看来这说得通。格鲁过来是因为这事吗？

格鲁脱掉厚重的外套，摘下帽子，一条胳膊上搭着外套，一只手上拿着帽子。他的脸看起来像是经历了百年沧桑。

父亲猛然起身，想去拦住他，就像这个动作以前已经做过无数次似的。卡洛前爪支起，望着。格鲁踉跄两步，接着又挺直了身子，高高地僵在那里。他似乎是调动了全身上下的每一块肌肉，好让自己挺住不倒。他往前欠了下身子，想把外套放在一把空椅子上，不料头重脚轻，跌跌撞撞地在屋里蹿出去四五步。动的东西……他醉得不轻，格拉尼亚不敢肯定他是否看见了一脸惊诧、跟着他跑了几步的爸爸；这一堆人或许格鲁全都没看见，他是在朝内看着自己。她直直地坐在椅子上，绷着身子——妈妈和玛莫也是一样。

“好了，格鲁。”她读着父亲的嘴唇，“我带你回家去。”

“不，”格鲁说，“不用。”

这时他似乎才惊讶地注意到，他的帽子还拎在手里，绿色的围巾还绕在脖颈上。他一把扯住围巾，拽下来丢在脚边。帽子也跌下来，落在了围巾上面。父亲弯腰捡东西的空当，格鲁趁机蹿到了屋角，一屁股在钢琴前的圆凳上坐了下来。凳子是旋低了的，格鲁的双膝只好就这样支棱着，让他这个大高个儿显得荒唐可笑。

他的上身还在摇摆。他倾身面对琴键，接着又朝后猛一仰身，一时间像是要从凳子上掉下来似的。他的双手向两边伸出，音符必定已经在他指尖坠落。妈妈和玛莫目瞪口呆，似乎格鲁是个素不相识、贸然闯进家里的入侵者。格拉尼亚不知道他弹的是什么曲子，他的右脚不停地踩着踏板，音乐通过硬木地板传到格拉尼亚的脚下。她感受到的声音呕哑嘲哳，像是煤块抖落的响动。手抓椅面，她的胳膊感觉到了声音的震动。不对劲，肯定不对劲。

玛莫使劲看着父亲胳膊上的围巾。格鲁的双手在琴键上起起落落，而格拉尼亚则想把自己的双手捶在什么东西上好让他停手。但她只是像其他人一样僵坐着，似乎四个人——现在是五个，帕特里克出现在了门口——都让人固定在那儿，结局再糟也要看到头。

格鲁颓然落座时，瘦骨嶙峋的手里滑下一张折起来的纸条，这一幕只有格拉尼亚看在了眼里。纸条栖在他一边的膝头，几乎看不出来。他脚踩踏板的时候，纸条便摇摇欲坠。纸条窄窄的。电报。她不用看就知道上面说的是什么：痛告阁下列兵理查德·格鲁已正式确认阵亡。

独子。

现在大伙儿都知道了。妈妈张着嘴——她是在恸哭吗？卡洛来来回回地在门口和父亲的椅子之间爬来爬去。格鲁的手撑在琴键上，然后站起身。父亲还拿着帽子和围巾，开口说道："节哀吧，格鲁，节哀吧。"紧跟着骂了句，"去他妈的，"他说，"去他妈的战争。"

格拉尼亚的腿不住地抖，胳膊也在抖。她的左手紧攥着右手，好让它们安定下来。理查德会回家子承父业做个理发师。不，理查德不会回来了。她强迫自己看着格鲁的脸，然后起身走到他身边。沉浸在充塞着整个房间的极度悲痛中，《星期天》那本书里的一个句子却不招自来，不合时宜地在她脑海中冒出来。

*他哭着朝柴棚跑去，像是心要碎了一样。*

她知道自己的眼睛红得像是瞳孔周围的细小血管一下子全都爆裂了一样。她没有流泪。她手掌下是格鲁下沉的肩膀。至少，她愤懑地想，每次战斗结束后，他不必站在焦急万分的人群中，守在报社窗外了。他再也不用那样了。

公文传来，名单贴在外面的布告栏上：*失踪、受伤、战俘、埋葬、毒气灼伤、转至医院、转至英格兰、已死、阵亡。*

要怎么过下去呢，所有消息没一样是好的？

谁也不会幸免，她想。很快，谁也无法幸免。

当她第一次看到帕特里克身穿军装——之前他离家出走，跑到巴里菲尔德报名参军，妈妈把他押解回家，因为他年龄不够，而且还在上学；后来，就在莫伊拉河的浮冰涣解，把步行桥冲到一边，造成了凶猛的洪水之后，他再次跑到贝尔维尔参军；再后来，第三次，他又跑到纳帕尼去参军——妈妈终于放弃，她知道，大伙儿也都知道，帕特里克就要在这个春天的日子上路，下午四点，现在过来是要说再见——在这一切之后，格拉尼亚问道："格鲁那天晚上弹的是什么，那个暴风雪的夜晚？那首歌叫什么名字？"

帕特里克对着镜头，格拉尼亚全神贯注地瞅着那个取景框，用手挡着光。她尽量稳住相机，抵在腰上。将弟弟放在取景框中央的时候，她能看到旅店背后埃德蒙街上那栋房子的后院。板条屋顶斜下来，伸到邻居火鸡场的上方。从前脸看，谁也不会知道主街后面半个街区的地方竟然还藏着个养鸡场。好些年了，总有人跟她说起古怪的咯咯声。

父亲在格拉尼亚身后，靠着屋后的门阶疲惫地跌坐在地上。妈妈在楼上，躺在她铺得紧绷绷的床上。特雷丝从主街的另一头赶过来送别，此时正跟玛莫站在洗衣房的窗前，等着格拉尼亚把相照完。

相机小窗口里的帕特里克这会儿摆好了姿势，嘴上叼着一根没点的烟卷。格拉尼亚从没见过他抽烟。他的双臂松垮垮地垂在体侧，军装的袖子长了一英寸。他的绑腿扎得很紧，膝盖那儿鼓着包。他的靴子窄窄的，打得很亮。他一头短发，纤细的脖子让领口显得过大，一只耳朵从帽子下面探出来。他脸上半挂着笑。他只是一个要漂洋过海开始历险的小男孩。家里人知道，他谎报了年龄，还给自己捏造了一个名字。他的名字——他给格拉尼亚用手指拼过——现在是弗思。她不知道他是怎么选的，也不知道那么多名字他为什么偏偏选了这个。她唯一能想出来的理由是：这个名字以“弗”打头，随了帕特里克心目中的英雄弗农·卡索。卡索二月份的时候死了，是在得克萨斯训练时坠机身亡的，当时他正在给一个年轻人教习飞行。各地报纸一时全是当地人对他的追忆。格拉尼亚实在无法想象那样一位风神潇洒的飞行员，他那修长的舞者的身躯是怎么从天上重重跌下的。

“告诉我那首歌的名字，”格拉尼亚再次说道，“格鲁那天晚上弹的那首。”

格鲁给她看过理查德的排长写来的信。他接到这封信的时候离那封电报正好一个月的时间。

> 我必须跟您说，打从您儿子入伍那天我就认识他了。失去他，我的排里少了一名最优秀的战士，我非常痛心。官兵们都想让我

告诉您我们是多么想他。您或许会非常引以为荣，他时刻准备着恪尽职守，为国捐躯。为了效忠帝国，效忠国王，他死得光荣。我可以肯定地告诉您，从目击者的报告来看，他是在无人区巡逻时被狙击手击中的，当场就牺牲了。我知道，这会让您宽心，他没有遭太多罪。我也应该告诉您，我们的一个加拿大小伙子几乎随即就击毙了那名狙击手。最不幸的是，我们没能收回您儿子的尸首。那次交火过后没多久，那片区域就被猛烈的炮火覆盖，我们不得不撤到别处。

格鲁带着信来到格拉尼亚家里。信就一张纸，在大家手里传阅的时候，格鲁站着一动不动。那次上门他怎么也不肯坐。格拉尼亚想起来，家人也都一直站着，直到他蓦然转身离开。

“那是一首关于爱尔兰小伙子的歌。”帕特里克这会儿开了口。他仔细地一字一字地说着，格拉尼亚赶忙把目光从相机的小窗口上挪开，以免错过歌名。“格鲁弹的是《爱尔兰的小伙子离家去打仗》。”

# 16

宣普纳爆炸弹，也即霰弹，是以其发明人宣普纳上校的名字命名的。他是一名英国军官，参加过半岛战争。这种炮弹在这场战争中首次使用，作用之大令威灵顿公爵亲笔写信给宣普纳上校表示感谢，并对他的这项伟大发明表示祝贺。首批炮弹为圆形，其毁伤威力自然也不及当前战争中使用的那种改良版。

——《加拿大人》

进屋后她首先注意到的就是屋里一团黑。外边，夏日的阳光明媚；屋里，除了厨房，每个房间的窗帘都紧闭着。她一眼扫过去，看见了柯南隐约的身影，他坐在原本放在旅店楼上大厅里的一把桦木椅上。至少他没躺在床上，这阵子他常常是不离床的。想必是特雷丝说服了他下床来到客厅的。

格拉尼亚感觉到房间另一头的颤动，一阵似乎未经柯南许可就发出的颤动。动的东西……她心头不由涌起一阵恐惧，不过旋即消失。这是柯南，她告诉自己。我们还在码头下玩过呢。他是替我出头的人。我们玩过捉迷藏。

捉迷藏呀躲猫猫
你妈没有鸡蛋糕

我们也不知道怎么人家的妈妈就没有鸡蛋高呢，可就是觉得这话好笑，笑得人满地打滚儿。直到在贝尔维尔待到第三年，我才明白有音同义不同的字词，明白了“鸡蛋糕”怎么也不会用来形容人的身高。至于歌谣的来历，似乎没谁说得清楚。

就在柯南即将奔赴前线时，他还跟格拉尼亚和特雷丝站在阳台上，穿着军靴跳了一段踢踏舞。查理·卓别林去了法国，教女士们跳舞。卷发长腿的柯南。现在，坐在她面前的柯南一条废臂，半边残脸。

她瞥了一眼特雷丝，见她站在屋子中央，看上去简直就是忧郁的化身。她把一头黑发狠劲拢到脑后，显得额头愈发突出。格拉尼亚想抓住姐姐的手腕，拉她去门口。我们快去取吧，达尔西说。她知道的每一条解说词特雷丝也都知道。她不是一条条地冲着格拉尼亚喊过吗？格拉尼亚看着柯南。在刚刚逝去的几秒钟里，他已经成功地蜷缩进特雷丝那一望便知的忧郁中了。

我呢？格拉尼亚想。柯南在我脸上看到的又是什么呢？融入，尽量显得正常点。这可是我一向拿手的呀；耳聋的人都是如此。我们训练有素。

可这不是我的事。这是柯南，我的朋友，替我出头的人，我的姐夫。再不济我也应该一个房间一个房间地把窗帘拉开，用棍子把窗户支起来，让风打着旋儿，摸着墙、顺着门、贴着地板涌进来。错就错在没人这么做。屋里没一点新鲜空气。

然而，想归想，这些事格拉尼亚一样也没做。她只是走到柯南跟前，在他右脸上，也就是尚有面颊可亲的那边脸上亲了一下。他打着卷的头发垂在左边，遮住了部分额头。废臂那边的手深深地插在衣兜里。格拉尼亚想起了科林，他总是双手深插在裤兜里，想方设法不让别人注意到自己是个聋子，可到头来在别人眼里，他只是一副想要消失的样子。

格拉尼亚抬头看着姐姐。特雷丝说着话，打着手势，冲的是格拉尼亚而不是柯南。一瞥之间，她看到特雷丝重又拾起了童年时代使用的那套手语，那是两人多年前的创造。身体的记忆依然在，沟通毫无问题。特雷丝的手和胳膊挥舞的时候，格拉尼亚的余光瞥见柯南那只幸存的眼睛忽闪着抽搐了一下。

哦,柯南,柯南。

有了走出房间的借口,特雷丝似乎突然之间松了口气。"你们聊吧。"她说。格拉尼亚看着这句话语流进空气。特雷丝背过身去,紧紧地关上了客厅的门。格拉尼亚心里念叨着:我们擦了那些窗户,我们挂了那些窗帘,我逗她说她真够气派,我逗她说她的客厅居然还带门。

她面对柯南坐了下来。天花板重重地低悬在顶,两人都显得渺小了许多;它锁住了空气,让房间里愈发沉闷。尽管壁炉没有生火,可屋里还是有种挥之不去的残烟气息。不管她和柯南能不能说上话,反正这儿不是个说话的地方。

男孩受到惩罚,被关起来了。一个眼泪汪汪的小男孩被关在灯塔的房子里,他站在石凳上,透过小窗栅栏的缝隙朝外窥视。小男孩还被关在那一页的房间里——那一页格拉尼亚很久没翻了。

柯南没动。看上去他似乎并没在等谁来,也没在等什么事发生。她必须把两个人从这儿弄出去。她想到了房子后院四面围着玻璃的阳台。他们可以坐在那儿,眺望一路下坡通到湖湾的那一窄溜儿院子。她用手比画了一下。

"来吧。"她出声说道,但她知道自个儿的声音没听使唤,出口时音调太高。控制住嗓音,永远都在的那个内心的声音说道。

不管怎样,柯南还是起身跟了过来。他们穿过房间另一头的门,经过厨房进了后面的阳台。格拉尼亚看得出来,这里虽说阳光灿烂,却少有人用。至少现在没有。现在谁也没法灿烂。

她费劲地将那张小方桌拖过来,又把藤椅拽过来对着那排窗户。柯南的身子一紧,她明白,自己弄出来的声响太大了。

"这儿,"她说,但是犹豫之间,"儿"字卡在喉头没冒出来,"这。"

两把椅子并排放着,两人坐了下来。格拉尼亚指着湖岸上的岩石,还有湖岸下灰暗的湖水。太阳高高地挂在天空。湖湾里有些小游船——一条小白船,另一条稍大些,顶棚带有缘饰,两个人闲坐其中。

格拉尼亚用手语比画出平和和宁静这两个词来，先是打个叉，然后手画弧线落下。

柯南的右手比画出了半个手语姿势，只画出半个叉来，格拉尼亚目光扫过去，吃了一惊。

他的脸上不见有什么表情。

*都有点害怕*。像是汹涌的激流，牛犊和那个小姑娘、她自个儿和玛莫的画面一时全都涌上心头。书一页一页在她脑海中翻动。玛莫坐在摇椅上，格拉尼亚坐在她旁边自己的小椅子上。玛莫的嘴唇做出 both afraid both afraid（都有点害怕）的形状。

谁都有害怕的东西。特雷丝害怕的是丈夫的遭遇，以及婚姻生活的变化。柯南正坐在格拉尼亚旁边，这本身就会提醒她——吉姆也有可能被炸到。或者，像格鲁的儿子一样，他也有可能被打死，连个尸首都找不回来。她的呼吸变得急促起来。她怕自己还在柯南旁边就崩溃掉，她是来帮他的呀。

“都有点害怕。”几个字脱口而出。她没打算说出口。同时，她的手在两人之间比画出一个“都”来。这个样子还怎么期待能帮上什么忙呢？

柯南抬起右手，又一次模仿了她的手语，这一次他学的是“都”。她直视着他。他的嘴唇动了动，尽管他从未见过书上那一页里牛犊和小姑娘两相对视的画面。他轻轻点了点头，轻得几乎令人无法察觉。

*没错，他害怕了*。

“噗噗。”她说。

出自童年记忆的深处。

出自码头下他们清出来的壕沟。

出自那复杂又不复杂的过往。出自沟里木头的潮腐气味，出自某个孩子放的臭屁。那臭屁让四个玩伴本来就阴湿的栖身之处雪上加霜，可没人愿意承认，于是也就没人知道或者说是没人在乎放屁者是谁。当初费尽心思教格拉尼亚说那个禁词时，她死活不肯学，自己还生造了一个词作为替代，惹得大伙儿爆笑不已，这事大伙儿倒还记忆犹新。“噗噗。”

特雷丝当时推测说：“她大概认为这事跟拉臭臭差不多吧。”这话又引得大家一阵笑，就连格拉尼亚也没忍住。

“噗噗。”说话的是柯南。

一只眼睛盯着。他的目光注视着格拉尼亚的脸，想来夫妻俩彼此不相亲近的时候，柯南注视特雷丝的脸时就是这个样子吧。都有点害怕。可现在，他没在害怕。

而此时的格拉尼亚也不再害怕了。

他出声说话了吗？或者只是她的幻觉？

他的嘴唇再次翕张。“噗噗。”

他身上的肌肉颤动着，废了的那条胳膊塞在兜里。格拉尼亚心中的笑声浮上来，尖细的声音带着喘息进入空气。这一声引得特雷丝跑过来，在阳台上发现了他俩。格拉尼亚笑得不能自已，她眼里红斑遍布，内心的叹息终于被驱赶出来。

柯南的脸，回家头一遭，皱起半个微笑。

她把能想起来的每一个练习都过了一遍。接连好几周的时间，两人一次一词，死记硬背。星期二一个小时，星期四一个小时，整个夏天都是如此。给柯南上课的时候，特雷丝有时候待在家里，有时候出门在外。柯南有补课的劲时，格拉尼亚星期五也会过来，这样就只有特雷丝和玛莫两个人去红十字会的工作室了。

他们爱跟苛拉叨叨什么就叨叨什么吧，达尔西说。

柯南饶有兴致地看着格拉尼亚的嘴唇。他歪着脑袋倾听，她那柔和而直触人心的声音熟悉得有如他自己的童年。

an

ab

art

An abrupt departure.

Absolution of sin.

ock

ick

The clock ticks.①

不过，对格拉尼亚来说可不是这么回事。对她来说，钟表只会传递有节奏的震动。想到这儿，她甚至还有钟表贴着手掌震动的感觉。

mis

Met with mishap.

Mistake will happen.

A great misfortune.

那些她以为自己早已忘却、曾经背给艾默思小姐和马科斯小姐听的练习题，重新飞回她的指尖，她的脑海，像童年的歌谣一样从唇上落下。柯南试着说 que、qui、qua——他的嘴张开之后就再没闭上。他们开始练习 sp 和 sm——两个音看起来极为相似。

她想起自己曾经坐在小桌子前，对着一面斜放的镜子——那是专为聋哑儿童设计的——盯着自己的嘴唇看啊看，直到那双嘴唇扭曲得不像样子才肯罢休。

---

① “The clock ticks”意思为“钟表嘀嗒响”。格拉尼亚用旧时在聋哑学校所学的发音课程教柯南练习开口说话。

bre

Breathe.

Breathe through your nose.

柯南开始有了言语。三周之后,他已经能念叨一些没有意义但却押韵的音节了。

mafasa

safama

格拉尼亚注意到,s 跟在了 p 的后面,这是他下唇上的伤疤造成的。她观察着他没受伤的那半边脸上肌肉一前一后的运动。她打量了一下他的侧脸,好的那边,按曾经接受过的训练,对,接受过的训练,从说话人的嘴唇和脸来抓住词义,哪怕只能看到一侧。

pro

Proceed with care.

Proclaim the good tidings.

词句从柯南的嘴里趔趄着掉出来。

本周的课就上到这里。

两人右手相接,紧紧一握。

踏上主街回家之前,格拉尼亚有时会逗留片刻,跟特雷丝喝喝茶。可特雷丝现在总躲着她。这一点格拉尼亚感觉到了,即便柯南正在一步步地恢复。一天,她问特雷丝究竟是怎么了,可特雷丝只是在厨房里焦躁地踱步,胳膊和手唐突而急速地挥舞,胳膊肘冲着外面。她不想谈。

回家的路上，格拉尼亚一遍又一遍地琢磨特雷丝的反应。她实在没法把那一幕从脑海中抹去。她走着，每迈出一步，脑子里都是特雷丝的面容。特雷丝发怒了，而她的愠怒像乌云一般，压在格拉尼亚的头顶。

回到家，她去找玛莫，可玛莫没空。玛莫待在自己房间里的时间越来越久，甚至让人觉得有点偷偷摸摸。跟家人一起在餐厅吃饭的时候，她总显得一脸疲惫。

到了八月底，不需要再练习了，但格拉尼亚还是经常顺道来探望，陪柯南坐一坐，聊一聊。柯南说话已经挺利索了，只不过还是不肯出门。镇里的妇女偶尔会送些浆果派、糖蜜面包、成罐的醋栗果冻什么的过来。特雷丝在前门接下每一件礼物、每一句捎给丈夫的话，但柯南从不会亲自到门口去，也不会让人瞧见自己。

特雷丝越发冷淡了，是不是干脆就别再登门了呢？格拉尼亚也开始心里没底了。她下定决心今天要跟特雷丝谈一谈，问问她是不是不欢迎自己过来了。进门的时候她顺楼梯往上瞅了瞅——打从柯南回家，她就再没上去过。她想到了跟大卧室隔厅相对的那个空房间，还有特雷丝脸上的痛苦。她总是一脸痛苦，还掺杂着愠怒。

格拉尼亚上门时，特雷丝正在穿薄外套；她匆匆打了个手语，说是有事得出门。找她说事的机会又泡汤了。

柯南坐在阳台上的一把藤椅上。另一把藤椅放在他对面，格拉尼亚在那儿落了座。她有些疲惫，感觉胳膊腿儿都沉沉的。湖湾上空是一张黑沉沉的天幕，上面有几抹灰白。她没有开口的劲，也没什么好说的。她把目光投向了水面。这是他们的湖湾；这是他们的小镇；这是他们的生活。他们都曾有过童年，都曾憧憬过自己的未来：特雷丝、格拉尼亚和柯南，还有他们仍在法国的朋友欧林。九岁那年，格拉尼亚被送去上学，从此她的生活便与大伙儿隔绝开来。不过，话说回来，她此前的生活也是与人隔绝的。她开了腔。面对面，她把这些事告诉了柯南。不用盘算，这些话自然而然地从她心里溢流出来。

那些年，他们都还是孩子，在一个“公司城”里一起长大。一个人口爆炸式增长的拉思本城。早些年，也就是她耳聋之后、去贝尔维尔学校之前的那段时光。柯南两只耳朵捕捉到的一切，她都以画面的形式存放在了记忆深处。各有各的童年，却都在同一个小镇度过。他们也可能住在不同的星球。她错过了什么？她不知道自己错过了什么。她以独有的方式构建了属于自己的世界——没有背景交谈，没有偷听来的信息，没有传言，也没有噪声。父母保护着她，还有玛莫、特雷丝、帕特里克，以及最为年长、常在旅店工作的伯纳德。

她发觉自己得多长只眼睛。达尔西梦见了自己的第三只眼睛。还是个孩子的时候，她就有这个需要，现在也一样。

“跟我说说。”柯南说。他说得小心翼翼（生怕格拉尼亚看不明白）。“我想知道。”

说说。

“人们的名字，能正常说话的那些人，”她说，“我都是以我观察他们的方式和他们在我脑子里留下的画面来了解的。老陶半边嘴没牙。他前两个老婆都死了。第三个年纪虽轻，却长得显老。特雷丝和我都叫她老脸小媳妇儿。

“欧利瑞神父右边的耳朵背后有块胎记，形状就像他叼着的那个烟斗。他是夏天去世的，天很热——还记得吧？我当时从贝尔维尔回来了。他是在教堂旁边那幢房子最凉快的一个房间里陈殓的，是楼下的一间卧室。窗户是开着的，写字台上有一盆凉水，里头放着湿布。两个妇女依次从盆里取出布拧干，把神父脸上的布揭下来，再把拧好的布盖上去，好让他的脸在哀悼前不至于发乌。玛莫带我去的。她跟我说不要怕，有生就有死。赶在哀悼的人过来之前，水盆被塞到了床底下。

“格莱姆思太太真够壮的，她的两脚往前挪，可身子一直在左摇右摆，似乎怎么也迈不出去。她的丈夫安敦是那家店的店主。看到他的名字写出来的时候，我还在想，那个有着漂亮名字的男人，我自言自语地念叨着：安敦。

“弗兰奇，头发打着波浪卷，以前在木材加工厂干活。我信得过他，但对他的老婆麦瑞却不怎么信得过。她的眼神总是鬼鬼祟祟的。他们一家搬走了，记得吧？”

“接着讲。”柯南说，他自己的那段童年时光也正一幕幕地在他脑海中涌现。

“凯——成天鼓着腮帮，像是在吞咽什么秘密。她现在也还是那样。说到编织，镇子里数她最出色。她一到红十字会帮忙，大伙儿就能领教她的本事。她现在还去，尽管她男人……”

凯的丈夫劳伦斯阵亡之后的几个月，虽然格拉尼亚一直在娘家住，却没上过凯的门。她知道，劳伦斯一天晚上被派往无人区的一处听音哨，而那个听音哨直接遭受了炮火袭击。炮弹打着谁本来没个准，可它却偏偏选中了劳伦斯。

去了凯那儿，事实就会逼她承认镇子里的小伙子又死了一个。母亲想让她过去看看，玛莫也催她去探望，可格拉尼亚就是狠不下劲。不是因为她漠不关心，相反，是因为她太过关心了。再说了，当时吉姆也刚刚离家上了前线。

劳伦斯去打仗之前，她见过他们两口在一块时的情景；他们对彼此的爱显而易见。劳伦斯走后，他们的孩子出生了。劳伦斯只在凯远隔重洋寄给他的一张照片里见过儿子的模样。他的孩子如今已经三岁了。

终于能将自己那种自私的恐惧稍加释放的时候，格拉尼亚独自一人去见了凯。两个女人在门口就拥抱在一起，然后面对面在厨台边坐下。格拉尼亚可以轻松地读懂凯嘴唇间的词句；她俩一直很熟。她想问问凯都是怎么过的，日子是如何难熬。但她没那么做。

她真真切切地在凯的嘴唇上读到了“荒了”这个词。“房子荒了，是个空壳。不是家。”除了她深爱的孩子，凯痛恨房子里的一切。但她却不愿回娘家跟父母同住。格拉尼亚探望后不久，凯就和“瞎跑老太”搬进了现在这栋房子。那时候她祖母还只是人们嘴里的“老奶奶”。

不管怎样，凯还是找到了自立的法子。她在克莱伯顿玻璃厂找了份做蚀刻的活儿。在地下室，她跟镇里的其他十二个姑娘一道工作。她还接了一些缝纫的活儿在家干。有六个人给她供活儿。她什么都能织，钩针用得非常娴熟。去年冬天，湖湾里的冰冻厚实了之后，凯和格拉尼亚去滑过冰。

格拉尼亚是在出声说凯的事吗？从柯南脸上的表情判断，她或许是出了声的，尽管她也不敢确定。

“接着讲，”他说，“我想听。”

没错，他是想听。从他那只眼睛里她看得出来。他想听她能看到的一切。

“麦克莱兰先生，那个面包师，一脸冷峻，嘴角还有道褶子。他夏天还牵着老婆的手。在主街他们家房子侧面的门阶上和他老婆在一起的时候，他可是一点儿也不冷峻。苛拉的女儿珠欧给伯纳德插了一根白羽毛，尽管玛莫跟我说永远不要有怨恨，可我还是为这事恨她。珠欧就爱打扮得花里胡哨的。还记得她那些借来的珠宝和花哨的系带靴吗？婚后她搬到了渥太华住。她是回娘家那次给伯纳德插羽毛的。

“从相貌上看，比利·尼德尔斯是家里最小的，可实际上他年龄最大。他还活着——在打仗呢。”

她咬住了嘴唇。提这些事并不是要说谁还活着，谁已经死了。

*接着讲。*

“玛格丽特有个双胞胎弟弟，他搬到蒙特利尔去了。看了她名字的印刷体，我就再也说不对了。那种拼写方式把我搞糊涂了。说起她的弟弟时，她的眼睛总会瞥向左边，似乎能在身边看见他。怀特先生，那个卖肉的，说起话来头左摇右摆，而他的老婆多丽，说话快得不行，我一个词都读不出来。他们俩能弄懂对方说了些什么吗？菲利克斯先生的上下唇都挂着胡子；要搞清楚他在说什么，门儿都没有。

“马蒂内太太说话带西班牙口音，每次见她说话我都反应不过来。她说的每个词都有卷舌音，读唇可费劲了。她的女儿说话好咬舌头，上下门牙之间还有道缝儿，发 s 这个音的时候口型跟谁都不一样。我看得懂她的唇形。跟她说话的时候，我告诉自己只须校正一下就可以了。

“米妮的头发直得就像泵出的水流——这是玛莫的说法。米妮总逗我发笑。每次见面，她都有高兴事跟我说。她的丈夫鼻子窄窄的，胡子半遮嘴唇，说话不太容易懂。他从没跟我说过话，不过镇里的男人当中数他的手最好看了。”

除了我家吉姆，可他不算是镇里的人。

“杰米逊家的双胞胎兄弟在上学路上经常往玻璃厂侧墙的窗户那儿凑，因为他们知道内侧的窗台上放着等待冷却的次品。他俩从干活的姑娘们那儿把这些次品要过来，然后挨家挨户地去卖，好挣上几个子儿。

“杰克·康林好嚼烟草。他要是没在嚼烟草，我倒还能搞明白他说的话。还有苛拉，她说话再好懂不过了，可我倒希望自己读不懂。她曾经跟我说过，我有一副甜美的小嗓子。可也就那么一次。”

头一次听说格拉尼亚结婚的事时，苛拉难以置信地跟特雷丝说：“她嫁给了一个听力正常的小伙子？你妹妹。一个听力正常的小伙子。”

格拉尼亚收住了话头。她的嘴不住地说啊说，完全不假思索，再说就要说到自己眼里的词语曾经都是黄绳子缠来绕去形成的了。

“所有这些，”柯南喃喃自语地说道，“所有这些都是你看到的。”

格拉尼亚当时看到的是：柯南面庞俊美，一如从前。只不过现在俊美之外也叫人害怕。他并没有因为她的审视而退缩，而她又在端详什么呢？蔓延开来的伤疤，失去一边的眼睛，原本光滑的皮肤上深深的褶痕。谁也没看过他的脸，她想。他根本就不会让人看。

“你知道我是怎么说的吗，格拉尼亚？当哨兵盘问口令的时候？要不是我那么答话，搞不好当时就被一枪毙掉了。”

她不由全身发冷。她读对他的嘴唇了吗？谁盘查口令了？柯南说什么了？她知道自打回到家，战争的事他一次都没提过，即便对特雷丝也是如此。格拉尼亚知道自己必须全神贯注。她每个词都得看清楚。

尽管有伤疤碍事，她也得看清楚柯南接下来的话。

“你想说什么？慢慢说。”

说说。

“那个哨兵，岗哨。”柯南仔细而缓慢地径直对她讲了起来，“他盘查口令，我就应该给回应，就像接暗号一样。我是从一侧上去的。我们被派去搞战壕袭击。可是炮弹开始在周围爆炸，大伙儿都散开了，我被击中了。我摸不着路，返回时位置不对，撞上了岗哨……当时已经是后半夜了……很黑。四周全都是声响，没有哪儿是安静的。伙计们被这些声响给整疯了。有些人甚至想给自己挖个坟坑钻进去躲着。

“我得证明自己不是敌人——不是德国佬，而且立马就得报出来。那个哨兵蹲伏在一个角落——沙袋高高地堆着，有个角度。我辨不清方向，只在黑暗中瞥见一丝刺刀的微光。我知道他很紧张，从他的声音里听得出来。我觉得他的来复枪发出了响动，子弹上膛。我的一条胳膊动不了。我把另一只手按在脸上。我没有枪。我不知道自己的面颊豁开得多严重。我几乎什么也看不见。我说：‘别打我。’却想不出自己该说什么口令。我知道自己马上就要昏倒了。我什么也想不起来，只在心里嘀咕，过了他这一关，过了这个陌生人这一关。接着一个词从我脑子里蹦出来。我听到自己的喉头——我嘴里满是血——我听到自己的喉头发出了‘屋屋’的声音。那是你的声音啊，格拉尼亚。我们曾经的暗号。我发出的唯一一个让我被接纳的声音。”

格拉尼亚没有动。

“它救了我的命。他可以一枪打死我，可他没那么做。他肯定瞥见了什么，肯定是在那一刻看到了我军装上的什么东西。谁知道他看到什么了呢？那么黑，真是伸手不见五指。”

格拉尼亚低下头。“说给特雷丝听听吧。”她轻声说道。

柯南没有理会。

“哨兵问：‘你到底说的是什么呀？’‘屋屋。’我又说了一遍。他笑了，声音不大，只是低沉地呵呵了两声。到今天我脑子里还有他笑的样子。尽管我只是一只眼睛看到了他，但我怎么也不会忘记他的脸。然后他看到了我的脸，说：‘哦，天哪。’跟着这一声，我摔倒在地。我的手再也没法摁着不让脸开花了。他喊叫着，担架兵跑过来把我抬了回去。”

“跟她说说，”格拉尼亚说，“她需要你把这些事讲给她听。她想帮忙。”

“我不需要她帮忙。”

她想到特雷丝把什么带子呀，长筒袜呀，领带呀系在一起的情景。当年特雷丝抛给她的是一根救生索。特雷丝把她往岸边拽，让她脱离了漂浮的黑暗。

“特雷丝是咱们这边的，”她说，“她也知道暗号呀。”格拉尼亚想起了特雷丝冲着她那麻木的耳道大声喊：“下一步，报出口令！”

“没错。”柯南说，但他的那只眼睛此时并没有看着格拉尼亚，“特雷丝是自己人。她也知道口令。”

# 17

多伦多博览会：

我看到了玻璃柜中普鲁士士兵大衣上的血迹，也看到了被榴霰弹击中的英国士兵帽子上的血迹。我看到了被炮弹炸下来的比利时人的一条裤子。我想到了那位丢掉腿的裤子的主人。我喜欢看这些由大战而来的稀奇玩意儿。

——《加拿大人》

她爱火车，爱那种感觉，那种庞然大物的样子，那种雄伟。她和特雷丝先到贝尔维尔，在那儿的车站外面等着倒车去多伦多。她喜欢闻铁轨沿线铺着的煤渣味，还有远处养牛场的味道，喜欢看男人们在月台上拽着长长的车辕，牵拉满载货物的快运货车的场面。目光越过那些男人，她看到了远处的卸煤斜槽、一堆堆圆锥状的煤渣——那是火车倾倒炉灰的地方，还有悬挂着长链子的水塔。她喜欢男人们站在那儿的样子。预备着再次行动，从行李车上卸货装货的空当，他们不紧不慢地等着，掀起帽子，冲空气说话，瞅着一溜空空的轨道。她喜欢那种看到轨道尽头黑烟升起时心头涌起的期待。没多会儿，火车低吼着、震颤着驶入人们的视线。靠站时它会放慢速度，火车司机和司炉工微笑地看着下面的大铁轮子，随火车缓缓滑过。她喜欢看司机的胳膊搭在敞开的窗沿上，让旅客车厢在离她和特雷丝不过几步之遥的地方停下来；她还喜欢看司闸员停下车，列车员拖出踏板放在打开的车门前的样子。特雷丝爬上火车，格拉尼亚抬手正了正帽子，跟着姐姐上了车。她们左转，走过水冷器，在离车厢尽头三排远的地方找了个双人座。格拉尼亚在靠窗的位置坐下来。这一刻，她被隧道模样的车厢所吞没。事事熟知的生活早上刚刚抛却，陌生的面孔和未知的历程即将面对，火车上的她正悬在二者之间。

玛莫帮她和特雷丝收拾好行李。“带上两套好点的不容易起皱的衣服。带足三天的内衣。除了上床睡觉，帽子要一直戴着。”玛莫已经作好安排，要她俩待在多伦多那边的詹姆斯舅舅和米娜舅妈家里，车票也是她出钱买的。格拉尼亚现在总算是明白了，玛莫每天在房间里神神秘秘几个钟头，原来是在给克拉克医生的太太梅瑞德缝衣服。她那双饱受关节炎之苦的手倒还没把曾经的手艺丢掉，做出来的衣服剪裁得体、漂漂亮亮。她用上等英国绒面呢做了一条下摆到腿肚的裙子，外加一件收袖口的长外套。她就是用干这事得来的钱给姐妹俩当作去多伦多的路费。玛莫瞧出了姐妹俩之间的冷漠，想让她俩一块出去转转。

“回来到我这儿拿邮件。”她跟格拉尼亚说。玛莫甚至还突发奇想，说特雷丝不在的那三天，她可以搬到那栋小房子去陪柯南。这是一次改变。姐妹俩谁也没寻思过出去旅行的事，没想过要有点“改变”，可现在两人却肩挨着肩倚坐在拉绒座椅上。每个座椅在靠头的位置还衬着一块洗烫过的方布。两人兴奋地调整好位置，安顿下来，又默默而略显忸怩地定下神来，把目光投向窗外。

格拉尼亚盯着外面缓缓滑过的货车，感觉动的好像是她自己。她瞥见了行驶中的货车上板条之间露出来的牛背梁和牛鼻子，板子下面伸出来一大捆一大捆的稻草，还有脏水滴滴答答地洒在轨道上——抑或是牛尿？后来，她们所在的车厢被猛地一拽，渐渐驶离站台。跨越狭窄的莫伊拉河，经过沿途的房屋、田地、池塘，火车似乎攒足了劲，跑得飞快。铁路近旁湿地里的鸭子受了惊吓，一双双一对对地扑棱着翅膀飞起来，城市被甩到了身后。

两人的脸都冲着火车前进的方向，因为旅途带来的新鲜感，十来分钟后两人才开始轻声交谈，用的是唇而不是手；她们不想让那些好管闲事的人盯着自己。特雷丝说话不必出声——有什么非得出声的理由吗？——她只须用唇形表现要说的话，而格拉尼亚不但要眼睛看着她的唇形，嘴上低声回应，还得仔细观察她的表情，好知道什么时候自己的声音高了，该压一压。

桃筐女士也在车上，背对火车前进的方向坐在车厢顶头的一个座位上，脸冲着姐妹俩。火车左右摇晃不停地找着平衡，桃筐女士一会儿把目光投向窗外，一会儿又收回来看着过道，嘴里不住地喃喃自语。她身着一袭长裙，海军草帽下钻出几缕头发。几乎车上的每个人都认识她。过去几年乘火车往来贝尔维尔、德西龙托和纳帕尼的时候，格拉尼亚和特雷丝也见过她。她今天在这儿，过几天便远在昆斯保罗，跑到黄铁矿场然后再回来。也不知道她筐底厚厚的衣服下面有没有压着车票或通行证之类的东西；即便有，也没见列车长查过。她的头顶有一长溜贯通整节车厢的宽宽的行李架，可她却不愿把筐子放上去，而是更愿意把它放在身边或者腿面上。筐子里从没见过桃子，只有她的衣物，而且总会探出一截能装约莫两斤枫糖的密封罐。是不是加了再吃，吃了再加，谁也不清楚。据说她的男人以前是司闸的，在昆特湾铁路公司做事， 次刚把他那段铁轨的道岔检查完就被车头给撞死了。不幸发生后过了几年，木把筐子里装着一丁点儿家当，桃筐女士便开始坐火车周游了。她不停地轻声自语，格拉尼亚能从自己的位置上看到她说的话。格拉尼亚笑的时候，特雷丝的嘴唇发出一个无声的问题：“她说什么了？”格拉尼亚压着嗓子回答说：“她说今天的车太颠，搞得她身上的赘肉一个劲地颤。”特雷丝一笑，身子又靠了回去。要是两人还小，她们说不定就会在耳边打手语，做出表示发疯的动作了，可这会儿她们只是在寻思，她从哪儿弄吃的？在火车上的盥洗室或者车站洗澡吗？大伙儿会不会给她钱？沿途的镇子里有没有什么亲戚？她没有孩子，一直在火车上过活，除了这两条，大伙儿就什么也不知道了。

到了多伦多，格拉尼亚打算用她从吉姆的津贴里省下来的钱买些圣诞礼物。她现在每个月能领到五十元；吉姆刚走的时候，她的津贴是四十五元。她把自己想买的东西列了张单子：一条温莎领带，给爸爸；

一瓶杏仁味的护手乳液，给妈妈；一本七百六十三个单词的词典，给帕特里克——那是给他准备的一个惊喜，希望他回家以后能重返校园。她看到《多伦多报》上打的广告说词典十九分一本。她已经提前给帕特里克送去了一个圣诞邮包，里头有巧克力、磅饼[1]，还有八个分开包装的杰克牙牙农场产的苹果。帕特里克还在英格兰受训，格拉尼亚祈祷他可以一直待在那儿，直到战争结束。"八月进逼"对德军战线造成了新的压力，大家都说战争很快就真的要结束了。不过，这种话以前也不是没听过。

玛莫呢，格拉尼亚打算给她买一瓶上好的"加拿大花束"。打算买给伯纳德的是一个蒂帕雷里领圈。虽然她还不敢确定，但眼见伯纳德每周都有那么几次下班后不见人影，有人看见过他进了老奶奶的屋子。有一天他在那边张罗送煤的事。他跟谁都没提过，但格拉尼亚盼着他和凯能在彼此孤独的生活中给对方找个位子。特雷丝自己的烦心事都顾不过来，格拉尼亚也就没跟她讲。而且格拉尼亚也知道，伯纳德最不喜欢声张。要是现在有人跟他说凯的事，他反倒会不进而退，躲到一边。格拉尼亚跟玛莫提过这件事，没想到玛莫其实早有发现，只是跟她一样没往外说罢了。格拉尼亚望了一眼特雷丝，心里琢磨着这会儿有没有什么事是不好说的。可特雷丝的眼睛是闭着的；她在休息。

博览会正在多伦多进行，格拉尼亚和特雷丝打算去看看。去年多伦多的一个表亲写信跟她俩说，大看台上还有一出表现夜袭德国佬战壕的节目。格拉尼亚今年可不想看这个，吉姆还在那边，报纸的头版头条还在对"大逼近"大肆宣扬，她没那个心情。她也不想看到那条血迹斑斑、能明显看出伤者的腿是从哪儿被炸断的裤子。仅凭想象就足以补全种种悲惨的场景了，哪里还需要这些物件去引导？相反，她倒想去看看那些牲畜、各色美食和游乐场，她还会好好看看展会的室外部分。

一道出远门，这还是头一次。到那儿的第二天，她俩就去坐了有

---

① 因用一磅黄油、一磅糖、一磅鸡蛋和一磅面粉制成而得名。

轨电车，还去了伊顿先生的商店。整整三个小时，姐妹俩把店里的女装、领圈和儿童手套看了个遍。她们上到六楼的小餐厅，美美地享用了二十五分一份的午后特惠，点的都是家里旅店餐厅不可能有的东西：蛋黄酱拌的大龙虾沙拉、卖相可人的加了起泡奶油的蛋糕，还有一壶两人共饮的茶水。“咱够气派吧？”格拉尼亚说。她的话别人不太能听见，不过特雷丝完全知道她在说什么，做着唇形回应了她。又一次，两人在公共场合舍手语而不用，尽管当着表亲和米娜舅妈、詹姆斯舅舅的面，她们用得不亦乐乎。如果格拉尼亚忘了提哪个人的名字，或是大伙儿同时开腔的时候，特雷丝就会为她在空中把那些词写出来。在这儿特雷丝是轻松的；格拉尼亚已经注意到姐姐的笑容越来越多，表亲们的笑声中也有了她的一份。她更像以前的那个特雷丝了，虽然格拉尼亚还是能觉察出她的愠怒。

在多伦多最后一天的下午，她们急匆匆地穿过拥挤的街道，找到了那家电影院，当天上映的是《世界的核心》[①]，由莉莲、多萝西，以及英俊潇洒、留着八字胡的罗伯特·哈伦主演。她们正好赶在电影放映前到场。银幕之大，格拉尼亚前所未见。灯光暗了下来，她端端正正地坐在座位上，注意力高度集中，不想错过任何一样东西。特雷丝紧挨着坐在她旁边。看着画面变换得飞快，格拉尼亚不由皱起了眉头。她眯着眼睛，尽量去捕捉各种细节，跟上画面变换的节奏。她费劲地读着无声的屏幕上男演员的唇形，看到了两个法语词：libre 和 merci[②]——这两个词她都懂，因为战争刚开始的时候，这两个词就在贝尔维尔的学校众口相传了。特雷丝不懂那两个法语词，也没法像格拉尼亚那样读唇，于是用胳膊肘碰了一下格拉尼亚。格拉尼亚贴着姐姐的耳朵，轻声跟她说了那两个词的意思。

电影里的激烈场面不少，格拉尼亚看得目不暇接。泥土像火山爆

---

① 一部著名的战时宣传影片。

② 分别表示“自由”和“谢谢”。

发一样飞得老高。战壕里的年轻人相互做着鬼脸；战士们冲出战壕，随即倒下。他们跳出战壕，一拨又一拨地冲向敌人，用刺刀扎着捅着。满眼都是火焰喷射器、带长柄的炸药包，除了烂泥还是烂泥，还有水、行进中的战士、战斗着的战士，一场战斗接着另一场战斗。她几乎要相信其中一个袖子上佩戴着红十字、身着军装的年轻人会转过头来面朝黑暗中的多伦多观众，而那个人就是吉姆。

特雷丝的手摸过去，紧攥住格拉尼亚的手。她没打算松开；她差点要把格拉尼亚的手给捏断了。电影里惨状连连：一个当妈的死了，一个当爹的死了，同村又一个当妈的死了。坍塌的房屋，废墟下的尸体。一个小男孩，一个脸长得像天使一样的小弟弟，看得特雷丝禁不住哭了起来。而格拉尼亚最喜欢的是"捣蛋鬼"，她生命力旺盛，时常还会捣捣蛋。在影片的结尾，那个"捣蛋鬼"甚至还搭手救了那对恋人。那对恋人作好了在彼此怀抱中死去的打算，还给自己举行了婚礼。这一段格拉尼亚通过读唇弄懂了他们的对话。特雷丝几次三番毫无征兆地紧握住格拉尼亚的手。最后，两人终于走出影院，又一次站在了秋日的阳光下。格拉尼亚不知道自己有哪些信息没抓住，她停下步子面对姐姐，问为什么这部电影有些地方让她那么难受，有些则不然。特雷丝说："音乐。音乐太猛太快，我的心怦怦直跳，觉得自己非得离座跑出去才行。"

她们去了一家餐馆，又喝了些茶，看起来刚从战火里钻出来的倒像是她们俩一样。

在回米娜舅妈家的路上，尽管知道自己会先那些卡片一步回到德西龙托，她们还是给吉姆和芙莱以及家里的每一个人都寄了明信片。她们去邮局买邮票，排队的时候发现队伍前面的一个妇女情绪激动。格拉尼亚观察了柜台后面那名职员的嘴唇；他在气冲冲地跟那个妇女说话。他半转过脸，粗鲁地做了个手势。那个妇女冲出了大楼。

"什么事？"格拉尼亚低声问道，"发生什么事了？"

"德国人。"特雷丝动了动嘴唇。

"那个妇女？"

“他是这么说的。她说她不是，可他不相信。”

“她转身出去的时候，我读他的嘴唇了。”格拉尼亚说，“他说：‘我恨德国人。’”

那天晚上，她们在多伦多的最后一晚，在表亲们为她俩腾出来的房间里，姐妹俩紧挨着躺在床上。在这座大城市里看到了很多东西，格拉尼亚的脑子里正在放电影一般地回想着。她毫无睡意，眼睛盯着这个还不熟悉的房间里的一片幽暗。

特雷丝没什么动静；她一定是睡着了。可她突然感觉到特雷丝的脚在顶她的脚。又是一下。她起初还不敢确定，接着便明白了。碰了两下。她等着，回碰了一下。她一，特雷丝二。两人开始用脚和脚趾碰出一些傻乎乎的、没什么含义的信息，床垫在她们的笑声中抖动起来。两人继续碰着笑着，过了很久才消停下来睡着了。

第二天，她们跟米娜舅妈、詹姆斯舅舅还有表亲们道别，启程回家。到了贝尔维尔，下来准备倒车的时候，只见桃筐女士正站在那里，等着上车。枫糖的密封罐从衣物下面伸出半截，筐里的东西看起来跟几天前没什么两样。

格拉尼亚提醒自己，离家几天，吉姆该有信到了吧。但她很高兴有这么一次消遣的机会，很高兴有这么一段时间她和特雷丝可以想点吉姆打仗、柯南恢复之外的事情。

她们站在家门口看着对方。

“我们变严肃了。”格拉尼亚说，然后姐妹俩拥抱作别。“自从他们去打仗，我们几乎就没笑过。”

可特雷丝着急回家。她一只手贴着格拉尼亚的面颊，淡淡地笑了一下。她又抱了抱格拉尼亚，然后便转过身，匆匆地朝着柯南，朝着主街尽头属于她的那栋房子去了。

我们错过了彼此，格拉尼亚看着姐姐远去的背影时想着。不过，也许事情正在好转。我们错过了彼此，我们很少有机会欢笑或者逗趣。我们所做的一切不过是在等着战争结束。

# 18

如果起初就像是重感冒突发，患者应该卧床，盖暖和点儿，用加了芥末的热水烫烫脚，多喝热柠檬水。受到广泛认可的是，人类身体的抵抗能力如果能完善到理想状态，就足以抵御几乎任何感染，“西班牙流感”[①]也不例外。

——《纳帕尼快报》

在梦里，当时是冬天。吉姆在室外，借马口铁杯子里半是冰半是水的东西在刮脸。他在哼唱。冰天雪地，他穿着一件厚实的短外套，还戴了一顶紧箍着脑袋的毛线帽。刮完了脸——他没有镜子——他转身跟她说，他要在雪里变出一个完美的天使。他往后仰，重重地倒了下去。他没有把胳膊伸出来做缓冲，跌得那么重，格拉尼亚看了不由一惊。他仰面看着她，胳膊腿儿挥舞着当作翅膀。然后他站起身，脚下挪了挪，换个方向，再次倒地。又是一记重摔，又是一个完美的天使。雪地里拓出来的图案边缘齐整，人与图案之间也不见足迹。“我会回来的，”他躺在雪地里说道，“我以前跟你说过的，格拉尼亚，我会回来的。”

昨天夜里她没把百叶窗拉下来，星期六早上醒来，看着外面的天色，她知道妈妈肯定是睡过头了。妈妈从没晚起过，到房间里招呼格拉尼亚起床的一直都是她。每天早上，她俩起得最早，然后一起穿过廊道去旅店准备早餐。

爸爸在牙牙的农场。他离家已经五天了，不过因为要新进一匹马，

① 1918至1920年间的流行性感冒，曾造成世界范围内数亿人感染，几千万人死亡。

他今天就会回来。驯马师中午之前到，这意味着屋子后面将会有很多人看热闹。加之周末的汽船游览团也会在码头停留，旅店肯定会很忙。伯纳德说他中午会来餐厅搭把手。布兰特太太也说要来，虽然今天她该休息。格拉尼亚想起了小时候布兰特太太给她递葡萄干小甜饼的情景。现在呢，她把裹着东西的纸包递给玛莫，好让她藏在欧肖内西的箱子里。这事她是背着别人干的。

格拉尼亚头疼嗓子疼，但她还是毫不磨蹭地起了床，推开了父母的房门。她走到妈妈身边，俯身把一只手搭在她肩上。

"妈，"她平静地喊了声，"妈。我们睡过头了。"

妈妈睁开眼睛，惊醒了。她抬头看了看闹钟，身子又沉了下去。"我忘了，"她说，"忘了给它上发条了。"像是没看到格拉尼亚一样，她手探出去轻轻捏了捏格拉尼亚的手。

俯视之下妈妈的脸看上去非常脆弱，格拉尼亚心头一震。帕特里克走后，妈妈好似萎缩了一般。撑起身子坐在床边的时候，她眼睛和嘴边松弛的皱纹顿时拉紧了许多。

昨天两人都睡得太晚了。昨天晚上，正当格拉尼亚为第二天早上的事摆好桌子，准备离开餐厅的时候，一个妇女从大门跑进了旅店。她的左脸上有一大块淤青，看着吓人。她不住地回头看，好像背后有人会跟着闯进来似的。伯纳德从办公室里出来，向她开了口。格拉尼亚站在原地等着，不知该做些什么。她试着去读那个妇女的嘴唇，可她始终低着头，而且还在哭，很难搞清楚她在说什么。伯纳德也在试图弄清状况。他一只手搭在那个妇女的胳膊上，目光越过她投向外面黑沉沉的街道。他从她身边走开，去了门口，又站在外面的阳台上望了望，然后走回原处，这才注意到格拉尼亚也在场。

"茶，格瑞妮。能沏点茶吗？带她去餐厅吧。那儿没人。"

妇人约莫四十来岁，头发灰黑相间，随意地扎在脑后。她的面颊肿着，格拉尼亚于是从厨房冰箱里取了一溜儿冰块。她想起了妈妈不久前说起镇里的一户人家。"那家男人，"她说，"对老婆可不好了。"

格拉尼亚明白其中的意思。言语隐藏着行为，尽管大伙儿都知道紧闭的房门背后发生了什么事。而现在呢，面前又是那样一个妇女，心灰意冷，神情沮丧，眼睛不时瞅着门口。她已经止住了哭泣，但还是害怕。

玛莫上床睡觉了，妈妈从廊道过来，跟这个妇人说话，像是有些认识她。一个钟头过后，她执意要走，伯纳德就送她去了她兄弟家。

三个人都被这事扰乱了心绪，格拉尼亚和妈妈很晚才上床。为了赶时间，两人只能手脚再麻利些了。

格拉尼亚没收拾床铺，洗漱穿衣也是匆匆忙忙。她咳嗽了好几声，想把嗓子清一清。去看妈妈是否穿戴停当的时候，她停下步子看了看窗外。看样子是起大风了。她抬头望了望天空，一群排成人字形的大雁映入眼帘，就在头顶，不过队形不够齐整，不够规范。接着又飞来了一群，这次的人字可就像样多了。要不是抬头去看，只怕两队大雁都得错过。又一个季节即将告终。就在昨天，玛莫还郑重宣布，说今年鸟儿们会提早南飞；她的关节炎能当预报使呢。格拉尼亚又想起了昨晚那个面带淤青的妇女，还有那种恐惧——不光是那个妇女感受到的恐惧，也包括格拉尼亚和妈妈感受到的恐惧。后来终于要上床睡觉了，妈妈在门外拦住格拉尼亚，一板一眼地跟她说了几句话。

“你爸爸和我在一起这么多年，”她说，“他从没冲我发过火，手都没抬过一下。”接着她又说道，“可现在他已经不愿意理我了，这也不能全怨他。”格拉尼亚没料到妈妈会说出这番话来，一时不知道说什么才好。不过倒也无妨，妈妈说完话就转身独自进了房间。格拉尼亚把妈妈说的话琢磨了很久。

格拉尼亚看着椭圆形镜子里的自己，尽量镇定下来。那双回望过来的眼睛带着黑眼圈。她面色苍白，心里嘀咕着怎么昨天没有注意到这些。在多伦多的时候她就是这样吗？特雷丝当时可是什么也没说呀。她匆匆出了门。妈妈正在下楼，格拉尼亚赶上了她，两人都加快了脚步。妈妈抓住她的胳膊，身子向她靠了靠。两人打开旅店厨房的灯，动手干起活来。

一口气忙到差二十分钟就十二点了，格拉尼亚才算有了喘息的机会。她没跟妈妈说自己嗓子疼的事，不过也没什么必要说。妈妈一眼就注意到了她苍白的脸色，但也只是一句话就带过去了。她们整整一上午都在辛苦忙碌，你来我往穿梭于厨房和餐厅之间。这会儿，妈妈想让她抄写新菜单，发牢骚说旧菜单给弄得油迹斑斑的，早该换了却一拖再拖。这次的新菜单她想让格拉尼亚用那手工整的印刷体来誊写。“闲坐的时候也好干点什么，”她说，“拿一份旧的照着抄吧。”格拉尼亚点点头。正要离开房间的时候，妈妈拦住她，双手搭在她肩膀上。“看上去你好像没睡好，”她说，“或许起床的时候就不对劲吧。”

可格拉尼亚此刻只想出去；她想摆脱那掐着人喉咙、令人窒息的空气。菜单的事她或许可以放到下午在旅店门厅靠近伯纳德坐着的时候再干。那份菜单她早已烂熟于心，要做新的根本不用旁边还放份旧的：煎鸡蛋和外脊熏肉；热粥和醋栗烤饼；艾吉的特色靓汤；罐焖土豆烧肉和爱尔兰苏打面包；鸡肉派；水果扣糕。每逢周四，奶油蛋羹或葡萄干苹果派。每逢周五，平锅煎鱼——狗鱼或者鳟鱼。还有罐头鱼肉做的鲑鱼面包。每逢周日，烤牛肉和干锅土豆。

她回到家，透过后窗朝外望去。父亲就在外面，正跟杰克·康林说着话。杰克·康林嘴里还是没忘了嚼烟草。驯马师也在场。他一只手拿着那些家伙，一只手握着鞭子，尽管大家传得神乎其神，说他很少动用鞭子。格拉尼亚头一次见到了父亲新进的这匹马。它在围场里颇不安分，似乎知道即将要遭受凌辱或挫败。

风卷挟着尘土，在车库的门边打着旋儿。镇里来的半大小伙子们上身探进围栏，聚了半个圈子在等好戏开场。两个小一点的男孩坐在围栏的上横梁上，学大人斜戴着帽子。还有一些朋友从米尔街过来，进来便拴上了门。他们靠后站着，离里圈的场子有好几步远。

格拉尼亚知道，要是妈妈从窗户往外看，见她走了，肯定会设法叫住她的。瞧着后院里的一派热闹景象，她只好把妈妈放到一边了。正午时分的汽船即将靠岸，妈妈想必在准备正餐和头一道菜。这会儿应该也用不上格拉尼亚。

格拉尼亚不清楚妈妈的酒红色油膏搁哪儿了，便去了那个小小的食品储藏室，从架子上取下一罐打开了的甜菜头，蘸了一点紫红色的汁液涂在两边的腮上。这就算是提了提气色。她把汁液使劲揉了揉，好促进皮肤吸收。作假的事妈妈很容易就能看穿；她总能看穿。她看得出黑眼圈，看得出甜菜汁，看得出她苍白的脸色——不过，妈妈不在屋里。

离开食品储藏室的时候，格拉尼亚看了一眼后窗，见一双爪子在那儿动来动去——卡洛，挠着玻璃想进屋。当时屋里就她一个人。玛莫肯定在隔壁，伯纳德也是。卡洛被放进了屋，蹲在地上望着她。她俯身拍拍它，感到一阵眩晕。她带着吉姆的棕色夹克出了侧门，仔细把门关好。正想着这么穿会不会太热了些，湖湾过来的几股冷风立马就给了她回应。她腿打着颤走向湖岸，想西行穿过她和玛莫经常光顾的那片林子。她望了一眼左边的车站和码头，走过放煤的棚屋继续前行。喉咙像是被擦破了一样，疼痛的感觉铁锹一般一直深掘到胸腔。刚要解开夹克的扣子，又一阵寒意袭来，她不由裹紧了衣服。她从杰米逊家的双胞胎旁边走过，看着他们扔球接球时胳膊的动作。动的东西……球被风吹得飘忽不定，变换着方向走弧线。感觉腿几乎难以撑住自己的时候，皮球也模模糊糊看不见了。她一时确信自己是给砸中了。但是不可能——球还在空中，在那对双胞胎之间传来传去。

她想起了昨天收到的芙莱的信。芙莱收到了她从多伦多发的明信片。她写信说，新的流行病让学校受到了重创。他们正在全力以赴控制疫情，多数孩子已经接种了疫苗。有几个星期一的时候就病倒了。星期二的时候，染病的孩子已经填满了四个宿舍。写信时已增至六个。除重症外，让孩子们住在校医院已经没什么意义了。

多数是轻度流感，但一个女生染上了肺炎。大家都疲惫不堪，而这还只是开始。疫情肯定不会就此罢休的，韦伦医生说。我觉得学校会终止邮件往来的。家人不能再寄包裹过来了。学生们也禁止离开校区，老师也不得在家接待访客。城里的影院和学校也一个个关门大吉。贝尔维尔街头已经有人戴上了口罩。

不过，也不是没有叫人高兴的事。苹果树依旧在长。什么也挡不住它们挂果，今年有四千棵呢！昨天傍晚，我有点累，但还是跟科林到果园走了一圈，摘了好几十斤果子。科林得空了就去帮农场的孩子们干活儿。

学校里别的新鲜事——孩子们的心思都花在给牛取名上了。现在他们选出来的几个名字有莫里、鲁斯、哥顿先生，还有白雪皇后。还有——也不算出乎意料——传言越来越多，说是要逐步淘汰手语。我们说过这个的，记得吗？要不了多久，失聪教师就待不下去了。校长说未来的趋势是张嘴说话——我们现在照搬的是美国的方法。有些老师已经开始鼓励孩子们不要使用手语了。耳聋的孩子会放弃手语？谁信呢！用手比画对我们来说就跟呼吸一样自然。如果不许孩子们使用手语——宿舍里不许，教室里不许，出去玩也不许——他们肯定会傻掉的，我们也会因此而悔恨。我们已经听说有些孩子因为使用手语受到了惩罚。

这封信格拉尼亚读了两遍。她站定了，想着好友来信中说到的事，稳了稳身子。她的手轻叩着裙侧。秋叶飘落，像是因为变重了而无法继续挂在枝头一样，但刚一着地却又被风兜起抛在空中。火红挟着金黄，裹着棕褐，翻卷着，飞舞着。要不了几周，树叶就将落尽。从湖湾吹来的看不见的风扑棱着她的衣服，飞起的土粒打在她脸上。她正要吸气，却觉得喉头像是被卡住了一般。她心里一慌，膝头发软，似乎已经跪倒。

情况不妙。

她踉跄了几步，快到林边的时候，双腿又能稳住了。她视线模糊。

正要踏上那条草木掩映的小道时，她把目光投向了湖面，看见中午时分的那趟汽船正向湖岸驶去。在一个无声的世界里，汽船烟囱里的黑云一经冒出便被风抓住，撕薄了，化成淡淡的几缕灰色，散在空中。五分钟后，会有一群人拥上码头，那是出来秋游的游客，湖湾两岸都是他们的目的地。他们上岸后穿过马路，把餐厅坐得满满当当，而此时的伯纳德肯定正围着几张桌子忙得团团转，就差没跑起来了。大面上的活儿已经做完了，布兰特太太现在应该已经瘫坐在厨房的椅子上，伸手去拿自己没喝完的那杯茶了。妈妈应该还在呼东喝西地招呼着，作最后的检查。等把围裙解下来搭在梯凳上，她会大踏步走到门厅的桌子跟前，拎起铃铛。倒不是因为在旅店过夜的那些客人需要提醒。他们大多都是为了店里的饭菜而来的回头客。一到傍晚，一帮人就守在楼梯口，坐立不安地晃来晃去，等着开饭的信号。威尔弗里德·劳雷尔爵士的故事他们无人不知。老先生曾经离开他的竞选火车，穿街过巷来到旅店，就为了喝上一碗妈妈做的靓汤。客人们也都知道，威尔弗里德爵士临走前赞不绝口。

格拉尼亚想不起来自己站在这儿是要干什么。她站在那条小路上，却不知道自己是怎么进了林子。她抬头看了看最高的那棵树，见梢头摆向了镇子。好秋风。

*风会吼，树叶不会。*

她想象着四周的风声。*说不准的*，吉姆告诉过她。

她的目光在天空中搜寻着，仿佛那儿可以瞅见吼声。特雷丝会说她傻吗？因为她竟要一睹风的声音。特雷丝会比画那个表示发疯的手势吗？不，她不会那么干。可特雷丝也是开过玩笑的；她曾重返先前的夜语，只不过中间没有绳子罢了。

格拉尼亚又往前迈了一步，这次她身子一沉，蹲了下去，腿瘫软得叫自己心惊。她两手撑地试着起身，但就是起不来。老根盘错的地上，坑洼处填满落叶，蹲着别动倒还好些。她脑子里一时闪过这样的念头：除了卡洛怕就再没谁知道她出门了吧。

她闭上眼睛，想象着吉姆的样子。每当有书信交到她手里的时候，夫妻俩人生交合的信念就会升起。而每当信件读完入扎——现在已经是一九一八年的第四扎了——她就得努力不让这种信念消退。她深知自己在世界大事中是何其渺小，她的小镇是何其渺小，她的国家是何其渺小，而战争又是何其之大。德皇战火不熄，世人皆受其苦。吉姆离家已有三年。每天打开报纸，她的身体都禁不住要向上面的死伤名单倾过去。周围农场来的，附近镇子来的，周边城市来的，如此众多的年轻小伙子们都那么一去不还了。

写最近一封来信的时候，吉姆还在战线后方。不过写信那天他已经在准备行装了：*我们已经接到命令，要上交一条毯子*。这意味着部队又要开拔了。现在报纸上充斥着"进逼"的消息。"德国丘八，连滚带爬。"一则新闻的大标题如是说。

当然，也可能一封信都没有。这种情况大伙儿心里都怕，可嘴上谁也不说。埃姆叔叔一个在门窗厂上班的朋友收到了一封电报和几封信。接到儿子阵亡的噩耗之后，他竟然又收到了两封信——一封是上火线那天傍晚写的，一封是阵亡前那天早上写的。这真叫人心惊肉跳，埃姆叔叔说。信他的朋友自然想要，但已故儿子在信里写的东西他却怕得不行，就像以前提心吊胆，生怕接到阵亡电报一样。*痛告阁下*……更糟糕的是，此前父母寄往海外的家信也开始往回退了，每个信封上都盖着"阵亡"。而这样的信件重返发信人之手的时候，他们的爱子早已入土数周。"至少他还算入土为安了，"埃姆叔叔说，"不像格鲁的儿子，葬身烂泥，尸首都找不到。那孩子至少还有个像样的基督教葬礼。"

格拉尼亚的视线变得模糊，她的两手按住双颊，似乎只有触到皮肤才能确信自己的存在。瘫倒时她还想着妈妈的甜菜汁——这一次是蹲也蹲不住了。她想，*我的裙子会脏的*。她想，*我冷*。一阵疼痛击穿了她的胸廓，让她一时无法呼吸。她打着滚，感觉到落叶在身下翻动。她试着坐起身子，知道不起身就非得窒息不可。她使劲拽着吉姆那件夹克的领扣，想把它扯开。她两手撑地，跪着往前爬，裙子和袜子蹭着泥土。

她着急地想要爬到那处林中空地，脑子里还留着几分清醒，好让自己不要离开小道。她觉得胸腔一侧有种咕噜咕噜的异样感觉，虽然心里犯疑，手却已经抬起来贴向了左胸。一触之间，她说，泡泡。我的胸腔里怎么会有泡泡？不知道什么液体从胸腔涌出，没过舌面，溅落在她的手上，这下看到了，是鲜红的。她强拽着身子往那片空地爬，眼看没几步就要到了，却实在支撑不住，脸贴泥土，就地趴倒了。嘴里咕噜咕噜的声音伴着她的呼吸时起时落。

# 19

如果正当其歌唱之际将歌手斩首……声乐之美就会顿时消失，耳中所闻则不过类同管乐。

——亚历山大·格雷厄姆·贝尔

“想没想过自己到什么地步才会崩溃？”艾里什说，“会是什么情况呢？”

两人有几小时的休息时间，此时他们杯中装着茶，倚墙歇息。他们待在一个小窝棚里，窝棚是用废墟里搜罗出来的东西搭建的，在布尔隆一家被炸得稀巴烂的砖瓦厂背后。过去几天他们待在卡尼库尔、凯昂、安希[①]，穿越运河到达曾经的德军战线，后来又受命重返安希一边。周五晚上，他们被炮火轰得很惨，于是周六又重新调动。所有事情都在紧锣密鼓、快马加鞭地进行，加拿大人和英国人并肩作战。艾里什听说，法国人和美国人已经抓了一万八千名战俘。兴登堡防线[②]正逐步瓦解。收复的阵地已经延伸至重要的公路铁路中心康布雷的郊区。当班间隙，吉姆登上了布尔隆岭，想要居高临下，一睹康布雷及周边城镇的样貌。

打仗的时候，通往前线的条条道路都塞满了大炮、坦克、车载机枪分队、步兵、骑兵、工程给养、餐车和水车。周六整个晚上，在前敌急救站，担架兵不停地把病号从马拉救护车往机动救护车上转移。进来的

① 布尔隆、卡尼库尔、凯昂与安希均为法国北部加来海峡大区加来海峡省市镇。

② 第一次世界大战期间德国西线指挥官兴登堡为防御协约国军队而构建的防御工事。

重伤员有两百名该用担架抬着，可其中一半都是自己走进来的。战士们打得很苦。六天就撤离了超过一万五千名伤亡人员。火车离去时满载伤员，回来时腾空了的车厢里便装着绷带、毯子和担架。两侧插着多层担架的无盖货车和法国箱式货车也没闲着。红十字会紧随部队，进行日常移送并给伤员提供医务便利。

尽管伤亡惨重，进攻之势却并未减弱。战场清理以及伤员的救治和撤离都在有条不紊地进行，仿佛每个人都是一台上好油的庞大机器上不可或缺的部件，无需号令便能运转自如。*团救护站、前敌急救站、收容点、总急救站、伤员处理急救站、补给站*。人人都知道自己的位置，知道到哪儿接人，到哪儿抬人，到哪儿报告。随着师团的滚动式推进或更迭，地点时有改变。伤员向后方转移，靠的是担架，靠的是强壮的胳膊和肩膀，道路允许的话，有轮担架也能派上用场，宽轨铁道、卡车、马车和机动救护车也纷纷上阵。

吉姆盯着艾里什。他俩什么都说过，就是没讨论过崩溃的事。艾里什取出口袋里克莱尔的照片，大拇指在上面摩挲着。吉姆隔着衣兜，拍了拍里面的格拉尼亚的照片。

“每个人都会琢磨自己什么情况下会崩溃。”沉默了片刻，吉姆说。*时间延迟*，他想，*说话和理解之间那一刻，或者理解和说话之间那一刻*。艾里什没有插话。他在等。他把克莱尔的照片放回了上衣口袋。

“你看过伙计们失去理智的样子，艾里什。精神错乱。”

“你就没感觉到它总是鬼鬼祟祟地在哪儿躲着吗？”艾里什揪住话题不放，“在你身边，或者从背后顺着脊梁往上爬？尤其是在这儿。一切都那么快，简直让人没法跟上。”

“这叫人心里一直不稳当，”吉姆说，“这也动，那也动，还都那么快。”

“我就是这个意思。什么都不稳当。”

“不稳当说不定也是好事，谁知道呢？要是哪个伙计总觉得事事尽在掌握之中，我反倒不敢信任他了。对我而言，不稳当才是真实的，是如影随形的游伴。遇到了事，我可能会惊慌失措，也可能会镇定自若。”

“你挺机灵，吉米小子。机灵会让你逢凶化吉的。”

“机灵？我可不这么认为。不过，我有对付的办法。我有我的招儿——把糟糕的事制止住。”他原本没打算说这个。

“招儿？什么招儿？”艾里什紧追不舍，虽然没有大笑，门牙之间的缝隙还是露了出来。两人共处已经三年了，他从没听吉姆说过这事。

“也没什么。就是不出声地唱歌，哼一句歌词。”

“跟我说说。”

说说。吉姆想起了格拉尼亚。

“有时候我对着自己快速哼唱：“Infirtaris，Inoaknonis，Inmudeelsis，Inclaynonis。”

艾里什笑得话都没法说了。“再说一遍。”

吉姆又来了一遍，这次更快。“唱起来应该有点古语的味道。我奶奶教我的。她说这是老早就传下来的。没什么意思。不过，满耳炮声的时候，念叨这些词感觉就会好些；抬着担架脱离险境的时候，念叨它们也能管用。”他又顿了顿，“还有别的招儿，也管用。”

“什么招儿呢？”这一次，艾里什看上去打算要忍住，不再表现出大惊小怪的样子。

“有些伙计，”吉姆说，“那些受了惊吓的伙计们。他们怎么也接受不了战争。战争这个玩意儿。接受了战争的那些伙计呢，在我看来，内心都作好了赴死的准备。这倒不是说他们爱琢磨死亡，满脑子都想着死亡。你也知道，他们最烦谈论这事。他们只是接受，仅此而已。可有些人就是做不到。你见识过的，艾里什，抱着头哭爹喊娘的。”

“我还真没那份闲心去想什么死不死的事。”

“怕死怕得要命的那些人反倒会最先倒下，注意到这种情况的绝不止我一个。他们总是提心吊胆，恨不得脑袋后面也长双眼睛。还不如就勇往直前。搞清楚自己的那点活儿，按部就班把它干好。都这样的话，要不了多久我们就能回家了。”

他想起了他抬回自伤救护站的那些小伙子。他们被集中在同一地点，好像他们得了荨麻疹或是什么别的传染病。有些人为了自伤连命都搭上了。

他们喝完了茶，艾里什杯子里只剩最后一口，早已放凉，但他还是伸手端起了杯子。

“别，艾里什，杯子放一阵子再喝最后那一丁点茶会走霉运的。”他试图从朋友手里把铁皮杯子抢过来，但说时迟那时快，艾里什抬手一饮而尽，喝完还哈哈大笑。吉姆悔不该把刚才的话说出口。

这时，埃文带着芬纳进了窝棚。前方，康布雷一片火海。凡是烧得着的，德国佬都没放过。两人带了几块板子过来，打算把窝棚补一补。埃文还带来一块桌子的面板——一块两英尺见方的厚板子，上面伤痕累累——低低地架在一堆破砖烂瓦上，扶平放稳。四个人坐在地上，一人对着一边，满嘴称好。就这么点事，他们却从中得到无比的欣喜。埃文往板子上放了些熏肉，当作早餐。他总在搜罗。埃文现在更坚强了。虽然脸上有时候还是会抽抽，但他的确比以前更坚强了。他总是静不下来。在吉姆眼里，最好动的就是他了。

芬纳往窝棚本来就很是紧巴的角落里又扔了一条毯子。他们费尽心思要把这地方捯饬舒坦，尽管没准第二天一早就得离开。

芬纳提起厨子就没好气，把内心的不满挨个说给大伙儿听。晚餐的肉是坏的，味道很糟糕。早上也没有热乎的饭菜了——只有干粮。做的东西吃得他胃疼。他不住嘴地数落着厨子。

“别叨叨了，”艾里什说，“没用的。那家伙可能也是没办法。有条件的话，他还是会给大伙儿好好熬点热粥喝的。傍晚也没什么事了，大家还是好好乐一乐吧。不管怎样，芬纳，一根指头抬起来对别人指指点点的时候，别忘了还有三根指头正对着你自己呢。”

芬纳低头看了看自己的手，抬起一根指头指着艾里什，笑了。

后来的情形是：后半夜他们就被叫醒了，离天亮还早着呢。他们慌忙抓起个人物品，带上熏肉，撤下单坡屋顶的窝棚和桌子面板，进了林子。大伙儿刚安顿下来，躲在原属德军的一处战壕——他们刚撤离不久——外面就炸开了锅，就在他们刚才睡觉的地方。德国佬的仗还没打完呢。

此时的天色原本是漆黑一片，但连天的炮火却扰得它忽明忽暗。大伙儿都一声不吭，尽管再怎么喧嚷也不会被发现。他们裹着毯子靠在战壕侧壁上。艾里什一眨眼的工夫就睡着了。就在炮声暂息的时候，上士过来找到他们，说有几个没能及时撤离的，被炮火困在了外面，已经受伤。他需要几个伙计出去看看有没有还能抬回战壕的伤员。另一组担架兵随后也会跟上去。吉姆抓起一副担架，叫醒了艾里什。可这一次艾里什却嘟囔起来。

埃文和分纳跟在后面，他俩往左走，想找一块可以分开行动的区域。吉姆和艾里什向右，跟他俩分开。大地在脚下发出低沉的隆隆声，接着又是一片死寂。吉姆远远地看到前方有两个身影紧靠在一起，在一堆废墟前面。他抬手去指，艾里什这时也发现了情况。脚下坑坑洼洼，他们跌跌撞撞直奔过去。到了跟前他们才发现，被背着的那位已经死了，他的右臂打着弯，摊着手，像是等着天上有球落下。背人的那位大腿上的伤口很深，却不肯撇下战友。艾里什撕开一条绷带，吉姆看着朋友的大手温柔地用绷带覆住了伤口。然后艾里什抬眼示意处理完毕。他们把小伙子抬上担架，朝新指定的急救站走去。

“小伙子，这伤够把你送回英国老家的了。”艾里什跟那个小伙子说，“什么都别想了。用不了几分钟咱们就会把你送到医生跟前。”

吉姆领头。他的身体又开始了那熟悉的节奏。艾里什步调一致地跟在后面，那名战士的体重均匀地落在他俩身上。抬担架的事他们干得太多了，成千上万次都算少说，承担的重负对他们而言自然得就像是自身重量的一部分。我们拒绝了晋升的机会，吉姆心里念叨着，这样我们就可以继续干这事，把伙计们搬到安全地带，结成团队不跟朋友们分开。他觉得自己看到有东西飞过来，近在头顶。他随即停下脚步，感觉到后面的艾里什也调整了步伐。动的东西……只听一声大叫。是艾里什。猝不及防的声响逼得吉姆闭上了眼睛——也只是一瞬——接着便有东西嗖嗖地飞窜过来,紧接着又是一个更大的声响,爆炸的气浪推得他双脚离地向前飞去。手松开担架把手的时候,他甚至还在空中迈了一步。他大喊着,手探向身后,还想再抓住把手,但他被往前甩出的时候,担架就被猛力扯开了。

他挣扎着想站起身子,全身都在颤抖,背塌着,不肯或者说是无法直起。气浪逼进他的身体,这一击实实在在,震颤着他的胸腔,他觉得心都要爆了。地上的泥土如飞瀑倒泻,先是被抛起,接着又以慢动作重回地面,像是不急不慌地在作自我调整。他看了看身后。爆炸的亮光照彻天际,那圈起伏不平的地面都能看清楚,他觉得此刻仿佛正站在祖父农场开阔的田野上。

"艾里什!"他大喊,"艾里什!你到底在哪儿?"

他直起身子,想整个站起来,却又两膝跪倒,双手撑地。担架的残骸借着夜色中的微光进入他的视线:一片被炸成三角形的帆布、碎肉和其他一些软乎乎的东西散落成一个完美的圆,就像头顶的苍穹。

"你在哪儿?"他还在喊。

但是什么也没有。艾里什和那个小伙子消失了。

没什么可收拾的了。

噪声再次响起。又或者它根本就没停过,只不过现在是重新撞进了他的耳朵。他并着两掌,双手在四周一米左右的范围内摸索着。"骨头,"他缓慢而慎重,报出了手触目见的每一样东西的名字,"皮带,袖子,扣子,手指头。"他的右手攥住了一根粗大的手指。

他透过黑暗盯着它,难以置信。他大叫一声,甩开双手跳起来,踉跄着退了几步。他把手在裤腿上蹭了又蹭,然后再次甩开。借着空中的一道亮光,他低头看了一眼自己的双脚,强令它们往前挪动。靴子、裤腿和袖管上全是泥点和血污。他的余光瞥见另一副担架,靠放在一堵残垣上,现已遭弃置,个中缘由他也无从知晓。怎么会有人把担架扔在这个地方呢？它看起来怪怪的，出现在这个不该出现的地方。地上的一条窄窄的深沟绊了他一下，但他稳住了没有摔倒。“担架，”他说，“套筒，提灯，来复枪。”他面前的地上有一盏信号员的提灯，旁边是一支倒置的来复枪，刺刀扎在泥里。肯定是有名受伤的战士在这儿被人接走，枪却给落下了。

他茫然无措地挺着身子，直得像是枪的通条。他走啊走，绊倒在德军一个开了花的沙袋上，再后来进了一个战壕，就在不久前他跟艾里什一起出来的那个战壕的右边。他从两个不认识的人身边走过，在原属德军、现已掉了个方向的一级射击踏台上绊了一跤，然后起身又往前走，向左一个急转弯，继续走。这个战壕矮得出奇。出于本能，他猫着腰，低着头，曾经的训练又一次“上身”，尽管这里并无危险。再次从一名士兵身边走过的时候，他还是一步不停，但这时一个声音响起：“没事吧，哥们？”他脸上肯定有什么不对劲的地方吓到了这名士兵，因为士兵的目光在他脸上稍作停留便撇到一边了。

吉姆的步子没变；他只扫了一眼，就继续前行了。一块两尺来厚的土鼓起来，比周围的土都要硬些，他绕了过去，朝他和艾里什待过的那片林子走去。残存的树桩一个个直指苍穹；他走着，不住地回头张望，把一切都看在眼里。他又听到一个声音，他自己的声音，诵着，唱着，带着撕心裂肺的哭腔，嗓子都要破了：**“杉有焦油橡却无，泥有蛇鱼土却无……”**

一名军官拦住了他，一只手有力地把住了他的肩膀，硬扳过他的身子。

“等等，”他说，“稍等一下。你叫什么名字？”

吉姆看着他。中尉，一道竖着的伤疤，在右边脸颊，是旧伤。是他认识的人吗？

“我的名字？”

“名字。”柔和了一些。那名男子的语气。

吉姆的脑子一阵忙乱。等等。别慌。

痴姆。好点了。现在好点了。

“我叫痴姆，长官。吉姆。”

“好了，吉姆。回包扎所。那儿会有人照看你。你还可以从那儿重返自己的部队。”

# 20

流感势头未减，依然肆虐。深受其害的已经不仅仅局限于该市该省甚至加拿大全境，电报称，此疫正在整个文明世界快速蔓延。医疗手段几显无措，感染人数之巨或为二十年来所仅有。

如何抵御？避开人群、咳嗽和懦夫，但要无惧病菌或德军。要让身体保持良好的状态，在清新的空气中勤加锻炼，厉行卫生。记住，清洁的口腔、干净的皮肤和毛巾是抵御疾病的天然铠甲。为保持肝肠健康，祛除内中毒素，最好隔天服用一粒果蔬丸。药杂店大多备有此药，一般带有糖衣，由盾叶鬼臼、芦荟和球根牵牛制成，人称皮尔斯医生的彼乐斯丸。

——《纳帕尼快报》

隆隆雷鸣在她身体里响起。照窗帘上影子移动的样子，暴风雨一时半会儿肯定还不会来。一个晦暗不明的早晨。要是能坐起来把身上压的这堆铺盖全掀到一边就好了。她环顾四壁，想让目光落在自己熟悉的物件上：写字台、衣柜、洗脸台、水罐。带画框的水仙花没了。苇管镶边的镜子也不见了，只留下一处淡淡的椭圆形痕迹。在原本挂镜子的地方，一副小小的木制十字架从一根钉子上垂下。厅里的一张餐桌放在床尾。为什么？为什么桌面上还放着一些搪瓷盘子？她试着回答这些问题，可脑子里的词句七零八落的，似乎怎么也拼不到一块儿。她试着让一边的脚动一动，却只感到了它的沉重。从脚踝到膝盖，两条腿如同灌了铅一般。旁边的地上立着一个木桶。她头略微一偏，看见了桶里的东西：一块带有红斑的破布。那种气味——薄荷、大蒜、洋葱——什么？气味是从她身上发出来的。

光影相杂，打在侧窗上。百叶窗关得紧紧的，但折裂处还是透进来一些参差的天光。她想起了特雷丝。她俩曾经窥视过那些坐在隔壁阳台上的旅行中的女士。她强迫自己集中注意力。对面的那张床上空无一物。她想起来了，嗯。柯南回家之前特雷丝就搬走了。她闭上眼睛，发了一条无声的讯息。说不定特雷丝会回来，帮她把满屋难闻的味道驱走，窗户也开得大大的。帮帮我。

她的手向胸前盖着的布摸去，这才意识到刚才还浑然不觉的异样。她的身上重重地敷着泥罨——湿乎乎、臭烘烘的。她正要把那层闷湿的东西从胸膛上刮下来丢在桶里，门开了。梅瑞德，克拉克医生的太太，带着破旧的医疗包和爽朗会心的微笑，走了进来。她的背后，特雷丝紧跟着跑上前，跪在格拉尼亚床边。妈妈站在门口，灰白色的头发在脑后扎了个圆髻。她看起来一脸焦急，心里没底。像是接受了什么禁令，她定在那里，既不往前也不后退。

特雷丝先开了口。“你一直时睡时醒的。”她的指尖掠过整条胳膊。好长时间了。她抬起格拉尼亚的手，温柔地捧着，摩挲她的手腕，摩挲她那干干的皮肤。

“烧，”她说，“高烧。很高。九天。没让我进屋。你病了三个星期了。”

梅瑞德打开棕色的皮包，取出体温计、饮水吸管、药用软皂和两个口罩——自己先戴上了一个。她把另一个递给特雷丝，嘱咐她也戴上。一直在门口驻足不前的妈妈，这时进屋到了前窗。她推开内窗玻璃，用窗台上的杆子把它撑住。百叶窗啪嗒一声弹起，光线顿时射入眼帘，格拉尼亚像被刺痛了一样缩了一下身子。百叶窗又被拉了下来。妈妈出了房间，带上了门。出门的那一刻，妈妈想给格拉尼亚一个微笑，可脸却一直绷着。格拉尼亚看出了她想要微笑的努力，心里冒出两个字：悲伤。可妈妈已经走了。取而代之的是一片光影。

梅瑞德和特雷丝嘴上压着鼓鼓囊囊的口罩在说话。口罩散发着松脂和消毒剂的气味。两人的下巴一上一下，像是在口罩的掩护下嚼着什么。格拉尼亚内心不知道什么地方有点想笑的意思，但她没法笑。两人在她面前互相递了个眼色。什么？她们似乎不明白她想歇一歇她的双眼，歇一歇她疼痛的胸膛，歇一歇她倦之又倦的脑袋。

特雷丝又一次捧起了格拉尼亚的手，用同样轻柔的力道摩挲起来。她的手指似乎在说：*别放弃。别撇开我们。*

梅瑞德指了一下木桶，扯下床单被褥，剥掉格拉尼亚背上残留的几层泥罨。体温计压在舌下。梅瑞德的蓝眼睛亲切而镇定。格拉尼亚熟悉这双眼睛，还有口罩后面的那张脸——打小就熟悉。

特雷丝从门外伸进来的两只手里接过一罐热水，梅瑞德正抽出了温度计在查看。床上的毯子撤走了，翻身和清洗之前格拉尼亚的身上盖着一大块法兰绒。特雷丝从背后扶着她。难闻的气味被从她身上一层一层驱除，像是剥落的死皮。她一直浸在难闻的油脂、草药、洋葱，还有她不知道的一些东西里。她咳嗽了一下，感觉肺里重重的，坠得厉害，得使足了劲才能呼吸。梅瑞德的下巴在口罩后面动了动，跟特雷丝又互相递了个眼色。梅瑞德用一块湿布在格拉尼亚的太阳穴上擦了又擦。特雷丝点点头，比画了一个坐的手势，又比画了一下椅子。格拉尼亚感觉到梅瑞德一双强壮的臂膀往前牵拉着自己。房子先是晃了晃，接着便转了起来，然后又开始晃。她知道自己一经挪动就可能不省人事，但她感觉到梅瑞德的意志让她稳坐在床边。

一袭干净的睡袍从她头上罩下，当睡袍贴着她的鼻子滑落的时候，她努力地吸了吸气，想把那股清新收进胸膛。接着，两只脚落在了地上。特雷丝和梅瑞德一边一个架着格拉尼亚，帮她挪到了靠窗的椅子上。她一时迷惑不解，这是玛莫的摇椅，沉重的带扶手的摇椅，是从阳台搬过来的。季节也分不清楚了。这个季节还是那个季节，格拉尼亚想不起来这张椅子是什么时候搬进屋的。有人曾经在这上面坐过，前后轻摇过，或许还在特雷丝的空床上睡过，在夜里守望着她。*玛莫？*

格拉尼亚眼睛乜斜，朝窗户望去。她想把那沉重的感觉赶走，不管使什么招儿，能让自己的身体飘到窗外就好。她想感受脚下松软的层层落叶。如果她能走到湖岸，进入林子——她瘫倒了吗？一丝记忆瞬间闪过。鞋子陷进落叶，窸窣，窸窣。她首先要做的是弄清楚现在是怎么回事。但让眼睛睁着就已经够难的了。她努力想把事情想个明白，但脑子里却一团乱麻，倦得连问话的气力都没有。

口罩像袋子一样扣在特雷丝的颧骨上，上方的一双眼睛凝视着。格拉尼亚看着梅瑞德剥下床罩，把枕套卷成一团，扯下一条橡胶床单。梅瑞德加快了动作——或者只是看来如此，因为格拉尼亚的反应变慢了？梅瑞德想必还有其他病人要去诊治吧。

特雷丝往水里加了一茶匙阿司匹林粉，搅化了等着。格拉尼亚正在咕噜咕噜地漱口。两个女人把她架回新铺的床上，贴着她的下巴掖好了毯子。格拉尼亚闭上眼睛。吉姆，她想到了他，这是醒来后第一次。痴姆。

直到再次醒来，看到暮色从百叶窗后面偷偷滑入，她别的事一样都没想起来。臭气又一次溜进屋，躺在她身旁。她想，莫非这就是死神的气息，倘若死神真的就在她床上。她曾硬生生地从最美妙的梦中惊醒，她梦到的是一个柑橘，汁液挤出来滴在她的舌面，每一滴都让她越发坚强。她环顾四周，看见一丝曲曲折折的光线，却不知道时间是否在流逝，是否有人在这房间里待了十二个钟头，二十四个钟头，抑或四十八个钟头。有时候玛莫的椅子上坐着个人影，有时候椅子上又是空荡荡的。有人在摇晃，又或者只是椅子自身在前倾后仰。依稀有"加拿大花束"的香味。她睁开眼，看见了父亲。还有一次，杰克牙牙俯身站在她的床头。我们的厨子不是还有一条腿挺灵便的吗？他会给他的马萨妹妹再找一个老伴的。大伙儿都笑了。可是不对呀，马萨姑婆已经不在了。春天里走的。一年前？两年前？杰克牙牙走到门口，停住，回望了一眼。卧室的门是开着的还是关着的？他消失之前，格拉尼亚看到了一道亮闪闪的金属光芒。

她无法知道的是，在过去三个星期里，楼下客厅的窗户上一直挂着一张十四英寸长的隔离卡。她也无法知道，旅店早已关门大吉，而乘客也不允许在该镇下火车或汽船。在床上，格拉尼亚也无法看到钉在楼下前门上的绉绸。她更是无法读到镇办报纸上的这则讣告：“一位亲人们深爱着的母亲、岳母和祖母，其必朽之躯现已安睡在德西龙托公墓。葬礼上献花之多，人数之众，足见逝者在小镇的街坊四邻中广受爱戴。”

玛莫先是病倒，再是辞世，来得很快。流感疫情的不幸受害者。掘墓的时候，地上的草已经萎黄变脆，土也开始冻硬。周围的树木光秃秃的，叶子早已脱尽。两天前才立的一块平整却并不光亮的石碑上刻着这么几个字：“曾经深爱着我们，依然为我们所深爱。”坟墓，按她的要求，选在了小山一侧，俯瞰着湖湾那片灰绿色的水域，而正是这片水域，让她终其后半生对名唤爱尔兰的那片美丽土地的温柔海滨念念不忘。

格拉尼亚醒了，跟昨天相比，她的精神并未见好。昨天？上周？她能闻到房子排水管里的煤油味，尽管那种气味让她喘不上气来，她还是能分辨得出来。她试着坐起来，身子却歪倒在一边，她只能无助地看着门口。一条胳膊耷拉在床边。

会有人来的。

她凝视着房门，仿佛仅凭意念就能把人招进来。她看着自己那只搭在床边的手。手自作主张地翻过来，掌心向上，做出表示死亡的手语。没错，当时真的摆成了那样。手摆出那副样子丝毫没有凭借她的帮助。

梦的碎片出现在了她的意识中。她和吉姆站在池塘的冰面上。死神也在场，只不过是在冰下黑沉沉的水里。吉姆努力帮格拉尼亚往岸边靠，可是每挪一步，脚下的冰就随之破裂。格拉尼亚觉得自己好像滑进了水里。她睁眼面对黑暗，屏住呼吸，深深地沉在水下。水从头顶压迫着她。

有人抓住她往上拽，她贴着岸边，半边身子还拖在水里。回头看时，她发现吉姆的腿、身子和肩膀全都消失了。他的脸浮在水面上，透着迷惑和无助。他扑腾了几下，抓住了一块浮冰，奋力向前，想要爬上冰面。他一再尝试。而此时，脱离了危险、站在岸上的格拉尼亚，正凭着意念将他引到自己身边。她要用意念让他回归安全。

家人相信她已经脱离危险。他们进房间时脸上的变化告诉她这条信息。他们不再戴口罩了。妈妈、梅瑞德和特雷丝进进出出，把汤水捧到她嘴边，给她换被单和睡袍。她几乎分不清谁是谁。她知道其他人看不见死神，知道唯独她自己能觉察到他就潜伏在近旁。

死神在等她崩溃，她明白。铺盖下面，她一只拳头猛然下叩，勉强打出了崩溃、已然崩溃的手语。布莱迪在校时的影子浮现在她的脑海。年轻的布莱迪长着一张心形脸，总在咧嘴笑，挡也挡不住。她的手动得飞快，谁也别想插话。别打断我的话，她经常跟其他女孩说，我讲故事的时候，别打断我。

特雷丝走进房间，格拉尼亚的思绪一个趔趄跌回到当前，跟清清楚楚守在床尾的那个影子一时拉开了距离。特雷丝的样子像是刚刚经受了割面风和刺骨寒；她从主街一路走来，两颊通红。她搓着手暖了暖，才开始给格拉尼亚擦身子，换睡袍。她把一杯果汁捧给了格拉尼亚。姐姐背过身子的时候，格拉尼亚的眼睛先是盯着杯子，然后又望着死神。记忆冒着泡浮上来，最先出现的是《星期天》那本书。给，那个墨西哥人说道，把这个喝了。格拉尼亚杀得了死神。她可以在自己的杯子里下毒，然后邀他共饮。

特雷丝转过脸来。她自己的忧伤。进屋的每个人都带着忧伤。特雷丝的双手窝成杯状，向下一顿，意思是现在。接着她又动起了嘴唇：“我想让你到椅子上坐坐。”

格拉尼亚把头偏向一边，不肯看她的手势，也不肯读她的嘴唇。她不想让特雷丝的活力或者忧伤裹住自己。

可特雷丝不肯罢休。她伸出手在格拉尼亚面前挥动着，叫她没法回避。“梅瑞德说，从现在开始，你每天都得起身离床一会儿。克拉克医生也是这么说的。”添这么一句，似乎就能给刚才的话加重分量。她指了指那张空空的摇椅。

靠在姐姐的怀里，格拉尼亚腿打着颤，有一步没一步地挪着身子。从死神旁边经过的时候，死神似乎对她们不屑一顾。她无力地瘫在椅子上，使劲喘气。她的喘息声必定是听得见的，只是特雷丝没跟她说罢了。

格拉尼亚往旁边扫了一眼，打了个哆嗦。如果特雷丝愿意在房间里待着，她或许不会再退入怏怏病态。可是还有柯南呢，家里需要特雷丝。她没法问。她有意把注意力转向姐姐，勉强开了口。她的声音在喉头磕磕绊绊。

“告诉我这是几月了。”

特雷丝点点头。她做着唇形，打着手势说*十一月*。她手指拂腕，表示时间。“我不到五点就起床了。柯南还是睡不好觉。他起来，我也就跟着起来了。”另一个手掌的两根指头突然弹出——*起床*。她把一条被单从格拉尼亚的胳膊下塞过去，挽到椅背后面打了个结，这样一来，她收拾床铺的时候，格拉尼亚就不会歪倒。可尽管如此，格拉尼亚还是弯腰弓背，很不舒服。

“柯南？”

可特雷丝不想谈论柯南。她的忧伤里还有愠怒吗？格拉尼亚一点痕迹也没看出来。既然这样，问问杰克牙牙的事总行吧。她想问问他有没有在房间里待过。

*什么是真，什么是幻？达尔西问道。*

“杰克牙牙，”她说，“他在吗？我生病的时候？”

特雷丝出乎意料地咧嘴一笑。“你看到他了？看到那支枪了？”

“枪？”

“一听说你病得厉害，他就赶到镇里来了。他从农场带了支来复枪——他打狼时用的那支。他把枪放在你床下面——得纵向放。”特雷丝的一根指头贴着胳膊一路滑上去。“他一再说，枪管上的钢铁能吸热退烧。谁也不许跟他争辩。他还带了些鸡蛋。他想把生鸡蛋搅在自制的威士忌里给你喝，结果让爸爸给否决了。他拎着枪过来的时候，妈妈吼过他。估计她以为他来是要毙了你呢。”

自从在林子里跪倒，格拉尼亚第一次笑出了声。听到这一声，死神缩到了墙角。

“还有呢？”

“埃姆叔叔一天下午偷偷溜到楼上，在你的鞋里插了一张方片A。左脚的鞋子。他说放在右脚的鞋子里就不管用了。”

“鞋子？”两根拇指一上一下。手臂无力抬举。哪双鞋？

“黑色，两根带子的。从衣橱里拿的。他把那只鞋塞到床下，挨着那支枪。”

格拉尼亚点点头，把目光投向衣橱。她在想象当时的画面。

“那些搪瓷盘子，是我梦到的吗？”

“那些是拍打你前胸后背的时候从厨房的保温炉里端上来的。这事是玛莫做的……”一丝异样闪过。有隐情。特雷丝的脸。接着她又说：“真是各人有各人的方子。”

“玛莫？”

一时无语。“感冒了。你正在恢复，来不了。”特雷丝快步走到格拉尼亚身后去调整被单。

“镜子。怎么没了？”格拉尼亚指着墙上那块椭圆形的印子，还有取而代之的十字架。有人祈祷过。

特雷丝又回到了她的面前。

该瞒还得瞒，能讲尽量讲。又一次，特雷丝躲到了一边。

“说啊。”童年时的请求。现在就跟我说，达尔西说。

“你的头发，格瑙。”特雷丝回到她身边，俯下身子。

格拉尼亚抬手去摸头皮。

抬胳膊都要花费很大气力。

怎么现在才发觉呢？她的头皮柔软且光秃。没有头发，一根都没有。她的手指在头顶来回摩挲，直到胳膊发酸，才把手落下来放在腿面上。

“拿一下镜子。我上学时你送的那面。在最上面那层抽屉。”

她身子太虚，根本拿不住。特雷丝帮她支起镜子。镜子里，格拉尼亚看到一张瘦削的面庞、两只布满血丝的眼睛，还有棱角分明的脑袋。

“还会长出来的。”看特雷丝的嘴唇就知道她说得很坚决，“大家都这么说。梅瑞德。就连克拉克医生也这么说。”

格拉尼亚背靠枕头，看着特雷丝以前睡过的那张床上方的窗户。因为她的眼睛已经能忍受光线的刺激了，窗帘被拢到了两边。除了还在坚守岗位的死神，格拉尼亚此时完全没有陪护。

她记得妈妈进来过。妈妈坐在床边跟她说，她总是在自言自语，晚上隔着墙都能听见。尽管这事出乎意料，可格拉尼亚并不在乎。我几乎就没睡着过，她想。我躺在床上，已死的人列队从我梦里走过。死了的、永远不会再回来的人。我想着格鲁，想着凯，想着无数的妻儿、父母，他们被撇下来忍受悲伤。这一切都在我脑子里回荡。

她甚至鼓足勇气想到了吉姆。她不让家人给他写信说她生病的事。不能让他知道。她不想让他担心。他不能分神，他得让自己活着。她毫无顾忌地把他的样子拉进自己的脑海。他精瘦的体格，棕色头发下一张真诚的面庞，强健的后背，修长的臂膀，纤细的指掌。病中的她反倒不必提心吊胆，生怕电报局的小伙子上门。病倒之前，每次经过大厅的时候，她都尽量不往街道那边瞅，就怕隔着玻璃看到一个不想看到的身影。小伙子真的来过，只不过她当时不在那儿，没看见。特雷丝收到了那封跟柯南有关的电报，没等格拉尼亚知道就已经读过了。

她想到了离家头一年躺在学校宿舍里的无数个夜晚。她的嘴唇无数次快速念叨着：*别让我永远待在这儿。别让我成为孤儿。让我回家吧。*爸爸让她把自己的恐惧在黑暗中全部念叨出来。

*别让吉姆死。*

她三年没见丈夫了。如果他现在就在眼前，她会跟他说说关于耳聋的新感受：她病得整个身体都聋了。她以前也不知道。他肯定想知道这些。

透过上半扇窗户，她看着窗框隔出来的平直的天际，白多蓝少。她觉得很沮丧，从这里看不到湖湾。窗外孤树的枝条光秃秃的，一动不动。她又忘了这是几月，看来还得再问一次。就在她躺在床上看着那棵孤树的时候，一只老鹰奇迹般地从天上飞落，栖在靠窗最近的一根树枝上。她屏住呼吸。它的长尾巴，灰色的斑纹离窗玻璃不过数寸。有那么一阵子，她和老鹰都一动不动。接着，倏地一下，它飞走了。

她转过头，想深深地吸几口气。她咳嗽了几下，试着让肺活动活动。这是梅瑞德的吩咐。*多让肺扩张扩张。这一点至关重要。*她想到了吉姆，发誓要尽早康复。她的眼睛避开了死神，又勉强咳了几下。她吸着气，扩着胸，一次，两次。她尽力尝试，想多做几次。

# 21

我失去了他。我真心希望自己也赶紧死了算了……好哥们全都走了，像地鼠一样活在这儿真不如尽早长眠地下。

——前线来信

之前他从未对逝者说过话。现在呢，也就是跟艾里什才真正有话。跟生者，他只字不吐。接替艾里什的人已经到位，他的新搭档，刚在英格兰接受完培训就上了前线。小伙子人不错，名叫赫特尔，是新斯科舍省人。他想跟吉姆说说自己在英格兰的女朋友、参军的一些哥们以及他们现在的下落和遭遇。可对于这些突如其来的知心话，吉姆无心听取。他并不想显出一副不友好的样子；他只是不想再结识新人，不想再相互说经历、道来历。晋升的事再次提起，这一次，吉姆没有拒绝。

“还记得砸山核桃的事吗？”他对艾里什说，“多得一塌糊涂，记得吗？头一年秋天跟亚历克斯叔叔在一起的时候，我们弄了整整一麻袋埋进地里。下过霜后，带着黑皮的核桃都让我们捡了，要是它们不肯自个儿往下掉，我们就爬上树去敲。农场边上一圈都是山核桃树。如果外面的黑皮一时半会就是不裂，埋在土里好好经一场霜问题也就解决了。入冬之前，我们再把核桃刨出来放进根菜窖。亚历克斯叔叔吩咐我给韦伦医生带些核桃，我照他的话做了。

“到了冬天，我们在炉子前面的地上倒一大堆核桃，然后再分批把它们一个个地码在一段两英尺长的铁轨上，那是一个铁路员工送给亚历克斯叔叔的。码好了我们就用调味瓶来砸。吉恩婶婶在铁轨下放了一块油布接壳儿，可我们再小心，碎壳还是飞得到处都是。”

他顿了一下，脑子里想着每一个凉凉的棕色壳子里的果仁。

“每家农场都有山核桃树，艾里什。你一定也是在核桃树的环绕下长大的。”也不知道目光盯在哪儿，他继续絮叨着。

“九号夺回了康布雷。加拿大人，皇家海军师南下，个个骁勇无比。澳大利亚步兵打了他们的最后一仗，五号占领了蒙布勒安[①]，后来交给了美国人。十一号那天，大批伤员——加拿大人和皇家英军——源源不断地送到我们那儿的急救站，我们忙不过来，只好请求其他分队援助。十二号我上了一辆卡车，经过杜埃[②]。

“德国佬对老百姓可不好啊，艾里什。一路上，我们看到人们极度营养不良，饿得骨瘦如柴。年轻人都被抓走了。我看到两个小姑娘，约莫十二三岁，在挖墓。旁边的地上躺着一具男人的尸体。我听到那两把铁锹跟硬邦邦的土疙瘩、石头块撞击和摩擦的声音。路上有条野狗，肋骨清晰可见。要是司戴士在，肯定会吹着口哨引它过来，把它当宠物给收养了。这一幕也就是转瞬即逝的事，但铁锹的声响却在我耳朵里待了整整一天。还有那两个小姑娘的眼神——我知道她们不挖到想要的大小是绝不会停手的。

“在一个个村庄和城镇，我们大受欢迎。德国佬撤退时将所经之地洗劫一空，就连路边神龛里的雕像也不放过。工程人员最忙不过了；沿途的每一座桥梁都被炸断了。除此之外，还常常会遇到饵雷，以及井水已被投毒的警告。不过，随着队伍一步步推进，住的地方越来越好。我们的急救站现在开始救治平民了——起先我还挺尴尬的，因为进来的大多是妇女。现在没事了——她们不过是缺衣少食，急需药物救治罢了。”

还有些脑子里想的事吉姆没有说出声。一天晚上，值班十四个小

① 法国皮卡第大区埃纳省的一个市镇。

② 法国东北部诺尔省的一个城市，紧邻荷兰。

时被换下来，躺在一副担架上打算睡觉的时候，他才意识到，整整那一天他都没想过艾里什。在混乱、责任和疲惫中，他已经忘了他的朋友。他躺在那儿，眼睛盯着黑沉沉的夜空，深恨自己一无用处的同时，心头浮起了背叛朋友的自责和弃友苟活的羞耻。

“加拿大人和皇家英军的下一站可能是蒙斯[①]，艾里什。仗快要打完了。五周吧。你要是能再挺五周就好了。我已经跟克莱尔写过信了。是按你给我的地址寄的。我会去看望你的父母，也会去见见克莱尔，如果我回得去的话。”

① 比利时埃诺省首府。

# 22

11/11/18:法国:加拿大 0645 军团于 11 月 11 日 11 时停战。部队严守指定时刻所抵战线并上报军团总部,防御措施仍应保持。不得与敌军有任何形式之往来。余情待令。

格拉尼亚正要强撑着坐起身子,特雷丝脸色发白、激动万分地挥着一张报纸跑进屋来。“到窗边,格瑙。你一定得看看,”她说,“我来帮你。”她跑到床边,但是格拉尼亚执意要自己起身。

旅店门口的台阶上已经聚了一大堆人。男男女女挤满了阳台,道路中央正在行进的人更多。每个人都在挥手欢笑。人群边上的小孩子用木棒和木勺敲打着深锅浅锅。格拉尼亚看到众人的手有节奏地起起落落。有些人的手上还摇着铃铛。披挂着旗帜的汽车在道路上来回开着。车里的人手里挥着帽子,道上的人则跳着躲避。一辆敞篷车里的两个人打扮得像查理·卓别林,嘴唇上都有一道毛刷胡,手里都拿着卓别林式的拐棍,冲天挥舞着。格拉尼亚认出了麦克莱兰先生,镇上的面包师,他那张素来冷峻的脸今天也笑逐颜开了。她还看到了苛拉,她的眼睛什么都不放过,嘴巴也动个不停。一匹光彩夺目的白马上坐着一位男士,沿街边向前骑行,紧挨着木板边道。他拨转马头又掉回去了。这是不是七月游行时她的一位爱尔兰叔祖父骑过的那匹马呢?

伯纳德站在楼下自家的阳台上,跟几个人说着话。街上的男人们相互握着手,跟妇女们拥抱着。身着黑衣的妈妈也在下面,但一眨眼又消失不见了。

格拉尼亚心里直打鼓。“怎么了？”

“战争。战争结束了。早上三点电报传来的消息。德皇跑了。外面吵得受不了。我赶紧就过来了。柯南在家，正透过楼上的一扇窗户看情况。”

格拉尼亚低头看着特雷丝扔给她，又让她给丢到了地上的那份《渥太华报》。超大字号的标题写着：“和平！”下面是：“世界大战已告结束；停战协定已经签署；德皇逃亡；革命风云涌动。”

“爸爸呢？”

“在街上什么地方。杰克·康林停下邮局那边的活儿跑来找他。伯纳德说他会留在旅店看东西。”

“玛莫呢？”

特雷丝的脸，像是被击中了一样。

“我们不能。”她紧咬牙关，鼻子里长出一口气，然后直视着格拉尼亚，“我们不能告诉你，格瑙，你病得那么重，我们没法告诉你。”

那么，真是那样了。她一直想问不敢问。格拉尼亚的腿毫无预兆地一软。她感觉到特雷丝的手臂紧紧环抱着自己。特雷丝把她扶到床边。两人坐在床沿上。

“橘子，”格拉尼亚说，“我梦见了橘汁挤在我的舌尖。照顾我的是玛莫。”

特雷丝点点头。

空空如也的椅子，摇啊摇。

“是流感？”

特雷丝又点点头。

“什么时候？”

盯着嘴唇。说呀。

“就在你开始好转，烧退下来的时候。太快了，格瑙。葬礼是三周前办的，但克拉克医生说你没好利索，不能跟你说。”

她对十月没有记忆。十月就那么过去了,她浑然不觉。她还没好利索。她只是一心想着,为了吉姆,自己要挺住,却没有想到玛莫。冥冥中她觉得玛莫在那儿。玛莫总是在那儿,帮她成长。玛莫,晃动着手指比画着格拉尼亚刚刚出生时在自己和孩子之间来回传递的爱。现在,除了虚空还是虚空。什么也没有。

玛莫把房间里哪怕是一丁点的黄色都除了个干净,因为黄色是死亡的颜色。

玛莫那些夜里一直坐在摇椅上。“加拿大花束”的香气。

玛莫的照料让她重回人世。

姐妹俩抱在一起。她们都太累太累了。尽管格拉尼亚身子颤抖,眼睛通红,可哭得出来、哭得不能自已的只有特雷丝。

# 23

决议：德西龙托镇议会敦请总理罗伯特·博登爵士，将德皇、德皇诸子及其爪牙像对待任何罪犯一样绳之以法。进而，犯有骇世暴行之德国人及其帮凶均应接受惩罚，确保无人漏网。

——《例会纪要》

吉姆平安无事。帕特里克平安无事，仍在英格兰。韦伦医生的儿子、安妮姨妈的儿子，也都平安无事。格拉尼亚坐在摇椅上，信件和报纸散落四周。现在她卧床的时间渐渐变少。

一天早上，家里就她一个人。她去玛莫的房间，虽说没有几步，中途却靠墙歇了好几次。百叶窗是拉下来的。她坐在玛莫的床上，借着昏暗的光线环顾四周。她呼吸加快，曾经的紧迫感又一次勒紧了她的胸膛。她收敛起这种感觉，想着玛莫跟她说过的话：有些悲伤太大，只能压在心里。可是，道理再明白，悲伤却并不会因此有丝毫纾缓。多大的气力也无法击退凄凉和无望。玛莫撒手人寰，爱与被爱都不再可能。楼下不见她的身影，没在客厅里阅读，没在旅店的厨房里揉面团，也没坐在餐桌旁喝她的"匹蔻"茶。外婆从门口进来，格拉尼亚挽起她的胳膊——不会了，再也不会了。玛莫病了，从格拉尼亚的生命中离去，她的身影出现过的地方现在只有一片虚空。

格拉尼亚站起身，在回自己房间之前，她来到书桌前，打开了玛莫"加拿大花束"的盖子。她必须让自己站稳了。她把小瓶子凑到鼻子下面，吸了口气，想把这气味封存在肺里，让它终日不散。后来有段日子，她常去玛莫的房间，吸一口香水的气味，然后坐在玛莫的床边。

十一月十一日庆祝活动结束后的几个星期里，报纸上大量报道大战结束的事。皮克顿还举行了火把游行。贝尔维尔放起烟花，燃起篝火，人们手举火把排成长龙以示庆祝。学校里失聪的孩子们也对看到的情景作了描述：人们成群结队，摇着铃铛，装扮滑稽的男男女女在街头游行。五彩纸屑和滑石粉当空抛撒。孩子们吹着哨子，彩旗招展。一尊德皇模样的人像杵在马车里，游街示众。

战士们重返家园的方式和时间引起了广泛猜测，真是各有各的见解。德皇那个胆小鬼逃跑了，荷兰人收留了他。埃姆叔叔过来跟一家人报信，说镇议会通过了一项决议，要递交给身在渥太华的总理。总共印了一千份，有几份后来到了旅店门厅，埃姆叔叔往楼下的客厅里也丢了一份。

拉思本和莫霍克的航空营地正在关闭，当局没浪费一点时间。发动机从飞机上拆下来，打上一层凡士林后便封存起来了。格拉尼亚想到了帕特里克。她想知道回家后他会不会怀念盘旋在德西龙托上空的嗡嗡作响的飞机。

停战协议签署之后，校报也开始以邮件的方式投递了。校长还在报纸上发了一条公告，说学校几乎已经完全消灭了西班牙流感。“所有因流感肆虐而给予的约束和纵容一概解除。”禁收信件和包裹的规定也已废止。

送到旅店和家里的所有报纸中，格拉尼亚只打算把安大略聋哑学校的那份《加拿大人》留给吉姆，因为只有这份报纸在描述停战庆典时用的是带声音的文字。

她想到了芙莱，想到了几次三番想要参军却屡屡失败的科林。她想到了学校里的好几百名学生，想到了他们是如何通过手掌、指头和嘴唇了解到停战的消息。她想到了校医院里听力正常的主管和其他员工，想到了听力正常的护士长，想到了听力正常的老师和舍监。她想到了塞德里克，那位听力正常的编辑，面向遍布全省、全国乃至整个北美的聋哑人，他在报纸中写道：

> 凌晨时分，贝尔维尔的钟声响起，每个作坊，每家工厂，但凡有汽笛，无不纷纷鸣起；每个人，但凡有铃铛，无不大摇特摇；每一列穿城而过的列车都毫不吝惜公司的蒸汽，汽笛长鸣，久久不息，睡得再死也会被惊醒，就连铁道旁一头头从容啃草的老母牛也抬起头来，惊诧莫名。教堂的钟声，火警的警笛声，招呼就餐的铃声；汽笛声，喇叭声，号角声，提琴声，敲打铁罐的声音；奶桶、铁盘、搪瓷碟、旧水壶、饼干盒，能敲出声的都敲上了。声音之大，即便是离我们最远的星球也能听到。不过，又有谁会在乎？喧闹？这是音乐，最伟大的音乐，每一个声响都赋予生命以活力，每一个声响都激起人们的希望，这正是我们所愿聆听的最美妙的噪声。

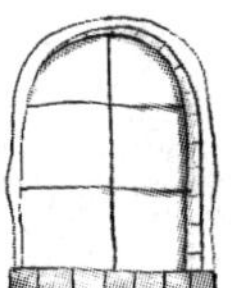

# 五

*1919*

# 24

生发油公主:

我们不能保证我们的生发油能让后院的篱笆长毛,或者用两三个星期就能让你长发飘飘,或者用药一周就能让之前的秃顶被两寸长的头发覆盖。不,我们唯一敢说的是:如果使用得法,我们的生发油和生发水的效果绝不输于任何别的生发油。

星期三下午。欧肖内西那座钟上的指针指向一点差十分的位置。上午,格拉尼亚没干别的,只是站在靠近后院的楼梯平台上,透过那扇形似舷窗的窗户看着饥饿的鸟儿们纷纷飞来,啄食她撒在下面的细草籽和碎谷粒。伯纳德从旅店过来,她在楼下的大厅里碰见了他。

“格瑞妮,你还是想去?”

她点点头。“不用担心。我已经没事了。”后一句说得连贯流畅,像唱歌似的,她自己也能感觉到。她穿上外套,把前年冬天玛莫给她织的那顶蓝帽子戴在光溜溜的头上,再用围巾严严实实地裹住脖子。轻柔的雪花蓬松地积在阳台的护栏上。树枝上也缀着些积雪。理发店并不远,可走在街头的时候,她还是穿戴得严严实实,紧紧挽着伯纳德的臂膀。雪已经停了,但黑沉沉的云依然低垂在天际,光线昏暗,全不似正午刚过的天色。

格鲁隔窗看着兄妹俩,见他们正跺着脚抖落靴子上的雪。秋天流感肆虐的时候,他歇业了两周。麦琪婶婶说,其他一些公共建筑出于无奈也关了几天门:内乐剧院、图书馆、他们自己家的旅店。镇里仍在营业的那些人也都戴上了口罩。格拉尼亚努力想象着死神过境时，小镇缩作一团的样子。死神也曾盘踞在她的房间里，但最终带走的却是玛莫而不是她。她想象着玛莫的坟墓。还没人带她去过，不到开春是见不着了。她让特雷丝和伯纳德描述给她听。一想起玛莫，她就痛恨自己怎么无端练就了不会哭泣的本事。

理发店外面的长凳上高高地卧着一层积雪。伯纳德拿起一把斜靠凳子、已经深埋入雪的扫帚，磕掉上面的雪，把兄妹俩刚才已经跺过的靴底又扫了扫。他抡开膀子，把长凳上的积雪也猛扫了一番。格鲁一边隔窗观望，一边就地站着吃完了午餐。就在兄妹俩进门的时候，他咽下最后一块面包，仰脖把最后一口茶灌进了肚子。

格拉尼亚觉得，他现在比以往任何时候都显得消瘦。这全都是因为死神捎来的那条讯息。格鲁趔趔趄趄地穿过客厅，双手砸到琴键上。因为琴凳旋得有点低，他那双见骨的膝头只好高高地支着。后来，他终于允许父亲带他回家了。

他在工作服的前襟擦了擦手，一指朝天冲他们打了个招呼，弄得好像是要组织一次秘密会议。三个人似乎是早有预谋，此时不知不觉便已凑到一起，同处一室了。他伸手朝窗户顶上摸去，将百叶窗拉了下来。他把牌子上“暂停营业”那一面翻向外面，连玻璃门上的百叶帘也给落了下来。

天花板上只亮着一盏灯，明晃晃地照在房间的中央，似乎那也是秘密的一部分。拇指贴唇——私密。格鲁的手指碰了碰嘴唇，像是在说“嘘”。

室外的光线从百叶窗四边渗进屋来。格拉尼亚扫了一眼打在四壁的光影，目光又撤回来落在格鲁略显金黄的脸上。她看了看自己的手，发现皮肤也被光线染成了黄色。她摘下帽子，把它递给了伯纳德。在格鲁的端详下，她觉得血顿时涌上了面颊。

他摇了摇头，显得慢条斯理，又像是在深思熟虑。她看得到他的舌头。“啧啧。红头发，”他的嘴唇说，“那头可爱的红发。眉毛，也一样可爱。”

伯纳德此时已经在靠窗的一把椅子上坐了下来，正咧嘴笑着给妹妹打气。“上，格瑞妮。”他指着那张皮椅说，“坐那儿去。”

椅子旁边的盘子里，推子、剃刀和剪刀排成一溜儿。格拉尼亚的指尖轻轻掠过扶手下面挂着的磨刀皮带，身子往后一靠，坐定了。格鲁调了调椅子，好让格拉尼亚正对自己。镜架上的瓶瓶罐罐一个挨着一个，摆得满满当当，散发出松焦油和酒精的气味。她还看到了水槽旁边单独占了一条搁板的香皂和刮胡膏。

“这才像回事嘛。”格鲁说。他口型夸张，一如往常，以为这样格拉尼亚就能看得更明白。他用一条加厚围布自脖子往下罩住了她，又用一条热乎乎的毛巾围住了她的脖颈。酒精的气味，她现在意识到，是从他身上散发出来的。

他打开两个小蓝瓶的盖子。玛莫教她认过这种颜色。她八岁生日那天，玛莫带她练习过这个词，靛——蓝。格拉尼亚得了条靛蓝色的围巾，围在脖子上满屋子转悠，装出一副大人的派头。达尔西的妈妈郑重其事地说，那条围巾显老。

“甘油，”格鲁的嘴唇动了动，“毛果芸香。”

格拉尼亚瞥了眼伯纳德，见他耸了耸肩，试着用手指拼出后一个词来，但最终还是白费功夫。格鲁把这一幕看在眼里，没吱声，只是微笑着，像是在观察某个神秘部落成员之间的交流。

他把一个开了盖儿的瓶子凑到她鼻子下面，格拉尼亚没闻出来那是什么东西。但那股味道可真够受的。

他把椅子转向镜子，还没等她好好在镜子里瞅一眼自己就放低了靠背。混合药水滴在她头皮上——她感觉到了那汪清凉——格鲁的手指开始沿着她的太阳穴和头顶画圈。他手指的力道拿捏得恰到好处，让她想不放松都难，她靠着椅背，闭上了眼睛。他在她头皮上来回按摩，直到她感觉到头上气血通畅才停手。接着，他又往她的眉骨上涂了一抹药水，小心翼翼地，生怕药水会滴到她眼皮上。似乎过了很久，他调直了椅背，把毛巾往下压了压，揉起了她的后脑勺。她抬眼瞅了瞅挂钟，发现自己在椅子上也就才坐了二十分钟。达尔西坐在理发椅上，周围的地上落着一绺一绺头发。从没见过这么好的理发师。

“觉得怎么样？”格鲁说，“血液循环好点了吧？”

她的脸上漾起一丝笑意，自打进了理发店这还是头一回。“比鹅油强。”这是她出了声音在说话。她的手也不由自主地比画起来。

“哦，”格鲁说，“泥罨啊。”

“不是泥罨，”伯纳德说，“生病的时候，他们给她搽了鹅油和松脂。五花八门的，可不止这一个方子。”

“枪的事我倒是听说过。”格鲁说。他本想来个微笑，结果却在瘦削的两颊之间挤出了一副怪相。

他拿起一块布，把药水擦干净，以免弄脏格拉尼亚的衣服。他摘下罩在她身上的围布，取下裹在她脖子上的毛巾。她感觉到一阵轻松，同时又觉得似乎缺了点遮掩。

“下周三？”他在一张参差的小纸片上给自个儿留了张条儿，然后冲伯纳德点了点头。“我得加点鼠尾草压压这股味道。药水会提前配好。时间不变？”这是冲格拉尼亚说的，后几个字口型夸张。

格拉尼亚柔声谢过格鲁，起身离开椅子。格鲁走到屋子顶头，格拉尼亚把衣扣系好。格鲁站在敞开的门边，脑袋后仰从瓶子里喝了口酒。特雷丝跟她说过，除了喝酒，格鲁现在还用上了苯巴比妥。酒精的产销均被禁止，谁也不知道他的酒是从哪儿弄来的。除了爸爸。玛莫去世后，爸爸就一直在家待着了。

格拉尼亚跟在伯纳德后面上了街，帽子下面的头皮麻麻的有点刺痛。她回望了一眼，却看见百叶窗严严实实地拉了下来，除了屋里那个隐约的身影别无所见。兄妹俩刚出门，格鲁就让自己隐身不见了。

他俩穿过街道，碰到了生就一双窥视眼的苛拉，格拉尼亚勉强给了她一个微笑。他们走过米格的店铺，格拉尼亚往里面瞅了一眼，发现麦琪婶婶正站在柜台前面。她敲了敲窗户,招了招手,麦琪婶婶转身看见了她,给了她隔空一吻。在飕飕寒风里,格拉尼亚接到了这一吻,还有与之相伴、难以捕捉的那一丝希望。

# 25

还有人冷不丁地这样问你："聋子能思考吗？"

怎么不索性再多问几句："聋子能吃饭吗？""聋子能睡觉不？""聋子能呼吸不？"我寻思，这么多人问这样的问题，是不是傻瓜杀手抡着棒子履职尽责的时候连连失手造成的。

——《加拿大人》

周六上午，她隔不多久就往窗边跑，看那架马拉雪橇有没有为她把芙莱带过来。贝尔维尔来这儿的道路依然铺满硬实的积雪。天气虽已一日暖过一日，但解冻时节仍未完全到来。一天中大多数时候，阳光都能从南向的窗户流泻入室。要不了多久，雪橇就会被收进农具仓库，一直闲置到来年冬天。这个时节，以前那个还没长大的帕特里克便会用斧头和镐子在屋前屋后的冰雪上凿出沟槽，好在冰消雪融时把水排走。玛莫也会从楼上的窗户探出身子，用锄头戳着屋檐上垂下的、滴着水、越结越胖的冰溜子。

玛莫的摇椅已经搬下来放到了客厅。格拉尼亚注意到，这些天来，谁也没在上面坐过——除了她。坐在摇椅上，她意识到对于前路如何自己脑子里竟了无规划。有好些天，除了坐在玛莫的摇椅上等吉姆回家，别的事情她全无精力去做。有时候，她会从楼上远眺湖湾，看那片冰封的水域。吉姆在英格兰，也可能在威尔士，她拿不准。帕特里克呢，非此即彼，也就是这两个地方，但两人目前还没碰过面。

她刚刚接到弟弟的一封信。跟成千上万其他士兵一道，他也在等着船只送他回家。信件很快就到了加拿大，想必它一定是直接进了邮袋，而邮袋又直接上了即将启航的轮船。他在信中写道，听当地人说，多少年来也没这么冷过。他在北威尔士一个叫作金漠公园的地方，毯子少，不够用。大家烦躁不安，都急着回家。流感来袭的时候，很多人都染了病。

> 下一步将穿越湖湾抵达利物浦，但到目前为止，我们还没在营区的布告栏上看到船只启航的消息。有段时间食物紧缺，我的朋友维克多和我摸进了红十字会的一个临时营房，摸黑坐在地上吃着我们唯一能找到的东西——加拿大运来的葡萄干布丁，圣诞节的时候就该发给大家，但当时就是没发。搁板上得有好几百个。我估计自己解决了将近二十个。也没数。算是为嘴伤身，不但几小时后难受得不行，后来整整两天胃里也存不住半点东西。维克多也一样。这事过去一周后，营区里翻了天。小伙子们变得不安分起来，再也没耐心等待了，形势不妙。发生了一些骚乱，但我俩丝毫没有参与。我俩是能不作声就不作声，能离远点就离远点，打算就这么窝着，上面怎么说我们就怎么做，单等着登船就行了。

一架马拉雪橇映入眼帘，芙莱来了，身边坐着科林，手持缰绳。格拉尼亚匆匆穿上吉姆的夹克跑了出去。芙莱挥着手，没等雪橇停下就比画开了。芙莱跳下雪橇的时候，旅店里的两名女客正迈步走过隔壁旅店的阳台。

格拉尼亚给了朋友一个拥抱，又紧紧地搂住她。见格拉尼亚瘦成这样，头发也短得不能再短，芙莱不由一脸震惊，格拉尼亚看在眼里。这时，格拉尼亚闻到了一丝淡淡的薰衣草气味，想起了她的朋友当初在校时把干了的碎梗放进书桌抽屉的情景。她俩快速打着手语，科林也参与其中。这样比画了一阵，格拉尼亚才意识到那两个女人似乎一直在盯着他们，抬头看时，她们已经上了铲除了冰雪的木板边道。她们还在看，似乎他们仨在玩什么杂耍。看到那几位旅行中的女士不以为然的样子，达尔西皱了皱眉头。

芙莱双手比画着说道："没事的。"她的两手垂到体侧，像是要藏起来一样。"我们进屋谈。"她的嘴唇动了动。

在那儿就不会有人看了。

但是格拉尼亚的手非常迫切地想要说话。距上次交谈已经好几个月了，两人都往前凑着身子，手和指头道着新鲜事。

科林把马牵到屋后的车棚，格拉尼亚和芙莱跟着他，在侧门处停下了步子。等着进屋的时候，芙莱低着头，极其静默。

格拉尼亚看着她心爱的朋友，还有她脸上的耐心。

她比以前更能忍耐了，而我却不如以前，她想。她还记得当初同为学生的几年里，当手语用得越来越少的时候，芙莱满脸的失落。"只要我们容许听力正常的老师对我们的手语横加指责，"芙莱曾经用手语说过——她的手动得飞快——"我们就永远会觉得抬不起头。"

不过，芙莱现在不会回应格拉尼亚。她要等大伙儿都进了屋再比画。私下里。

特雷丝来到侧门，给了芙莱一个拥抱。"科林呢？"

"马。"格拉尼亚答道，用的是声音。为什么她觉得出声说话像是在背叛芙莱呢？"得把马带到后面去。"她抬手朝车棚的方向指了一下。

接着便掉进了黑沉沉的池塘。池塘一直在那儿，就等着她在手语和口语的间隙一跤滑进去。她陷入了曾经将她推到池边的那段回忆。词语，沉甸甸有如石块的词语。得把马带到后面去。

小时候她就从周围的嘴唇上见过，读过，带到后面，吓了一跳[①]。有时候是这个，有时候是那个。有很长一段时间，她一直以为这两个短语是一样的。

---

① "带到后面"是"taken back"，"吓了一跳"是"taken aback"，二者在英文中仅差一个字母，通过读唇很难区别。

"我给吓了一跳。"麦琪婶婶曾经跟妈妈说过这话,格拉尼亚当时也在屋里。麦琪婶婶的脸上一副气呼呼的表情。格拉尼亚偷偷地瞅了瞅嘴唇,却搞不清两人说的是什么。

带到哪儿去?跳到哪儿?

格拉尼亚从没问过。这让她内心的未解之谜又多了一条。几年后进了学校,当这些词语最终涌出来的时候,是马科斯小姐将其截获并给她作了解释。

"back 前面加个 a 意思就变了,"她说,"taken aback 的意思就是被意想不到的事吓了一跳。"

真是越整越复杂了。耳聪者的语言就是不好懂。语言是我们的战场,格拉尼亚想。我们为之战斗,却丝毫不想成为冲突的一部分。

芙莱和科林过来是要说说科林的工作。多伦多的一家印刷厂又给科林提供了工作机会,这一次他决定接受。他会待到学期结束,芙莱也会把手头的工作干到六月。不过,还有更重大的消息呢。芙莱到了多伦多之后不会再找活儿干。他们的小家就要有新成员了。芙莱不想在信里跟格拉尼亚谈这事,现在则激动万分地用手语说个没完。预产期在十月份。

朋友即将离去,科林去后面车棚的时候,格拉尼亚站在门口。戴手套之前,芙莱手掌微屈,轻轻地顺着格拉尼亚的头皮还有正在慢慢生长的新发滑下。两人拥别时,芙莱泪眼盈盈。格拉尼亚站在门口看着街道,雪橇消失后很久才转身进屋。

# 26

战士们行进嗵嗵嗵，
我见德皇在门庭。
大伙儿找来柠檬派，吧唧往他脸上扔，
德皇德皇再无踪。

——童谣一则

她等着信儿，不知道吉姆哪天能到。转眼已是四月。她还在梦吃吗？她得问问妈妈。如果答案是肯定的，那也不算出乎意料。她的身体紧张得发抖。不到下午三点她就想躺下。但她坚持去厨房或餐厅帮忙，换桌布，摆桌子。这样的疲惫她以前从未经受过。要是玛莫还活着，她会说格拉尼亚气血不足，让她吃些赤糖糊。不过，格拉尼亚在校时曾经每天一勺，吃得见了这东西就犯哕，现在她的胃必定容不下它。

格鲁不再来旅店大厅读报纸了，但格拉尼亚盼着他来。最近，她读到了一些有关西班牙流感后遗症的文章。很多人病好了，听觉却丧失了。撰文的一位医生说，多数情况下这些人将永久性失聪。对于业已失聪的人而言，他在文中写道，余下的人生真要重新来过。

就像格拉尼亚五岁时重新学习语言那样？像诺拉？像布莱迪？像一直依赖手语的芙莱？有些孩子能用好声音，有些则不能。对于每一个被送进学校的聋哑孩子，父母都盼着能有奇迹出现——什么样的奇迹呢？奇迹般的新人生吗？

格拉尼亚丧失的不一样。

玛莫。

但她不会哭。

妈妈进了屋，手里晃着一封电报。格拉尼亚压根就不知道电报局的小伙子在前门那儿投了电报。把电报递给她的时候，妈妈笑了笑，在她身旁站了片刻才又转身去干活了。

吉姆下周五到家。他将乘坐从哈利法克斯来的火车。格拉尼亚随即给芙莱写了信，作好了周四去贝尔维尔的安排。她想前一天晚上待在朋友那儿，第二天一个人去车站接吉姆。她会坚持一个人去的。

我跟你说过，格拉尼亚，我会回来的。

我从来都是这么跟你说的。

星期四午后，她坐在客厅里，试着读读东西。她放下报纸；今天，她对新闻了无兴趣。她走到窗边向外望去。一辆汽车在满是车辙的路上缓缓行驶，然后上了米尔街。车里有两个人。她到厅里去看钟表上的时间，可钟表的分针还停在上次她去看时的位置。她把手掌放在光溜溜的木制钟座上，想着玛莫。

还得打发四个小时才能登上火车。她的箱子已经打点好。芙莱会在贝尔维尔车站接她。她进了里屋，把脚塞进爸爸的一双旧靴子里，走到屋外。她抱着胳膊站在洗衣房后面滑溜溜的门阶上。尽管前门风声呼呼，这里却格外平静。她抬头看了看旅店的窗户，伯纳德已经给她和吉姆在旅店靠里的位置留了一个最大的房间。她昨天就把衣服搬过去了。床也收拾好了——被单是她亲手换的。不像特雷丝和柯南，她和吉姆没有自己的房子，可以在旅店里想待多久就待多久，直到他们盘算好要干的事情，找到想去的地方。他俩必去的地方之一就是海边。战争结束后的几封信里，吉姆答应过夏天的时候带她去海边。他想让她看看他生活过的那片岛屿，他成长的地方。太该去那儿了，他在信里说道，很快你就可以站在崖边面朝大海，赤脚感受脚下的沙砾了。我还要跟你说说大海的吼叫呢。

她转头远望，看着春日天空的重重青霭。如果没有云幕遮挡，傍晚的日落肯定大有看头。她感觉到一只手搭在肩头，回头才发现是妈妈要拽她回屋，她差点没摔倒。妈妈摇着头，怪她不穿外套就跑到屋外，格拉尼亚没有争辩。

但她依旧不安。

正要动身去找伯纳德，看他有没有去找凯的时候，伯纳德却找过来，让格拉尼亚去门口。特雷丝写来一张便条，是双胞胎杰米逊兄弟从街道那一头送到这一头的。他俩穿着粗花呢裤子、针织毛衣，戴着一模一样的帽子，因为拧成一股劲当信使，一时间竟像合成了一个人似的。兄弟俩一副了不起的样子，把信塞给格拉尼亚，然后盯着她的脸，等她读信。说的事叫人烦闷。

*我真是一秒都待不住了。跟妈妈说你要过来喝茶。我知道你再过几小时就该动身了，但如果你已经准备停当，抽点时间过来好吗？柯南一上午都卧床不起。他背对窗户，光线都不愿看一眼。*

背对光线。格拉尼亚想起了在校时的马科斯小姐：*要读唇，坐的时候必须背对光线。光线应该落在说话人的脸上。*但是马科斯小姐可没见过柯南那半张脸啊，或者说没见过柯南回家后特雷丝的那张脸。也许该带上欧肖内西的袋子，也就是玛莫那个旧钟表袋，出去走走了。*当事情不对的时候。*

她穿过街道，想要加快脚步，但左腿突如其来的一阵虚弱却让她吃了一惊。每次自觉已经康复，身上有劲的时候，身体就会让她知道恢复期其实还没有过去，急不得。她的双腿往前迈，凭自己的意志决定步速。虽然肩负沉甸甸的粗麻布袋子，她还是觉得脚下轻飘飘的。她想起了《星期天》那本书。*在林子里艰难前行。*一个男孩扛着一捆树枝，压得腿都直不起来了。一条狗抬起一只爪子，似乎想帮点忙——或者至少给鼓鼓劲。

她把目光投向右侧。尽管街道和水岸之间有铁道和建筑物挡住视线，但大多数背街小巷还是可以让人一望湖湾的。午后的阳光照着半冻半消、日渐缩小的冰面，明晃晃的十分耀眼。要不了几天，埃姆叔叔就会在钟塔的梁上新刻一个日期了：开冻。木板边道潮乎乎的，路上满是烂糟糟的春泥。

但是街头也有一种野性，一股力量。风势突起，猛扑在她脸上。迎面是劲吹的风，肩头是沉甸甸的袋子，她脚下不由慢了几分。她把肩带往上提了提，觉得里面的东西贴着自己的身子变换了位置。要是碰见了苛拉，她那股爱管闲事的劲怕是压也压不住的。但格拉尼亚可没打算老实交代。"土豆"或"苹果"，她或许会这么应付。或者干脆就说："里面全是我头上掉下来的红头发。从它开始掉，我每一丝每一缕都收着呢。"

她还是每周三去找格鲁，伯纳德作陪。每隔一周，拉下百叶窗后格鲁做的第一件事，就是量他所宣称的格拉尼亚头上最长的一绺头发。他是怎么做的呢？拇指将一根细绳贴着格拉尼亚的头皮按住，对应发梢在绳子上打个结。然后抻直绳子，用带黄铜箍边的小匣子里的卷尺量出长度。他捧起那截打了结的细绳，尽管在格拉尼亚看来，那跟上次没什么两样，没什么好量的，但量下来总会比上一次长那么八分之一英寸。格拉尼亚也不知道是治疗见效了，还是头发自个儿长出来的。"你看，"格鲁跟她说，脸上带着他那忧伤的微笑，"治疗起作用了。"然后他把细绳挂回去，吊在镜子旁边一根专用的钉子上。除了格拉尼亚、伯纳德和格鲁，谁也不知道它是干什么用的。现在，细绳上最远的一个结离绳根已经超过三英寸。但是新生的头发颜色比以前要深些，是深栗色，而不再是曾经的亮红色了，也没有以前那么粗。但它还是长回来了，而且很柔软，比以往任何时候都柔软。一个人在家的时候，她有时候会坐在床边用手掌摩挲头皮。当她的手往前抚摸时，头发顺滑；往后时，感觉手指像是在天鹅绒上逆向滑动。头发长得并不均匀，耳后略长。

"这块地方说不定是有神经的，"格鲁解释过，说的时候一如既往地口型夸张，"所以头发要长得快些。"头顶呢，长势缓慢。不管格鲁怎么按摩，那地方的头发就是不肯好好长。

每次治疗结束后，格鲁还是等不及兄妹俩出门就摸向吊柜。他似乎也没想刻意保守秘密，但仰脖灌酒的时候还是用柜门掩住了半边脸。每次兄妹俩出门，他也从未直视过。格拉尼亚这时正要经过格鲁的理发店，她看见理查德一身戎装的照片依然靠窗立在那里。

她头戴针织帽，身子也让春装外套裹得暖暖和和，但迈向主街远远的尽头时，她却宁愿让这风拍打着自己。要是能像风一样有劲该多好。她要冲着风大喊。而风则会兜起她的呼声。虽然入不了自己的耳朵，她喊的话也一样会消散到空中。

她会为玛莫呼喊，为玛莫的生命呼喊。

她会为格鲁的儿子理查德呼喊。

还有柯南和他的伤。

还有凯的丈夫劳伦斯以及他们那没了父亲的儿子。

还有欧林。德皇那个胆小鬼逃窜后，他随队伍雄赳赳气昂昂地开进到波恩。他还开枪射掉了德皇塑像头盔上的尖顶、他的鼻子，还有两只耳朵。他在信里告诉柯南，说旁边站着的一个德国人还求他把德皇的脑袋也给打掉。

她会为吉姆的朋友艾里什呼喊，她再也无法见到他了。

她还会为所有死去的士兵呼喊，为所有正在忍受悲伤的人们呼喊。

风会把这一切照单全收。

她想到了那些在战争中丧失听觉、正在返乡的士兵。安大略地区这样的情况比比皆是，贝尔维尔的学校专门为他们开了课，就在她当年待过的那些教室里。还有一套适应他们实际情况的读唇教学法。她不知道课是谁教的。芙莱写信说，有个老师被派往波士顿进修，回来后便可为士兵授课。

战争和流感。因不同，果相似。丧失听觉，甚至还要掉光头发。在大后方，男男女女，几百几千号人都因为西班牙流感掉光了头发。没看到那些找药方的讯息之前，她还以为遭罪的就她一个。在德西龙托，就她一个人掉光了头发——除非别人都躲起来了。极度高烧导致头发脱落，专家们给的是这个说法。有关生发剂的广告铺天盖地，都挺能吹，弄得大伙儿连看看广告都觉得尴尬。融入，这是对头发刚刚掉光的那些人的建议。不过，对她而言，融入这种事情她早已驾轻就熟。失聪者人人都是个中专家。

*除非头发掉光。那又怎样？难道这没让你特别惹人注意吗？*

*吉姆没准会认不出我。吉姆连我生病的事都不知道。*

特雷丝透过她那幢小房子的前窗朝外张望。从边道上，格拉尼亚就已经看见姐姐那红肿的双眼。也许她已经往脸上扑过了凉水，但悲伤却依然无法掩盖。

格拉尼亚进了封闭的门廊，放下粗麻布袋子。她有好几周没过来了。她脱了鞋，换上一直放在门廊里的那双拖鞋。特雷丝把她带到客厅，指了指楼上，又指了指挂钟，然后就把目光转到了一边。柯南可能正在听着呢。柯南，奔赴前线之前还在这儿跳过舞的那个柯南。他当兵打仗的日子已经结束了。柯南往前迈了几步，却因为纠缠在同一个噩梦中而不住退缩。

格拉尼亚想象着他在楼上卧室里的样子。她想到了特雷丝所说的那条打青了她的"死胳膊"，那条在床上像死尸一般躺在他俩之间的胳膊。问题不在于那条胳膊，也不在于那半边脸，而是在于他内心挥之不去的恐惧。

"穿上外套。"格拉尼亚说。她干脆利落，知道特雷丝有话要说，却没给她机会。"穿厚实点。有风。"

她回到门廊，拎起鞋子和粗麻布袋子。拿着这两样东西，她穿过屋子来到后门。这里正对着湖湾。

她穿上鞋子，来到后院。特雷丝跟在后面。格拉尼亚对姐姐在脑袋一侧比画出的那个为什么视而不见。

因为有树和棚屋挡着，左邻右舍看不到她们。格拉尼亚物色了一块合适的地方，指了指。在院子顶头，卧着一块纹路纵横的大石头，再往下便是一片坡地，通向岩石遍布的湖岸。大石头有三英尺高，去年春天格拉尼亚和特雷丝还一起在上面坐过，那时她们收起腿，用裙子盖住脚，看着湖湾里的游船。现在呢，两人裹得严严实实，在离石头十五英尺的地方当风而立。

格拉尼亚打开欧肖内西的袋子，把手探进去。她小心翼翼地摸索着，拿出一个淡绿色的杯子递给特雷丝。杯沿有个缺口。

“扔。”她指着石头说。

“扔？你疯了吧？”特雷丝又在耳边做出那个熟悉的表示发疯的手势，指头弯曲，手腕扭动。

“没有。不是发疯。玛莫和我，我俩有时就这么干。”

达尔西把一个裂了的杯子扔向围墙。

“你和玛莫？在哪儿？”

“靠近林子。在湖湾边上。过了那个放煤的棚子。到时候带你去，我指给你看。每次完事，我们就用石块盖住碎片。好了，扔吧。”

格拉尼亚的手里是一个乳白色的碟子。一道深深的裂痕横贯表面。她用食指和拇指捏牢了碟子，身子后仰把它甩了出去。她固然无法听到声响，却看得到碟子撞击石头，碎片高高飞起的样子。她欢呼一声，双掌甩出打了个手语：棒极了！她又把手伸进袋子。

特雷丝在一边看着，张着嘴，掉着下巴。

“闭上嘴，”格拉尼亚说，“那模样可不雅观。扔吧。”

特雷丝看着自己的手，好像那个绿杯子连在了上面似的。她胳膊后撤，奋力一扔，见杯子摔了个稀巴烂，顿时放声大笑起来。风此时吹得更加起劲，像是要过来凑个热闹。绿的、白的，碎瓷片散落在石头下面。还要，特雷丝打着手势说。指尖碰指尖。还要。

两人各扔了一个旅店里用的带Y形裂纹的花押字[①]面包盘子。这次是同时扔的，盘子在空中转着圈摔在石头上。

“你这些都是从哪儿弄的？”特雷丝爆笑不已，身子都直不起来。她不得不再说一遍，好让格拉尼亚看懂。

格拉尼亚读了她的嘴唇，咧嘴一笑。“这可是专供。我们平时就一直攒着，到了必要的时候才用。”

“我们？”

“玛莫和我。秋天去上学之前，六月回家之后，我们都会扔一扔。还有别的一些时候也会。”当事情不对的时候。“还会有的。布兰特太太把破碟烂碗都收着呢。她是我的供货商。”

听到这儿，特雷丝一脸惊诧。

“妈妈呢？”

“她以前不知道。现在也一样。玛莫把盘子什么的都藏在钟表袋里，放在欧肖内西的箱子里。”

“你和玛莫说你们去捡石头，其实都是……”

“我们是去摔盘子，不过也会带回来一些石头。”

这下轮到格拉尼亚笑了。她拿出一个玻璃杯，掷了出去。杯子在石头顶部摔得稀烂，残片落在凹处，有如考古发现的遗珍。“这是为吉姆摔的。”她脸色一正，“为想念痴姆。为他遭受的所有危险。”

“这是为了柯南！”

从特雷丝的脸上，格拉尼亚看出这是一声呐喊。特雷丝把一个船形肉卤盘“砰”的一声摔在了石头侧面，接着又把一个糖碟盖子撇了出去。“为了那条死胳膊。那条乱摆的胳膊。”她冲着吼叫的狂风大声喊道，“为了他那俊美的脸。”她瘫坐在缀着残雪的湿漉漉的枯草上，哭了起来。风像鞭子一样赶着她的眼泪，在她的眼角和太阳穴之间形成道道泪痕。

---

① 姓名或公司名等首字母相互交织成的图案。

“起来，”格拉尼亚说，“起来把东西扔完。这会儿放弃可就没什么效果了。难道你不明白吗？要是柯南准备好了，他就会走出来，不会死守在屋里的。”

可是特雷丝依然待在原地。

格拉尼亚飞出去一个醋瓶塞子，只见它滴溜溜乱转着撞了个粉碎。“这是为了苛拉。上次搭讪时她跟我说：‘真是小可怜。丈夫不在，一个人肯定不好过。’你知道我是怎么说的吗？我说：‘一个人独处不难，难的是跟人共处。’”

她把手探进快要空了的口袋。“这是为了妈妈。她总想扛住所有事，我知道。但她一直丢不掉心里的内疚，就因为这个，我们之间的坎儿也许永远都过不去。”这是一个小浅碟，但却最重，最难扔。它撞在石头上，参差的碎片坠在地上。

格拉尼亚扑通一声坐在地上，双臂搂住特雷丝。

谁都有害怕的东西。格拉尼亚总怕打仗的吉姆有去无回。柯南因为战场上的经历而满心恐惧。特雷丝呢，怕的是她和柯南不得不应对的一切。伯纳德一直不敢对凯表白，不过既然他已经在慢慢示好，应该也会有再进一步的勇气。妈妈也有她害怕的事，帕特里克成了弗思，还跑去打仗，这让她揪心不已。爸爸呢，害怕自己没法把旅店经营下去，养不活家人。而眼下，爸爸和妈妈都害怕他们自己制造出来的、横在两人之间的孤独。

玛莫有什么害怕的吗？她每晚坐在摇椅上，守在格拉尼亚身边，就是担心格拉尼亚会挺不过去。烧不退，她谁也不让进屋，这样要感染也只能感染她一个。其他人在门口把盘子里的食物、干净的被单和瓶瓶罐罐的药水推进屋来。

格拉尼亚没把那幅水仙花挂回墙上，以后也不会。

格拉尼亚还没跟玛莫说再见。

“你哭了，”特雷丝说，“格瑙，你哭了。”特雷丝从地上起来，把格拉尼亚也拽了起来。

格拉尼亚感觉到喉头一阵哽咽，有股气在向上涌动。她开始抽泣，呼吸急促，胸膛起起伏伏。她尝到了咸味。她的泪水是咸的。泪水模糊了她的视线。她看向钟表袋里的一片黑暗，用手摸了摸，掏出了两个瓷碟。这是玛莫喝“匹蔻”茶时用的茶碟。

“这是最后两件了。”她说。她一脸泪水，却顾不上擦。“这两件是为了玛莫。”

帮帮我。帮我。

她抓着一个茶碟，把另一个递给特雷丝。她的眼睛扫向楼上卧室的窗户。姐妹们一起往上看。柯南已经把窗帘拉到了一边，正站在窗前观望。两人都不知道他到底在那儿站了多久。

格拉尼亚挥了挥手，柯南抬起他那条完好的胳膊，做了一个投掷的动作。她和特雷丝转向那块大石头，铆足了全身的劲，把茶碟扔了过去。

之后，两人面对湖湾，谁也没有言语。格拉尼亚抬起手，抹着眼泪。

“好了，”她说，“我们回屋吧。我们叫柯南下来喝茶。”她右手的拇指和食指在左手里搅了几下，茶。“喝了茶，我就去赶车。等雪化尽了，我们再去清理那些瓷片玻璃渣。”

# 27

火车驶来，震得月台摇晃，震得格拉尼亚五内颤抖。她离人群很近，但身边却没有人陪着，孤零零地走在后面。乐队在车站左侧略微靠后的地方演奏。她的身体感觉到了有节奏的鼓点。越过火车往前看，天空湛蓝无比。

没等他举步下车，她就看见了他。一双眼睛真诚依旧，却添了几分苍老。老眼。火车赫然横亘在他的身后。他穿着军装，她想起了自己在他离家前最后穿的便装裤子上沿裤缝熨出的褶子。

他的脸丰满了一些，个头看上去也高了些，像是又长了一次身体。

第一眼看过去，她就明白了。她知道，这就像是从那个叫作学校的地方回家一样。只不过，吉姆从那归来的地方叫作战争。

她永远也无法知晓他待过的地方是什么情形，而他也永远无从体会她待过的地方是什么感觉。

他看着她。她的眼睛专注而警觉，搜寻着他的眼睛。

“老婆。”他出声喊道。

她穿着一件长长的春装外套，戴着一顶他之前从没见过的帽子。帽子是蓝色的，带着卷边，拉下来遮住了前额。他看不到她的红发，以为全让帽子给包进去了。帽檐下她的眼睛又圆又大。眼睛，鼻子，嘴唇，脸，一一看过。脸发白，比印象中的要瘦。要怎样才能确信他真的回来了呢？

泪水又一次顺着她的脸颊流下。她看着他穿过月台上的男男女女向自己走来。他的眼睛一刻也没离开她的脸。

“老婆，”他嘴里又念叨了一下，接着又是一声，“我的老婆。”他忍不住抽泣起来。

“悲伤。”他嘴唇动了动，倾身前奔。桃筐女士此时正站在月台上看着。士兵们纷纷从车窗里探出身子，叫着，笑着。大多数人还要继续前行，去多伦多或者更远的地方。

吉姆的最后一个词格拉尼亚抓了个边儿，那是在绕过人群时从一侧看到的。她感觉到了他的双手，感觉到了那双手按在她瘦弱的肩头时的分量。他把她揽过来，对着自己。他的手和臂膀温柔却又牢固地搂着她，让她贴着自己的粗羊毛军装外套。她的上身靠了过来。他感觉到了她的静默，她的力量。

悲伤，她自言自语。她想到了小房子楼上窗户前的柯南，想到了她还没去看过的玛莫的坟墓，想到了她和特雷丝把最后两个茶碟扔出去的情景。悲伤，可以挺过去。

她比画了一个“痴”的音，出声说道：“痴姆。”她身子后撤，看着他，伸手去触摸他的脸。她把手掌整个贴上去，一边，再一边。

他不一样了，她心里说。但有些东西还是没变。至少就眼下而言，我们可以活在当下。这样就足够了。直到我们更好。

她看着他的嘴唇，抬手摸了摸。

“格拉尼亚，”他说，“说我的名字。再来一遍。”

他听到了她轻柔的笑声。她的声音。

她的样子。

他再次把她揽进怀里。火车开走了，离开车站，越过郊野，驶向遥远的海洋。这一次，她的身子没有后撤，没有去看他是不是有话要说。